Avec la lune et les étoiles

ZAHRA OWENS

Avec la lune et les étoiles

Zahra Owens

Publié par
DREAMSPINNER PRESS

5032 Capital Circle SW, Suite 2, PMB# 279, Tallahassee, FL 32305-7886 USA
www.dreamspinnerpress.com

Avec la luna et les étoiles
Copyright de l'édition française © 2017 Dreamspinner Press.
Titre original : Moon and Stars
© 2013 Zahra Owens.
Première édition : septembre 2013
Traduit de l'anglais par Anne Solo.

Illustration de la couverture :
© 2013 Anne Cain.
annecain.art@gmail.com
Les éléments de la couverture ne sont utilisés qu'à des fins d'illustration et toute personne qui y est représentée est un modèle

Édition e-book en français : 978-1-63533-530-9
Édition imprimée en français : 978-1-63533-529-3
Première édition française : février 2017
v 1.0

Édité aux Etats-Unis d'Amérique.

À Anne Regan et Julyssa Diaz, qui m'ont aidée à réaliser que l'histoire était déjà là et qu'il ne me restait plus qu'à la coucher sur le papier.
À Ariel Tachna pour ses conseils éclairés (à deux occasions !)
À Damon Suede pour m'avoir botté les fesses (et aidée à comprendre que si lui pouvait dépasser le stress de la page blanche, moi aussi).
Et enfin à Elizabeth North pour son infinie patience.

I

COOPER NELSON ne ressentait plus rien depuis bien longtemps. La première fois où il sentit enfin son pouls accélérer, ce fut quand il tomba sur Kelly Freed, en ville.

Depuis huit ans, il survivait en gardant la tête baissée et les yeux détournés. C'était sa seule option dans cette petite ville où il avait provoqué un tel scandale. Alors, pourquoi n'était-il pas parti ? Sur le moment, il avait eu ses raisons – lesdites raisons lui semblaient actuellement sans valeur, mais depuis lors, il se sentait redevable envers Hunter Krause [1], le propriétaire de l'énorme ranch qui l'avait recueilli quand le reste de ses concitoyens aurait préféré le lyncher.

Coop restait à l'écart, mais le Blue River était devenu son foyer, et ceux qui l'habitaient, d'une certaine façon, sa famille. Pourtant, il n'avait laissé personne, ni ses patrons ni les autres employés, s'approcher de lui. Il s'entendait avec tout le monde, mais peu le connaissaient réellement, sa personnalité restant cachée derrière un aspect extérieur débraillé et une mine souvent rébarbative.

Et voilà qu'un fantôme de son passé – antérieur au « scandale » – venait de s'installer en ville ? Cooper en fut plus perturbé qu'il l'aurait cru possible.

Il s'apprêtait à quitter une boutique de vêtements, son chapeau enfoncé sur la tête. Fidèle à ses habitudes, il ne chercha pas le regard de l'homme qui se trouvait dans la rue. Une main sur son Stetson, il se protégea les yeux, masquant son visage autant que possible tout en esquissant un vague salut. Plus tard, il se demanderait ce qui l'avait alerté, déclenchant un interrupteur dans sa mémoire. Une odeur, un geste particulier ? Il n'en savait rien, mais il s'était senti tenu de se retourner pour vérifier.

Kelly Freed paraissait à peine plus âgé que l'image que Cooper en gardait. Quinze ans déjà… était-ce possible ? Kelly portait l'uniforme kaki des adjoints du shérif, pantalon au pli parfait et chemise bien ajustée sur lesquels tranchait le cuir sombre de la ceinture. Cooper ne put s'empêcher

---

1 Voir *Entre ciel et terre, autre tome de la série.*

d'évoquer le corps caché sous cet uniforme seyant, en particulier le cul pommé qui lui avait procuré tant de plaisir, bien des années plus tôt.

Puis Kelly pivota légèrement, la main sur le comptoir en attendant que la vendeuse s'occupe de lui, et sa silhouette se découpa : aucun embonpoint au niveau de la taille, marquée par la ceinture serrée et sanglée du holster de son arme. Brutalement, Cooper sentit son jean devenir inconfortable à l'entrejambe. Ce fut alors qu'il prit conscience de son attitude, de son regard fixe braqué sur son ancien partenaire. Très vite, il détourna la tête et reprit sa route, laissant la porte du magasin claquer derrière lui.

Il retourna à son véhicule, pensant toujours à celui qu'il venait de retrouver.

— Ça va, Coop ? On dirait que vous avez vu un fantôme.

En relevant les yeux, Cooper se souvint de la raison qui l'avait conduit en ville. Izzie Conroy. La sœur de Hunter Krause était mariée au contremaître du Blue River, Hugh Conroy. Assise sur le siège passager, entourée de sacs et de cartons, elle lui souriait.

— Oui, ça va, répondit-il, sans conviction.

Il espérait qu'Izzie n'insisterait pas. Il l'aimait bien, mais la trouvait un peu trop curieuse.

— Vous disiez devoir passer chez Calley, à l'épicerie… enchaîna-t-il.

— Oui. Elle a dû recevoir des pommes et je tiens à ce que les enfants mangent des fruits. Nous devrions planter des pommiers près de la rivière. Au printemps, leurs fleurs feraient très jolies et nous aurions assez de pommes pour tout le monde, enfants et adultes. Personne ne résiste à une belle pomme juteuse, pas vrai ?

— Bien sûr, répondit Cooper.

Ce qu'il appréciait chez Izzie, c'était son bavardage incessant ; elle était capable de parler toute seule et lui n'avait pas à intervenir, à condition d'acquiescer de temps à autre. Pour l'instant, l'entendre parler de pommes empêchait Coop de penser à Kelly Freed. De *trop* y penser.

— Je peux vous laisser y aller, Coop ? Je suis encombrée par tout ce que j'ai déjà acheté. Calley a dû préparer ma commande.

Cooper gara son pickup devant l'épicerie Calley Haines. Elle faisait parfois des livraisons à domicile, mais ça restait exceptionnel, par exemple, quand une commande avait pris du retard à cause des fournisseurs. Izzie avait décidé de profiter de leur passage en ville pour compléter les provisions.

Il y avait trois enfants dans la cour à côté du magasin : les jumeaux de Calley, Andy et Vicky, qui jouaient et Noah, un petit de sept ans dont Calley s'occupait, qui rangeait son vélo contre la clôture.

Cooper le salua :

— Salut, Noah. Tout s'est bien passé, à l'école ?

— Oui, répondit Noah avec un sourire. J'aime ma prof.

— Tant mieux, c'est toujours plus facile. Dis-moi, Calley est là ?

Noah haussa les épaules.

— Aucune idée, je viens d'arriver.

Ils entrèrent ensemble dans la boutique où le frère de Noah, un garçon de seize ans, s'occupait à empiler les pommes.

— Bonjour, Ryan, le salua Cooper.

Il pointa les fruits du doigt et ajouta :

— Je suis justement venu chercher des pommes. Je ne sais pas ce que le Blue River a commandé, mais je vais les récupérer en priorité.

Interrompant son travail, Ryan traversa le magasin et passa de l'autre côté du comptoir, vers la caisse enregistreuse – ce qui prouvait qu'il avait entendu Cooper –, mais il agissait en silence. Il récupéra un dossier, feuilleta les documents à l'intérieur, puis le rangea et retourna vers le tas de pommes, une caissette à la main. Il la remplit sans prononcer un mot.

Cooper n'essaya pas de l'amadouer ou de lui parler. Il se connaissait, pourtant, car de temps à autre, le garçon venait au Blue River leur prêter main-forte quand ils étaient à court de personnel. Mais mieux valait laisser Ryan tranquille. Quand on lui fichait la paix, il travaillait dur.

Peu après, Ryan lui tendait la caissette remplie. Cooper tenta de croiser son regard, en vain. Il n'insista pas. Il reconnaissait ces techniques d'esquive.

— Merci, Ryan. Préviens Calley que je suis passé prendre les pommes : elle n'aura donc pas besoin de les livrer au ranch.

Ryan acquiesça. Cooper sortit avec ses pommes. Il les rangea à l'arrière du pickup avant de reprendre sa place derrière le volant.

— Toute une caisse, Izzie ? Vous prévoyez de nourrir une armée ?

Izzie sourit.

— Six enfants mangent beaucoup, Coop. Quant aux employés, nous essayons toujours de vous faire avaler des choses saines.

Cooper se contenta de lui sourire, les yeux fixés sur la route devant lui.

Une des voitures du shérif les dépassa. Sans pouvoir s'en empêcher, Cooper chercha à voir si Kelly la conduisait. Malheureusement, il ne put distinguer le visage du chauffeur, car son pickup était trop haut. Il secoua la tête, essayant de dissiper les pensées dérangeantes qui lui troublaient l'esprit.

— Vous n'avez pas d'ennuis, au moins, Coop ? demanda Izzie.

Une inquiétude sincère s'entendait dans sa voix.

— Non, répondit fermement Cooper.

— Je vous ai vu fixer l'adjoint du shérif en sortant de chez Maxie. Et maintenant, vous avez regardé sa voiture. Comme si vous aviez peur.

— Non, Izz, ne vous inquiétez pas.

Il se voyait mal avouer connaître intimement l'odeur de Kelly Freed, le contact de sa peau, ses gémissements quand… Cooper ferma les yeux une fraction de seconde, puis il regarda la voiture qui s'éloignait.

De toutes les femmes qui vivaient au ranch, Izzie était la plus ouverte d'esprit. Elle avait aidé son frère à accepter l'amour qu'il portait à Grant, un de ses hommes, en le défendant contre vents et marées. Elle était aussi la seule à travailler *sur* le ranch – pas seulement dans la maison. Elle se faisait plus rare depuis la naissance de ses filles, mais chaque fois que les hommes avaient besoin de renforts, Izzie n'hésitait pas à tresser ses cheveux incroyablement longs et à sauter en selle pour les accompagner.

Si Cooper avait pu parler de ses problèmes, c'était à elle qu'il se serait confié. Elle connaissait son homosexualité. Comme tous ceux qui vivaient près de St Anthony huit ans plus tôt, au moment du scandale. Depuis lors, aucun placard n'aurait été assez grand pour accueillir Cooper.

Oui, Izzie était au courant de son passé, mais elle n'avait jamais ouvert cette boîte de Pandore – comme la plupart des anciennes connaissances de Cooper. Il n'évoquait jamais sa vie privée. Fondamentalement, c'était parce qu'il n'en avait pas – il n'en avait *plus*. Contrairement à Tim Conroy, le beau-frère d'Izzie, Coop ne fréquentait pas le seul bar gay des environs, pas plus qu'il n'allait au Tonneau Rapide avec les autres employés du ranch, le samedi soir.

— Kelly Freed semble sympathique, déclara Izzie d'un ton décidé. Je voterai [2] pour lui. Il fait du bon boulot maintenant que le shérif Hanson prend sa retraite. Je le préfère à son concurrent, qui, à mon avis, n'est venu dans la région que pour se faire élire.

---

2 Aux États-Unis, le shérif est un officier élu, responsable de la justice au niveau d'un comté, responsable des prisons, des tribunaux civils et des mesures à prendre pour faire appliquer lois et règlements.

— Freed n'est pas d'ici non plus, indiqua Cooper.

Izzie n'en parut nullement perturbée.

— Je sais, mais il semble plus sincère. De plus, il est plus jeune, plus énergique. Vous avez vu l'autre ? C'est le genre à poser le cul sur un fauteuil et ne jamais bouger. Le shérif adjoint Freed ne cesse d'arpenter les rues, il discute avec les gens, il les aide, même pour des détails sans importance. L'autre jour, il a sauvé le chat de Davinia Lloyd qui s'était coincé dans un tuyau d'écoulement.

Cooper ne put retenir un sourire. Ainsi, Kelly n'avait pas changé : il cherchait toujours à se montrer secourable. Jadis, à l'école de droit, il le taquinait à ce sujet. À l'époque, aider son prochain ne préoccupait guère Cooper, ce n'était pas par altruisme qu'il désirait devenir avocat. Après avoir grandi dans une pauvreté abjecte, son seul but dans la vie, c'était de gagner de l'argent. Beaucoup d'argent. Tout au contraire, Kelly était le premier à se proposer pour sauver les chatons, toujours prêt à rendre service. Cooper avait mis des années à voir la vie comme ça. À présent, c'était trop tard. Il menait l'existence qu'il méritait, Kelly aussi.

Le karma était une garce, c'était évident.

Cooper se mordilla le pouce, puis se rendit compte que le silence d'Izzie était suspect. Il tourna la tête pour la regarder. Elle avait baissé sa vitre à moitié et le vent ébouriffait ses longs cheveux foncés qui voletaient autour de son visage. Elle souriait, les yeux plissés pour lutter contre la réverbération du soleil et les rafales. Le moral de Cooper remonta : Izzie lui rappelait terriblement le chien de Tim, Maul, qui prenait le même air détendu en s'asseyant au même endroit. *Ça devait être chouette d'être aussi heureux*, pensa Cooper en tournant dans l'allée du Blue River.

Tout à coup, une autre image lui traversa l'esprit : le jour où Kelly avait emprunté à un ami sa décapotable pour une virée à la campagne, à la fin du trimestre, juste avant que Cooper obtienne son diplôme de droit. Plus jeune de deux ans, Kelly resterait à l'école, aussi savaient-ils que leurs routes allaient se séparer. Ils voulaient passer ensemble un dernier jour de bonheur. Pour Cooper, c'était la fin d'une époque, mais, sur le moment, il l'ignorait.

Il sentit sa gorge se serrer. Il toussota nerveusement en garant son pickup devant la grande maison où habitait la tribu Krause.

II

KELLY FREED n'avait pas envie de mener campagne, mais c'était nécessaire puisqu'il avait décidé à se présenter aux élections, il le savait bien. Pourtant, il avait l'impression de perdre son temps en distribuant des poignées de main et tracts dans les boutiques de la ville. Mais aujourd'hui, c'était le Jour du Fondateur, et tout le monde viendrait en masse visiter stands et magasins pour profiter des soldes, aussi aurait-il l'occasion de se présenter à un grand nombre d'électeurs en un laps de temps relativement court.

Kelly aurait préféré travailler et laisser ses actes parler pour lui. Il avait d'excellents contacts avec la presse depuis de récents articles sur les arrestations d'un criminel et d'un fraudeur. Les journalistes avaient enfin de quoi remplir leurs colonnes et le shérif adjoint Freed démontrait à son électorat son efficacité et sa détermination.

Il s'était installé récemment dans le comté de Fremont, ce qui expliquait pourquoi il lui fallait se faire connaître. Le shérif Hanson, qui prendrait sa retraite à la fin de son mandat, avait très clairement exprimé à tous ceux qui voulaient entendre qu'il souhaitait Kelly comme successeur. Malheureusement, un autre candidat s'était présenté : Mario Bareillas, revenu au comté après en avoir claqué la porte quatre ans plus tôt. L'homme ne ménageait pas ses coups. La plupart des gens se souvenaient de son conflit avec le shérif actuel, donc, tous ceux qui n'appréciaient pas Hanson soutiendraient Bareillas.

Même si Kelly Freed était premier adjoint depuis plus d'un an – en pratique, il accomplissait l'essentiel de travail de Hanson –, il n'était pas né à St Anthony, contrairement à Bareillas. Il s'était forgé une solide réputation de franchise et d'honnêteté, mais bien faire son boulot n'était pas toujours le moyen le plus rapide pour se faire remarquer. Récolter les fruits de son travail demandait du temps. Aussi souriait-il à ceux qu'il avait appris à connaître au cours de l'année écoulée en veillant à leur signaler qu'il postulait pour devenir shérif. Le jour de l'élection, il saurait si son déménagement et ses efforts avaient été vains – ou pas.

En distribuant ses tracts, il répétait :

— Je vous en prie, venez voter ! Même si ce n'est pas pour moi, montrez-vous, participez, c'est important. Et que votre vote compte !

Il connaissait la faiblesse du taux de participation pour une élection de ce genre, aussi tentait-il de ranimer leur ardeur électorale.

— Je vous en prie, venez voter !

Une main burinée venait d'accepter son flyer rouge et bleu. Kelly leva les yeux et croisa un regard bleu pâle.

— Coop ? Salut.

Cooper Nelson effleura le bord de son Stetson.

— Shérif Freed.

— Oh, voyons, appelle-moi Kelly. Sinon, j'ai l'impression d'être mon père.

Un demi-sourire apparut sur le visage de Cooper, adoucissant les traits tannés et creusant deux fossettes dans la barbe cuivrée qui entourait la bouche. Son apparence démontrait une vie dure et un vieillissement prématuré, mais Kelly resta hypnotisé par les yeux lumineux. Et puis, Coop avait conservé ses dents blanches et parfaites qui, jadis, poussaient les dames à se pâmer. Ce dont Cooper se fichait complètement, Kelly le savait bien.

— Ça fait un bail que je ne m'autorise plus à penser à toi de cette façon, répondit Cooper.

Kelly eut un petit rire.

— Comme à mon père ?

— Comme à mon Kelly.

Ainsi, Cooper restait un séducteur. Qui l'eût cru ?

— Pourquoi es-tu en ville, Coop ? Tu y restes un moment, ou tu passes juste faire quelques courses ?

Cooper agita la main en direction du magasin de vêtements.

— Je voulais me trouver une tenue décente pour le mariage Conroy.

Kelly acquiesça.

— Oui, Tim m'a dit que son frère faisait ça au ranch. Tu fais partie des invités, alors ?

— Non, mais j'irai quand même. Depuis la mort du vieux Mac, je suis le plus ancien employé du Blue River, aussi j'estime que c'est mon droit.

Il grogna, secoua la tête, puis ajouta :

— Bien sûr que je suis invité ! Comme tous ceux qui travaillent au ranch.

— On m'a demandé de tenir la presse à distance. Apparemment, Jack Conroy est poursuivi par les paparazzis.

— Un chanteur country qui sort à peine d'une cure de désintoxication ? Bien entendu ! Mais ce bon vieux Jack n'a pas changé !

— Tant mieux.

Kelly aurait voulu continuer à discuter, mais Cooper et lui avaient à faire.

— Dis-moi, tu comptes venir avec…

— Non, interrompit sèchement Kelly.

Il savait de qui parlait Cooper.

— Elle est ici avec toi ?

— Oui, bien sûr.

Ne tenant pas à poursuivre cette conversation, Kelly changea donc de sujet.

— Écoute, je n'y serai qu'à titre officiel, d'accord ?

Cooper acquiesça, la bouche pincée, puis il se détendit.

— À bientôt, alors.

Kelly le regarda s'éloigner, admirant la silhouette anguleuse sous le jean usé et la chemise qui paraissait trop large. Il se demanda ce que Cooper achèterait pour le mariage, puis secoua la tête. Il ne voulait pas y penser. C'était le passé, oublié depuis longtemps, inutile de le ressasser. Aussi se détourna-t-il et tendit-il à un passant un dépliant, avec un sourire avenant.

CETTE NUIT-LÀ, seul dans son lit, Kelly ne put s'empêcher de penser à Cooper Nelson. En venant à St Anthony, il savait qu'il le croiserait tôt ou tard, aussi avait-il été surpris que ça lui prenne près d'un an. Peut-être la rumeur que Coop vivait presque en reclus était-elle vraie. Ces retrouvailles après quinze ans de séparation avaient été… bizarres. Le temps n'avait pas été clément envers Coop.

Le Cooper Nelson dont Kelly se souvenait était tout à fait différent de celui qu'il avait croisé durant l'après-midi. Pourtant, les deux Cooper, le jeune homme et sa version plus mûre, s'avéraient tout aussi irrésistibles. Pas étonnant que Kelly ait été obsédé par Cooper dès qu'il avait posé les yeux sur lui, à l'école de droit.

MÊME AVANT d'atteindre la salle d'étude, Kelly entendit une voix qui s'élevait au-dessus des autres.

— Oui, mais dans le couloir, il y avait Tanker Lahaut. C'est son vrai nom, je vous le jure ! Elle avait tout d'un camion-citerne, alors, le surnom lui est resté. En arpentant les couloirs, elle vous coinçait dans les vestiaires, et impossible d'être en retard, sinon elle cafardait. Je jure...

La porte de la salle grinça quand Kelly la poussa. La conversation s'interrompit et sept paires d'yeux se tournèrent vers lui. Il ne supporta pas longtemps le silence létal.

— Hum... C'est bien le groupe d'études du cours du professeur Finkelstein ?

— T'es qui, toi ? demanda un gars assis sur une longue table en acajou.

— Kelly Freed.

— T'es sûr d'avoir l'âge requis pour être en droit ? L'université, c'est de l'autre côté de la ville.

— J'ai vingt-deux ans.

Le gars tendit les jambes et sauta de la table. Il avait un sourire incroyable, d'une blancheur aveuglante. Il avança vers Kelly, la main tendue.

— Cooper Nelson, j'ai deux ans de plus que toi. Bienvenue dans ce groupe, le seul moyen de réussir avec Fink.

— Oui, Coop, tu es bien placé pour le savoir. C'est la quatrième fois que tu suis sa classe, indiqua l'un des autres.

Cooper se retourna.

— Voilà pourquoi vous avez tous besoin de moi ! À présent, je connais tous les bons tuyaux. Et je te signale que je n'ai pas raté mes précédentes sessions, je préfère recommencer pour viser une meilleure note. Grâce à moi, vous n'aurez pas à redoubler.

— C'est déjà ce que tu as prétendu la dernière fois, Coop, indiqua l'une des filles.

Elle se leva et rejoignit Kelly.

— Ne l'écoute pas, reprit-elle. Il a une haute opinion de lui-même, on se demande bien pourquoi. Il veut se spécialiser dans la finance, parce que c'est ce qui paye le mieux. D'après moi, il ferait mieux de chasser le chien écrasé. C'est un menteur patenté...

Cooper l'interrompit en posant un bras très long sur les minuscules épaules de la fille.

— Je ne fais qu'édulcorer la vérité, mon chou. Si tout le monde faisait comme moi, l'existence serait bien plus facile.

La jolie brune tendit la main à Kelly en disant :

— Salut. Je m'appelle Nina. Ne tiens pas compte de Cooper. Il a bon fond, mais il se montre parfois un peu trop abrupt.

— Dis-moi, Kelly, que tu comptes faire quand tu seras grand ? demanda Cooper.

Il regarda autour de lui d'un air satisfait quand des rires accueillirent sa question. Kelly n'aimait pas trop se trouver la cible des plaisanteries, mais il savait que ce groupe était sa meilleure chance de réussir avec le professeur Finkelstein, notoirement impossible. Il se força donc à sourire et tenta de paraître décontracté.

— Du droit criminel, répondit-il, je veux entrer dans la police.

— D'accord, shérif, assois-toi, écoute et apprends.

KELLY ENFONÇA son visage dans son oreiller pour étouffer le grognement qui lui monta aux lèvres quand son orgasme explosa dans sa main. Il n'avait même pas été plus loin dans ses souvenirs : juste après la réunion, Cooper l'avait pressé contre le mur des toilettes des hommes pour dévorer sa bouche d'un baiser torride. Et il venait de jouir dans son pantalon comme un ado !

Étrangement, Kelly avait jadis été attiré par l'assurance de Cooper, qui semblait en permanence, forcer toutes les frontières, avec arrogance. Ils étaient devenus amis. Parfois, Kelly avait eu le privilège de découvrir un aspect plus calme de Cooper Nelson.

Il quitta son lit pour se nettoyer rapidement. Il en profita pour vérifier la chambre voisine : Nina y dormait paisiblement.

III

KELLY SAVAIT ne pas avoir de temps à perdre. Il se rendait au Blue River afin de voir Cooper et de lui demander son aide, rien de plus. Bon sang, pourquoi Coop n'avait-il pas de portable ?

Le moins qu'on puisse dire, c'était que les deux dernières heures avaient été tendues. Après l'avertissement de Tim Conroy, il s'était précipité dans une maison des faubourgs pour y trouver Rory McCown qui tenait John Delco au bout de son arme, ce qui correspondait peu à sa vision enfantine du « noble » travail d'un shérif. Mais, après des années passées dans les forces de l'ordre, il avait appris que la réalité correspondait peu à ses rêves d'antan. Pour commencer, même si sa vie était parfois merdique, il y tenait, aussi ne voulait-il pas mourir et devenir une statistique de plus. Il savait rester calme et confiant dans les situations de crise, mais également que mieux valait se montrer très prudent en présence de deux excités armés qui semblaient avoir du mal à contrôler leurs impulsions.

Tout s'était bien terminé, sans que personne ne soit trop grièvement blessé, Delco était en garde à vue et Rory rentré chez lui, avec Tim, après une promesse – donnée à contrecœur – de se présenter le lendemain à son agent de libération conditionnelle.

Pourtant, Kelly sentait bien que l'histoire ne faisait que commencer.

Il avait apprécié Tim dès leur première rencontre. Le garçon était tellement préoccupé par Rory que Kelly l'avait trouvé attachant. À plus d'une occasion, il avait fait un effort pour l'aider. En particulier quand il avait promis à Tim de surveiller ceux qui tentaient de renvoyer Rory en prison [3]. De toute évidence, Tim était amoureux fou. Il l'avait prouvé en se lançant au secours de Rory après une inondation, et c'était Kelly qui avait emmené le blessé à l'hôpital dans son hélico.

Aussi, quand Tim avait fait irruption au bureau du shérif pour réclamer son aide parce que Rory comptait s'en prendre à Delco, qui depuis sa sortie de prison ne cessait de le provoquer, Kelly n'avait pas hésité à agir. Sans

---

3 Voir *Entre déluge et sécheresse,* autre tome de la série.

doute n'était-ce pas l'une de ses meilleures idées, mais, par chance, il avait pu désamorcer la situation en évitant que les deux adversaires s'entre-tuent.

En interrogeant les deux parties au poste de police, Kelly avait constaté que Rory, calme et timide, s'excusait en toute sincérité d'avoir failli rendre la situation incontrôlable. Par contre, Delco était un psychopathe : devant sa conviction d'avoir tous les droits et sa haine insensée envers Rory, Kelly avait senti se hérisser les poils de sa nuque. Delco était prêt à tout pour faire replonger son ancien complice.

Le cas était délicat. Kelly avait vu Rory avec un fusil, ce qui suffisait à révoquer sa libération conditionnelle. Il ne restait plus à Rory que cinq jours à tirer, mais c'était un détail aux yeux de la justice, et son agent n'était pas du genre à faire des cadeaux. Kelly, futur shérif, devait en principe se montrer impitoyable envers les délinquants récidivistes. Pourtant, il préférait lui accorder des circonstances atténuantes. Contrairement à Love, l'agent qui gérait les libertés conditionnelles, Kelly croyait fermement à la réhabilitation des prisonniers. D'après ce qu'il avait vu, Rory avait bien réussi à se réinsérer : il travaillait dur et respectait la loi. Du moins, jusqu'à cet après-midi.

À présent, Rory allait avoir besoin de toute l'aide possible. Et voilà pourquoi Kelly se rendait au Blue River pour rencontrer Cooper.

Il se gara près d'une grange encore allumée et coupa le moteur. Il espérait que Coop accepterait au moins de lui parler.

En pénétrant dans la grange, il tomba sur Grant, le partenaire de Hunter, qui possédait le ranch : le cowboy, éclairé par une ampoule nue suspendue aux chevrons, brossait son cheval.

— Salut, Kelly, qu'est-ce qui vous amène ?

— Je cherche Cooper Nelson.

Grant pointa le pouce derrière son épaule.

— Il est dans le serre-bois. Nous avons passé l'après-midi à abattre un arbre énorme, alors, il s'en occupe probablement encore.

— Merci, répondit Kelly.

Il inclina son chapeau pour saluer Grant et tourna les talons, prêt à sortir. Le cowboy le rappela :

— J'ai entendu dire que Rory s'était fourré dans un mauvais pas, cet après-midi.

Légèrement hésitant, Kelly se retourna pour acquiescer.

— Je ne peux vous révéler une affaire en cours, mais c'est exact, il a des ennuis. Si ça ne tenait qu'à moi, je laisserais filer, mais je ne suis pas tout seul à décider. Voyez avec Tim, il vous en dira plus.

Grant n'insista pas et le laissa s'en aller.

KELLY TROUVA sans peine le serre-bois : une vive lumière jaune émanait de la porte ouverte. En entrant, il vit Cooper qui balayait des copeaux dans la remorque du tracteur. Malgré l'air automnal rafraîchi, il transpirait abondamment.

Cooper le laissa attendre un moment avant de demander d'un ton bourru :

— Que fais-tu là ?

— Je te cherchais. Peut-on discuter quelque part ? En privé ?

— Qu'est-ce que tu veux ?

Sa voix exprimait un manque flagrant d'intérêt. *Manifestement*, pensa Kelly, *Cooper n'éprouvait aucune envie de lui parler*. Il décida donc d'aller droit au but.

— C'est au sujet de Rory McCown. Il a violé sa libération conditionnelle. Il a besoin de toi.

— De moi ? Pourquoi ? Il devrait voir son avocat commis d'office, rétorqua Cooper.

Il continuait à balayer.

— Justement, il est tombé sur Sean Goddard, se contenta de répondre Kelly.

— Le fils de Norm ? J'ignorais qu'il avait quitté son berceau.

Kelly eut un petit rire, plus nerveux qu'amusé. La réflexion de Cooper n'était pas particulièrement drôle.

— Il vient juste d'être admis au barreau. Tu connais son père, je présume ?

Cooper acquiesça.

— Bien sûr. Il a été mon principal concurrent quand je me suis installé ici. Le gros requin a eu la bonté de me laisser ma part du gâteau.

— Je ne crois pas que Sean ait sa chance contre Emmett Love.

— Bon sang ! s'exclama Cooper. Emmett Love ? Avec un nom pareil, il est difficile de croire qu'il ne connaisse rien à l'*amour* ! Il avait la réputation de toujours renvoyer les libérés conditionnels en prison. Je devine que l'âge ne l'a pas rendu plus indulgent.

— Non, confirma Kelly. Il va vouloir la peau de Rory.

— Pas étonnant.

— Rory a besoin de toi, Coop.

— Je ne peux rien faire pour lui. Je ne suis plus avocat.

— Tu le seras toujours, Coop. Tu avais l'esprit juridique le plus retors de ma connaissance

De sous le rebord de son chapeau, Cooper le dévisagea.

— Justement, je *l'avais*. Au passé. Ils m'ont radié, Kelly, dépouillé de mes droits. Je ne pourrais représenter Rory, même si j'y tenais. Ce qui n'est pas le cas.

— Tu n'as pas à le représenter, juste à le conseiller. Ça lui fera du bien d'apprendre qu'il n'est pas tout seul.

Cooper se tenait droit, la tête haute, appuyé sur son balai.

— Nous sommes tous de son côté. Il est avec Tim et il travaille ici, avec nous, au ranch. Un gars sympa… mais je vois mal comment l'aider.

Kelly sourit. Si sa mémoire ne le trompait pas, l'éclat des yeux clairs annonçait que Cooper retrouvait son esprit combatif, même si son langage corporel exprimait toujours la méfiance.

— Rory a besoin qu'on lui prouve que ça vaut la peine de se battre. Il a également besoin que quelqu'un se porte garant de lui. D'après ce que j'ai entendu dire, tu es le seul homme en ville capable d'influencer Emmett Love.

Cooper rangea son balai.

— Non. Nous ne sommes pas intimes. Il ne m'a jamais intéressé.

Il agita les sourcils avec provocation. Tout à coup, Kelly se retrouva dans la bibliothèque de l'école de droit : au temps de leur groupe d'études, c'était leur lieu de prédilection pour baiser. Sur les longues tables, ou dessous.

Merde, Cooper !

— Eh bien, fais semblant, ordonna Kelly. Juste pour cette fois et pour aider Rory. Love est certainement décidé à le renvoyer pour un an en prison d'État. Je voudrais le convaincre de le laisser à la prison du comté pour les quelques jours qui lui restent de sa liberté conditionnelle.

— Ça ne dépend pas de toi…

— Je sais, c'est au procureur du comté d'en décider, mais tu le connais, il se contentera d'accepter la sentence. Si Love lui propose une solution courte, il signera sans discuter. Et Sean Goddard n'aura rien d'autre à faire que marquer son accord. Et le juge signera lui aussi… Avec un petit coup de pouce, tout se mettra en branle en douceur. Tu le sais bien.

— Oui, ça vaut le coup d'être tenté.

Kelly éprouva une envie terrible de prendre Cooper dans ses bras pour l'embrasser éperdument. Il eut l'impression de percevoir un parfum viril de transpiration, mais sans doute était-ce un effet de son imagination, car la forte odeur du bois annihilait toute autre fragrance. Il fit un pas en avant.

Cooper se raidit. Le constatant, Kelly se contenta de lui envoyer un petit coup de poing amical dans le bras.

— J'étais certain de réussir à te convaincre !

Cooper haussa les épaules.

— À mon avis, Emmett Love refusera de me recevoir.

— Ça vaut quand même le coup d'essayer. Même si ça ne marche pas, Rory saura au moins que tu le soutiens.

— D'accord, conclut Cooper. À quelle heure veux-tu que j'aille en ville ?

IV

Bon Dieu, c'était agréable d'affronter Emmett Love !

Autrefois, quand Cooper était encore avocat, il avait très souvent réussi à faire descendre l'arrogant personnage de son piédestal. Pour dire la vérité, il lui était même arrivé d'entendre Emmett maugréer et lui conseiller de trouver quelqu'un d'autre à harceler. À l'époque, Cooper se contentait d'arborer un sourire suffisant.

À l'heure actuelle, il se sentirait probablement coupable d'une telle réflexion. Malgré tout, c'était agréable d'affronter un nouveau défi : forcer l'agent à remettre en question sa croisade contre les récidivistes et admettre que Rory McCown avait des circonstances atténuantes. Toute sa vie, le gars n'avait reçu que des cartes pourries et aujourd'hui, il n'avait fait que tenter de défendre ce qu'il avait bâti depuis sa libération.

Cooper avait un petit faible pour Rory. Pas au sens romantique ni même simplement lubrique, mais il éprouvait pour lui de l'admiration. En tant qu'avocat, il avait défendu bon nombre de délinquants, sans jamais rencontrer un cas pareil. Rory se levait tôt, travaillait dur, gardait la tête baissée et ne se plaignait jamais. Certes, il n'avait pas trop l'esprit d'équipe, mais c'était un travers que Cooper respectait. Lui aussi, la plupart du temps, préférait travailler seul. De plus, il appréciait les hommes qui parlaient peu, mais remarquaient tout.

Et Rory avait gagné le respect des autres cowboys pendant un violent orage, quelques mois plus tôt : alors que deux chevaux et un poulain s'étaient échappés, il avait organisé une grange pour les premiers secours, tout en veillant à pourvoir un petit déjeuner pour le retour des hommes épuisés. Rory avait du bon sens et la tête sur les épaules, aussi Cooper était-il un peu surpris de constater qu'il se faisait toujours prendre à chaque infraction qu'il commettait. D'après lui, Rory avait bien besoin d'un répit.

En son for intérieur, Cooper reconnut être heureux que Rory ait trouvé le bonheur avec Tim. Des trois frères Conroy, le benjamin avait toujours été son préféré. Tim était un optimiste invétéré – toujours à voir le verre à moitié plein – et il avait aidé Rory à rester sur le droit chemin depuis sa sortie de prison.

Bien, Cooper avait accompli sa tâche. À présent, il n'y avait plus qu'à attendre la décision du juge.

Pourtant, il continua à penser à Rory et Tim, car son travail – des réparations dans la sellerie – était routinier et ne réclamait pas toute son attention.

— Tu es parfois sacrément difficile à trouver !

Surpris, Cooper tressaillit et leva les yeux. Deux jours d'affilée où Kelly se présentait au ranch ? Il l'étudia d'un regard rapide – veste en peau de mouton retourné, jean et bottes. Bon sang, il ressemblait plus que lui à un cowboy !

Mais Cooper savait qu'il devait détourner les yeux.

— Le ranch est plutôt grand, répondit-il, mais je ne suis qu'un employé, il n'y a qu'une poignée d'endroits où je suis censé me trouver.

Sa voix soigneusement contrôlée n'exprimait rien de sa surprise de revoir aussi vite son ancien condisciple.

— J'ai dû demander à droite à gauche pour savoir où tu étais. Une fois de plus ! ajouta Kelly, avec un sourire un peu gêné.

— Tu vas finir par lancer une rumeur. Personnellement, ça ne me gêne pas, mais toi, adjoint Freed, tu es un homme marié. Et tu es en campagne pour devenir notre nouveau shérif.

D'après Cooper, le visage de Kelly exprimait la tristesse

— Je crois que je ne risque rien, répondit-il, Grant, le mec de ton patron, ne me semble pas du genre à répandre des ragots. D'ailleurs, je n'aurais pas à mentir en réfutant une éventuelle rumeur : elle serait fausse.

— D'accord.

Inutile de taquiner davantage Kelly, décida Cooper. De plus, il trouvait plutôt attendrissant que l'adjoint du shérif ait gardé le même cœur tendre qu'au temps de l'université.

— Qu'est-ce que tu me veux ? ajouta-t-il.

Sans attendre la réponse, il se retourna pour ranger la selle qu'il venait de réparer.

— Je voulais juste te remercier d'avoir vu Emmett Love.

— Tout ça ne servira à rien s'il renvoie quand même Rory un an en prison. Ça le tuerait. Et Tim aussi. Je dois admettre que j'ai apprécié de les aider. Tous deux le méritent bien.

Cooper se dirigea vers l'établi et le nettoya, enlevant la graisse et les chiffons qu'il venait d'utiliser. Puis il croisa le regard de Kelly.

— À présent, reprit-il, je veux savoir pourquoi tu es revenu.

Surpris par cette question directe, Kelly haussa les sourcils.

— Je.... Tu....

Le rire de Cooper brisa la tension. Il donna aussi à Kelly le temps de retrouver ses esprits.

— Je voulais t'inviter à dîner, expliqua-t-il. Samedi soir. J'ai parlé de toi à Nina et elle aimerait te revoir.

— Ça vient donc de Nina, pas de toi ?

— Je n'ai pas dit ça, Coop.

Cooper gloussa. Il n'avait pas eu l'intention de laisser transparaître ses sentiments. Il espérait juste que Kelly était toujours aussi obtus qu'autrefois en ce qui le concernait : au début de leur relation, il ne réalisait pas du tout ce que Coop éprouvait pour lui. Cooper avait dû s'expliquer !

— D'accord, à quelle heure veux-tu que je vienne ?

Il désirait revoir Nina. Il l'imaginait très mal devenue une docile petite épouse de shérif, tenant sa maison et lui servant ses repas tout en le suivant dans les pérégrinations de ses diverses affectations. Sans doute s'était-elle trouvé des occupations – qui n'étaient pas de s'occuper de sa progéniture. Car Cooper avait déjà posé la question : le futur shérif n'avait pas d'enfant.

— Donne-moi l'heure qui t'arrange, ajouta-t-il, je serai ponctuel.

— Viens dès que tu auras terminé ton travail, répondit Kelly.

Cooper acquiesça.

— D'accord, répéta-t-il.

Peu après, il regarda Kelly s'en aller. Il reprit sa tâche et ne sortit pas avant que la grange soit immaculée.

UNE FOIS dehors, Kelly porta la main à son nez. La graisse pour cuir de selle allait-elle devenir pour lui une odeur associée à Coop ? Sur une impulsion, il s'était emparé d'un des chiffons abandonnés sur l'établi pendant que Cooper lui tournait le dos pour ranger la selle sur laquelle il avait travaillé. À son arrivée, la grange tout entière avait une odeur de graisse, ce qui lui avait brusquement rappelé ses premiers cours d'équitation donnés à Cooper, durant une visite au ranch de ses parents.

En rencontrant Coop, Kelly avait rapidement découvert qu'il était citadin – et pas issu des bons quartiers ! C'était le fils aîné d'une mère célibataire et prolétaire qui occupait trois boulots en même temps pour rester à flot. En réaction, Cooper avait obtenu des résultats exceptionnels dans une école publique – qui l'était nettement moins. Du coup, il avait pu demander une bourse dans une université de l'*Ivy League* [4]. Bien sûr, il avait dû travailler comme un malade pendant ses études, mais, doté d'une détermination féroce, il n'avait jamais jeté un regard en arrière.

Kelly était d'une famille aisée. Son père, après avoir épousé la fille unique d'un riche rancher, avait renoncé à une brillante carrière pour s'occuper de l'exploitation de son beau-père. Les trois enfants du couple avaient été pourris gâtés, y compris Kelly, le second de la fratrie. Il avait fréquenté une école privée et satisfait son père en réussissant plutôt bien dans l'*alma mater* [5] paternelle, ce qui garantissait son admission en école de droit. Bien que son grand-père ait rêvé de le voir devenir un brillant avocat d'affaires, Kelly avait vite annoncé qu'il préférait les forces de l'ordre au cabinet privé.

Pendant les vacances de printemps, il avait invité Cooper au ranch familial. Toute l'année, ils avaient été inséparables, aussi n'envisageaient-ils pas des congés éloignés l'un de l'autre. Ils avaient été contraints de faire chambre à part, bien entendu, et d'éviter de se peloter devant la famille de Kelly, mais cette clandestinité forcée les avait plutôt amusés. Kelly avait appris à Cooper les bases de l'équitation afin de pouvoir le balader dans les coins les plus éloignés du ranch et se livrer à des jeux plus intimes : se baigner nus dans le lac et baiser en plein air.

Ils furent découverts quand Betsy, la sœur de Kelly, les surprit dans le plus simple appareil. Ils ne faisaient rien de mal, mais, paniquée, elle se précipita à la maison tout rapporter à son père. Plus tard au cours de la même soirée, Kelly fut convoqué dans le bureau paternel.

Aujourd'hui encore, il gardait en mémoire cet entretien délicat.

— *POURQUOI AS-TU invité ce garçon, Kelly ?*

— *Ce n'est pas un* garçon, *papa. Il est plus âgé que moi, et je ne suis plus un* garçon *depuis longtemps, avant même que je quitte la maison pour aller à l'université. C'est toi-même qui me l'as dit.*

---

4 Groupe de huit universités privées du nord-est des États-Unis, parmi les plus anciennes et les plus prestigieuses du pays, à connotation d'excellence, de grande sélectivité et d'élitisme social.

5 Expression latine « mère nourricière » que les Américains utilisent de façon allégorique pour désigner l'université où l'un d'eux a fait ses études.

— Il a une mauvaise influence sur toi. C'est lui qui te pousse à des expériences... qu'un jeune homme devrait éviter.

— Qu'est-ce que tu racontes ?

Son père agita une main dédaigneuse.

— Tu te baignes nu et il y a aussi... ce que ta sœur a vu.

— Qu'est-ce que Betsy a bien pu voir ? Nous avons nagé dans le lac, rien de plus, je te le jure ! Si elle t'a raconté autre chose, c'est une menteuse !

Il aurait voulu prétendre qu'il n'était rien arrivé, mais là, ce serait lui le menteur. Rien n'était arrivé cet après-midi parce que Betsy les avait interrompus avant qu'ils aient le temps de passer aux actes. Si elle était arrivée une demi-heure plus tard, Kelly savait bien qu'elle les aurait surpris en pleins ébats.

Son père fronça les sourcils.

— Aurait-elle pu en voir davantage ?

— Non ! Papa, nous ne faisions que nager.

— Nus.

— Parce que nous avions oublié nos maillots. D'ailleurs, Cooper n'en possède pas. Et nous n'avions pas prévu de nous baigner.

— Dans ce cas, pourquoi être allés jusqu'au lac ?

— Je voulais montrer les alentours à Cooper. Je lui ai appris à chevaucher, je veux maintenant qu'il s'entraîne régulièrement.

Là au moins, ce n'était pas un mensonge. En fonction du contexte, « chevaucher » avait plusieurs sens

— Pourquoi souris-tu ?

Kelly n'avait même pas réalisé son changement d'expression.

— Bets a été ridicule de venir t'ennuyer avec cette histoire. Franchement, elle est pratiquement mariée, je n'aurais pas cru qu'elle puisse s'offusquer de voir un homme à poil.

Durant ce petit discours, Kelly fut assez satisfait d'avoir appris au cours de l'année, durant des exercices pratiques, à se sortir d'une situation difficile.

Son père s'emporta.

— J'ignore le genre de femmes que tu fréquentes dans ton école de droit, Kelly, mais Elizabeth est une fille respectable. Bien sûr qu'elle a été choquée ! La nudité d'un frère n'a rien de comparable à celle d'un étranger.

Kelly chercha à rester impassible. Sa sœur aînée était pudibonde, aussi voulait-il bien croire qu'elle avait été choquée de les trouver nus.

Étant enfant, elle avait déjà l'habitude de se sauver en hurlant quand Kelly et sa sœur cadette sortaient de la salle de bain en tenue d'Adam et Ève pour retourner dans leurs chambres respectives.

— Elle s'en remettra, papa.

Freed senior secoua la tête.

— Je veux que M. Nelson s'en aille. Dès ce soir. Avant le dîner. Donne-lui de quoi payer son billet et même un supplément pour s'acheter à manger dans le bus.

— Quoi ? cria Kelly.

— Il n'est pas de notre monde, Kelly. Tu dois bien t'en rendre compte.

Kelly fit l'effort de répondre calmement.

— Il sera le plus brillant avocat de sa promotion. Avec une intelligence pareille, personne ne se soucie qu'il ne sorte pas d'une école privée, papa. Il m'aide à travailler, alors, ne méprise pas trop l'endroit d'où il vient. Il sait mieux que personne la valeur du travail pour atteindre son but.

Il était conscient d'en faire un peu trop pour défendre Cooper. Et il se montrait trop véhément, mais bon sang, il l'aimait.

Il inspira profondément pour se calmer.

— De plus, reprit-il, c'est un invité. On ne jette pas un invité à la porte. Ce serait très impoli.

— Oh, Kelly ! se lamenta son père. À t'entendre, cet homme est capable d'accrocher la lune et les étoiles.

Se détournant, il fit face à la fenêtre avant d'enchaîner d'un ton implacable :

— J'ai pris ma décision. Va te changer pour être prêt à descendre dîner quand ta mère t'appellera, mais auparavant, demande à M. Nelson de quitter la maison.

— Non, répondit Kelly.

— Non ?

— Non. S'il s'en va, je pars avec lui.

KELLY SOURIT en évoquant son élan de bravoure. Effectivement, il avait fait ses valises et annoncé à Cooper un retour prématuré à l'université. Dans la voiture, durant le long trajet, la véritable cause de leur renvoi émergea peu à peu. Cooper avait su se montrer très persuasif pour forcer les aveux de Kelly. Ensuite, il resta muet. Et Kelly se souvenait encore ne pas avoir su comment réagir à ce silence.

Une fois à l'école, la situation entre eux redevint normale. L'incident ne fut plus jamais évoqué et Kelly n'invita plus Cooper chez lui. Il ne retourna d'ailleurs que rarement et brièvement au ranch – quand sa mère devenait trop insistante.

Une fois Cooper diplômé, le problème s'était résolu de lui-même : il était parti.

Par la suite, jamais Kelly ne retrouva avec ses parents sa relation d'antan, pas même après leur avoir présenté Nina, sa future épouse. La raison en était simple : à ses yeux, son père n'était plus le dieu qu'il voyait en lui étant plus jeune. Il savait désormais la vérité : c'était un sectaire à l'esprit étroit.

Jamais Freed senior n'accepterait la vraie nature de son fils.

V

EN PRENANT le volant d'un des pickups du Blue River, Cooper inspira un grand coup pour se nettoyer l'esprit. Il était mal à l'aise dans ses nouveaux vêtements, pantalon et chemise, et ses joues le démangeaient : pour une fois, il venait de se raser.

À peine Kelly parti, il avait compris le plein impact de cette invitation à dîner : ça faisait quinze ans qu'il n'avait pas revu Nina. Pourtant, il l'avait connue bien avant Kelly. Elle avait été sa complice dans tous les mauvais coups avant que Kelly rejoigne le groupe. Ils s'étaient rencontrés à l'université et, plus tard, avaient été acceptés ensemble dans la même école de droit. À l'époque, Nina, fermement décidée à sauver le monde, voulait faire carrière dans la politique et représenter « les gens ». Elle avait déjà organisé son parcours pour atteindre ses objectifs : devenir l'assistante du DA [6], puis se présenter aux élections suivantes pour prendre le poste. Elle avait tout prévu. Cooper ne la comprenait pas. Pourquoi se donner la peine d'être en tête de classe pour viser un emploi payé des cacahuètes ? Lui, il voulait de l'argent. Pourtant, il aimait bien Nina, il la respectait. Une fille si obstinée qu'elle aurait sans doute pu le convaincre de partager son lit, lui, Cooper, un gay affirmé. Elle ne l'avait jamais tenté et il lui en était reconnaissant. Il savait pourtant qu'elle s'intéressait à lui, sexuellement parlant. Peut-être qu'avoir un homosexuel à son palmarès ferait tache dans son CV ? Ou alors elle se doutait que Cooper ne pourrait pas l'aider dans sa carrière. Il ignorait ses raisons et s'en fichait. Nina restait une amie formidable.

C'était aussi à cause d'elle qu'il avait abandonné Kelly.

Ou plutôt, c'était l'une des raisons qui avaient poussé Cooper à partir.

À l'école de droit, Nina et Kelly s'étaient immédiatement bien entendus. Dès les premières semaines, Kelly suivait Nina partout, comme un chiot affectueux. En le voyant faire, Cooper se demandait souvent si le

---

6 *District Attorney*, « procureur de district » fonctionnaire élu qui, aux États-Unis, représente le gouvernement dans la poursuite d'infractions ; c'est le plus important titulaire de sa juridiction.

mec pourrait un jour s'en sortir seul dans la vie. Nina avait fait entrer le petit nouveau dans le groupe d'étudiants qui rédigeait la *Revue Légale*, le journal universitaire, puis elle l'avait aidé à choisir ses options. Elle lui avait aussi obtenu un petit boulot au sein du cabinet d'avocats où elle-même faisait son stage, affirmant que l'expérience serait intéressante. Après avoir surveillé ses manœuvres d'un œil amusé, Cooper était passé à l'attaque. Une semaine plus tard, Kelly quittait le lit de Nina pour le sien. Ils étaient devenus « les trois mousquetaires » du campus.

À l'époque, Nina était mignonne, mais d'un trop petit format pour être un vrai canon. Aussi portait-elle des talons incroyablement hauts et un maquillage outrancier, toujours impeccable, pour se donner du chien. Ses cheveux noirs, coupés courts, et ses jupes minimalistes faisaient un peu mauvais genre, mais personne ne cherchait à prendre à elle. Un jour, elle avait agressé physiquement un étudiant footballeur à la suite d'une remarque graveleuse sur les arrivistes qui ne réussissaient à entrer dans un gros cabinet qu'en couchant avec tous les avocats disponibles. Elle l'avait assommé pour le compte, bien qu'elle lui arrive à peine à l'épaule. Par la suite, tous avaient surveillé leurs paroles en sa présence. Aux dernières nouvelles, le footballeur était scribouillard dans une petite boîte.

Avec un sourire, Cooper quitta la ville et tourna sur la route menant chez Kelly. Ça leur ferait sans doute un drôle d'effet à tous les trois, de se retrouver réunis après si longtemps. Après son départ, Kelly et Nina étaient restés ensemble, puis ils s'étaient mariés. Cooper l'avait appris via le journal des anciens élèves. Au moment du mariage, Nina était déjà lancée dans la carrière qu'elle avait choisie. Ce qui s'était passé ensuite, Cooper l'ignorait, mais Nina n'était manifestement pas devenue procureur. Sinon il en aurait entendu parler, aussi loin soit-il à présent de ce petit monde juridique. En fait, de leur ancien trio, Kelly était le seul à avoir réalisé son rêve : il s'apprêtait à devenir shérif du comté. S'il était élu…

Cooper gara son truck et contempla la maison : un joli petit ranch en bois, de plain-pied, très bien entretenu. Un porche en faisait le tour, sans fleur ni autre décoration. La cour méritait sans doute un peu d'entretien, mais Cooper devina que Kelly avait d'autres priorités. Il coupa le moteur et descendit de son pickup.

Au même moment, un jeune inconnu apparut sur le perron, il dévala les marches et s'approcha de Cooper, qui s'était immobilisé.

— Puis-je vous aider ?

— Je suis Cooper Nelson. Kelly et Nina m'ont invité à dîner.

Le jeune homme acquiesça.

— Oui, je sais. Je suis Theo. Entrez, entrez. Puis-je vous offrir à boire ?

— Une bière, volontiers, merci.

Theo ouvrit la porte et la tint pour laisser passer Cooper.

— Traversez la maison, c'est tout droit, dit-il. Ils vous attendent sur la terrasse.

Il pointa du doigt un couloir avant de disparaître dans une pièce sur la droite – *la cuisine, sans doute*, pensa Cooper. À peine la porte refermée sur Theo, il se trouva seul, aussi prit-il la direction indiquée. Il poussa une porte protégée d'un écran moustiquaire et ressortit sur le porche, derrière la maison.

Il pivota en entendant un bourdonnement.

— Salut, Coop.

Cooper sentit sa gorge se serrer. Une femme se trouvait là, le dos au mur, attachée par des sangles dans un fauteuil roulant électrique et high-tech. Cooper ne l'aurait pas reconnue sans les cheveux noirs coupés courts, le maquillage impeccable, le vernis à ongles rouge vif. C'était le fantôme de celle qu'il avait quittée quinze ans plus tôt.

Il déglutit pour tenter de faire passer la boule qui l'étranglait.

— Salut, Nina, grommela-t-il.

— Je sais, répondit-elle, manifestement avec un certain effort. Ce n'est pas non plus la réunion que j'espérais.

Elle s'interrompit pour respirer plusieurs fois.

— Mais, reprit-elle, je tenais à affronter le taureau par les cornes.

Cooper acquiesça, tout en essayant de retrouver sa voix. Les mots lui échappaient. Elle eut un petit rire.

— Eh bien, je réussis au moins à te couper le sifflet. À l'école, je n'y parvenais jamais.

Mal à l'aise, Cooper avança d'un pas. Bon sang, c'était son amie ! Et elle souffrait. Pourquoi n'était-il pas capable de lui remonter le moral, comme il le faisait toujours autrefois ?

— Assois-toi, Coop, dit-elle. Je ne mords pas. Je ne mords plus.

Cooper gloussa. Puis Theo les rejoignit en lui apportant une bière. Il posa un dessous de verre sur la table et mit dessus la bouteille glacée, où l'eau perlait. Il tendit également un verre à Cooper.

— Voulez-vous que je la décapsule ou préférez-vous vous en charger ?

— Merci, ça va aller. Je travaille dans un ranch, vous savez. Nous n'utilisons pas de verre, nous buvons la bière directement à la bouteille.

Theo se tourna vers Nina :

— Avez-vous besoin de moi avant que je vous laisse discuter tranquillement avec votre ami ?

— Oui, pourriez-vous m'en rapporter un ?

D'un mouvement de tête, elle désignait le verre avec une paille qui se trouvait dans un support métallique à proximité son épaule.

— Tout de suite, annonça Theo.

Il prit le verre et retourna dans la maison.

Nina regarda Cooper droit dans les yeux.

— D'accord, pose-moi tes questions,

Cooper s'installa dans le siège auprès d'elle et sirota sa bière pour se donner un moment de réflexion. Très vite, Theo revint. Il remplaça le verre et fit tourner la paille pour permettre à Nina de l'atteindre, puis il disparut. Cooper ne savait trop quoi demander. Bien entendu, il voulait savoir ce qui s'était passé, mais en même temps, il se rendait compte que beaucoup de temps s'était écoulé. Quelques questions ne réussiraient jamais à tout couvrir… ni à faire admettre à Nina qu'il tenait encore d'elle.

Il se contenta de dire :

— Je n'avais pas compris à quel point tu m'avais manqué, Nine. En tout cas, pas avant de te revoir.

Elle ricana, même si seules ses épaules remuaient.

— Foutaises !

Puis elle retrouva son sérieux pour ajouter :

— Même si je t'ai manqué, tu pensais bien plus à Kelly, j'en suis certaine.

Cooper se sentit mieux en comprenant que, malgré son aspect fragile et son fauteuil roulant, Nina n'avait pas changé.

— À mon tour de te dire : foutaises ! répliqua-t-il.

— Oh, non, Cooper, je te rappelle que le beau parleur, ça a toujours été toi.

Il faillit poser la main sur la sienne, puis se ravisa. Puis il la dévisagea, craignant qu'elle ait mal interprété son recul.

— Tu peux me toucher, Coop, indiqua-t-elle. Je ne vais pas me casser pour autant. J'aime les contacts. Sans doute parce que moi, je ne peux plus toucher personne. En tout cas pas sans une aide.

D'un geste hésitant, il effleura les doigts émaciés. À sa grande surprise, ils étaient chauds. Enhardi, il prit franchement la petite main inerte dans la sienne.

— C'est très agréable, dit-elle.

Cooper sourit.

— Je me souviens qu'autrefois, tu avais toujours les mains glacées. Je passais mon temps à te les réchauffer.

— Dans le Massachusetts, les hivers étaient plutôt froids, rétorqua-t-elle avec un sourire.

— Dans l'Idaho aussi.

— Je sais. Je l'ai constaté en devant rester enfermée dans la maison. Mon fauteuil roulant n'aime pas la neige, mais moi, je l'adore. Je regrette pourtant que le pauvre Theo doive pelleter chaque fois qu'il sort faire les courses.

— Alors, Theo est ton aide-soignant ?

— Oui, et aussi mon assistant. Il s'occupe du ménage, de la cuisine et de me tenir compagnie, une liste qui n'est pas exhaustive.

Cooper lui trouva l'air un peu triste, il resserra doucement son emprise sur ses doigts.

— Kelly aussi s'occupe très bien de moi, reprit-elle, mais à mon avis, un mari n'a pas à jouer les infirmiers. Il est trop difficile de se disputer avec quelqu'un qui vous torche.

Cooper sourit. Pourtant, cette conversation le mettait mal à l'aise. Il détestait voir Nina aussi vulnérable. De plus, même s'il savait depuis longtemps qu'elle aimait Kelly, l'entendre parler de son « mari » lui restait douloureux.

Elle parut deviner le tour que prenaient ses pensées.

— Il est là, annonça-t-elle. Je parle de Kelly. Je n'ai pas été surprise qu'un soi-disant « imprévu urgent » ait réclamé son attention à l'heure où tu devais arriver. À mon avis, il a voulu nous donner le temps de nous retrouver.

— Il est dans la maison ? demanda Cooper.

Il se sentit très bête : pris par ses émotions, il n'avait rien remarqué.

— Il parle à Theo. J'entends toujours aussi bien, tu sais, une des rares choses qui fonctionnent encore chez moi.

Cooper tendit l'oreille, essayant de surprendre la conversation. Il aperçut les deux hommes à travers la moustiquaire qui séparait la cuisine du porche : tout sourire, Kelly évitait un coup de torchon de Theo. Cooper en ressentit un élan de jalousie, dix fois pire que celui qu'il venait d'éprouver avec Nina. Était-ce le compromis que Nina avait accepté ? En plus de ses fonctions envers l'épouse, Theo était-il aussi l'amant du mari ?

— Cooper ?

La voix de Nina. Il sursauta et se tourna pour la regarder.

— Quoi ?

— Ça va ?

— Oui, bien sûr.

La porte s'ouvrit, Kelly les rejoignit. Il portait un jean et une chemise écossaise, un vrai cowboy !

— Theo m'a prévenu de ton arrivée, Coop. Tu as pu renouer avec Nina, je présume… ajouta-t-il avec un coup d'œil à sa femme ?

— Un peu, répondit Cooper.

Il fit l'effort de détourner les yeux, sachant très bien que si son regard s'attardait trop sur Kelly, Nina le remarquerait.

Kelly s'adressa à sa femme :

— Tu lui as expliqué ce qui t'est arrivé ? Il est au courant ?

— Non, nous n'en sommes pas encore là.

Kelly lui prit la main, qu'il caressa tendrement.

— Eh bien, tu le devrais, dit-il. Parce qu'il y a une sacrée tension entre vous deux. On pourrait presque la couper au couteau.

Nina sourit. Cooper prit une autre gorgée de sa bière. Il reposait sa bouteille sur la table quand Theo leur apporta un plateau garni de tacos et de sauce salsa [7]. Cooper aurait préféré que le garçon reste dans la cuisine pour enfin permettre à la discussion d'avoir lieu.

— Le dîner sera prêt dans une demi-heure environ, annonça Theo.

— Je m'occuperai de faire entrer Nina, déclara Kelly, vous n'aurez donc qu'à vous charger du dîner.

Cooper en fut très satisfait : ils auraient au moins une demi-heure d'intimité.

— Vous ne voulez rien d'autre à boire ? demanda Theo.

— Ne vous inquiétez pas, je m'en chargerai, répondit Kelly avec un sourire éblouissant.

Le silence retomba pendant que Theo retournait dans la maison. Puis Nina inspira profondément et se lança :

---

7 Pléonasme typiquement français, car « *salsa* » signifie déjà « sauce » en italien et en espagnol (NdT).

— J'ai une maladie du neurone moteur [8], annonça-t-elle. Je suis comme Stephen Hawking [9], mais sans son exceptionnel cerveau.

— C'est discutable, plaisanta Kelly.

Cooper remarqua alors les yeux de Kelly : ils n'exprimaient pas le chagrin auquel il se serait attendu. Il ne connaissait pas grand-chose à la maladie dont souffrait Nina, mais, à la voir ainsi dans son fauteuil, il savait que c'était grave. Lui aurait été dévasté de voir son partenaire dans cet état. Il baissa les yeux sur le pouce de Kelly, qui caressait les tendons qui tendaient la peau de Nina.

— J'ai été atteinte bien plus jeune que la normale, indiqua Nina. Du coup, la maladie progresse plus lentement. En clair, la torture dure plus longtemps. Quand j'ai été diagnostiquée, on m'a donné trois ans d'espérance de vie… c'était il y a huit ans. Actuellement, je suis plus mobile que M. Hawking, mais très bientôt, je vais perdre le contrôle des muscles de mon cou et de mon visage. J'aurais alors besoin d'une assistance respiratoire. En attendant, comme tu peux le constater, je ne suis pas encore morte.

Elle souriait toujours et Cooper trouva ce sourire plus bouleversant encore que de la tristesse. Il ne trouva rien d'autre à dire que :

— Je suis désolé.

— De quoi ? Que je ne sois pas encore morte ou de ce qui m'est arrivé ?

Si la question était venue d'une autre, ça aurait pu sembler une accusation, mais c'était bien la Nina dont Cooper se souvenait : directe, allant droit au but. Cooper comprit que, faisant toujours partie du cercle de ses intimes, il pouvait donc être traité avec plus de franchise brutale qu'un étranger lambda.

— Je suis désolé que tu sois malade, précisa-t-il. Pas que tu sois encore en vie, bien entendu. Ça me fait plaisir que nous nous retrouvions tous les trois.

— Les trois mousquetaires, déclara Kelly avec un sourire forcé. Tu veux de la salsa ?

---

8 État rare du système nerveux qui mène à la perte de contrôle musculaire et peu à peu à l'invalidité totale.

9 Physicien théoricien et cosmologiste britannique, né en 1942, qui souffre d'une forme rare de sclérose latérale amyotrophique (SLA) l'ayant laissé presque complètement paralysé au fil des années.

Cooper se servit, par politesse, car il n'avait plus d'appétit. Nina… sa Nina… leur Nina, était condamnée. Tout ce qu'il avait manqué pendant ces quinze années commençait à l'obséder.

— Qu'est-ce que tu préfères ? demanda Nina. Connaître toute l'histoire ou juste les principaux événements ?

Cooper déglutit. Combien de temps allait durer cette épreuve ? D'un autre côté, Nina et Kelly vivaient cette torture tous les jours. Qu'il écoute leur histoire était la moindre des choses.

— Dis-moi tout ce que tu veux.

Kelly proposa à Nina un taco, qu'elle refusa d'un signe de tête.

— Nine, protesta-t-il, tu m'avais promis de manger !

— Oui, je sais, mais je n'ai pas envie de taco. De plus, je tiens à ce que Coop sache ce qui s'est passé. Tu sais bien que j'ai du mal à parler longtemps, surtout s'il faut en plus que je dépense mon énergie à manger.

— Si tu es trop fatiguée, je prendrai le flambeau, assura Kelly.

— Tout a commencé quand je suis tombée enceinte. À l'époque, je travaillais au bureau du DA et cette grossesse n'était pas prévue.

Elle tourna les yeux vers Kelly, qui lui serra les doigts pour lui marquer son soutien. Ensuite, Nina reporta son attention sur Cooper.

— J'étais tout le temps fatiguée, reprit-elle, je me sentais affaiblie. Parfois, j'avais du mal à monter les escaliers. Or les salles d'audience sont toujours à l'étage. Les médecins prétendaient que c'était dû à la grossesse et me promettaient que tout s'arrangerait au bout de quelques mois, mais ça n'a pas été le cas. Alors, ils m'ont fait des analyses, cherchant un lupus [10] ou une SEP [11], sans rien trouver. Ensuite, notre fils est né.

Cooper déglutit et espéra que nul ne l'avait remarqué. Ainsi, Kelly et Nina avaient un enfant ? Où était-il donc ?

Kelly prit le relais :

— Il a tout de suite été évident qu'il n'était pas normal. Il n'a vécu que quelques heures.

---

10 Maladie auto-immune chronique qui se manifeste le plus souvent par des lésions au niveau de la peau et des douleurs articulaires, mais qui peut également atteindre des organes comme le rein, le cœur, le cerveau…

11 Sclérose En Plaques, maladie dans laquelle la myéline, gaine isolant les cellules du cerveau et de la moelle épinière, est endommagée, ce qui engendre de nombreux symptômes physiques et mentaux.

Pour la première fois, Nina eut une expression attristée. Quant à Kelly, il avait les yeux pleins de larmes. Il frotta plus vigoureusement la main de sa femme.

— Ils ont voulu faire une autopsie, souffla Nina. J'ai accepté. Je voulais savoir ce qui n'allait pas. Par chance – si l'on peut appeler ça de la chance –, ils ont pu déterminer que le bébé souffrait d'une maladie congénitale du neurone moteur. Je lui avais transmis mes gènes… il en est mort.

Cooper ne savait pas grand-chose sur la génétique, à part ce qu'il avait appris au cours de quelques cas quand il était avocat. En tout cas, il connaissait les bases.

— Si tu lui as transmis ces gènes, tu les avais aussi. Depuis ta naissance ?

— Pas vraiment, rétorqua-t-elle, les miens viennent d'une mutation spontanée, ce qui explique que leur effet n'ait pas été aussi rapide que chez notre enfant. Mes symptômes sont apparus beaucoup plus tard. En fait, c'est plus compliqué, mais il faut être médecin pour comprendre le processus.

— Je suis désolé que vous ayez dû subir tout ça.

Cooper se détestait de répéter toujours la même chose, des excuses, des platitudes, mais que dire d'autre ? Il n'en savait rien

— C'était il y a bien longtemps, Coop.

Kelly se releva.

— Rentrons. Le dîner doit être prêt.

Il déplaça son siège pour laisser à Nina la place de manœuvrer son fauteuil, ce qu'elle fit en bougeant imperceptible sa main. Cooper resta sur le porche à regarder Kelly aider sa femme à entrer dans la maison. Allait-il survivre à une soirée passée avec eux ? Il n'en était pas certain.

Son amour pour Kelly l'étreignait jusqu'à la douleur, mais il ressentait également de l'affection pour Nina. Et puis, il voyait bien la tendresse que ces deux-là éprouvaient l'un pour l'autre. Jamais il n'y aurait de place pour lui alors que Nina dépendait tant de Kelly. De plus, Cooper ne voulait pas s'interposer entre eux.

— Hé, tu viens ?

Kelly lui tenait la porte. Cooper avança sans vaciller, malgré ses genoux tremblants. Puis Kelly posa une main amicale entre ses omoplates. Cooper aurait voulu se retourner et s'appuyer contre lui pour savourer sa chaleur corporelle. Bien entendu, il ne céda pas à son impulsion. Au contraire, il afficha un visage impassible et avança droit devant lui.

VI

KELLY SOULEVA le corps léger de Nina de son fauteuil roulant. Il pivota et
la déposa doucement sur le lit que Theo avait préparé, une fois prévenu que
Kelly s'occuperait de sa femme ce soir. La plupart du temps, c'était Theo
qui se chargeait de la routine du coucher, mais l'aisance des mouvements
de Kelly démontrait des années de pratique. Pendant qu'il déshabillait Nina
pour la mettre en chemise de nuit, il évoqua le chemin parcouru depuis les
premiers symptômes de la maladie ayant réduit une jeune femme dynamique
dans son état actuel. Une chance qu'il n'ait jamais réellement été attiré par
elle, physiquement parlant, car son corps n'avait plus rien attrayant. Du
coup, il trouvait plus facile de s'en occuper. Malgré tout, il aimait Nina –
il l'aimait même beaucoup. À l'époque où tous deux dormaient encore
ensemble, il appréciait la proximité physique de Nina, sa chaleur corporelle
et le regard qu'elle posait sur lui bien plus que le sexe. C'était une vraie
partenaire, capable de converser avec intelligence. Kelly aimait à passer du
temps avec elle et jamais il n'avait regretté son mariage.

Une question de Nina l'arracha à ses réminiscences, le ramenant au
présent.

— Il te manque, hein ?

— Qui ?

Nina soupira et ferma les yeux, lentement. Puis les ouvrit bien
plus vite.

— Je parle de Cooper, andouille !

— Nous venons à peine de le quitter.

Il simulait l'entrain, mais son cœur était lourd. Nina avait raison. Oui,
Cooper lui manquait, même s'il venait à peine de tourner les talons.

Nina le fixa comme s'il était idiot. Et Kelly, lui aussi se trouva très
bête : pourquoi tenter de cacher ses sentiments à sa femme ?

Il força un sourire pour dire :

— C'est chouette que nous soyons dorénavant presque voisins.

Nina secoua la tête, indiquant ainsi qu'elle le devinait – et qu'il ne
disait pas toute la vérité.

— C'est vrai, reprit Kelly, il m'a beaucoup manqué, Nine.

— Alors, vas-y, fonce. Tu devrais pouvoir le rattraper avant qu'il ne soit couché. Dis-lui ce que tu ressens pour lui.

Kelly secoua la tête.

— Quoi ? Non ! Ce serait de la folie. Quinze ans se sont écoulés depuis notre aventure. Il est parti, il a rencontré un autre amour. S'il a l'air aussi triste, c'est qu'il porte toujours le deuil son DA.

La bouche de Nina se pinça.

— Si j'en étais encore capable, je t'attraperais par les épaules pour te secouer un grand coup.

Kelly récupéra le masque à oxygène posé près du lit et tenta d'en bâillonner Nina.

— Non ! protesta-t-elle. Tu cherches seulement à me faire taire, Kelly Freed.

Sans mot dire, Kelly s'écarta.

Elle reprit d'un ton pressant :

— Tu n'aimes pas que je te le rappelle, mais mon temps est compté. Si tu ne te dépêches pas de parler à Cooper, tu risques de le regretter toute ta vie. Tu as ma permission d'aller le retrouver, Kelly.

— Mais tu es ma femme ! J'ai juré de rester à tes côtés durant les épreuves, dans la maladie et dans la santé.

Il ravala les larmes contre lesquelles il avait lutté – avec succès – durant toute cette soirée émotionnellement difficile. À présent, il se sentait perdre la bataille.

— Et tu l'as fait, tu l'as fait amplement, mais je ne veux pas continuer à me montrer égoïste. Cette fois-ci, ne laisse pas Cooper s'en aller. Vous avez besoin l'un de l'autre. De plus, je me suis toujours bien entendue avec lui, et réciproquement. Il devra tolérer ma présence, mais je ne crois pas que ça lui posera un problème.

— Et *toi*, comment le prendrais-tu ?

Kelly ne pouvait soutenir le regard de Nina. Au lieu de lui répondre du tac au tac, elle posait sur lui des yeux perçants.

— J'ai toujours su que j'étais pour toi un second choix, Kells. Je l'ai accepté, je l'ai vécu pendant quinze ans. À l'époque où ma sœur osait encore m'approcher, elle m'a avoué un jour être jalouse que j'aie épousé mon meilleur ami. Je ne lui ai pas dit que j'avais eu *deux* meilleurs amis. Et c'est Cooper que j'ai connu le premier. Lorsqu'il t'a séduit, je me suis résignée à être la troisième roue du carrosse entre deux gays. Ce qui est arrivé par la suite, ça a été un bonus. Il est parti et nous sommes restés amis. Je me suis dit qu'au moins, je t'avais, toi. Tu es le meilleur mari dont j'aurais pu rêver.

— Tu méritais mieux, Nine. Tu méritais un homme qui t'aime vraiment. Qui t'aime tout entière.

— Et combien de temps crois-tu que cet homme idéal serait resté à mes côtés après que je suis tombée malade ?

Kelly haussa les épaules.

— Je ne sais pas.

— Ma sœur avait raison, tu sais. Un bon ami vaut bien mieux qu'un mauvais mari. Tu es resté avec moi quand j'ai touché le fond. Tu es toujours là, tu prends soin de moi et j'espère que tu ne me quitteras jamais.

Elle dut cesser de parler le temps de reprendre son souffle. Cette pause trahissait à quel point, la conversation lui était difficile.

— Si tu veux mon avis, reprit-elle, je te dois au moins la liberté d'aller chercher ton homme. Tu l'as attendu bien assez longtemps.

Kelly, debout près du lit de Nina, avait les joues humides de larmes. Il lui lâcha la main pour s'essuyer le visage, sans pour autant se sentir mieux. Même s'il en mourait d'envie, il ne pouvait quitter cette chambre pour courir derrière Cooper. Nina était son roc, son ancre. Pas question de la laisser seule, même si elle insistait pour qu'il le fasse.

— Je lui parlerai demain, trancha-t-il.

Nina soupira. Avec sa mobilité réduite, son langage corporel était limité, pourtant Kelly devina la frustration qu'elle éprouvait envers lui.

— Nine, insista-t-il, s'il a encore des sentiments pour moi, ils ne disparaîtront pas d'ici demain matin. Et il y a un grand « si » !

— N'oublie pas de lui donner sa chance. Ce n'est pas le « si » qui m'inquiète, c'est plutôt le « quand ».

Kelly acquiesça, puis approcha à nouveau le masque à oxygène dont Nina avait besoin pour dormir.

— Bonne nuit, dit-elle.

C'était une façon de le renvoyer. Il posa un baiser sur ses lèvres avant de les recouvrir avec l'appareil, puis remonta la couette pour s'assurer qu'elle était bien au chaud.

Il retourna ensuite dans sa chambre, se mit en pyjama et se glissa dans son lit. Incapable de s'endormir, il ne pensait qu'à Cooper et au fait qu'il avait besoin de lui dans sa vie, mais il évoqua aussi le passé et tout ce qui était arrivé au cours des années. Nina avait-elle raison ? Cooper éprouvait-il encore des sentiments pour lui ? Et même si c'était le cas, une relation était-elle possible ? Comment réagirait la ville en apprenant l'homosexualité du futur shérif ? Sans même mentionner qu'il s'agissait d'un homme marié qui ne demandait pas le divorce... Car Kelly n'envisageait pas d'abandonner Nina.

Comprenant qu'il ne dormirait pas, il se releva et alla ouvrir sa penderie. Tout en bas, se trouvait un carton qu'il n'avait pas encore déballé. Ses journaux intimes. Il sortit celui de l'année 1996 et l'ouvrit, sachant ce qu'il allait y trouver.

Il n'avait plus regardé les photos de leur trio depuis le départ de Cooper, quinze ans plus tôt. Il examina ces jeunes gens, minces, solides et dynamiques, sans mèches grisonnantes. Cooper, en particulier, paraissait beaucoup plus jeune avec ses cheveux cuivrés qui bouclaient sur son front et son sourire démoniaque. Il tenait Nina contre lui d'un bras passé autour de sa taille, mais sa main jouait avec les cheveux blond foncé de Kelly. D'ailleurs, le regard qu'il lui jetait par-dessus l'épaule de Nina était éloquent. C'était il y a bien longtemps... ils s'aimaient tellement qu'ils supportaient mal quelques heures de séparation.

Ses souvenirs lui enflammèrent le ventre, tout en faisant passer des frissons dans sa nuque. À l'époque, il croyait sincèrement passer le reste de sa vie avec son amant. Pourtant, quelques semaines plus tard, Cooper avait accepté un emploi à l'autre bout du pays et il était parti, abandonnant Nina et Kelly derrière lui.

Bouleversé de douleur, Kelly avait failli en rater son année. C'était Nina qui l'avait récupéré, de justesse. Voilà pourquoi il ne pouvait renouer avec Cooper ! Il lui fallait un homme fiable, surtout pour une seconde chance. Même si revoir Cooper avait réveillé sa flamme d'autrefois, Kelly refusait de risquer à nouveau son cœur.

Il retourna se coucher et releva sa couette jusqu'à son menton. S'emparant du deuxième oreiller de son lit, il le serra contre lui, ce qui l'aida à endormir.

VII

ALORS QUE Kelly était passé au ranch deux jours d'affilée, avant de l'inviter à dîner chez lui le samedi soir, Cooper ne le revit plus de toute la semaine. Il avait été bien occupé par son travail – le Blue River devait être impeccable pour le « mariage de l'année » –, ce qui ne l'avait pas empêché de regretter l'absence de son adjoint favori. C'était d'ailleurs sans importance, car, après avoir revu Nina, Cooper s'était convaincu que Kelly lui était devenue inaccessible.

Malgré tout, il en restait obsédé, bien plus qu'il l'aurait voulu.

Le jour du mariage approchait et les invités qui dormaient au ranch commençaient à arriver. Cooper devint de plus en plus anxieux à l'idée de revoir Kelly. Comme le futur marié était une célébrité médiatique, il était probable que les journalistes chercheraient à s'infiltrer durant la noce. Et Kelly, en tant que futur shérif, serait chargé de les tenir à distance. Jack Conroy, le célèbre musicien country, et son épouse avaient accepté une brève séance photo avec la presse, puis Kelly et ses adjoints expulseraient les paparazzis de la propriété, en s'assurant que ces instructions soient respectées.

Kelly resterait donc au ranch pendant toute la réception. Et Cooper était certain de le croiser à un moment ou à un autre, que ce soit intentionnel ou pas. D'un côté, il était impatient de le revoir, de l'autre, il envisageait presque de ne pas assister au mariage.

Le jour J, Cooper resta à l'écart, un verre de champagne à la main, se contentant d'observer la foule de loin. C'était autrefois l'un de ses passe-temps préférés : regarder les gens. Il en apprenait ainsi beaucoup sur ce qui faisait réagir les uns et les autres, ce qui lui servait ensuite dans sa carrière d'avocat. Cette époque était révolue depuis bien longtemps. À présent, sa vie était bien plus simple, il avait moins besoin d'observer. À l'occasion, cependant, il retombait dans ses anciens travers, surtout quand il s'ennuyait mortellement ou, comme aujourd'hui, quand il se sentait étranger à la foule qu'il connaissait à peine.

Plus jeune, il serait vite devenu le centre de la fête – comme c'était souvent le cas, à l'université –, mais son passé avait connu trop de drames, aussi Cooper préférait-il ne plus se faire remarquer. D'abord, c'était moins stressant, ensuite, ça lui permettait de filer discrètement dès qu'il le souhaitait.

Actuellement, il n'avait pas envie de partir, car, en plein dans sa ligne de mire, il avait le premier adjoint du shérif, en grand uniforme. Aimablement, mais fermement, Kelly Freed écartait les journalistes qui tentaient d'approcher des jeunes mariés. Malgré son affabilité, il exsudait une autorité que même Cooper trouvait convaincante. Ainsi, Kelly arrivait encore à le surprendre, après tout ce temps ! Quinze ans plus tôt, jamais il n'aurait imaginé que Kelly ait un jour une présence aussi imposante ou une patience aussi infinie.

Par contre, il n'avait pas oublié le corps solide qui se cachait sous l'uniforme. Il en avait si souvent cartographié des mains et de la bouche le moindre détail, tous les délicieux contours. Sans vergogne, les deux amants avaient passé au lit des heures ensemble au lieu de préparer leurs plaidoiries, de réviser leurs examens ou de rédiger les articles qu'ils étaient censés présenter à leurs condisciples et professeurs.

Brutalement, Cooper sentit son pantalon neuf le serrer à l'entrejambe. Il secoua la tête, conscient de l'inutilité d'évoquer ces temps révolus. En pleine maturité, Kelly était encore plus beau qu'à l'école de droit. Il ressemblait à un dieu nordique. Étudiant, il n'en était que l'ébauche, parce qu'il manquait alors la confiance en lui qu'il arborait à l'heure actuelle. Cooper aimait même les joues rasées et la coupe en brosse, presque militaire. Il se demanda ce qu'il ressentirait en embrassant Kelly. Il ne le découvrirait jamais. Pour lui, le temps n'avait pas été aussi clément : les épreuves et l'abus d'alcool l'avaient vieilli avant l'âge. Grisonnant, bourru, et échevelé, il n'était qu'un simple employé de ranch. Kelly, lui, était passée d'un naïf étudiant de droit, aussi enthousiaste qu'un chiot, à un shérif solide et sûr de lui. Peut-être les forces de l'ordre étaient-elles mieux que le droit pénal pour préserver son look ? En fait, c'était surtout la radiation qui causait des ravages. Cooper ne recommanderait à personne d'essayer.

Il détourna la tête, renonçant délibérément à l'image attrayante de Kelly, et se chargea de ramasser les serviettes en papier et autres débris que les invités n'avaient pas pris la peine de jeter dans les tonneaux-poubelles pourtant placés aux endroits stratégiques. En principe, il n'était pas censé travailler durant le mariage, mais il préférait rester occupé. C'était un des rares points sur lequel il n'avait pas changé : il n'aimait pas se tourner les pouces.

— J'aime la tenue que tu t'es choisie.

Cooper leva la tête et croisa les yeux bleus amicaux de Kelly. Il se mordit l'intérieur de la lèvre.

— Toi aussi, tu es plutôt pas mal.

Kelly gloussa.

— C'est juste un uniforme !

— C'est la version chic d'un uniforme et ça te va comme un gant, Kells.

— Tu as toujours un faible pour les uniformes.

Cooper pencha la tête, sans plus pouvoir regarder Kelly en face.

— C'est pour toi que j'ai un faible, marmonna-t-il.

En levant les yeux, il comprit que Kelly l'avait entendu, car il rougissait. Se détournant à nouveau, Cooper sirota une gorgée du verre qu'il tenait, avant de constater que ce n'était pas le sien. Il le déposa donc sur un plateau avec d'autres, plus ou moins vides.

— Et si nous allions marcher un peu ? proposa Kelly.

— Je te croyais de service, répondit Cooper.

Ce n'était pas vraiment une question, d'ailleurs, il ne regardait même pas son interlocuteur.

— Mes adjoints savent ce qu'ils ont à faire. Je ne peux pas m'écarter, mais j'ai mon téléphone. En cas d'urgence, ils me contacteront.

Cooper en avait très envie. Plus que tout au monde, il voulait s'isoler un moment avec Kelly. Et l'entraîner derrière la grange et l'embrasser jusqu'à en perdre le souffle. Ou seller deux chevaux et s'en aller au bord du lac, comme autrefois, chez les parents Freed. Mais impossible de satisfaire ses désirs : Kelly appartenait à Nina – et Dieu sait qu'elle avait besoin de lui ! Donc, Cooper devait brider ses idées lubriques et ne pas poser le doigt sur son ancien amant.

Il lui jeta un coup d'œil furtif

— Tu ne crois pas que nous pouvons parler ici ?

Kelly soupira.

— Je ne te demande qu'un peu de ton temps, Coop. Au dîner l'autre soir, nous avons à peine eu l'occasion de discuter. Chaque fois que je passe ici, j'ai le sentiment que tu aimerais m'en expulser d'un bon coup de pied au cul. Qu'est-ce que je t'ai fait, Coop ? Dis-moi ce que qui ne va pas.

Son ton suppliant ouvrit une brèche dans l'armure de Cooper.

— Tu n'as rien fait du tout. C'est juste… C'est un peu difficile pour moi, tu vois, parce que tu es toujours le type formidable qui m'a rendu dingue autrefois. Mais voilà, la situation a changé et tu es devenu hors limites.

Cooper tenta de contrôler son expression, mais n'y parvint pas. Ses joues et ses lèvres s'étaient crispées de tension. Merde, depuis quand lui était-il difficile de rester impassible ? Bien sûr, il s'agissait de Kelly, qui avait toujours été capable de lui extirper la vérité.

— C'est bien pourquoi je tiens à te parler, répondit Kelly.

Il se tourna et se plaça près de Cooper, épaule contre épaule, mais en sens inverse. Cooper se détendit, appréciant cette position qui le laissait profiter de la vue : les immenses prairies où pâturaient les chevaux. Et, à son oreille, il y avait la voix basse et sensuelle de Kelly. *Non*, corrigea-t-il intérieurement, *juste la voix de Kelly*. S'il voulait rester sain d'esprit, mieux valait ne pas trop penser au sexe.

— D'accord, je t'écoute.

— C'est pour toi que je suis venu m'installer en Idaho, Coop.

Cooper déglutit la boule énorme qui lui coinçait la gorge.

— Quoi ? Je pensais que tu étais venu pour un emploi.

— Ça fait un bail que je cherchais à te retrouver. Je savais juste que tu étais parti dans l'Ouest.

— À Portland.

— Oui, reconnut Kelly. C'est là que j'ai commencé mes recherches. Les cabinets juridiques sont étonnamment discrets sur leurs ex-employés.

— C'est la moindre des choses !

Cooper fit de son mieux afin que sa voix ne le trahisse pas, mais de plus en plus, il tenait à entendre ce que Kelly avait à lui dire. Essentiellement pour savourer plus longtemps ce ton de voix un peu bas et rauque.

— Par chance, tu as l'habitude de faire la une des journaux. C'est ainsi que j'ai réussi à retrouver ta trace. Même ici, à St Anthony.

— *Surtout* ici, à St Anthony, corrigea Cooper avec un soupir.

Il était plutôt flatté que Kelly ait fait tant d'efforts pour le retrouver. De plus, ça lui éviterait d'avoir à s'expliquer concernant le « scandale ». Certes, il ne faisait guère confiance aux journaux pour relater correctement un événement, surtout aussi dramatique que celui l'ayant fait radier du barreau, mais au moins Kelly connaissait-il les grandes lignes de ce qui lui était arrivé.

— Oui, j'ai eu beaucoup à lire sur les remous que tu as provoqués dans cette petite ville, déclara Kelly.

Il souriait, mais de façon forcée. Cooper ne tenta pas de faire pareil. Non qu'il ait l'impression que Kelly se moquait de lui, mais ça avait été une période très sombre dans sa vie. L'évoquer ne lui plaisait pas du tout.

Il préféra changer de sujet.

— Et après tout ça, tu es quand même venu ?

— C'est Nina qui m'a trouvé ce poste. Je l'entends encore me dire : « Hé, regarde ! St Anthony ? N'est-ce pas là où se trouve Cooper ? » Elle a également compris que Hanson, proche de la retraite, se cherchait probablement un successeur. Du coup, c'était exactement le poste qu'il me fallait. Ta présence a été la cerise sur le gâteau.

— Et si j'étais devenu un vieillard aigri ?

— Tu veux dire que ce n'est pas le cas ? rétorqua Kelly, l'air perplexe.

Un moment, Cooper le crut sérieux, puis il reçut un sourire amusé assorti d'un clin d'œil. Cette fois, il ne retint pas son sourire. Quel plaisir de retrouver avec Kelly ce ton de plaisanterie amicale ! Mais de toute évidence, Kelly avait beaucoup changé. Autrefois, il n'aurait jamais osé se foutre de lui… il révérait trop le sol sur lequel Cooper marchait. À présent, il y avait plus d'égalité entre eux. Surtout parce que Copper avait chu de son piédestal, d'après lui, mais peu importait : la sensation était trop agréable pour la nier.

— Je suis aigri, c'est certain, Kells. Je ne suis plus celui que tu as connu.

Kelly lui donna un gentil petit coup d'épaule, puis s'appuya sur la table derrière lui. Sa position rabaissait un peu sa haute taille, le mettant à la même hauteur que Cooper.

— Un jour, déclara pensivement Kelly, mon père m'a dit que je te pensais capable d'accrocher la lune et les étoiles. Sur le coup, je l'ai nié, mais il avait raison. Je t'aurais suivi n'importe où, jusqu'au bout du monde. Alors, quand tu m'as repoussé, j'ai été complètement paumé. Je ne savais plus quoi faire. Sans Nina, j'aurais probablement abandonné mes études.

Il s'interrompit et le silence pesa lourdement entre eux. Ce fut Kelly qui l'interrompit en reprenant la parole :

— Nina sait très bien ce que j'éprouvais pour toi, Coop.

— Je suis heureux de constater que tu parles au passé.

— Ce n'est qu'un lapsus. Elle sait combien je tiens encore à toi.

— Je ne suis plus le même, répéta Cooper, conscient que la douleur scandait ses paroles.

— Pourtant, tu lui ressembles beaucoup, affirma calmement Kelly. De temps à autre, je vois réapparaître l'ancien Cooper. Pense à la passion avec laquelle tu as défendu Rory devant son agent de libération conditionnelle, par exemple. Une passion contrôlée, bien entendu, pourtant tu n'as rien perdu de ton talent oratoire. Ton aspect extérieur un peu plus abrupt ne me trompe pas, tu sais.

Cooper avait envie de le prendre dans ses bras pour ne plus jamais le lâcher – comme chaque fois qu'il était en sa présence, apparemment. Outre le fait que c'était impossible, ici, en public, avec Kelly en uniforme, il ne pouvait pas non plus l'attirer derrière une grange pour un intermède coquin. Il ne supporterait pas de devoir tourner les talons, une fois de plus. Il n'y survivrait pas. Autrefois déjà, il n'avait pas voulu s'interposer entre Kelly et Nina. Pourtant, Nina était alors l'indépendance personnifiée, elle n'aurait eu aucun mal à se trouver un mari brillant. Aujourd'hui, la donne n'était plus la même.

— Crois-moi, ma rugosité peut être abrasive, grogna Cooper.

Il s'écarta et s'éloigna sans un regard en arrière. Après ce qu'il venait de dire, il préférait ne pas vérifier la réaction de Kelly. De plus, mieux valait qu'il s'en aille avant que Kelly remarque ses yeux noyés de larmes.

Cooper passa devant Calley, l'épicière, qui souriait en regardant ses enfants jouer dans leurs vêtements neufs. Elle discourait avec un couple de ranchers voisins, Gabe et Flynn [12]. Il ne s'arrêta pas leur parler, il devait s'en aller.

Pour lui, la fête était finie.

---

12 Voir *Sous les nuages du ranch,* autre tome de la série.

VIII

— Hé, Calley.

Gabe salua son amie qui descendait de son pickup et avançait vers lui, dans l'allée menant au ranch Blackwater. Flynn, le partenaire de Gabe, apparut lui aussi de derrière le véhicule accompagné de deux enfants de trois ans : Andy, le petit garçon, perché sur ses épaules et Vicky, sa sœur jumelle, accrochée à sa hanche. Les deux petits tentaient avec enthousiasme d'étouffer leur monture et luttaient de vitesse pour déterminer lequel y parviendrait le premier. Gabe sourit à ce spectacle, avant de remarquer un autre garçonnet caché derrière la jupe de Calley.

Derrière le petit groupe, un adolescent dégingandé portait une caisse remplie de produits d'épicerie destinée aux occupants du ranch.

— Ta couvée grandit de plus en plus, Cal, remarqua Gabe. Et lui, c'est Ryan ?

D'un signe de la tête, il désignait celui qui portait l'impressionnant fardeau. Le garçon, le visage renfrogné, garda les yeux détournés.

— Oui, c'est Ryan, répondit Calley. Et tu as déjà rencontré au mariage son petit frère, Noah.

Elle tenta de faire passer le garçonnet devant elle, mais il résista. Elle n'insista pas.

— En principe, c'était Leah, ma vendeuse, qui s'occupait d'eux, expliqua-t-elle. Quand elle a déménagé dans un autre État, je les ai récupérés et ils vivent à présent avec moi. Je les emmène durant mes tournées pour laisser à ma nouvelle employée le temps de travailler tranquillement. De toute façon, ajouta-t-elle en baissant la voix, ils s'ennuient au magasin.

Elle se tourna vers Ryan et dit :

— Peux-tu rentrer la caisse à l'intérieur, s'il te plaît ?

Puis en s'adressant au petit garçon, toujours accroché à elle :

— Noah, pourquoi n'irais-tu pas jouer avec Vicky et Andy ?

Il leva vers elle des yeux timides, elle lui sourit chaleureusement.

— Ne t'inquiète pas, ajouta-t-elle. Je t'appellerai avant de partir. Je n'ai pas l'intention de t'oublier.

Flynn intervint :

— Je comptais justement emmener les jumeaux à l'écurie. Les poulains commencent à grandir.

Calley et Gabe s'apprêtaient à entrer dans la maison quand Ryan en ressortit, les mains vides. Il avança jusqu'au bout du porche, où il s'adossa en silence.

Calley attendit d'être hors de portée d'oreilles pour reprendre la parole.

— Ce garçon est bizarre, déclara-t-elle, les yeux tournés vers la porte d'entrée. Le petit Noah est adorable, mais très timide. Mais je suppose que c'est logique… perdre ses parents donne un sentiment d'insécurité.

— Ainsi, c'est toi qui en as la charge, à présent, Calley ? insista Gabe.

En même temps, il lui servit une tasse de café.

— Je ne sais pas trop. Je les ai chez moi, c'est tout. Leur situation n'est pas encore réglée. Leah me disait souvent que Ryan l'inquiétait. Quand elle les a accueillis, Noah n'avait que deux ans et les deux frères étaient déjà passés dans quatre ou cinq foyers d'accueil. Chaque fois, ils se faisaient éjecter à cause de Ryan.

Gabe sirota son café. Puis il sifflota.

— Ben dis donc ! Je me demande ce qu'il faut faire, de nos jours, pour un résultat pareil ! Il se drogue ?

Calley paraissait très triste.

— Je ne crois pas. Et Leah était du même avis. Il travaille avec acharnement, il ne s'en sort pas trop mal à l'école, mais il reste à l'écart, c'est évident. Leah m'avait prévenu qu'il n'avait pas d'amis et ça n'a pas changé. Au magasin, il m'aide beaucoup, aussi je le paye bien, mais j'entends à peine le son de sa voix. Il me remercie d'un signe de tête avant de filer à l'école. Je n'arrive pas à le comprendre.

— Tu n'as pas peur de lui ? demanda Gabe.

— Bien sûr que non ! Il est un peu bizarre, d'accord, et il pourrait améliorer sa sociabilité, mais c'est un brave gosse. Pendant ma grossesse, il m'a aidée au magasin tous les jours avant de partir à l'école et jamais je ne l'ai surpris à faire une bêtise. Il ne se sert même pas dans les confiseries !

Gabe sourit.

— Eh bien, s'il lui faut plus de travail, j'aurais bien besoin d'un coup de main le samedi. Cette année, Flynn nous a fait naître six poulains. À ce rythme, les écuries sont de plus en plus pleines et nous ne chômons pas. Un homme de plus serait le bienvenu.

43

— Si tu veux, je lui en parlerai. Je ne peux te garantir qu'il accepte, mais il sait certainement quoi faire dans un ranch, car il a déjà travaillé au Blue River. Maintenant, si tu préfères, tu peux t'adresser directement à lui. Toi aussi, tu as des progrès à faire en sociabilité.

Gabe gloussa et haussa les épaules.

— C'est bien pour éviter d'être sociable que je te demande de nous apporter nos produits d'épicerie, Cal. Non, parle à Ryan. S'il veut gagner plus, il n'a qu'à se présenter au ranch le samedi.

Calley termina son café et se leva.

— D'accord. Je vais ranger au frigo ce que je t'ai apporté.

À peine s'était-elle approchée du carton que Gabe l'écartait avec un sourire de défi.

— Je suis parfaitement capable de m'en charger tout seul, affirma-t-il.

Elle leva les mains pour indiquer qu'elle n'insisterait pas, puis se rassit et regarda, d'un œil attentif, Gabe se déplacer dans la pièce.

— Tu sais, le spectacle me plaît, déclara-t-elle. Tu as raison, c'est bien plus agréable de te laisser le travail. D'abord, il est assez rare que je puisse m'asseoir, ensuite, tu as un joli petit cul.

Gabe se tourna vers elle, les yeux étrécis.

— Si je ne connaissais pas, Calley, je pourrais croire que tu me dragues.

— Peut-être, répondit-elle en simulant le sérieux. Écoute, Flynn y a droit tous les jours, mais moi, ça devient rare.

— Bill n'est toujours pas revenu ?

Renfrognée, Calley tenta de feindre l'indifférence.

— Très cher, je pense qu'il ne reviendra plus cette fois. À force d'insister, je l'ai repoussé pour de bon.

— J'aimerais pouvoir te dire que tout s'arrangera avec le temps, mais j'en doute. Après tout, votre divorce date déjà de trois ans. Le problème, c'est qu'il est têtu comme une mule et que vous n'avez jamais été du même avis.

Calley soupira.

— Quand je pense au nombre de fois où il m'a affirmé qu'il se fichait de ne pas être le père génétique de nos enfants ! J'ai vraiment cru qu'en les voyant régulièrement, il finirait par changer d'avis et revenir à la maison.

À ce moment, la porte d'entrée s'ouvrit et Flynn entra, le visage radieux, avec trois enfants suspendus à ses basques. Et il ne se troubla pas que les deux jumeaux l'abandonnent en apercevant Gabe.

Quelques minutes plus tard, chacun d'eux était installé sur un des genoux du rancher et Andy se collait déjà le pouce dans la bouche.

D'un geste tendre, Gabe écarta les cheveux du visage de l'enfant.

— Hé, tu n'es pas un peu trop grand pour sucer ton pouce ?

Andy haussa les épaules et se pelotonna contre Gabe.

— Il est fatigué, intervint Calley. En général, Vicky reste éveillée tout l'après-midi, mais Andy a vraiment besoin de sa sieste, sinon, il devient grincheux.

Gabe remarqua le regard de Flynn posé sur lui.

— Quoi ? demanda-t-il.

— Ce gosse est ton portrait craché, Gabe.

Sans quitter son amant des yeux, Gabe sentit une chaleur se répandre dans sa poitrine. Il savait que Flynn aurait voulu des enfants, tout en affirmant régulièrement aimer tout autant ses enfants à lui.

Puis Gabe tourna la tête vers Calley : elle paraissait si tendre, si compréhensive qu'il en eut la gorge serrée. Il baissa à nouveau les yeux sur Andy, endormi contre lui. La petite Vicky caressait d'une main douce les cheveux blonds et raides de son frère. En croisant le regard de Gabe, elle sourit et posa sa main libre sur la barbe d'un blond grisonnant.

Gabe proposa à mi-voix :

— Si tu veux, Cal, nous pourrions coucher les enfants ici. Tu sais bien qu'Andy détesterait qu'on le réveille.

Calley accepta aussitôt.

— Bien sûr, je passerai les chercher quand j'aurai terminé mes livraisons.

— Noah a beaucoup aimé les poulains, ajouta Flynn. Tu pourrais le laisser également. Je le ferai travailler avec moi à l'écurie. Je suis certain que ça lui plaira.

Noah tourna vers sa mère adoptive un regard plein d'expectatives.

— Je peux ? demanda-t-il. Je te promets que je serai sage.

Calley lui sourit.

— Tu es sûr de vouloir rester ? Moi, je vais devoir m'en aller et je ne reviendrai pas avant la fin de l'après-midi.

Noah hocha la tête avec ferveur.

— Oui, je veux retourner voir les petits *chevals*.

Calley se tourna vers Flynn.

— Tu es sûr de vouloir le garder ?

— Sûr et certain. Sinon, je ne te l'aurais pas proposé.

Se relevant, Calley avança jusqu'à Flynn pour l'embrasser sur la joue, puis elle fit la même chose avec Gabe.

— Occupe-toi bien de nos bébés, d'accord ? chuchota-t-elle.

Il acquiesça et la regarda sortir. Par la porte ouverte, il aperçut Ryan, assis sur les marches du porche. Le garçon se releva en voyant Calley approcher.

— Je vais laisser les petits ici, expliqua-t-elle. Ce sera aussi bien qu'ils n'aient pas à passer tout l'après-midi à nous attendre dans le pickup.

Ryan parut avoir quelque chose à rétorquer, mais il se ravisa et garda le silence. Ensemble, Calley et lui remontèrent dans le camion de livraison.

Dans la cuisine, Flynn s'approcha de Noah.

— Alors, tu viens avec moi voir les poulains ?

Maintenant que Calley n'était plus là, Noah semblait beaucoup plus anxieux. Flynn lui tendit les bras, le petit retrouva le sourire.

— D'accord !

Cependant, il ne quittait pas des yeux le pickup de Calley qui disparaissait au bout de l'allée.

— Viens, bonhomme, insista Flynn. Laissons Gabe s'occuper des bébés tandis que nous, les hommes, allons travailler sérieusement !

Tout heureux, Noah prit la main de Flynn et partit avec lui en direction de l'écurie.

PLUS TARD ce même jour, quand Flynn revint à la maison, tout était silencieux. D'un doigt sur les lèvres, il réclama à Noah de ne pas faire de bruit. Tous deux montèrent à l'étage sur la pointe des pieds. Flynn prit la main de Noah avant d'ouvrir la porte de la chambre principale. Gabe dormait, étendu sur le lit, les deux enfants serrés contre lui, une couette enveloppée autour d'eux.

— Apparemment, Gabe aussi avait besoin d'une sieste, murmura Flynn.

Noah étouffa un petit rire.

— Oui, et il est vieux ! Moi, je ne fais plus la sieste.

Flynn lui sourit.

— Eh bien, il a beaucoup travaillé aujourd'hui avec les chevaux, tu sais. Et puis, il fallait qu'il donne le bon exemple aux jumeaux.

Noah acquiesça et leva les yeux sur lui.

— J'ai faim.

— D'accord. Je pense que nous avons des cookies. Ça te va ?

Deux heures plus tard, Flynn remonta, cette fois-ci sans Noah. Surpris du calme qui régnait toujours, il jeta un coup d'œil dans la chambre. Gabe et les enfants dormaient encore. Simplement, Vicky s'était débarrassée de la couette : elle avait le bras autour du cou de Gabe, ses petits doigts accrochés à la barbe de son père génétique. Flynn ne put retenir un sourire.

Il entra dans la chambre et s'assit sur le lit. Rien ne bougea, aussi passa-t-il la main dans les cheveux de Gabe.

Gabe tressaillit, Flynn le rassura d'un baiser.

— Coucou, bel endormi.

— Mmm... quelle heure est-il ?

— Presque quatre heures.

— Quatre... ?

Gabe écarquilla les yeux. Il jeta un coup d'œil aux deux enfants endormis et reprit à mi-voix :

— Vicky a refusé de se coucher si je ne m'étendais pas avec elle. Et Andy ne s'est même pas réveillé pendant que je le montais.

Flynn posa un autre baiser sur ses cheveux ébouriffés.

— J'aurais dû prendre une photo de vous trois. Vous étiez adorables ! J'aurais pu passer toute la journée à vous regarder dormir.

— Bon sang ! Où est Noah ?

— En bas, avec Calley et Ryan. Il m'a aidé à nettoyer les stalles des poulains. Il aurait préféré jouer avec eux, mais j'ai craint que les juments voient ça d'un mauvais œil. Je crois quand même qu'il a passé un bon moment.

— Bien, maintenant, mieux vaut réveiller les jumeaux, tu ne crois pas ? Calley m'en voudra si elle n'arrive pas à les coucher ce soir.

Un peu plus tard, ils redescendaient tous les quatre : Flynn avait Vicky dans les bras et Gabe portait Andy. Encore somnolents, les deux enfants bâillaient et se frottaient les yeux.

Amusée, Calley sourit en les voyant apparaître.

— Si Noah ne m'avait pas raconté en détail son après-midi avec les poulains, j'aurais juré que vous aviez tous fait la sieste depuis mon départ.

Flynn déposa Vicky près de sa mère avant de pointer Gabe du doigt.

— C'est bien ce qu'il a fait, se moqua-t-il.

Noah, à nouveau intimidé, restait collé contre Calley. Flynn lui ébouriffa gentiment les cheveux.

— Noah et moi sommes les seuls à avoir travaillé dur, ajouta-t-il avec un clin d'œil.

— Tant mieux, déclara Calley. Apparemment, vous êtes tous bien amusés.

Elle récupéra Andy des bras de Gabe.

— Merci, les gars, murmura-t-elle.

Elle ressortit avec les trois enfants.

Ryan était resté invisible.

AU COURS de la nuit, Flynn se réveilla, car Gabe ne cessait de se tourner et de se retourner dans le lit.

— Hé, les jumeaux étaient censés avoir du mal à dormir, pas toi, déclara Flynn à mi-voix.

— Désolé, grommela Gabe.

Flynn se rapprocha de son amant et l'embrassa dans le cou.

— Inutile de t'excuser.

Il posa la main sur le ventre dur et joua avec la toison qui lui chatouillait la paume.

— Je peux t'aider, suggéra-t-il, par exemple en te fatiguant davantage…

Gabe ne répondit pas.

— D'accord, reprit Flynn. Nous pouvons aussi papoter un moment.

Il connaissait bien son amant : Gabe avait l'habitude de ressasser en silence. Au cours des années, Flynn avait appris à déterminer quand il devait se taire, ou lui extirper une explication. Ce soir, c'était la deuxième option.

— Ça t'a plu, pas vrai ? De faire la sieste avec les petits…

— Oui, répondit Gabe, d'une voix à peine audible. Vicky n'avait pas sommeil, mais je tenais à ce qu'Andy se repose. Et tu sais bien qu'il déteste se réveiller sans sa sœur, hein ? Alors, je me suis dit qu'il fallait la convaincre de s'étendre sans faire de bruit. Nous avons donc joué à « faire semblant de dormir ». Au début, ce n'était pas évident, mais j'ai vite remarqué qu'elle commençait à s'assoupir, alors, j'ai attendu et puis… Tu m'as réveillé deux bonnes heures plus tard !

Flynn avait un sourire d'une oreille à l'autre.

— Tu étais adorable, couché avec les enfants. Avoue que la paternité te plaît de plus en plus !

— C'est parce qu'ils ont grandi et qu'on peut à présent leur parler et recevoir une réponse. Quand il fallait deviner, je n'étais pas très doué.

Flynn eut un petit rire.

— Ils sont capables d'exprimer ce qu'ils veulent. Ça, c'est sûr.

Gabe se tut quelques minutes, étendu dans le noir, dans les bras de son amant. Puis il reprit :

— Je suis heureux que Calley accepte si facilement de nous laisser les enfants. C'est bien qu'ils apprennent à nous connaître et à nous faire confiance.

Flynn lui envoya un petit coup de coude dans les côtes.

— Tu adores qu'ils te fassent des câlins. Tu es un gros nounours !

Gabe commença à glousser incoerciblement. Pour se reprendre, il embrassa Flynn. Ils continuèrent à échanger plaisanteries et caresses.

— Bien sûr, je suis ton ours. Dis-moi, ça te plaît aussi de caresser ma barbe ?

— Oh, oui ! Tu le sais très bien.

En guise de preuve, Flynn frotta son visage contre la barbe de Gabe. Sur une impulsion, il ajouta :

— En fait, tu ne te doutais pas que ça te plairait autant, c'est ça ?

— Quoi donc ?

— Toi et moi, ensemble, sans forcément penser au sexe.

Gabe haussa les épaules.

— Je te rappelle qu'à un moment, nous ne pouvions rien faire d'autre. Du coup, c'était vraiment frustrant. Ne te méprends pas : j'aime baiser. C'est juste que pour le moment, je ne suis pas d'humeur. Je t'aime, tu le sais, mais…

Flynn lui coupa la parole en l'embrassant.

— Oui, je sais. Je n'ai jamais eu besoin de sexe pour me le prouver.

Gabe se blottit contre lui, le nez dans ses cheveux. Il inspira profondément.

— Maintenant, je crois que je vais pouvoir dormir.

IX

— JE CROYAIS que le ranch nourrissait son personnel ? fit remarquer Calley.

Elle regardait Cooper poser sur le comptoir de son épicerie quatre oranges et un cantaloup à côté d'une bouteille de vin rouge.

— C'est exact, mais je prépare un pique-nique. Je sors à cheval demain.

— Tout seul ? insista-t-elle avec un sourire.

Cooper lui rendit son sourire, même s'il la trouvait un peu trop curieuse, comme la plupart des femmes de son entourage.

— Si vous voulez mon avis, jeune dame, ce que je fais ne vous regarde pas.

Puis il la regarda pour de bon et se fit la réflexion qu'elle paraissait lasse, sinon épuisée. Elle et lui n'étaient pas de vrais amis, mais depuis trois ou quatre ans, il la voyait au moins une fois par mois. Peu après la naissance des jumeaux, elle avait souvent eu l'air hagard, mais jamais à ce point. Des cernes lui marquaient les yeux et, par contraste, sa carnation devenait encore plus pâle que d'habitude.

— Dites-moi, Calley, est-ce que tout va bien ?

Elle se redressa.

— Oui, bien sûr. Il y a pas mal de monde au magasin ces derniers temps, voilà tout. Maintenant que Leah est partie, j'ai en plus la charge de former une nouvelle vendeuse. Au fait, vous ne connaîtriez pas quelqu'un ? Je ne pense pas pouvoir garder celle que j'ai en ce moment.

— Non, désolé, répondit Cooper. Mais si vous avez besoin d'un coup de main, je peux passer une heure ou deux au magasin de temps à autre. Bouger toutes ces caisses ne doit pas être facile pour vous.

— C'est Ryan qui s'en charge.

— Il n'est pas parti avec Leah ?

— Non, elle a dû déménager parce que son mari avait trouvé du travail ailleurs, mais Ryan et Noah sont des pupilles de l'État, ils sont censés rester ici. D'ailleurs, ils ne veulent pas s'en aller. Actuellement, nous cherchons une nouvelle solution. Pour l'instant, ils sont chez moi parce que je connais bien leur assistante sociale. Mais c'est temporaire.

— Je suis sûr que tout va s'arranger, déclara Cooper.

Un tintamarre suivi d'un juron retentit dans l'arrière-boutique. Cooper leva les yeux. Déjà, Calley s'y rendait, il la suivit.

Ils trouvèrent Ryan entouré de pommes rouges.

— Ce n'est pas moi ! se défendit-il. C'est la caisse qui a éclaté !

Calley lui posa une main sur l'épaule, même s'il faisait facilement une tête de plus qu'elle.

— Ne t'inquiète pas, ce n'est pas grave.

— Mais les pommes vont être abîmées !

— Nous les solderons, répondit Calley. De cette façon, elles se vendront plus vite.

Puis elle se pencha pour commencer à ramasser les fruits.

— Je vais vous en prendre cinq kilos, indiqua Cooper. Au ranch, elles partiront très vite.

Il avança pour aider Calley. Alors qu'il se penchait, il se trouva presque face à face avec Ryan et fut surpris de constater que le garçon lui paraissait familier. Jusqu'ici, il ne l'avait jamais vraiment regardé, car Ryan avait tendance à rester en retrait, caché qui plus était derrière les lourdes mèches qui lui retombaient dans les yeux. Mais à présent, ses cheveux étaient repoussés derrière ses oreilles et Cooper le dévisagea : les yeux en particulier lui rappelaient quelqu'un, mais le souvenir restait flou.

Puis Ryan baissa la tête, ses cheveux retombèrent, excluant toute possibilité de conversation.

Une fois les pommes récupérées, Cooper prit les siennes, paya son addition et rapporta la caissette dans son pickup, ainsi que ses oranges et son cantaloup.

En retournant au ranch, il décida de profiter d'un moment de solitude avant de se remettre au travail, cet après-midi. Il prit donc la route des montagnes et s'arrêta dans un tournant qui offrait un panorama spectaculaire sur les ranchs Blue River et Blackwater, celui de Gabe, et au-delà. C'était le coin de prédilection de Cooper.

En voyant traîner des mégots et des bouteilles d'alcool vide, il comprit que les jeunes de la région l'avaient également découvert, mais eux y venaient plutôt la nuit.

Il sortit du sachet une orange qu'il commença à éplucher, les yeux fixés sur les chevaux qui paissaient à distance, de la taille d'une épingle.

Tout était tellement calme, ici. Il avait un quart d'heure, peut-être vingt minutes à en profiter avant de devoir rentrer.

Il avait presque terminé son orange quand une voiture au logo du shérif s'arrêta près de son pickup. Cooper y jeta un coup d'œil : Kelly sortit du véhicule, le reconnut, perdit son air sévère et lui sourit.

En approchant, l'adjoint désigna le panneau qui indiquait : « stationnement interdit ».

— Je comptais te demander de filer, déclara-t-il, mais je peux sans doute t'accorder un moment de répit.

— Je n'ai pas besoin d'un traitement de faveur, shérif, répondit Cooper, presque sérieusement.

— Ce n'est pas le cas. Je m'attarde toujours avec ceux que je surprends ici. Il est très rare que je leur dresse une contravention.

— Pourtant, tu m'as souri, insista Cooper.

Il se rembrunit en réalisant qu'il flirtait avec Kelly, alors qu'il s'était promis de s'en abstenir.

Kelly vint s'adosser contre la carrosserie.

— Je te rappelle que je suis en campagne, déclara-t-il. Si je veux que les gens votent pour moi, il faut bien que je me fasse connaître. Alors, M. Nelson, qu'est-ce qui vous amène par ici ? Ce n'est pas vraiment sur votre route, hein ?

— C'est comme ça que tu comptes charmer tes électeurs ? Il va falloir que tu travailles ta technique.

Kelly se tourna vers lui. Il se pencha un peu, envahissant son espace personnel et mettant leurs deux visages presque face à face. Cooper crut même que Kelly allait l'embrasser.

Mais alors, le shérif recula, comme s'il avait changé d'avis. Cooper sourit, essayant de cacher sa déception.

— Une chance que nous soyons à l'écart et qu'il n'y ait pas beaucoup de passage, shérif, parce que tu as bien failli m'embrasser. À ton avis, qu'en aurait pensé ton électorat ?

Kelly déglutit avec difficulté, sa pomme d'Adam remonta le long de sa gorge.

— Excuse-moi.

— Tu n'as pas à t'excuser.

Cooper avait bien envie de prendre Kelly dans ses bras et de l'embrasser pour de bon, mais ce serait briser son vœu de ne pas séduire le mari de Nina.

— Il n'est pas facile de te résister, Coop, murmura Kelly.

— Tu es tout aussi attirant, adjoint Freed, répondit Cooper sur le même ton.

Il tenait à garder Kelly un peu plus longtemps. Puisqu'il ne pouvait l'avoir dans ses bras, au moins espérait-il profiter de sa compagnie.

— Au fait, reprit-il, je compte faire sortir demain quelques-uns de nos nouveaux chevaux. Viens avec moi, si ça te dit. De nombreuses bêtes aimeraient se dégourdir les jambes. J'ai acheté des fruits chez Calley, je pourrais également préparer des sandwiches et nous emporterions un pique-nique. Crois-tu pouvoir laisser Nina quelques heures toute seule ?

— Bien sûr. Volontiers.

— J'ignore si tu montes encore, mais tu as toujours été bien meilleur cavalier que moi. Je présume que le cheval, c'est comme la bicyclette, hein ? Ça te reviendra très vite.

Cooper sentait bien que son discours était décousu, mais il tenait vraiment à ce que Kelly passe un peu de temps en tête-à-tête avec lui. L'idée de devoir en permanence éviter Kelly alors que tous deux résidaient dans la même ville lui paraissait insupportable. Il lui faudrait trouver le moyen d'établir une relation amicale et rien de plus.

Il jeta un bref coup d'œil latéral : Kelly attendait patiemment la fin de son verbiage. Lui aussi souriait.

— Quoi ? demanda Cooper.

Kelly ne répondit pas.

— Tu as déjà dit que tu viendrais, c'est ça ? reprit Cooper.

Kelly acquiesça.

— À quelle heure veux-tu que je passe ? demanda-t-il.

— Quand ça t'arrange. Quand peux-tu t'en aller ?

Kelly haussa les épaules.

— Il faut que je voie ça avec Theo, mais, s'il n'a rien prévu de particulier, je m'occuperai de Nina ce soir et demain soir. Ainsi, j'aurai la matinée de demain libre.

— Dans ce cas, disons 7 h 30, suggéra Cooper.

— Tu te charges de la nourriture, moi, je m'occupe des boissons. Et peut-être aussi du dessert.

Kelly le fixait d'un tel regard que Cooper sentit son bas-ventre réagir.

— Theo est bon pâtissier, ajouta le shérif adjoint. Pour garder la forme, je cours tous les matins. Sinon, j'aurais bientôt la même bedaine que notre bon shérif.

— Toi, bedonnant ? demanda Cooper, sceptique.

Kelly frotta ses abdominaux parfaitement sculptés.

— Oui, Theo s'occupe de Nina, mais aussi de moi. Il est très gentil !

Cooper ouvrit la bouche, prêt à railler la nature desdites « gentillesses », mais il se ravisa, décidant que parler révélerait trop son insécurité. En vérité, il était jaloux, alors qu'il n'avait aucun droit de l'être. Beaucoup trop d'eau avait coulé sous les ponts. Et puis, c'était lui qui avait quitté Kelly, quinze ans plus tôt. Sans trop lui donner le choix, d'ailleurs.

Kelly se redressa et abandonna Cooper pour retourner d'un pas nonchalant vers son véhicule. Cooper fut content d'être assis : ça dissimulait son état. Son sexe érigé poussait contre la fermeture éclair de son jean Wrangler.

En ouvrant sa portière, Kelly se tourna pour lui jeter :

— À demain.

LE LENDEMAIN, Cooper se leva à cinq heures. Il n'arrivait plus à dormir, aussi préféra-t-il travailler. Après avoir nettoyé quelques stalles de l'écurie, il retourna à la maison du personnel prendre une douche rapide et préparer ses sandwiches. Il était déjà plus de 7 h 30 et Cooper devenait de plus en plus nerveux.

Il était de nouveau à l'écurie quand il entendit arriver un pickup qui s'arrêta dans la cour. Des bottes claquèrent sur le plancher derrière lui.

— C'est pas trop tôt, marmonna-t-il d'un ton bourru.

— Vous attendiez Kelly ?

Ce n'était pas la voix du shérif, mais celle de Tim.

Cooper se retourna.

— Oui. Nous étions censés faire du cheval ensemble.

— Il m'a téléphoné pour me demander de vous prévenir qu'il était retenu.

— Retenu ? Ben voyons !

— Coop, ne soyez pas trop dur avec lui. Il fera un super shérif, mais pour ça, il lui faut être disponible vingt-quatre heures sur vingt-quatre et sept jours sur sept.

— Oh, c'est donc un problème professionnel ?

Cooper se calma un peu. Tim avait raison : Kelly avait en vue le poste dont il avait toujours rêvé, mais ça impliquait des sacrifices.

— Il m'a demandé de vous dire de ne pas vous inquiéter, ça ne concerne pas Nina. Il m'a dit aussi qu'il passerait plus tard aux quartiers du personnel.

Cooper prit une selle du rack.

— Je ne serai peut-être pas là. J'ai promis à Hunter de faire galoper les nouveaux chevaux pour les habituer à être montés.

— Si vous voulez, Rory et moi pouvons vous accompagner. Laissez-moi une demi-heure, le temps d'aller le chercher.

Cooper hésita. Pendant son temps libre, un dimanche, il n'avait vraiment pas envie de supporter deux tourtereaux.

— Non, merci. Je m'en sortirai.

Tournant le dos à Tim, il entra dans une stalle pour seller son cheval. *Kelly l'avait laissé tomber ! Qu'il aille se faire voir !*

— Je peux au moins vous aider à seller les chevaux, insista Tim. Je le fais toujours avec Rory, qui n'est pas encore…

Énervé, Cooper lui coupa la parole :

— Laissez-moi tranquille !

— Oh, excusez-moi.

En posant la selle sur la croupe du cheval, Cooper poussa un long soupir. Tim ne méritait pas un ton aussi sec. C'était le garçon le plus patient et attentionné que Cooper n'avait jamais rencontré. Si un homme avait droit à des égards, c'était bien lui.

Cooper se retourna sans vraiment lever les yeux. D'ailleurs, étant plus grand que Tim, il n'en avait pas besoin. C'était juste qu'il n'osait pas croiser son regard.

— Non, c'est à moi de m'excuser. Si vous voulez m'aider, Rory et vous, eh bien, venez. Ça ne fera pas de mal à Rory d'améliorer ses talents de cavaliers. À l'heure actuelle, il a sans doute monté tous les chevaux de Gabe, non ?

Tim sourit.

— C'est vrai. D'accord, je vais le chercher.

Pendant que Tim quittait l'écurie, Cooper se remit à seller son cheval. Distraitement, il se demanda s'il était possible de mettre Tim en colère.

X

KELLY N'ARRIVAIT pas à se concentrer sur son travail. Il ne cessait de penser à Cooper et à leur projet de se balader à cheval et de pique-niquer. En fait, ça aurait presque été des retrouvailles en tête-à-tête et voilà qu'il avait dû se désister au dernier moment.

En plus, il ne pourrait même pas expliquer à Cooper la nature de son travail, car il espérait ne pas ébruiter cet épisode. Et comme Cooper n'avait pas de téléphone portable, Kelly n'avait pas pu lui parler directement. Il ignorait ce qui s'était perdu de son message originel durant sa transmission. Il avait choisi d'appeler Tim, certain que le garçon n'était pas du genre à le juger, mais il aurait préféré parler à Cooper.

Pour le moment, il devait jouer les médiateurs dans une affaire qu'il espérait bien ne pas avoir à rendre officielle.

— Mais enfin, Ryan, qu'est-ce qui t'a pris ? demanda Calley à son fils adoptif.

Elle paraissait exaspérée. Ryan leva à peine les yeux sur elle. Il ne répondit pas.

Elle enchaîna :

— Au cours des années, pendant que tu m'aidais au magasin, tu n'as jamais volé un bonbon, et maintenant, tu fais un truc pareil ?

Ryan gardait un silence buté. C'était son comportement habituel, d'après ce que Kelly en savait, mais aujourd'hui, il lui fallait des réponses. Il tenait presque autant que Calley à les obtenir.

Calley parut se calmer. Ce fut d'une voix bien plus douce qu'elle demanda :

— Mais enfin, Ryan, pourquoi ? Je n'ai pas les moyens de t'acheter une moto, mais si tu tiens vraiment à en essayer une, nous aurions pu nous demander à Grant. Je suis certaine qu'il te prêterait la sienne pour te balader sur le ranch.

— Je me fiche de cette moto ! grommela Ryan.

— Alors, pourquoi l'avoir prise ?

— Je l'ai juste empruntée.

Calley secoua la tête.

— Tu connais la différence entre le bien et le mal, Ryan. Il ne s'agit pas d'un emprunt. Tu as volé cette moto.

— Je l'ai rapportée !

Calley tenta de poser la main sur le bras de Ryan, mais il se dégagea violemment. Elle se voûta dans son siège. Un moment seulement, car elle n'avait pas l'intention d'abandonner la bataille.

— Écoute, Ryan, insista-t-elle, parle-moi. Explique-toi. Je veux savoir pourquoi tu as agi de la sorte et que ça ne se reproduise pas. Lorsque nous avons pris ensemble la décision que Noah et toi vous installiez chez moi, tu m'as promis de bien te tenir. Tu avais fait la même promesse à Leah. Est-ce qu'elle te manque ?

Sans répondre, Ryan haussa les épaules.

— À moi aussi, reprit Calley, elle manque beaucoup, mon chou, mais tu peux me parler d'elle, tu sais. Ne continue pas à faire des bêtises sous prétexte que tu t'ennuies ou que la vie te révolte.

— Je ne m'ennuie pas.

— Alors, qu'est-ce qu'il y a ? Tu peux tout me dire. Tu te rappelles que tu avais l'habitude de venir au magasin après une dispute avec Leah ?

Kelly écoutait cet entretien entre Calley et Ryan. Il ne put s'empêcher d'évoquer son rêve d'avoir une famille. Il n'en voulait pas à Nina, jamais il ne lui avait gardé rancune de cette malédiction génétique qui avait rendu leur fils si fragile qu'il était mort à peine né. Malgré tout, il aurait voulu être père, même pendant les moments difficiles – comme c'était aujourd'hui le cas pour Calley et Ryan. D'après lui, il aurait été un bon père. Peut-être était-ce la raison qui l'avait toujours poussé à nier son homosexualité. Parce que s'il cédait à ses impulsions, il ne pourrait avoir le beurre et l'argent du beurre. Même durant ce temps béni à l'université, quand il vivait pratiquement avec Cooper, Kelly persistait à se dire qu'il s'agissait juste d'une phase qui lui passerait un jour ou l'autre. Ensuite, il rencontrerait une fille, il l'épouserait et engendrerait toute une progéniture.

Ce fut seulement après son mariage qu'il réalisa la vérité : ce n'était pas une phase. Et l'homme de ses rêves n'avait pas la fibre paternelle – ni autrefois, à l'université ni encore moins aujourd'hui. Kelly avait du mal à croire que Cooper accepte de sacrifier une solitude à laquelle il semblait tenir pour des responsabilités parentales qui réclamaient une disponibilité totale.

Il regarda Calley et Ryan assis côte à côte. La jeune femme avait plusieurs fois demandé des explications et Ryan se taisait toujours, mais il existait entre eux une vraie connexion, aussi muette soit-elle.

Ryan baissait la tête, fixant le sol devant ses pieds, et Calley restait près de lui, le visage résigné.

Kelly intervint à contrecœur :

— Nous allons tenter d'arranger ça avec M. Simmons, Ryan.

Ryan lui jeta un bref coup d'œil, puis reprit sa position précédente.

Ce fut Calley qui posa la question :

— Croyez-vous qu'il va porter plainte contre Ryan ? Je ne pense pas que la moto soit endommagée…

— À mon avis, la meilleure solution serait que Ryan et vous veniez avec moi chez M. Simmons. Ryan lui présentera des excuses. Avec un peu de chance, ça suffira.

À éviter la paperasserie, pensa Kelly, sans l'exprimer à haute voix. Bien entendu, le plus important était d'éviter une plainte officielle. Le sort de Ryan dépendait de l'État. Si le gosse avait des ennuis avec la loi, il risquait de ne plus avoir le droit de résider chez Calley.

— Non, trancha Ryan, je n'irai pas chez lui.

Il s'exprimait d'une voix bien plus ferme que précédemment.

— Ryan ! le sermonna Calley. S'excuser de ses fautes, c'est la moindre des choses.

Elle n'éleva pas le ton, ce que Kelly admira. Quant à lui, il aurait bien voulu secouer le gosse pour lui faire avouer ce qui s'était réellement passé, parce qu'il sentait bien qu'il y avait davantage dans cette histoire. Il ne s'agissait pas seulement d'un « emprunt » de moto.

— Si quelqu'un doit s'excuser, marmonna Ryan, c'est lui.

Il releva les pieds et les posa sur la chaise dans laquelle il était assis. D'une tape, Calley écarta ses genoux. Le garçon ne protesta pas, mais il serra ses deux bras contre lui.

En décryptant son langage corporel, Kelly sentit sa nuque se hérisser.

— Ryan, je ne peux te forcer à venir, mais ça arrangerait bien ton cas

Il avait tenté de parler aussi calmement que Calley. À sa grande surprise, il y parvint à peu près.

Voyant que Ryan ne réagissait pas, il se tourna vers sa mère adoptive.

— Calley, pourriez-vous m'accorder un moment, je vous prie ?

Elle fixa Ryan, l'air très inquiet, puis se redressa et quitta la pièce derrière Kelly. Après avoir refermé la porte, elle se dirigea vers la cuisine.

— Voulez-vous un café ? proposa-t-elle.

— Non, merci, répondit Kelly. Ça me donne des aigreurs d'estomac.

— J'ai un excellent thé qui vous ferait du bien.

— Dans ce cas, d'accord

Il avait accepté pour mettre Calley à son aise. En silence, il attendit qu'elle mette de l'eau à bouillir dans une théière, puis y ajoute du thé – dans un élégant passe-thé en argent. Il trouva tout ce cérémonial bien étrange dans une petite bourgade si éloignée des grandes cités.

Puis il décida de tâter le terrain :

— Je crois que cette histoire dépasse la simple envie de faire un tour en moto. Ryan connaîtrait-il M. Simmons ?

Sans le regarder, Calley continuait à préparer son plateau et sortait d'un placard deux tasses et une boîte de cookies.

— Il lui livre de l'épicerie deux fois par semaine, répondit-elle. Je pourrais m'en charger, mais ça permet à Ryan de toucher de bons pourboires et je ne voudrais pas le priver d'argent de poche. Vous savez, je ne roule pas sur l'or et lui ne rechigne pas au travail. Il le fait depuis que je le connais. Il ne s'est jamais plaint.

Elle tendit à Kelly une tasse de thé parfumé aux épices et leva enfin les yeux sur lui.

— D'ailleurs, ajouta-t-elle, Ryan était heureux de passer chez Kay Simmons. Il se proposait chaque fois. Je n'ai jamais eu raison de croire à un problème.

Pourtant, elle avait changé d'expression. Kelly savait bien qu'elle faisait les mêmes déductions que lui. Aussi proposa-t-il :

— Nous allons encore essayer de convaincre Ryan de nous accompagner. S'il refuse, nous irons, vous et moi rendre à M. Simmons une visite cordiale. Ce sera peut-être à vous de lui présenter des excuses au nom de Ryan.

Calley acquiesça. Tout d'un coup, elle semblait fatiguée.

— Ryan est un brave garçon, Kelly.

— Je sais.

— J'aimerais qu'il se confie davantage à moi. Je ne veux que son bien !

— À mon avis, il le sait. Dans le cas contraire, il n'aurait pas insisté pour rester avec vous.

Calley, pensive, sirota son thé.

— C'est pour Noah qu'il l'a fait, expliqua-t-elle ensuite. Je doute fort que Ryan reste après ses dix-huit ans, mais Noah et moi nous entendons vraiment très bien depuis le premier jour. Même quand il vivait encore avec Leah, il passait souvent la nuit à la maison. Il adore les jumeaux ! C'est un petit garçon très affectueux. Leah gardait d'autres orphelins, elle était donc moins disponible que moi. Noah est un enfant très facile à garder.

— Et Ryan ?

— Depuis qu'il a douze ans, il vient m'aider au magasin avant et après l'école. Il ne ménage pas ses efforts, ce que je respecte infiniment. Rares sont les jeunes de son âge qui travaillent aussi dur sans se plaindre. Par contre, il ne parle pas beaucoup. Avant la nuit dernière, il n'avait jamais fait de bêtises, aussi ai-je volontiers accepté de garder les deux frères ensemble.

— Que savez-vous de leur passé ? De leurs parents ?

— Pas grand-chose. Le père est mort quand la mère était enceinte de Noah. Après la naissance du bébé, elle n'a pas tenu le coup. Elle était incapable de s'occuper des enfants, aussi ont-ils été récupérés par l'État. J'ignore si elle est toujours en vie, ils n'ont aucun contact avec elle. Leah avait promis de la retrouver si les garçons y tenaient. J'ai reconduit sa promesse, mais ils n'ont jamais rien demandé

— Ce doit être difficile, déclara Kelly. Surtout pour Ryan.

Calley acquiesça.

— Certainement. Et maintenant, si nous nous débarrassions de cette visite à Kay Simmons ?

XI

Après leur sortie, Cooper avait laissé les chevaux dans la prairie, près de l'écurie, avec l'aide de Tim et Rory. Malgré son appréhension initiale, les « tourtereaux » étaient restés parfaitement neutres, aussi Cooper avait-il pu se détendre et apprécier la balade, même accompagné. Il avait partagé avec les deux autres le pique-nique qu'il avait arrangé pour Kelly et lui, ce qui avait un peu atténué sa déception.

— Besoin d'autre chose, Coop ? demanda Rory.

Il se tenait debout à côté de Tim. Cooper les regarda : ils paraissaient si bien ensemble, ces deux-là. Comme d'habitude, Tim arborait son sourire rayonnant, mais même Rory semblait détendu et heureux, à des années-lumière de celui qu'il était, un an plus tôt. Même au cours des deux dernières semaines, depuis son altercation avec John Delco, il avait changé de façon remarquable. D'être redevenu, un homme libre lui faisait du bien, manifestement.

— Non, merci, répondit Cooper. Vous pouvez rentrer chez vous, à présent.

Il sourit en évoquant le chalet des tourtereaux : il avait participé aux travaux nécessaires pour le rendre à nouveau habitable. À l'époque, il n'en avait pas éprouvé de jalousie, mais, depuis qu'il avait retrouvé Kelly, il aurait aimé avoir une maison bien à lui. Pas un manoir imposant comme Hunter et Grant, mais un petit chalet comme Tim et Rory.

Ce serait vraiment bien, pensa Cooper.

— Alors, à demain matin, Coop, lança Tim avant de s'en aller.

Cooper resta seul dans l'écurie, avec les chevaux dans leurs stalles. Il s'apprêtait à ranger la dernière selle quand un mouvement furtif attira son attention. Il s'arrêta net, l'oreille tendue.

— J'ai bien cru qu'ils ne partiraient jamais !

Kelly.

— Qu'est-ce que tu fous là ? demanda Cooper.

Il essaya de parler calmement, sans être tout à fait certain d'y réussir.

— Je suis désolé d'avoir dû annuler ce matin.

— Tim m'a expliqué que tu avais un imprévu, grogna Cooper.

Il souleva la lourde selle et la rangea à sa place, puis s'attarda à la dépoussiérer pour ne pas avoir à regarder Kelly.

— Oui, une urgence – et ma présence était spécifiquement réclamée.

Kelly parlait à voix basse, sans cacher ses regrets. Cooper, sans plus d'excuses pour tergiverser, céda à l'inévitable et se tourna vers lui.

Kelly portait un chandail de laine brun qui paraissait bien trop chaud pour cette magnifique journée d'automne. En notant ses lèvres pincées, Cooper décida de s'adoucir un tantinet.

— Bon, j'espère que le problème est résolu ?

— Je pense. En tout cas, la situation est moins tendue. À mon avis, il y avait davantage dans cette histoire, mais aucune des personnes impliquées n'a rien voulu me dire. Donc je n'ai pas d'autre option que garder les yeux ouverts et espérer que cela ne se reproduise plus.

Cooper le regarda, en essayant de retenir son sourire.

— J'ignore de quoi tu parles. Ça te dit de venir manger un morceau avec moi dans la maison du personnel ?

— Un dimanche ? Je pensais que les repas dominicaux n'étaient pas assurés par le ranch ?

Cette fois-ci, le sourire de Cooper éclata.

— Ce n'est pas pour autant que nous jeûnons ! Je te rappelle que je sais faire la cuisine.

— Je n'ai pas oublié. Comment le pourrais-je ?

— Dois-tu prévenir Nina ?

Kelly secoua la tête.

— Non, je l'ai appelée une fois mon affaire terminée. Theo s'occupera d'elle ce soir. D'ailleurs, elle était fatiguée, elle va se coucher tôt.

— Bien, répondit Cooper.

Puis il se maudit mentalement de cette réponse enthousiaste.

Ils se rendirent ensemble à la maison du personnel, le soleil déjà bas sur l'horizon.

— Les jours sont de plus en plus courts, fit remarquer Kelly.

— Ça n'est pas nouveau. C'est le cas depuis le début de l'été.

Kelly ricana.

— Enfoiré !

— Hé, c'est toi qui as été élevé à la campagne ! dit Cooper avec un sourire.

Il appréciait que l'atmosphère se soit détendue, et aussi que sa journée ait finalement été agréable, malgré la déception de ce matin. Il lui fallait juste maîtriser le désir qui bouillonnait en lui chaque fois qu'il posait les yeux sur Kelly.

Quand ils pénétrèrent dans le bâtiment où résidait le personnel, ils entendirent du bruit dans la pièce télé où la plupart des hommes s'étaient vautrés sur les canapés, certains avec un sandwich à la main, d'autres, une bière. La salle à manger et la cuisine étaient désertes.

Pour commencer, Cooper rangea le désordre laissé par les autres. Ensuite, il sortit du frigo des légumes et un poulet rôti. Il remplit d'eau une casserole et la mit sur le feu, avant de verser du riz dedans.

— Du riz au poulet, ça te va ?

— Bien sûr, répondit Kelly.

Cooper retourna au frigo pour échapper à ce sourire tentateur.

— Une bière ?

— Non, merci.

Étonné, Cooper se retourna.

— Tu as renoncé à l'alcool ?

— Pas vraiment, mais je suis fatigué ce soir. Si tu m'enivres, je crains que mon comportement devienne vite débridé.

Cooper sourit d'une oreille à l'autre.

— Dans ce cas, je vais te chercher ma bouteille de whisky.

Kelly secoua la tête, tout en rendant à Cooper son sourire.

— Mieux vaut ne pas tenter le diable, Coop. Je suis juste venu m'excuser de ma défection ce matin. Je vais devoir m'en aller tout de suite après dîner.

Cooper tenta de cacher sa déception

— D'accord.

— Ça me rappelle l'école de droit, déclara Kelly.

Cooper s'appliqua à ses préparatifs et fit de son mieux pour ne pas se laisser distraire par la proximité de Kelly, mais la bataille était perdue d'avance. Il aurait tant voulu que Kelly l'étreigne par-derrière, comme autrefois, quand tous deux vivaient pratiquement ensemble, mais il savait bien que ça n'arriverait pas. Alors, il se contenta d'un effleurement de bras de temps à autre, ou de la chaleur du souffle de Kelly, penché pour inspecter la cocotte où le riz mijotait.

Cooper décida que mieux valait changer de sujet.

— Alors, comment ça se passe, ta campagne ?

— Je n'en sais trop rien, déclara Kelly. Les gens sont plutôt gentils envers moi, ils apprennent à me connaître, mais on ne peut jamais deviner ce qui sortira des urnes.

— En clair, tu cherches à faire bonne impression chaque fois que tu en as l'occasion ? Comme ce matin ?

— Ce matin, Calley Haines m'a téléphoné.

— Pourquoi ?

Cooper releva les yeux et constata que Kelly avait un dilemme.

— D'accord, reprit-il, secret professionnel. Je comprends.

Kelly s'écarta pour aller fermer la porte de la cuisine, les isolant ainsi des hommes installés devant la télévision.

Quand il revint, il chuchota

— Ça reste entre nous, d'accord ?

Cooper acquiesça.

— Bien sûr.

— Connais-tu un dénommé Kay Simmons ?

Cooper haussa les épaules.

— Pas très bien. Il est prof. Je crois qu'il a un des gosses de Grant dans sa classe... ou alors c'était l'année dernière ? J'ai entendu Grant et Hunter parler de lui un jour, mais je n'en sais pas plus.

— Eh bien, ce matin, il a accusé Ryan de lui avoir volé sa moto. Le gamin prétend l'avoir juste empruntée avant de la ramener, sans une égratignure. Je suis allé chez Simmons avec Calley, nous avons vu la moto. Ryan n'a pas menti, il l'a bien ramenée intacte dans le garage où il avait prise. Quand Calley a promis que ça ne se reproduirait pas, Simmons a tout de suite accepté de ne pas porter plainte. D'accord, tout est arrangé, mais je continue à penser qu'il avait davantage dans cette histoire.

— Et Ryan, que dit-il ?

— Ce qui m'intéresse, c'est ce qu'il ne dit pas.

— En fait, ça m'étonne qu'il ait ouvert la bouche ! Il est plutôt du genre à vous regarder comme si vous étiez le dernier des crétins avant de tourner les talons sans un mot.

Avec un soupir, Kelly se retourna et s'appuya nonchalamment au comptoir de la cuisine. Cooper voyait bien qu'il réfléchissait.

— Ryan a refusé de venir avec nous chez Simmons, déclara Kelly. Il n'a pas voulu s'excuser. D'après lui, c'était plutôt à Simmons de présenter ses excuses. Mais il n'a pas précisé pourquoi.

— Simmons est célibataire, non ? Il a une trentaine d'années...

— Oui, je crois. Un peu moins peut-être.

— Est-il gay ?

Kelly lui jeta un regard exaspéré.

— Bon sang, Coop, je ne lui ai pas posé la question. Tu trouves peut-être que c'est facile d'interroger les gens sur leur orientation sexuelle, mais je t'assure que ce n'est pas mon cas.

— Tu as raison, reconnut Cooper. Je voulais juste savoir si tu lui avais trouvé l'air gay.

Kelly rit.

— À l'école de droit, je n'ai pas réalisé que tu l'étais, avant que tu me roules un patin. Et, si je dois en croire Nina, tu es le gay le plus flamboyant qu'elle ait jamais rencontré. Mon gaydar ne s'est pas vraiment amélioré au fil des années, Coop.

Cooper ne répondit pas tout de suite. Il vérifia sa cocotte et baissa la flamme.

Ensuite seulement, il reprit la parole :

— Ce n'est qu'une théorie, bien sûr, mais Simmons a pu avoir envers Ryan des gestes douteux. Peut-être a-t-il utilisé sa moto pour tenter de le séduire en lui promettant un tour. Ryan a pu être tenté avant de changer d'avis. Peut-être Simmons l'a-t-il accusé de vol pour se venger.

Kelly sourit et secoua la tête.

— Tu as une sacrée imagination !

— T'ai-je déjà raconté comment j'avais perdu ma virginité ?

Une fois de plus, Kelly secoua la tête.

— Non.

— Eh bien, j'avais quinze ans et un nouveau voisin qui approchait la vingtaine. Je bandais chaque fois que je le voyais, alors, je l'ai poursuivi inlassablement. Il ne cessait de prétendre qu'il n'était pas gay en me renvoyant chez ma mère, mais je me suis obstiné. Il m'a fallu des mois pour arriver à mon but.

— Tu as toujours souffert d'un excès d'assurance.

— En temps normal, je me défendrais de cette accusation, répondit Cooper avec un sourire. Mais, dans ce cas précis, tu as raison. J'ai fini par le faire céder, il a reconnu qu'il avait peur d'être inculpé de viol sur un mineur. Le fait que je sois l'agresseur ne serait pas pris en compte – et il le savait bien. Il connaissait la loi : il était étudiant en droit.

— C'est lui qui t'a donné l'envie d'être avocat ?

Cooper haussa les épaules.

— Peut-être. Mais surtout, je croyais que tous les avocats devenaient richissimes.

— Qu'est devenu ce garçon ?

— Aucune idée, répondit Cooper. Il a déménagé et je n'ai plus entendu parler de lui.

— D'après toi, Ryan aurait séduit son prof, mais Simmons a peur de la loi, que je représente, aussi cherche-t-il à couvrir ses arrières par cette accusation ?

— Possible. Ou alors, c'est arrivé comme je te le disais, ou alors je me trompe complètement et Simmons a pardonné à Ryan de lui avoir volé sa moto parce qu'il l'a retrouvée intacte. De toute façon, les enseignants se prennent tous pour Dieu : ils aiment à penser qu'ils peuvent aider un pauvre orphelin.

— Je vois mal Ryan séduire qui que ce soit.

Cooper haussa les épaules.

— C'est prêt. Nous pouvons manger.

XII

Le ventre plein, Kelly se renfonça dans son siège de cuisine – qui manquait de confort, en y réfléchissant – en face de Cooper. Il avait dévoré comme s'il s'agissait de haute gastronomie, le ragoût lui paraissant bien meilleur que tout ce que préparait Theo, qui se chargeait chez lui de la cuisine, ou n'importe quel grand chef de sa connaissance. *Sans doute parce que le plat avait été fait pour lui, et avec amour,* lui signala une petite voix intérieure, mais Kelly repoussa rapidement cette idée. Non, Cooper était un excellent cuisinier, tout simplement. Il l'avait déjà prouvé autrefois, malgré la minuscule cuisine de l'appartement que Kelly occupait durant leur année ensemble. Tous les soirs, Cooper venait y faire les repas les plus étonnants parce qu'il n'avait pas les moyens de l'inviter dans l'un des restaurants du campus. Et la nourriture de Cooper était si délicieuse que jamais Kelly n'avait regretté de ne pas sortir. Et voilà que quinze ans plus tard, Cooper n'avait rien perdu de ses talents.

En plus, Kelly trouvait sa compagnie très agréable, il se sentait à son aise. Plus encore que dans ses souvenirs.

— Je vais devoir y aller, Coop, indiqua-t-il. Demain matin, je dois me lever tôt pour laisser à Theo un peu de temps libre. Aujourd'hui, il a été de service toute la journée. Ensuite, j'ai du travail.

— Alors, Theo ne dort pas avec toi ?

— Quoi ? Bien sûr que non ! D'où te vient cette idée loufoque ?

— D'une réflexion que m'a faite Nina.

— Qu'est-ce qu'elle a dit ?

Merde, Nina !

— Que Theo ne s'occupait pas seulement d'elle, mais aussi de toi. Je me suis dit qu'en plus d'être son aide-soignant, il était ton amant.

— Bon sang, Coop ! Je croyais que tu me connaissais mieux que ça !

Sous le choc, Kelly faillit s'étouffer avec le vin qu'il avait siroté avec prudence tout au long de la soirée. Cooper avait bu sans montrer la même retenue : à la fin du repas, il avait même débouché une deuxième bouteille. À l'heure actuelle, elle aussi était vide.

— Allez, Kelly, je n'ai pas été ton premier mec, je doute d'avoir été ton dernier. Pourquoi me serais-tu resté fidèle toutes ces années ? Que Dieu m'en soit témoin, je ne l'ai pas fait.

— Je suis marié, répondit Kelly aussi calmement que possible.

— Tu n'es pas fait pour être avec une femme, Kells. Et moi non plus.

Kelly déglutit pour bloquer le déni qui lui montait aux lèvres. Même après toutes ces années, son premier instinct était de mentir concernant son orientation sexuelle. Pourtant, il savait la vérité. Depuis longtemps. Cooper ne se trompait pas. Kelly aimait Nina, il avait trouvé facile de l'utiliser comme paravent – d'ailleurs, elle l'y avait aidé –, mais la regarder ne lui avait jamais enflammé le sang. Même les quelques aventures homosexuelles, rapides et anonymes, qu'il s'était accordées après le départ de Cooper, ou encore cette vague liaison avec ce flic rencontré dans un bar gay, durant un contrôle antidrogue, lui laissaient, sexuellement parlant, des souvenirs plus intenses que tout ce qu'il avait connu avec Nina. Sinon, un seul être avait bien failli tout représenter pour lui, amour et désir combinés, et c'était Cooper.

Pouvait-il divulguer à son ancien amant qu'il avait reçu la permission de Nina pour reprendre leur liaison d'autrefois ?

— Nina m'aime, commença Kelly. D'après elle, je devrais…

Il fut interrompu par la sonnerie de son téléphone : celle qu'il avait attribuée aux urgences du bureau du shérif.

— Il faut que je prenne cet appel, remarqua-t-il.

Il s'écartait déjà de la table et Cooper commençait à débarrasser.

— *Kelly ? C'est Jennifer. Je viens d'envoyer une ambulance chez Calley Haines.*

— Que s'est-il passé ?

— *Je ne sais pas trop. Je n'ai eu que son fils adoptif au téléphone. Il était frénétique, presque incohérent.*

— Je vais me rendre sur place. Je vous tiendrai au courant.

Il raccrocha et constata que Cooper le fixait.

— Calley Haines a des problèmes, expliqua-t-il. Je vais aller voir.

— Elle est seule avec les enfants. Tu auras peut-être besoin d'aide.

Les yeux bleus de Cooper étaient pleins de compassion. Kelly comprit que c'était vrai.

— D'accord. Bonne idée.

Il se demanda si Cooper était en état de conduire.

En retournant en ville, Kelly étudia mentalement différents scénarios. Ryan s'en serait-il pris à sa mère adoptive ? Ou bien était-il arrivé quelque chose à l'un des enfants ? Pourquoi Calley n'avait-elle pas passé l'appel elle-même ?

Kelly secoua la tête, s'interroger ainsi ne servait à rien. Il lui faudrait attendre d'arriver chez Calley pour savoir ce qui s'était passé. Ensuite, les solutions viendraient automatiquement. Pour le moment, autant garder son sang-froid.

À peine avait-il tourné le coin de la rue dans laquelle se trouvaient la boutique et la petite maison adjacente où vivaient Calley et ses enfants qu'il vit clignoter le girophare d'une ambulance. Une partie des voisins était dans la rue, mais par chance, ils restaient à distance. Un urgentiste sortait du matériel médical. Kelly se gara à côté de l'ambulance et se hâta de sortir.

— Je suis Kelly Freed, adjoint du shérif. J'ai été prévenu qu'il y avait un problème. Je suis un ami de la famille.

— Oui, c'est la mère. Nous allons l'emmener à l'hôpital. Sauriez-vous qui peut s'occuper des enfants ? pourriez-vous prévenir le père ?

Kelly acquiesça. Il connaissait son rôle dans ce genre de situation, mais préférait ne pas dire à l'urgentiste qu'il n'y avait pas de père à appeler, puisque Calley avait divorcé. Il aurait aimé parler à la jeune femme et lui demander quelle solution elle préconisait pour les enfants.

Il avançait vers la maison quand une civière en sortit. Calley y était étendue. Pendant que les ambulanciers se consultaient, Kelly se pencha sur elle.

— Calley, que voulez-vous que je fasse des enfants ?

Elle ne répondit pas, elle paraissait hébétée.

— Calley, je vous en prie, insista Kelly. Essayez de vous concentrer. Auriez-vous de la famille ou des amis qui pourraient se charger des enfants pendant votre séjour à l'hôpital ?

Elle marmonna quelques mots incompréhensibles.

— Nous devons l'emmener, monsieur, insista une voix inquiète.

C'était l'urgentiste auquel Kelly s'était adressé en arrivant.

— D'accord.

Il s'écarta pour les laisser passer. Il remarqua alors que Cooper l'avait rejoint.

— Je vais monter voir si les enfants sont à l'étage, déclara Cooper. Tu devrais discuter avec Ryan pour savoir ce qui s'est passé.

Kelly hocha la tête.

— Je lui ai demandé où elle voulait que j'emmène les enfants, marmonna-t-il, mais je n'ai pas compris sa réponse.

— Chez Gabe et Flynn, déclara Cooper avec assurance. C'est là que nous devons conduire les jumeaux. Avec un peu de chance, ils accepteront également de garder Noah. Quant à Ryan, je vais l'emmener au Blue River. Tout le monde le connaît là-bas, ils lui donneront certainement un lit cette nuit dans la maison principale.

Kelly fut impressionné que Cooper sache ainsi quoi faire. Ainsi, Cooper connaissait bien Calley et ses enfants ? Kelly l'ignorait, mais le moment était malvenu pour réclamer de plus amples explications.

Cooper prenait déjà d'escalier, aussi Kelly décida-t-il de se mettre à la recherche de Ryan. Après tout, c'était lui qui avait prévenu les urgences, au bureau du shérif.

Il trouva le garçon blotti sur le canapé du salon, les genoux levés contre sa poitrine, les chaussures sur les coussins. Instinctivement, Kelly faillit lui dire d'enlever ses pieds, mais Ryan, les yeux fixés sur le tapis devant lui, ne lui sembla pas très réceptif. Kelly préféra l'aborder en douceur.

— Merci de nous avoir prévenus, Ryan. Ils prennent soin d'elle à présent.

Ryan ne répondit pas, il paraissait même ne pas l'avoir entendu. Quand Kelly effleura son genou, il se dégagea nerveusement.

— Peux-tu me dire ce qui s'est passé ? insista Kelly.

À nouveau, aucune réponse.

— Cooper est monté chercher les petits pour les emmener chez Gabe et Flynn. Ça te convient ?

Cette fois, Ryan le regarda. Ses cheveux lui tombaient dans les yeux et sa bouche était serrée.

— Ce pervers ! cracha-t-il. Il ne doit pas s'approcher des enfants !

Kelly sentit sa gorge se dessécher.

— Tu parles de Cooper ?

— Oui, de Cooper Nelson. On ne peut pas lui faire confiance. Les petits ne savent pas comment se défendre.

Kelly tenta de rester calme.

— Je peux t'assurer que les enfants ne risquent rien avec Cooper. Calley et lui se connaissent bien. C'est lui qui m'a prévenu que je devais tous les emmener chez Gabe et Flynn.

— Oui, bien sûr. C'est toujours là-bas qu'elle laisse les jumeaux. Mais je veux garder Noah. Je vais m'occuper de lui.

Kelly se rapprocha. Aussitôt, Ryan recula. Aussi Kelly reprit sa place antérieure.

— Cooper suggère que tu ailles au Blue River. Pour Noah, ce serait sans doute plus rassurant de rester avec les jumeaux. Tu ne crois pas que les femmes du Blue River en ont déjà bien assez avec tous leurs enfants ?

Ryan haussa les épaules

— D'accord, céda-t-il à contrecœur. Tant que vous ne laissez pas Noah avec Cooper.

Kelly n'eut pas le temps d'interroger Ryan sur sa dernière réflexion parce que Cooper entra au salon, portant dans les bras un enfant endormi. Il tenait par l'autre main un garçonnet d'environ sept ans – d'après Kelly, ce devait être Noah. Une petite fille s'accrochait à la main de Noah, les joues marbrées de larmes. Pourtant, elle ne pleurait plus.

— Ne perdons pas de temps, chuchota Cooper, ces trois-là ont besoin de se recoucher le plus tôt possible.

Kelly surveillait Ryan : le garçon n'avait pas bougé, mais il toisait Cooper avec une hostilité à vous glacer le cœur. Cependant, ce n'était pas le moment de poser des questions. Il devait en priorité s'occuper des enfants.

— Je vais prévenir Gabe de notre arrivée. Ryan, aurais-tu une clé de la maison afin que nous puissions fermer la porte avant de partir ?

Ryan acquiesça. Il quitta le canapé, contourna Cooper avec ostentation et passa dans le couloir récupérer son manteau. Après l'avoir enfilé, il sortit de sa poche un trousseau de clés.

— Très bien, déclara Kelly. Allons-y.

Ils installèrent les quatre enfants à l'arrière de la voiture, puis quittèrent la ville et prirent la direction du ranch.

— As-tu prévenu Gabe ? demanda Cooper.

Kelly se frotta le visage, essayant de forcer son cerveau à fonctionner. Après une longue journée et un délicieux dîner, bien arrosé – par chance, il n'avait bu qu'un verre et demi –, il commençait à se sentir épuisé. Il fouilla ses poches de pantalon pour retrouver son téléphone et le tendit à Cooper.

— Le numéro est au nom de Blackwater.

— Et je suis censé savoir comment fonctionne cet engin-là.

Avec un gloussement, Kelly récupéra le téléphone, cliqua sur quelques boutons et le rendit à Cooper.

— Tu n'as plus qu'à presser le bouton vert. Tu te souviens de comment parler au téléphone, hein ?

— Enfoiré ! grommela Cooper.

Pourtant, il souriait. Pendant le coup de fil, Kelly surveilla les enfants dans son rétroviseur. Ryan semblait indifférent à la présence des trois autres. Le plus petit pleurait et Noah tentait de le consoler. La fillette, le regard vitreux, semblait à moitié endormie. Kelly hésita à s'arrêter pour calmer le petit, mais il jugea préférable d'arriver chez Gabe le plus vite possible.

Cooper raccrochait.

— Ils nous attendent, annonça-t-il. Gabe a paru très inquiet ; il avait des tas de questions, mais je lui ai dit que nous n'avions pas encore les réponses. Il accueillera Noah, bien entendu.

— Je préviendrai de chez lui le Blue River, déclara Kelly.

Il espérait que sa voix exprimait la reconnaissance qu'il éprouvait.

Il tourna dans l'allée qui menait au ranch Blackwater. Toutes les lampes du porche étaient allumées.

XIII

À PEINE la voiture était-elle arrêtée que Flynn sautait du porche et s'approchait pour ouvrir la portière arrière. Il saisit d'abord Andy, qui pleurait toujours.

— Tout va bien, mon chou. Je suis là. Tu ne risques plus rien.

L'enfant s'accrocha désespérément à lui, pendant que Flynn aidait Noah à sortir de la voiture. Quant à Gabe, qui venait de les rejoindre, il fit le tour pour récupérer Vicky, la jumelle d'Andy.

— Avez-vous des nouvelles de Calley ? demanda-t-il.

Kelly secoua la tête.

— Non, pas encore. Ils l'ont emmenée à Mercy. Notre priorité a été de gérer les enfants. Nous passerons ensuite au Blue River déposer Ryan.

Gabe jeta à Flynn un regard interrogateur et reçut en réponse un hochement d'approbation. Aussi se tourna-t-il vers Kelly pour dire :

— Inutile de les réveiller à une heure pareille. Nous allons garder Ryan ce soir, il dormira sur le canapé. Il sera bien temps demain, après l'école, de le conduire au Blue River. Ça te convient, Ryan ?

Le garçon sembla hésiter, mais finit par acquiescer.

— Entrez, entrez, déclara Gabe. J'ai fait du café. Si ça vous dit shérif prenez-en une tasse pendant que Flynn et moi couchons les petits. J'irai ensuite à Mercy rendre visite à Calley.

Les deux hommes montèrent à l'étage avec les trois plus jeunes enfants. Kelly resta en bas avec Cooper. Quant à Ryan, il s'assit sur le canapé sur lequel il devait dormir cette nuit.

Dans la cuisine de Gabe, Kelly se sentait un intrus, mais puisque le rancher leur avait proposé du café sans pour autant le leur servir, il décida qu'il pouvait s'en charger lui-même.

— Veux-tu un verre d'eau, Ryan ? proposa-t-il.

Le garçon secoua la tête sans le regarder.

Kelly se tourna vers Cooper.

— Un café ?

— Oui, ce serait aussi bien. J'ai trop bu, ça m'endort.

Sur ce, Cooper alla tout droit au placard et fit comme chez lui : il l'ouvrit et en sortit deux tasses. Kelly leva les sourcils, réclamant manifestement une explication.

— Je viens parfois les aider, répondit Cooper, et ils ne sont pas du genre à faire des manières. Ça ne leur pose aucun problème qu'on pioche dans leur frigo ou que l'on se serve une tasse de café. Et je te signale que Gabe te l'a proposé.

Cooper remplit une première tasse qu'il tendit à Kelly.

— Non, merci. Le café me donne des aigreurs d'estomac.

Cooper fit la moue.

— Je me souviens qu'autrefois, tu ne buvais que ça.

— J'ai changé mes habitudes il y a dix ans, sinon plus.

Dans le placard encore ouvert, Kelly prit un verre qu'il remplit au robinet de la cuisine.

— Je m'en tiens dorénavant à l'eau et à la tisane, ajouta-t-il.

Cooper eut un petit rire amusé.

— Tu es un original, shérif.

Il prit une gorgée de sa tasse avec un grognement reconnaissant.

Déjà, Gabe redescendait l'escalier.

— Elle est à Mercy, disiez-vous, shérif ?

Kelly acquiesça.

— C'est ça.

— Les petits sont couchés, ajouta le rancher, et Flynn va s'occuper de Ryan. Merci, les gars.

— Nous vous accompagnons à Mercy, déclara Kelly. Je dois savoir ce qui est arrivé à Calley. C'est Ryan qui a prévenu le bureau du shérif pour réclamer de l'aide. D'ailleurs, comme vous n'êtes pas de la famille, l'hôpital pourrait ne pas vous donner toutes les informations utiles.

À la surprise de Kelly, Gabe sourit. Il brandit une liasse de documents.

— Calley et moi avons échangé devant un avocat des procurations pour tout ce qui concerne le juridique et le médical. Je vais apporter ça si l'on me demande de prouver mes dires, mais si elle est malade, il leur faudra ma signature avant de la traiter.

— Vous pouvez monter en voiture avec nous, suggéra Kelly.

— Merci, Kelly, mais je préfère prendre mon pickup si je dois rester plus longtemps. Comme ça, une fois que vous aurez vos infos, vous serez libre de partir.

— Très bien, dans ce cas, nous vous retrouverons à l'hôpital.

Kelly remarqua l'attention avec laquelle Gabe le dévisageait, puis passait à Cooper avant de revenir à lui. Sans un mot, le rancher quitta la maison, monta dans son pickup et s'éloigna peu après.

Kelly attendit d'être dans sa voiture avec Cooper pour poser la question qui le démangeait.

— Pourquoi Gabe nous a-t-il regardés comme ça ?

Cooper paraissait très satisfait de lui.

— Il se demandait sans doute ce que je faisais là, répondit-il. Il sait que j'ai récemment aidé Rory et, d'après lui, c'est la seule connexion entre toi et moi. Et Calley n'a rien à voir là-dedans. Bien sûr, il ignore que tu es gay et que nous nous connaissions autrefois.

Kelly se demanda où Cooper voulait en venir.

— Et alors ? Nous n'avons quand même pas de liaison sordide.

— Non, mais pour quoi t'en faire ? Comment veux-tu qu'il devine que nous avons été proches ?

— Mmm.

D'après Kelly, Gabe était observateur – sans doute avait-il tout compris. Ce qui ne plaisait guère au shérif : il n'aimait pas l'idée de s'être trahi. Était-il à ce point transparent ? Il ferait mieux de ne pas passer son temps à regarder Cooper, bien sûr, mais il ne pouvait s'en empêcher. Malgré ses doutes et son désir de cacher ses sentiments, Cooper l'obsédait.

Et les pensées de Kelly à son sujet étaient loin d'être chastes.

LA NUIT était tombée, ils roulèrent en silence. De temps à autre apparaissaient devant eux les feux arrière du pickup de Gabe. Sinon, les routes désertes. Comme Cooper se taisait, Kelly ne savait quoi dire, ce qui lui laissait bien trop de temps pour réfléchir. Il espérait que Calley allait s'en sortir et que ses enfants pourraient rester chez Gabe et Flynn, parce qu'il n'avait vraiment pas envie de prévenir les services sociaux de les récupérer. Les petites villes n'étaient-elles pas censées s'occuper en vase clos de ceux qui avaient des ennuis ? Il préférait trouver des solutions pour les enfants sans les faire entrer dans le système fédéral, même à titre temporaire. Appeler leur père ne serait-il pas préférable à un foyer d'accueil ? Ce ne serait pas à lui de prendre cette décision, mais il pouvait cependant s'assurer que toutes les options avec été explorées avant de prendre des mesures drastiques.

En vérité, il s'inquiétait d'événements sur lesquels il aurait peu d'influence. Mentalement, il évoqua la Prière de la Sérénité [13] et la sagesse de savoir faire la différence entre ce qui pouvait changer et ce qui restait immuable. Avant de connaître la gravité du cas de Calley, Kelly ne pouvait savoir quoi faire pour elle, aussi était-il inutile de ressasser.

— Prends cette sortie ! cria Cooper.

Au ton de sa voix, ce n'était pas la première fois qu'il le disait. Kelly donna un brusque coup de volant et la voiture fit une embardée, prenant de justesse la bretelle. Cooper cogna son épaule contre la sienne avant que la voiture retrouve sa trajectoire.

— À quoi rêvassais-tu ? demanda-t-il d'un ton accusateur. Si je n'avais pas autant bu au dîner, je te demanderais de t'arrêter illico pour me laisser le volant.

— Désolé, répondit Kelly. Je réfléchissais.

— À moi ?

Sa voix était devenue moqueuse. Kelly n'osa le regarder, mais une vague de chaleur lui enflamma le ventre.

— Oui, plus ou moins.

Cooper pointa du doigt le parking des urgences, actuellement désert, juste devant l'entrée du bâtiment.

— Tu peux te garer là, indiqua-t-il.

— Non, quelqu'un risque d'en avoir besoin.

— Il y a de la place et c'est le milieu de la nuit. Et puis, je ne pense pas que tu nous colleras un PV.

Cette fois, Kelly se tourna vers lui.

— Je pourrais, c'est vrai, mais je n'aime pas abuser de mes prérogatives. Le parking public n'est qu'à quelques mètres. Malgré notre âge avancé, toi et moi pouvons encore marcher.

— Pfut ! grommela Cooper. Un vrai boy-scout !

Kelly ne put s'empêcher de sourire. Malgré son vernis d'indifférence, Cooper n'avait pas changé : il restait un rebelle.

Peu après, ils sortirent tous deux de la voiture et Kelly pressa la télécommande pour verrouiller les portes. Il suivit Cooper dans l'hôpital, qui paraissait assez calme.

---

13 Une des prières en usage chez les Alcooliques Anonymes qui concerne l'attitude fondamentale que l'homme devrait avoir face à la vie et conseils d'apprendre à faire la différence entre le changeable et l'inchangeable.

À l'accueil des urgences, il s'adressa à l'infirmière de garde :

— Je suis Kelly Freed, adjoint au shérif du comté de Fremont. Calley Haines est entrée ici ce soir, après un appel à notre standard d'urgence. Qui pourrait me donner des informations à son sujet ?

L'infirmière le regarda par-dessus ses lunettes.

— Elle a déjà de la visite.

— Je sais. C'est nous qui avons prévenu Gabe Sutton, son plus proche... euh, parent. Je veux juste savoir combien de temps elle sera hospitalisée, parce que j'ai des dispositions à prendre concernant ses enfants.

Il reçut de l'infirmière un regard ulcéré.

— Allez vous asseoir là-bas.

Elle désignait une salle d'attente qu'occupaient déjà deux vieux ivrognes, une mère accompagnée de trois enfants hurlants et un homme qui serrait contre lui sa main ensanglantée, enveloppée dans une serviette. Kelly y remarqua aussi Cooper, déjà assis dans un coin, qui tapotait le siège à côté de lui.

Kelly insista auprès de l'infirmière :

— Pourriez-vous demander à un médecin de venir nous parler ?

— Il viendra dès qu'il aura bu son café. Il en a bien besoin, vous savez !

Manifestement, elle ne comptait pas demander au praticien de se dépêcher.

Kelly céda, conscient qu'il devait choisir ses batailles et qu'il ne gagnerait pas celle-ci. Il alla s'asseoir à côté de Cooper.

— Coop, annonça-t-il, si Calley doit séjourner à l'hôpital, je vais devoir appeler Bill.

— Ah, non, surtout pas ! Les enfants seront très bien chez Gabe et Flynn est une vraie mère poule. Ils l'adorent. Si Calley est indisponible, les enfants ne pourraient être mieux qu'au ranch Blackwater.

— Mais enfin, Bill est leur père !

Cooper lui jeta le même regard outré que l'infirmière.

— Uniquement de nom. Les enfants ne le connaissent pas, Kelly. Fiche-leur la paix.

— Mais légalement, j'ai des obligations. Tu devrais le comprendre mieux que personne.

Cooper soupira profondément.

— Bon, je vois que tu ne connais pas toute l'histoire.

— Non, c'est évident.

— Calley et Bill Haines ont longtemps essayé d'avoir un enfant. J'étais déjà au courant de leurs difficultés à concevoir à l'époque où j'exerçais encore. Calley m'avait d'ailleurs interrogé concernant une éventuelle adoption, mais Bill refusait formellement d'élever l'enfant d'un autre. J'ai donc conseillé à Calley de divorcer pour entamer une procédure sans dépendre de l'autorisation de Bill.

Kelly acquiesça.

— Je vois.

— Une fois rayé du barreau, j'ai oublié cette affaire jusqu'au jour où Grant a abandonné Gabe dans le pétrin, blessé et handicapé. Je n'ai appris les détails que bien plus tard, mais, à l'époque, d'après les rumeurs, Grant avait eu une liaison avec Calley et il était le père de l'enfant qu'elle venait de perdre.

— Oh ! Elle a eu un autre bébé avant ses jumeaux ?

— Oui et non. Elle l'a perdu bien avant qu'il soit viable. Elle était dévastée… Quant à Bill, il a fichu le camp pendant qu'elle était à l'hôpital. Heureusement, Gabe s'est occupé d'elle, comme elle-même l'a fait pour lui, après son accident. Le plus étrange, c'est qu'ils sont restés amis alors que Gabe avait jeté son amant à la porte en apprenant sa liaison avec Calley, juste avant l'accident qui lui a coûté sa jambe. D'après moi, ce n'est pas vrai, mais personne n'a jamais su pourquoi Grant avait quitté Gabe. Les bruits se sont étouffés assez vite. Dans cette ville, les gens n'aiment pas trop cancaner sur la vie sexuelle d'un célibataire. Je suis certain qu'aujourd'hui encore, pas mal préfèrent croire que Flynn n'est pour Gabe qu'un simple employé.

Kelly se mit à rire.

— Et c'est pareil avec Grant et Hunter, je présume ?

— Oui. Je comprends qu'ils ne tiennent pas à déclencher de vagues.

Kelly acquiesça. Malheureusement, voilà qui confirmait ses soupçons : une éventuelle liaison avec Cooper était sans espoir, même si c'était la raison qui l'avait attiré en Idaho.

— Quoi qu'il en soit, reprit Cooper, une fois les choses tassées, Calley et Bill se sont remis ensemble. Et finalement, Calley a réalisé son vœu : elle est tombée enceinte. Bill l'a quittée avant la fin de sa grossesse. Elle a eu ses jumeaux toute seule.

D'un naturel compatissant, Kelly en souffrit pour elle.

— La pauvre !

— Pas tout à fait seule, enchaîna Cooper, puisque Bill s'est quand même pointé à la maternité pour revendiquer ses droits paternels. Plus tard, Calley m'a avoué qu'il n'était pas le père biologique des enfants.

Après une pause pour marquer un effet dramatique, Cooper conclut :

— Le vrai père, c'est Gabe.

— Waouh ! Voilà pourquoi elle les lui laisse dès qu'elle est débordée ou qu'elle doit s'absenter. Je les savais bons amis, mais je n'aurais jamais pensé que ça aille jusque-là.

— Tu comprends pourquoi tu ne peux pas demander à Bill Haines de récupérer les enfants. Imagine un peu ce que tu ferais à Calley, mais aussi à Gabe et Flynn !

Pensif, Kelly hocha la tête.

— Tant que Gabe et Flynn s'en occupent et personne ne dit rien, je peux garder la situation sous cloche. Mais Bill Haines est connu par ici… si quelqu'un le prévient que Calley est hospitalisée et qu'il revendique à nouveau ses droits, je risque de me retrouver dans une position délicate.

— Tu dois choisir ce qui est bien, Kells, pas ce qui est facile.

Kelly sourit. Depuis quand Cooper s'occupait-il du *bien* ? Apparemment, les changements de sa personnalité n'étaient pas tous à regretter.

Kelly tenta de se concentrer sur l'affaire en cours.

— Quelle que soit l'issue de cette histoire, il faut que Calley mette ses affaires en ordre, déclara-t-il.

— Après la naissance des jumeaux, je l'avais déjà prévenue qu'elle devait officiellement nommer Gabe leur tuteur. Et ça ne sera pas évident, puisque le nom de Bill se trouve sur leur extrait de naissance. Lui et Calley étaient encore mariés à ce moment-là.

— Calley pourrait faire un test sanguin pour prouver que les enfants sont de Gabe et non de Bill, suggéra Kelly.

— C'est exactement ce que je lui ai conseillé.

Kelly plissa le front.

— Malheureusement, même si le test démontre la paternité de Gabe, cette histoire risque de finir devant le tribunal. Or je vois mal un juge accorder la garde de deux enfants à un couple gay. Ils préféreront le père « officiel » au véritable père homosexuel. Sauf si Bill renonce à ses droits parentaux…

— Je sais, je le lui ai dit aussi. Elle a intérêt à convaincre Bill d'y renoncer. Le problème, c'est que Bill est plutôt pénible. Il a été ulcéré par la liaison de sa femme avec Grant et je suis certain qu'il fera tout pour lui compliquer l'existence.

— S'est-il remarié ?

Cooper secoua la tête.

— Non, mais il vit avec une femme qui a déjà deux enfants.

Kelly se redressa dans son siège.

— Et si je cherchais à en apprendre plus sur M. Haines ? Officieusement, bien entendu… Je trouverai peut-être un moyen de pression.

Cooper plissa les yeux en le dévisageant.

— Adjoint Freed ne me dis pas que tu envisages une action illégale ?

— J'aime beaucoup Calley. Et je respecte Gabe et Flynn. Si Calley veut confier la garde de ses enfants à leur père biologique, la loi ne devrait pas l'en empêcher.

— Tout doit rester dans le cadre de la légalité.

— Bien sûr. Je suis shérif. Je connais la loi.

— Tu n'es pas encore shérif, se moqua Cooper. Et tu ne pourras jamais en parler à la presse.

À la première phrase, Kelly lui jeta un coup d'œil sarcastique. Mais ce fut à la seconde qu'il répondit.

— Bien sûr que non. Comme je te le disais, tout restera officieux. Si tout va bien, personne n'aura à savoir que j'ai été impliqué. Tout le crédit retombera sur toi.

Il souriait comme un chat devant une jatte de crème.

— Ça t'amuse, pas vrai ? demanda Cooper.

— Les hommes comme Bill Haines s'en sortent généralement même après un meurtre. Si j'ai voulu entrer dans la police, c'est en partie pour pouvoir les arrêter et faire justice.

Cooper sourit.

— J'aimerais être encore aussi naïf.

— Je ne suis pas naïf, protesta Kelly. Juste idéaliste.

Cooper lui prit la main et la serra. En lui rendant son étreinte, Kelly sentit les callosités contre sa peau plus douce. Puis il remarqua qu'un des enfants, assis un peu plus loin dans la salle d'attente, le fixait avec de grands yeux, aussi s'écarta-t-il très vite.

Cooper ne protesta pas.

XIV

À PEINE le rideau franchi, Gabe s'arrêta pour regarder Calley, pâle, les yeux fermés, étendue inerte sur la civière. Il s'agita nerveusement, ne sachant quoi faire de ses mains puisqu'il ne pouvait jouer avec le bord de son Stetson – une habitude qu'il avait prise de Flynn, même s'il la trouvait assez énervante chez son partenaire. Il en prit conscience et se figea.

Puis Calley bougea et ouvrit les yeux. L'air endormi, elle regarda autour d'elle. Gabe craignit que sa présence ait réveillé son amie.

— Gabe chéri…

Elle parlait de sa voix habituelle, très basse. Et comme toujours, Gabe fut surpris de cette raucité qui semblait mal correspondre à ce corps si frêle. D'un geste, Calley lui demanda d'approcher.

— Ça me fait tellement plaisir de te voir, souffla-t-elle. Je craignais de voir arriver Bill, comme à la naissance des jumeaux.

— Non. Il n'y a que moi.

— Tant mieux, répondit-elle. Tu es le seul que j'ai envie d'avoir à mon chevet.

Avec un doux sourire, elle lui tendit la main. Gabe la prit et la recouvrit des siennes. La peau de Calley lui paraissait froide, aussi cherchait-il à la réchauffer.

— Alors, ça va ? demanda-t-il.

Elle acquiesça.

— Le médecin est en train de faire des analyses. Je suis tombée dans l'escalier. J'ai eu… un vertige.

— Tu travailles trop, rétorqua Gabe, sans cesser de lui frotter les doigts. Entre le magasin et les enfants…

Il ne termina pas sa phrase. Elle savait qu'il s'inquiétait beaucoup pour elle.

— J'adore être mère, Gabe. Les enfants donnent un but à ma vie. Et je ne parle pas seulement d'Andy et de Vicky, mais aussi de Ryan et de Noah. Ils ont besoin d'une mère, plus encore probablement que les jumeaux.

— Les jumeaux ont également besoin d'une mère. D'une mère qui ne prend pas de risques inutiles. Ils n'ont que toi, Cal.

— Pas du tout, ils t'ont, toi, et ils ont aussi Flynn.

Gabe remarqua que Calley se frottait le ventre de sa main libre. Un geste inhabituel, mais Gabe se souvint qu'elle l'avait régulièrement eu durant sa grossesse. Il leva les yeux et la dévisagea pour confirmer ses soupçons.

— Oui, Gabe. Il me restait un dernier ovule fécondé. Je ne croyais pas qu'il prendrait, mais l'idée de le perdre m'était insupportable. Regarde les jumeaux ! Il est évident que nous faisons de beaux bébés, tu ne crois pas ? Et tu sais la meilleure ? Ça a marché. Je suis enceinte. Notre dernier bébé…

Gabe déglutit.

— Tu ne me l'avais pas dit.

— Tu as toujours prétendu que ce don de sperme était un cadeau. Et que je pouvais en faire ce que je voulais.

Son visage exprimait à la fois l'inquiétude et la peur. En toute honnêteté, Gabe ne pouvait se mettre en colère contre elle. Elle disait vrai. C'était un cadeau. Un cadeau énorme, mais ce n'était pas ce qui comptait. De plus, il avait maintes fois assuré à Calley qu'il n'aurait jamais de revendications sur les résultats du marché passé entre eux. Donc, ce qu'elle faisait des embryons qui restaient après la naissance des jumeaux ne le regardait pas. Le problème, c'était qu'il n'aurait pas cru autant s'attacher aux enfants. Pas plus qu'il ne pouvait oublier la façon dont Flynn s'illuminait de joie à chaque visite des petits, quand ils lui sautaient au cou. Bien que son inquiétude pour Calley atténue sa joie, Gabe était certain que l'annonce de cette nouvelle grossesse rendrait Flynn fou de joie.

— Et le bébé va bien ?

— Oui, d'après les médecins, mais ils attendent les résultats de leurs analyses.

— Dans ce cas, pourquoi t'es-tu évanouie ?

Elle haussa les épaules.

— J'ai eu un vertige, c'est tout. J'étais fatiguée. Souviens-toi de mon premier trimestre en attendant les jumeaux. Je pouvais à peine rester debout.

Gabe acquiesça, encore trop inquiet pour pouvoir être heureux pour elle.

— Avec cinq enfants, comment vas-tu gérer le magasin maintenant que Leah n'est plus là ?

Elle le regarda avec compassion. D'après Gabe, c'était elle qui aurait dû en recevoir, pas lui.

— C'est bien pourquoi j'ai cherché avec tant d'ardeur une nouvelle employée. Je voulais une véritable assistante capable de gérer le magasin à ma place, pas seulement une vendeuse sous mes ordres. Je veux disposer de plus de temps pour être maman. Du coup, je m'occuperai essentiellement de la comptabilité, des commandes et des livraisons. Je m'en sortirai, Gabe.

Il lui caressa la main et remonta le long de son bras, effleurant au passage le ventre à peine bombé. Il posa la tête sur l'oreiller, près de celle de Calley.

— Promets-moi de faire attention à toi, Cal. Si ce n'est pas pour toi, que ce soit au moins pour les gosses. Ils ont besoin de toi. Aussi bien ce bébé et ceux qui marchent déjà.

— Tu as laissé nos petits à Flynn ?

Gabe se redressa pour la regarder.

— Oui. Il s'occupe aussi de Ryan, que nous avons installé pour cette nuit sur le canapé du salon. Les trois autres sont dans la chambre, à l'étage.

— Ils n'étaient pas trop bouleversés ?

— Au début, si, un peu, mais tu connais Flynn. Il les a vite consolés. Quand je suis parti, tous le regardaient comme s'il était capable d'accrocher la lune et les étoiles dans le ciel.

Elle bougea la main pour caresser la barbe de Gabe.

— À tes yeux, c'est un dieu. Pourquoi les enfants ne partageraient-ils pas ton admiration envers lui ?

Calley avait toujours été sa plus fidèle supporter, pensa Gabe. Pourtant, il trouvait étrange de l'entendre parler aussi ouvertement de son amour pour Flynn. Un amour qu'il ressentait en permanence, tous les jours de sa vie. Flynn l'avait sauvé de lui-même et d'une existence faite de solitude et de travail acharné. Ensemble, ils avaient bâti une nouvelle vie et un ranch florissant, régulièrement ensoleillé par les naissances des poulains. C'était pourquoi Flynn avait peu à peu transformé Blackwater en poulinière, dépassant le simple centre d'entraînement chevalin d'autrefois. Pour complaire à son partenaire, Gabe avait accepté. Avec joie. Comme il aurait accepté infiniment plus.

Ses réflexions furent interrompues par l'irruption d'une petite Asiatique dans la chambre. Elle portait un pantalon de chirurgie et une blouse blanche.

— M. et Mme Haines, je suis heureux de vous trouver ensemble, dit-elle.

Elle s'exprimait sans accent.

— Je ne suis pas son mari, intervint Gabe. Je m'appelle Gabe Sutton.

Elle le regarda avec suspicion. Calley referma les doigts sur la main de Gabe pour reconnaître leur connexion.

— Il peut rester avec moi, dit-elle, quoi que vous ayez à me dire.

Le médecin lut le dossier médical qu'elle tenait à la main.

— Apparemment, votre malaise ne concerne pas votre grossesse, Mme Haines. Et la chute n'a provoqué ni contractions ni saignement. L'échographie démontre que le fœtus a une mobilité normale.

Gabe entendit le soupir soulagé de Calley. La bonne nouvelle le détendit aussi. Et pourtant, une heure plus tôt, il ignorait qu'elle était enceinte.

— Cependant, continua le médecin, j'ai remarqué durant votre examen un nodule au niveau des glandes de l'aisselle gauche. Les radios montrent effectivement une petite tumeur sur le quadrant extérieur de votre sein. Je vais réclamer une ponction aussi rapidement que possible.

— Un cancer ? balbutia Calley. Mais je suis enceinte !

Gabe avait exactement la même pensée.

— Oui, je sais, ça risque de compliquer votre traitement, reconnut le médecin, mais le cas n'est pas rare. Il y a des solutions, surtout une fois le premier trimestre dépassé. Mais ne mettons pas la charrue avant les bœufs. Nous verrons ce que donne la ponction et l'analyse des tissus. La tumeur peut être bénigne, vous savez, et vos symptômes avoir d'autres explications.

Calley posa plusieurs questions, auxquelles le médecin répondit avec patience. Mais Gabe n'écoutait pas, il ne pensait qu'à une chose : la mère de ses enfants était peut-être grièvement malade. Sa relation avec Calley allait bien au-delà de l'amitié : en cas d'urgence, elle devenait presque symbiotique. En tout cas, il ne pouvait supporter l'idée de la perdre.

Un gémissement attira son attention :

— Ouille, Gabe ! Tu m'écrases la main !

Il la lâcha, puis la dévisagea : elle lui souriait gentiment, alors qu'il venait sans doute de lui broyer les doigts.

— Je... Excuse-moi.

Une fois de plus, elle lui offrit sa compassion silencieuse. Et pourtant, c'était elle que le cancer menaçait, c'était elle qui aurait dû être soutenue. Gabe eut envie de hurler, de s'en prendre au monde entier, en particulier au destin qui se montrait si injuste, mais cette colère libératoire lui était interdite. Le fatalisme tranquille avec lequel Calley acceptait la nouvelle étouffa sa rage dans l'œuf. Aussi chercha-t-il à reprendre ses esprits et à se concentrer sur elle.

Il lui reprit la main, plus prudemment cette fois, et se contrôla davantage. Il n'avait pas oublié la patience attentive de Calley envers lui quand il avait eu besoin d'aide.

Il avait bien l'intention de lui rendre la pareille et de la soutenir durant son épreuve.

XV

— Dis-moi, Cooper, pourquoi as-tu été radié ?

Ils venaient de quitter la salle d'attente des urgences pour respirer une bouffée d'air frais. Une fois sa question posée, Kelly tendit à Cooper une canette de coca qu'il venait d'acheter au distributeur automatique de l'hôpital.

— C'est une longue histoire.

Cooper se laissa tomber sur un banc près de la porte. Kelly prit place à côté de lui.

— J'ai tout mon temps.

Cooper soupira.

— Je suis sérieux.

Kelly s'adossa contre le mur, les mains posées sur le ventre.

— Moi aussi. Je suis également curieux.

Cooper laissa échapper un petit rire nerveux.

— Ils m'ont jugé inapte à exercer dans l'État d'Idaho.

— Ça, je l'avais déjà compris, Coop, puisque c'est la définition du mot « radiation ». Cependant, c'est assez rare, alors j'aimerais savoir comment ça a pu arriver à un homme comme toi : j'imagine mal une star du barreau capable de faire un faux pas.

— Je couchais avec un des assistants du DA.

— Tu vois, ce n'était pas si difficile, rétorqua Kelly toujours aussi calme. Tu as été radié à cause de cette liaison ?

— Martin était censé devenir le prochain district attorney. Il était marié, il avait des enfants. Sa femme avait beaucoup d'argent et un père qui avait été juge à la Cour suprême [14]. Sans oublier un conflit d'intérêts, car Marty et moi nous affrontions régulièrement au tribunal. C'était délicat, bien entendu, mais si je me voyais mal réclamer un autre assistant chaque fois que Marty était nommé dans une de mes affaires. Et lui pouvait difficilement trouver une excuse valable à chaque occasion.

_____

14 Sommet du pouvoir judiciaire aux États-Unis et tribunal de dernier ressort.

— Combien de temps êtes-vous restés ensemble ?

— Cinq ans.

Kelly sifflota.

— Plus longtemps que nous deux. Tu l'aimais ?

Il dévisageait son vis-à-vis avec attention. Cooper déglutit.

— Je le suppose.

— Comment ça, tu *supposes* ?

— Eh bien, nous nous fréquentions en cachette. La plupart du temps, Martin venait chez moi… j'habitais un peu en dehors de la ville à l'époque. En fait, même si personne n'avait découvert notre liaison, le simple fait que nous nous voyions en dehors du palais de justice risquait de causer un problème déontologique.

— Il devait beaucoup t'aimer, déclara Kelly.

Il essaya de contrôler sa voix, mais il savait bien ce que Martin avait dû ressentir. Lui aussi avait une épouse, tout en désirant un homme. Oui, ce sujet-là, Kelly ne le connaissait que trop. Même en ce moment, en se trouvant près de Cooper sur un banc public, il ressentait l'habituelle attraction. Peu importait que Cooper ne soit plus que l'ombre de celui qu'il était autrefois, ou qu'il ait perdu sa posture si fière, presque royale, son dos droit et sa tête haute, Kelly voyait toujours en lui l'homme qu'il avait aimé tant d'années plus tôt, malgré les rides et les tempes grisonnantes.

— Que s'est-il passé ? demanda Kelly.

— Un journaliste a pris une photo compromettante. C'était dans les toilettes du tribunal, alors que nous célébrions la victoire de Marty dans une grosse affaire. Une erreur fatale. De celles dont on sait immédiatement qu'il en résultera un crash irrémédiable. Je l'ai compris instantanément quand le flash nous a aveuglés. Martin a tenté d'intercepter le mec, qui a refusé de lui remettre son appareil – et la photo. Martin a d'abord suivi la voie légale pour bloquer la publication de l'article, mais ça n'a pas marché non plus. À cause de la liberté la presse, etc., etc. Alors, il est rentré chez lui. Il est resté dans sa voiture, dans son garage, porte fermée et moteur en marche. Sa femme l'a trouvé plus tard dans la soirée, trop tard.

— Il s'est suicidé ?

Cooper acquiesça. Il se leva, les yeux fixés sur le parking à moitié vide.

— Ça s'est passé il y a bien longtemps, reprit-il. De temps à autre, nous discutions de ce qui se passerait si nous étions découverts. Je savais qu'il ne le supporterait pas. Il aimait ses enfants. Il disait toujours que c'était le seul bon côté du mariage.

Il resta silencieux pendant un long moment, une éternité. Puis il commença à s'éloigner.

— Tu me manques, Coop.

Kelly avait parlé tout doucement, aussi pria-t-il pour ne pas avoir été entendu.

Sa prière ne fut pas exaucée, car Cooper se retourna :

— Tu aurais dû y penser avant de la préférer à moi, Kells.

Ses paroles manquaient de vitriol. En fait, Coop paraissait résigné. À son tour, Kelly se leva quand Cooper revint vers lui.

Il n'eut pas le temps de réagir : Cooper pressa ses lèvres contre les siennes, puis s'écarta vivement, les yeux fermés, la bouche pincée, l'expression tendue. Il effleura sa bouche de ses doigts, puis tourna les talons et s'en alla, laissant Kelly s'interroger sur ce qui venait de se passer.

Il regarda Cooper quitter le parking en direction de la route et se lécha les lèvres, avec l'espoir d'y trouver le goût de son amant d'autrefois, mais ce ne fut pas le cas.

Il avait fini par obtenir des informations de la glaciale infirmière de l'accueil des urgences : Calley allait devoir rester quelque temps à l'hôpital pour des analyses complémentaires. Il pouvait donc rentrer chez lui et se mettre au lit. Mais avant, il devait rattraper Cooper et le ramener au Blue River.

Il le récupéra sur la route, occupé à faire de l'auto-stop. Cooper monta dans la voiture sans se faire prier. Durant tout le trajet, pas un mot ne fut échangé. Cooper se contenta d'un « au revoir » marmonné quand Kelly le déposa devant la maison du personnel.

Pourtant, Kelly frissonnait : son ancienne flamme s'était ranimée.

LE LENDEMAIN, Kelly se masturba pendant sa douche matinale en évoquant des images du Cooper d'autrefois : dévergondé, éhonté, surexcité, toujours prêt à faire des vannes sexuelles, qu'ils soient seuls, en compagnie BCBG ou simplement entre amis. Apparemment, c'était son seul moyen d'expression dès que Kelly était à proximité. Et sans doute également le reste du temps. Coop aimait à plaisanter, avec le sourire le plus démoniaque qui soit, mais Kelly savait discerner l'amour qui brûlait toujours dans ses yeux. Cooper ne parvenait jamais à le lui cacher. Les seules fois où Cooper paraissait sérieux, c'était durant leurs simulations de tribunal, quand il volait à tous la vedette par son éloquence, son savoir et son vif esprit de répartie. Cet homme brillant, où était-il à présent ? La mort de Marty l'avait-elle anéanti ?

Kelly espérait avoir un jour l'occasion de poser cette question.

Peut-être juste après s'être excusé d'avoir pris la pire décision de sa vie. Parce que lui aussi connaissait le moment exact où son existence avait irrévocablement changé : le jour où il avait demandé Nina en mariage. Il avait agi sur une impulsion, après s'être vu refuser un emploi par un gars qui le connaissait de l'école de droit et qui refusait d'engager « un pédé pour un poste à responsabilité morale ». Kelly aimait bien Nina – qui de plus connaissait ses goûts. Aussi, quand il avait réalisé que Cooper préférerait voler en solo une fois devenu avocat, Nina était devenue sa seule option. Elle l'aimait, sans rien exiger de lui. Elle savait ce qu'elle voulait et ne se laisserait pas arrêter par les regrets de Kelly concernant Cooper. Oh, elle avait respecté la liaison de ses deux amis, sans jamais chercher à s'immiscer entre eux avant le départ définitif de Cooper. Mais une fois le terrain libéré, elle avait bondi sur Kelly – et sa proposition – comme un fauve affamé.

C'était sa raison, pas son cœur, que Kelly avait écouté pour choisir une vie avec elle. *Une carriériste*, pensait-il, *n'exigerait pas trop d'amour de lui*. Il ne s'était pas trompé. Elle n'avait rien demandé, même après le mariage. Comme à l'époque où Cooper et lui étaient ensemble, elle représentait davantage une amie qu'une épouse. Le couple riait beaucoup, s'amusait. De temps en temps, elle satisfaisait les physiques besoin de son mari en partageant avec lui chaleur humaine et affection. Et lui faisait la même chose pour elle. Oui, tout fonctionnait bien : elle laissait Kelly poursuivre la carrière dont il rêvait, dans les forces de l'ordre, pendant qu'elle devenait assistante du district attorney.

Un jour, Kelly avait laissé ses yeux vagabonder, avant de réaliser à quel point il était piégé. Et c'était trop tard.

XVI

GABE RENTRA chez lui juste avant l'aube. Il ôta ses bottes en pénétrant dans la maison et se souvint juste à temps de ne pas faire de bruit parce que Ryan dormait sur le canapé du salon. Il y jeta un coup d'œil avant de monter, s'assurant que l'enfant n'avait besoin de rien. Puis, sur la pointe des pieds, il se rendit à l'étage. La porte de la chambre des enfants était entrouverte, aussi passa-t-il la tête à l'intérieur. Vicky et Andy partageaient le même matelas, comme toujours. Pourtant, ils avaient deux lits superposés – installés bien avant que les jumeaux aient quitté le berceau. Gabe s'approcha pour les border ; aucun des deux ne broncha. Noah occupait la couchette supérieure. La lumière du couloir était restée allumée, Gabe la vit se refléter dans ses yeux ouverts.

Se sachant repéré, Noah s'accouda dans son lit.

— Rendors-toi, mon garçon.

Noah s'étendit, sans refermer les yeux. Gabe lui passa la main dans les cheveux.

— Tout va s'arranger, souffla-t-il pour le rassurer. Ryan est en bas. Il ne faut pas que tu fasses de bruit, d'accord ? Les jumeaux ont besoin de dormir.

Noah acquiesça, sans trop de conviction. Gabe ne savait pas comment le rassurer. Flynn s'en sortait tellement mieux que lui avec les enfants ! Il hésita à réveiller son partenaire, puis y renonça – c'était le milieu de la nuit. Il continua donc à frotter les cheveux du petit garçon jusqu'à ce qu'il s'apaise et referme les yeux.

Après sa nuit blanche, Gabe était mort de fatigue. Il pénétra dans sa chambre avec un soupir : il aurait à se lever d'ici une heure. Pour le moment, il tenait à s'étendre à côté de Flynn. Il s'assit prudemment sur le lit et se mit à déboutonner sa chemise et à ôter son pantalon. Avant d'enlever sa jambe artificielle, il veilla à rouler une chaussette sur son moignon et le massa un moment pour irriguer la peau. C'était devenu une habitude. Il n'avait pas oublié le temps où seul Flynn avait le courage de s'en occuper.

Gabe ne fut pas surpris de sentir des bras passer autour de sa taille.

— Comment va Calley ?

— Pas trop bien, murmura Gabe. Nous allons devoir garder les enfants un moment.

Un baiser râpeux atterrit sur son épaule et le corps chaud de Flynn se pressa contre son dos.

— Je ne m'en plaindrai pas.

— Je sais, dit Gabe.

Il eut un sourire intérieur. La façon dont Flynn s'occupait de lui, ou des enfants ne cessait de le réjouir. S'il n'avait jamais regretté d'engendrer la couvée de Calley, c'était surtout pour Flynn, que la compagnie des enfants rendait si heureux. Gabe trouvait que lui-même ressemblait à son père, silencieux et distant, mais fiable et solide. Et il comprenait d'où lui venait cette attitude : d'avoir grandi sans l'amour chaleureux d'une mère. C'était bien que Vicky et Andy aient Calley et Flynn pour veiller sur eux.

Quand les enfants étaient au ranch, Flynn passait tout son temps avec eux. Et Gabe n'en était pas jaloux. Il préférait laisser son partenaire surveiller les enfants pendant que lui s'activait en paix, qu'il s'agisse de soigner les chevaux ou de préparer le dîner.

Une douce proposition l'arracha à ses réflexions.

— Viens sous les couvertures. Il fait froid.

Gabe obtempéra et se blottit contre Flynn.

— Je vais bientôt devoir me lever, murmura-t-il.

— Non, certainement pas, répondit Flynn d'une voix que le sommeil rendait pâteuse. Tu as passé toute la nuit à l'hôpital. Je m'occupe des enfants. Toi, tu restes tranquille et tu dors.

Gabe ne tenait pas à laisser Flynn affronter seul quatre petits inquiets, surtout alors qu'il avait quelques réponses aux questions que tous se posaient, mais il sombra avant d'avoir eu le temps de protester.

À SON réveil, il était seul dans la chambre. Des voix chuchotaient au rez-de-chaussée. L'une d'elles était celle de Flynn qui recommandait aux enfants de ne pas faire de bruit. Gabe s'habilla rapidement et descendit. Justement, Flynn refermait la porte d'entrée, Andy assis sur son bras et Vicky lui tenant la main.

Il s'approcha pour embrasser Gabe et lui souhaiter le bonjour.

— Coucou, bel endormi. Tim vient de passer récupérer Ryan et Noah. Il les emmènera à l'école avec les petits Krause. J'ai pensé que mieux valait garder ces deux-là avec nous. Ils aimeraient savoir quand Calley pourra rentrer chez elle.

Gabe acquiesça et regarda autour de lui. La table du petit déjeuner n'avait pas été débarrassée, mais les jumeaux étaient habillés et vibraient d'énergie à dépenser.

— Flynn, on peut aller jouer dehors ? demanda Vicky.

Flynn répondit avec un sourire :

— Juste devant la maison. Restez sur le porche, d'accord ? Et mettez vos manteaux. Il fait froid ce matin.

Il les aida à boutonner leurs vêtements et enfiler leurs bottes avant de les expédier dehors. Une fois seul avec Gabe, il le dévisagea avec inquiétude.

— Alors, comment va Calley ?

Gabe se mordit les lèvres, se demandant comment évoquer cette grossesse inattendue. Pouvait-il attendre un peu ?

— Elle est tombée dans l'escalier. Elle dit avoir eu un vertige.

— Un vertige ?

Gabe acquiesça.

— Oui.

— Et pourquoi ?

Gabe ne pouvait rien cacher à Flynn, qu'il s'agisse d'un secret important ou d'une trivialité. Et ce qu'il avait à dire n'avait rien de trivial.

— Que veux-tu savoir en premier, la bonne nouvelle ou la mauvaise ?

— La bonne, répondit Flynn.

— Elle est enceinte.

Flynn ouvrit la bouche, mais aucun mot n'en sortit. En même temps, son visage s'éclaira de l'intérieur comme si un interrupteur venait d'être pressé.

— Enceinte ? Elle a un copain ? Est-ce pour ça qu'elle nous a laissé plus souvent les enfants ces derniers temps ?

Depuis le « copain », Gabe ne cessait de secouer la tête, mais Flynn ne semblait pas le remarquer.

— Non, il ne s'agit pas de ça, finit par dire Gabe. Il lui restait un ovule fécondé, elle l'a fait implanter. Apparemment, ça a pris.

Aussi incroyable que ça paraisse, le sourire de Flynn devint encore plus radieux.

— Tu veux dire qu'il est de nous ? Enfin, de toi ? Et que nous pourrons nous occuper de ce bébé comme de Vicky et d'Andy ?

Gabe tenta de calmer son enthousiasme.

— Patience, mon cœur. Il n'est pas encore né

— De combien est-elle enceinte ? Quand est prévu l'accouchement ?

— Un peu moins de quatre mois. Encore cinq à attendre.

Flynn le fixa et secoua la tête.

— Tu ne me sembles pas heureux. Dis-moi, Calley va bien au moins ? Tu parlais d'une mauvaise nouvelle. De quoi s'agit-il ? Même si le bébé a un problème, il est à toi. Je l'aime, déjà. Tu le sais, j'espère ?

Gabe fit un pas en avant pour prendre Flynn dans ses bras. Il avait besoin de réconfort. Quelque part, il n'avait pas envie de transmettre à Flynn une mauvaise nouvelle qui n'était pas encore confirmée. Il savait combien Flynn allait s'inquiéter. Mais il ne pouvait se taire plus longtemps.

— Les médecins craignent que Calley ait un cancer du sein.

— Mais elle est enceinte !

— Ils lui font subir d'autres examens pour en être certains, mais ils disent qu'ils pourront la soigner sans nuire au bébé.

Gabe parlait si bas qu'il n'était pas certain que Flynn l'entende. Et comme son partenaire ne répondit pas, se contentant de le serrer plus fort, il ne se trompait sans doute pas.

Puis Flynn recula pour lui prendre la tête entre ses mains.

— Nous allons nous occuper d'elle. Nous allons garder les enfants et demander du renfort pour agrandir la maison. Nous allons faire de la place pour Ryan et ajouter une chambre en bas afin que Calley puisse rester avec nous. Pas question de la laisser vivre seule en ville si elle doit subir de la chimiothérapie, de la radiothérapie ou je ne sais quoi d'autre pour combattre le cancer !

Il s'approcha de Gabe et l'embrassa farouchement.

— Nous pouvons le faire ! affirma-t-il ensuite.

Gabe savait bien que la réaction de Flynn venait en partie de Lee, son premier amour, mort du cancer. La famille du mourant avait refusé la présence de Flynn auprès de son fils. Mais Flynn était également une mère poule : il désirait gérer la situation et les soins de Calley. Gabe lui en était reconnaissant, parce que lui aussi tenait à s'occuper de son amie.

— Allons-y petit à petit, d'accord ? Le diagnostic n'a pas encore été confirmé. Ils attendent encore les résultats des dernières analyses.

Flynn sourit à voir Gabe aussi prudent.

— Dans tous les cas, nous devrions agrandir la maison. Pour le moment, les jumeaux peuvent avoir des lits superposés, mais il faudra changer ça quand ils seront plus grands. Tu verras, des ados ne tiendront plus à partager une chambre ! Et puis, quand ils viendront nous voir, nous devons pouvoir les accueillir tous les cinq.

Gabe sourit et embrassa son partenaire, un baiser bien plus doux que celui que Flynn venait de lui donner.

— D'accord, nous allons nous agrandir. Et demander de l'aide au Blue River.

XVII

Au cours de la semaine qui suivit, Cooper resta délibérément loin de Kelly. Il avait brisé la règle qu'il s'était imposée : il avait embrassé Kelly. Depuis lors, dans sa tête, c'était devenu l'enfer. Il avait deviné, au cours de leurs rencontres antérieures, que Kelly voulait rejouer leur relation. Cooper n'était pas d'accord, car Nina, dans son état, passait en priorité. Pas question de lui voler son mari au moment où elle en avait le plus besoin ! Ses désirs, ou ceux de Kelly étaient secondaires. Ils avaient passé quinze ans l'un sans l'autre, sans doute pourraient-ils continuer à le faire. En tout cas, c'était ce qu'il se répétait chaque fois que Kelly lui revenait à l'esprit dans la journée, pendant qu'il travaillait.

La nuit, seul dans son lit, Cooper cédait parfois à ses fantasmes. Il évoquait le chalet au bord du lac et laissait courir son imagination. Il n'y avait rien de mal à se masturber caché dans sa chambre, pas vrai ? Pourtant, il ne pouvait nier que Kelly l'obsédait, nuit et jour.

Le vendredi, Grant passa la tête dans l'écurie où Cooper réparait une charnière sur la porte d'une stalle.

— Vous avez presque fini ?

Cooper acquiesça.

— Oui. Pourquoi ? Auriez-vous besoin de moi ?

— Plus ou moins, répondit Grant avec un sourire. C'est du bénévolat.

Cooper leva un sourcil.

— Ah, bon ?

— Calley est en retard avec ses livraisons ; elle m'a demandé si vous pouviez la dépanner.

— Elle m'a spécifiquement réclamé ?

— Oui, répondit Grant avec nonchalance. Vous lui rendriez un grand service.

— D'accord, patron.

Grant eut un petit rire.

— Ça ne devrait vous prendre qu'une heure ou deux, et puisque vous avez terminé ici de toute façon…

Grant n'attendit pas sa réponse. Cooper n'avait pas besoin d'en donner une, car il acceptait bien volontiers de dépanner Calley.

COMME D'HABITUDE avant le weekend, la ville bourdonnait d'activité. Tout en espérant ne pas rencontrer Kelly, Cooper longeait les boutiques à son allure habituelle : tête basse, Stetson bien enfoncé sur les yeux, sans jamais dévisager les passants qu'il croisait.

Il y avait du monde à l'épicerie, aussi Cooper attendit-il un certain temps. Calley n'était pas là, c'était une inconnue qui tenait la caisse. Jeune et d'abord agréable, elle paraissait connaître son affaire. Avec ses cheveux noirs et épais, et son mascara très noir, elle avait l'air un peu gothique. Cooper se demanda brièvement si cette fille connaissait Max, du magasin de vêtements situé un peu plus loin dans la même rue. D'après lui, ces deux-là étaient faites pour s'entendre.

Elle finit par se tourner vers lui :

— En quoi puis-je vous aider ? demanda-t-elle.

De sous son chapeau, Cooper lui jeta un coup d'œil.

— Je voudrais voir Calley.

La fille perdit son sourire et se figea. Étonné, Cooper se demandait ce qui se passait. Il était seul avec elle, non ? Au même moment, la sonnette de la porte retentit et des clients entrèrent dans la boutique. Machinalement, Cooper leur jeta un coup d'œil. Quand il reporta son attention sur la caissière, celle-ci avait retrouvé une attitude composée.

— En quoi puis-je vous aider, monsieur ? Oh, vous avez demandé Calley. C'est pour les livraisons, je présume ? Elle est dans l'arrière-boutique. Elle vous expliquera ce qu'il y a à faire.

Cooper effleura son chapeau, puis traversa le magasin pour rejoindre Calley.

DIX MINUTES plus tard, il démarrait un pickup rempli de produits d'épicerie, muni de la liste des endroits où il devait se rendre. À sa grande surprise, le nom de Kay Simmons s'y trouvait – l'homme ayant accusé Ryan de lui avoir volé sa moto. Cooper décida que c'était l'occasion idéale de mener son enquête.

Pour correspondre à son apparence, il n'arborait pas un grand sourire victorieux en sonnant à la porte, pas comme autrefois, quand il était encore un célèbre avocat. Par contre, son expression impassible n'indiquait pas qu'il était au courant du différend entre Ryan et Kay Simmons.

Un homme lui ouvrit la porte, son téléphone portable plaqué à l'oreille : petit, plutôt trapu, avec des cheveux blond cendré. Il paraissait avoir vingt ans ! Cooper le savait plus âgé, puisqu'il enseignait depuis quelques années à l'école secondaire.

Simmons sourit en voyant la caisse qu'il portait et, d'un signe de tête, désigna à Cooper le garage adjacent à la maison. Il pressa une télécommande pour ouvrir le portail automatique. Cooper repéra alors une Moto Guzzi [15], magnifiquement entretenue. Il comprenait que Simmons ait fait un tel ramdam quand cette merveille avait disparu. Lui aussi aurait veillé sur cette moto comme à la prunelle de ses yeux.

— Belle machine, remarqua-t-il calmement.

Simmons rangea son téléphone dans la poche de son jean

— Merci, répondit-il. L'entretenir me demande un sacré travail, sans compter que ça me coûte les yeux de la tête, mais avec tous les petits chemins de campagne alentour, c'est bien plus amusant à conduire qu'une voiture.

— Je n'en doute pas, rétorqua Cooper.

Il admira un moment la moto, puis suivit Simmons dans la cuisine. Il déposa le bordereau de livraison sur la table. Simmons n'esquissa pas le geste de le signer.

— Comment va Calley ? demanda-t-il.

Cooper lui trouva l'air nerveux.

— Mieux. Elle va s'en sortir.

Simmons se mit à sortir les légumes de la caisse. Il avait la tête dans le frigo quand il ajouta :

— Et Ryan ?

Cooper s'était demandé si l'enseignant allait oser mentionner l'ado. Il hésita, puis décida qu'il ferait mieux de la boucler. Après tout, l'incident avait été étouffé et Kelly lui avait fait promettre de ne rien dire.

— Ce pauvre gosse travaille dur. Mais il ne se plaint pas.

— Il est courageux, répondit Simmons. C'était lui qui se chargeait de mes livraisons, vous savez, mais je présume qu'en ce moment, il a mieux à faire.

---

15 Marque de motos italiennes.

Kay faisait face à Cooper, mais sans le regarder dans les yeux. Il continuait à déballer sa commande. Il paraissait sincère et concerné. Jusque-là, Cooper l'avait pris pour un pédophile. D'après son expérience, les salopards de ce genre dissimulaient bien leur perversité, mais il avait toujours eu un sixième sens pour les détecter. Or son instinct lui indiquait que Kay n'était pas un mauvais bougre. Il pouvait lui accorder le bénéfice du doute.

— Je suis certain qu'il reprendra les livraisons quand tout sera redevenu plus calme. Il a bien besoin de ces pourboires.

Kay Simmons leva sur lui des yeux surpris.

— Bien sûr. Que je suis bête ! Une minute…

Il sortit de sa poche arrière son portefeuille et en tira un billet. Cooper le prit avec un sourire. Effectivement, Ryan se faisait de bons pourboires et Simmons était prêt à verser la même somme à un autre livreur.

Il fit la moue.

— Je ne cherchais pas à quémander. Je m'occupe des livraisons pour rendre service à Calley, pas pour encaisser des pourboires. J'ai déjà un emploi, je ne veux pas de votre argent.

Il posa le billet sur la table. Kay baissa les yeux.

— Si, j'y tiens. Dans ma famille, il est d'usage de récompenser un service rendu. J'ai financé mes études universitaires avec les pourboires qu'on me versait.

Cooper l'étudia. Kay Simmons lui parut sincère, ni hautain, ni délibérément offensant. Il était de plus en plus incliné à le classer parmi les gens bien.

Aussi encaissa-t-il le billet.

— Je le verserai dans la cagnotte de Ryan, déclara-t-il.

Kay s'empressa de rétorquer :

— Ne lui dites pas que ça vient de moi !

— Pourquoi pas ? Il a toujours besoin d'argent. Il vous en sera reconnaissant.

Il jetait un appât, dans l'espoir de tirer de Simmons davantage.

— Ryan… m'en veut. Nous avons eu une… différence d'opinions. Récemment.

Cooper acquiesça, sans rien dire. Bon sang, il n'avait pas perdu la main ! Il essaya de cacher sa satisfaction et attendit la suite.

— Lui aussi admirait ma moto, enchaîna le prof. Il la regardait chaque fois qu'il entrait dans le garage. Un jour, je lui ai permis de l'enfourcher, je lui ai même montré comment la faire démarrer. Je savais qu'il tenait à faire un tour, mais cette bécane, c'est ma passion. J'ai économisé pour l'acquérir tout en remboursant mes prêts étudiants. Je l'ai achetée d'occasion et réparée pièce par pièce. J'avais peur qu'il me la casse, mais il ne cessait d'insister… Alors, j'ai accepté qu'il fasse le tour du pâté de maisons. Il est parti et… il ne revenait pas. C'est pourquoi j'ai prévenu le bureau du shérif. Je m'inquiétais surtout qu'il ait eu un accident, je le jure !

Cooper resta impassible. Kay était de plus en plus nerveux en se remémorant cet incident. Son discours ne paraissait pas préparé. D'après Cooper, Kay ne mentait pas. Peut-être ne disait-il pas tout, mais ses paroles avaient l'écho de la vérité.

— Moi aussi, je m'inquiéterais si un gosse inexpérimenté se trimbalait sur ma moto, répondit Cooper. Je suis certain que le shérif a compris votre position.

Il utilisait volontiers la carte de la sympathie autrefois, quand il était un avocat impitoyable pour qui la fin justifiait les moyens. Ça lui revenait naturellement.

— Je n'ai pas vu le shérif, seulement son adjoint. Mais vous avez raison. Et il m'a demandé de ne pas porter plainte. Je suppose que j'ai réagi de façon excessive. Je n'ai pas revu Ryan depuis qu'il m'a rapporté la moto.

Cooper leva le billet qu'il tenait toujours.

— Sous le comptoir, Ryan a une boîte dans laquelle nous versons ses pourboires. Je l'y ajouterai. Il ne saura pas que ça vient de vous.

Kay sourit.

— Merci. C'est sympa de votre part.

Cooper s'apprêtait à partir quand Kay le rappela :

— Au fait, il me reste d'autres caisses de Calley dans le garage. Ryan… ne les a pas récupérées la dernière fois qu'il est passé. J'aimerais… Laissez tomber, c'est sans importance.

Cooper aurait aimé que Kay lui en dise un peu plus, mais mieux valait ne pas insister puisqu'il était censé ne rien savoir. Il aurait sans doute l'occasion de faire parler l'enseignant la prochaine fois que Calley l'enverra faire des livraisons.

— Je vais les prendre, indiqua-t-il tranquillement. Calley en a toujours besoin.

En continuant sa tournée, il ressassa sa conversation avec Kay Simmons. Il se demanda aussi si Ryan accepterait de répondre à ses questions. Il en doutait, car le garçon semblait le détester. Cooper jugea préférable de ne pas chercher à l'approcher.

En prenant le chemin de terre qui conduisait au ranch Blackwater, Cooper décida de mettre Gabe dans la confidence. Peut-être réussirait-il à convaincre le rancher d'interroger Ryan. Il ne restait dans son camion que deux livraisons : celle de Gabe et celle du Blue River. Cooper avait donc un peu de temps devant lui.

À peine avait-il coupé le moteur que Gabe s'approcha de lui.

— Vous êtes en retard, déclara-t-il, sans vraie contrariété.

— J'avais du travail à finir au ranch avant d'être disponible pour aider Calley.

— Elle m'a effectivement dit qu'elle appellerait Grant pour lui demander un de ses hommes. Entrez.

Peu après, Cooper déposait son carton sur la table de la cuisine. Gabe se chargea instantanément de déballer ses provisions.

— Une tasse de café ? proposa-t-il.

— Volontiers, répondit Cooper. Je m'en charge. En voulez-vous aussi ?

Gabe acquiesça. Cooper décida de suivre son exemple et d'aller droit au but. D'après lui, Gabe lui en serait reconnaissant.

— Alors, comment ça se passe, avec Ryan ? Il travaille bien ?

— Oui, très bien. Il ne ménage pas sa peine. Et il n'est pas bavard. Il me rappelle un peu Rory au début.

Une fois la caisse vidée, il la déposa sur le sol et prit place en face de Cooper pour boire son café. Puis il reprit :

— Du coup, ce gamin m'inquiète. Ça ne me regarde sans doute pas, alors, je ne le presse pas.

— Pourquoi cette inquiétude ?

— Parce que Rory avait pas mal de squelettes dans son placard. En fait, c'est surtout Flynn qui s'inquiète. D'après moi, chacun porte une croix en ce bas monde. Quand elle devient trop lourde, nous avons l'instinct de chercher de l'aide pour alléger notre fardeau. Mais Flynn aimerait intervenir avant ce stade de saturation, donc, il s'inquiète. Et il m'en parle constamment. Que voulez-vous que je fasse ? Je ne peux rien ! Et je préfère ne pas m'inquiéter avant de pouvoir agir.

— Eh bien, pour être franc, moi aussi je m'inquiète, admit Cooper.

Gabe grommela et secoua la tête.

— Vous aussi ? Je ne vous aurais jamais pris pour une mère poule, Coop.

— Vous ignorez beaucoup de choses à mon sujet.

— Écoutez, laissez Ryan tranquille, d'accord ? Il ne vous aime pas beaucoup. Vous devriez lui envoyer votre chéri, il passerait sans doute mieux que vous.

Cooper s'étouffa avec le café qu'il buvait. Il postillonna le temps de retrouver son souffle.

— Pardon ? De qui parlez-vous ?

— De l'adjoint du shérif : Kelly Freed. Ryan l'aime bien. Et il a du respect pour son uniforme. Il acceptera sans doute de lui parler.

— Voyons, Gabe, vous vous faites des idées ! Kelly est marié !

— Mmm.

Un geste de la main, Gabe repoussa l'argument avant de se remettre à siroter son café. *Il avait raison*, décida Cooper. Si quelqu'un avait une chance de tirer quelque chose de Ryan, c'était Kelly. Surtout après s'être occupé de régler à l'amiable le « vol » de la moto. Donc, Cooper allait devoir lui parler de sa conversation avec Kay Simmons.

Il se leva de table.

— Merci pour le café. Je vais y aller, il me reste encore deux courses à faire.

Gabe l'escorta jusqu'à son pickup.

— Merci d'avoir livré notre commande.

En QUITTANT le ranch, Cooper était décidé à parler de Ryan à Kelly. Aussi, au lieu de prendre le chemin de terre qui menait au Blue River, il retourna en ville et la traversa de part en part jusqu'à la route secondaire conduisant chez Kelly.

Comme d'habitude, ce fut Theo qui l'accueillit.

— M. Nelson, qu'est-ce qui vous amène ?

— Je voudrais m'entretenir avec Kelly, si c'est possible.

Theo sourit affablement.

— Je crains qu'il ne soit pas encore rentré, mais Nina me tuerait si je ne vous invitais pas à entrer. Elle se trouve derrière la maison. Vous pouvez attendre Kelly, il ne devrait pas tarder.

Cooper hésita un moment. Était-il prêt à se retrouver en tête-à-tête avec Nina ? D'un autre côté, quand Kelly reviendrait, il risquait de ne pas avoir l'occasion de lui parler en privé. Ce fut Theo, l'air légèrement impatienté, qui le poussa à prendre une décision.

— Dans combien de temps Kelly va-t-il rentrer, à votre avis ?

Theo fit la moue.

— D'ici une dizaine de minutes.

— Bon, très bien. Je vais l'attendre.

Cooper contourna la maison, suivant la voix claire de Nina qui venait du porche arrière. Il s'arrêta à l'angle pour écouter.

— L'affaire n'est sans doute pas aussi bloquée que vous l'imaginez. *Point. À la ligne.* Reprenez le texte initial en y ajoutant les corrections mentionnées dans l'amendement. Envoyez-moi le tout pour une dernière relecture. *À la ligne.* À très bientôt, *virgule. À la ligne.* Nina. *Envoyer par mail à* Jeffrey Pike. *Correction*, à Jeffrey.

Quand elle se tut, Cooper avança. Elle était dans son fauteuil roulant, face au jardin, un ordinateur portable posé sur les genoux. Elle portait un casque et un micro et n'avait pas perçu son approche.

Elle soupira et grommela :

— Maudit programme ! Saperlipopette ! *Effacer les derniers mots. Couper, c'est fini.*

Cooper ne put s'empêcher de rire. Aussitôt, Nina modifia la position de sa tête, signifiant ainsi qu'elle l'avait entendu. Il la contourna pour se trouver dans son champ de vision. Les rides profondes qui creusaient le front de Nina s'adoucirent dès qu'elle lui sourit.

— Cooper, chéri ! Quel plaisir de te voir ! Qu'est-ce qui t'amène ?

— Le plaisir de t'entendre être grossière. Même quand tu t'énerves, Nina, tu le fais avec classe.

— Je ne peux plus supporter cette technologie ! J'aimerais m'en passer, mais c'est impossible.

Pour marquer son impuissance, Cooper leva les mains.

— Ne compte pas sur moi pour t'aider. Je ne possède même pas de téléphone portable.

Elle ne perdit pas son sourire.

— Oui, Kelly me l'a dit. Ça le rend dingue de ne pas pouvoir te joindre. S'il t'offre un téléphone pour ton prochain anniversaire, fais semblant d'être surpris.

— Ça ne me servirait pas beaucoup, répondit Cooper. Je le perdrais sans doute très vite dans le foin.

— Parce que tu passes beaucoup de temps à batifoler dans le foin ?

Cooper gloussa.

— Pas vraiment, mon travail, c'est de pelleter le fumier des écuries. Et je vois mal avec qui je batifolerai dans le foin, même si ce que je fais ne te regarde pas.

Il ne tenait pas à évoquer sa vie privée avec Nina. Il prit place à côté d'elle et lui caressa la main, espérant par son geste faire dévier la conversation. Il savait pourtant qu'il en faudrait davantage pour lui ôter cette idée de la tête.

— J'ai des infos pour Kelly, reprit-il. Rien d'urgent. Ça concerne une affaire dont il s'est occupé la semaine dernière et qui pour le moment est en stand-by.

Nina fronça le front.

— La semaine dernière ? Un problème entre Ryan machin-chose et un enseignant, c'est ça ? Si je me souviens bien, c'était un vol de moto plus ou moins contesté ?

Cooper sourit et commença à se détendre.

— Nina Alexander, tu saurais soutirer du sang à un rocher !

— Ce n'est pas si compliqué. Kelly me raconte tout. Je ne sors pas beaucoup, aussi n'ai-je pas le problème de connaître tous ces gens-là. D'ailleurs, Kelly a le don de présenter les faits avec beaucoup d'objectivité. Si je me souviens bien, c'est toi qui le lui as appris, autrefois, à l'école.

— Oui, confirma Cooper. Je lui disais constamment qu'il ne pourrait jamais être un bon flic si ses émotions intervenaient dans ses constats. Parce que les juges ne prennent leurs décisions qu'en fonction de faits concrets.

— Et c'est bien pour ça que tu jouais si habilement avec les émotions du jury !

Elle souriait, les yeux pétillants.

— Quant à toi, Nine, rétorqua Cooper, tu te spécialisais dans les déductions les plus inattendues. Que penses-tu de cette affaire ?

— À mon avis, tout n'a pas été dit concernant la relation entre Ryan et son professeur.

— Tu envisages un comportement inapproprié ?

Nina pencha la tête.

— Ça dépend de la définition que tu donnes à ce mot.

— Je parle d'un comportement illégal ?

— D'accord, reconnut calmement Nina. Légalement, il est inapproprié pour un adulte d'avoir une relation avec un mineur. Parce que selon à la loi, ledit mineur n'est pas apte à consentir. Bien sûr, toi et moi savons très bien que certains mineurs en sont très capables, mais ça ne nous empêche pas de devoir les protéger.

— Ryan n'est plus autorisé à faire les livraisons. Désormais, il ne travaille plus qu'à l'épicerie. Et l'enseignant ne s'y rend que rarement, sinon jamais.

— Et à l'école, comment ça se passe entre eux ?

— Ils ne sont pas dans le même établissement : Kay Simmons enseigne au collège, Ryan est déjà au lycée.

— Et ce garçon, te paraît-il heureux ?

— C'est un ado d'aspect goth. Je ne pense pas que « heureux » soit dans son vocabulaire. Il est exacerbé, émotif, renfrogné. Bref, très perturbé !

Nina éclata de rire. Cooper se souvint à quel point il aimait l'entendre rire. Tout sourire, elle enchaîna :

— Et si nous parlions à présent du bonheur d'un autre ?

Cooper feignit l'innocence.

— Oh ? De qui ?

— Du tien, ou de celui de Kelly.

Elle ne souriait plus. Quant à Cooper, il aurait voulu s'enfuir, mais ne pouvait pas faire un coup pareil à Nina. Il avait été attiré dans la toile de l'araignée. Il aurait dû se souvenir qu'autrefois, elle était surnommée « la reine tueuse ».

— Après ta première visite, reprit-elle, j'ai conseillé à Kelly de renouer avec toi… si tu vois ce que je veux dire. Je lui ai bel et bien donné ma bénédiction.

— Pourquoi ? demanda Cooper, sachant très bien ce qui l'attendait.

— Parce qu'il a besoin de toi, répondit-elle, presque autant que tu as besoin de lui.

— Au nom du ciel, tu es sa femme !

— Et alors ? Je devrais avoir honte de ma proposition ? Eh bien, ce n'est pas le cas. Kelly et moi n'avons jamais été un vrai couple. Par chance, nous avons été des amis très proches. En l'épousant, je savais déjà que je ne pourrais jamais lui donner ce dont il avait besoin. Je lui ai cependant offert la respectabilité et l'acceptation de ses pairs.

Le visage tendu de Nina démontrait sa détermination, la seule émotion qu'elle affichait. Mais Cooper sentait bouillonner en lui bien d'autres sentiments. Ainsi, elle était de leur côté, comme autrefois, en les soutenant sans restriction. Il pouvait se tailler une part de gâteau : avoir Kelly tout en veillant à ce que Nina reçoive les soins dont elle avait besoin. À condition qu'il réussisse à se convaincre d'oublier son serment juste après le suicide de Martin : *plus jamais d'homme marié.*

— Nina, il est ton mari. Quoi que tu dises, ça ne changera pas.

Nina s'adoucit.

— Tu l'as rejeté déjà une fois, Coop. Il n'osera plus jamais faire le premier pas, il a trop peur que tu recommences. Il préférera ignorer à la certitude que tu ne veux pas de lui. Et je sais que tu tiens toujours à lui. Je le sens sur ta peau, je le vois à ton regard posé sur lui.

Cette fois, elle exprimait une émotion : l'amour. Envers Kelly et même peut-être envers lui, Cooper.

— Il reste ton mari, répéta-t-il.

— Et il continuera à l'être, même si à l'heure actuelle son devoir conjugal se résume à des soins infirmiers. Il s'occupera de moi. Il m'aimera toujours autant – et même peut-être davantage – une fois qu'il t'aura retrouvé.

Son visage se crispa légèrement, sans même que Nina en ait conscience. Du bout des doigts, Cooper essuya une larme sur sa joue fanée. Elle tourna la tête pour la presser contre sa paume. Il la débarrassa de son casque pour la prendre dans ses bras, la berçant doucement contre lui pendant qu'elle pleurait. Cooper avait les yeux secs, mais douloureux, et sa gorge brûlait d'amertume. Nina ne sanglota pas longtemps. Elle n'avait jamais été du genre à se morfondre.

Ils restèrent assis ensemble jusqu'au moment où Theo vint les rejoindre.

— Tout va bien ?

Nina acquiesça, Cooper la lâcha et s'écarta.

— Kelly vient de téléphoner, reprit Theo. Il sera en retard. Il a demandé à ce que nous mangions sans l'attendre.

Tourné vers Cooper, il ajouta :

— Voulez-vous rester dîner, M. Nelson ?

Cooper refusa d'un signe de tête.

— Non, j'ai encore une livraison à faire. Je vais m'en aller. D'ailleurs, je vous empêche de travailler.

Il déposa le casque qu'il tenait toujours, leur fit ses adieux, puis tourna les talons pour retourner jusqu'à son pickup.

XVIII

Kelly s'attarda dans sa voiture devant la maison du personnel du ranch Blue River, hésitant entre deux extrêmes. Il savait que s'il allait retrouver Cooper, il n'y aurait pas de retour en arrière possible. Son corps vibrait d'un douloureux désir, ce qui ne regardait personne d'autre que lui. En cours de route, Kelly s'était dit qu'une seule fois lui suffirait peut-être à se sortir cette obsession de la tête, mais ce n'était pas vrai – et il savait parfaitement. En un seul petit baiser rapide, Cooper le lui avait déjà amplement prouvé. Depuis cette nuit-là, à l'hôpital, Kelly avait du mal à se concentrer sur son travail. Une fois, ne lui suffirait pas, pas plus que ce baiser ne lui avait suffi.

Il sortit de la voiture et y retourna quasiment aussitôt. C'était dingue ! Il ne savait même pas, parmi les nombreuses chambres du bâtiment, laquelle était celle de Cooper. Il était déjà entré, certes, mais uniquement dans les parties communes.

Aussi resta-t-il assis, à tambouriner sur le tableau de bord. Parfois, il se penchait en avant, puis s'affaissait à nouveau dans son siège, hésitant toujours entre deux options : entrer ou redémarrer et s'en aller.

Qu'avait-il à perdre en franchissant cette porte ?

Eh bien, absolument tout ce que ses efforts lui avaient apporté depuis son arrivée en Idaho. St Anthony n'était pas une grande ville où foisonnaient les libres penseurs. C'était une zone rurale dans un état qui votait républicain [16]. En clair, les relations homosexuelles restaient très mal vues. Ici, les gens se faisaient licencier pour des motifs bien plus triviaux que l'homosexualité. Et Kelly était actuellement en campagne pour se faire élire dans la fonction publique. C'était sa première élection, la première fois qu'il approchait du poste dont il rêvait depuis son adolescence, depuis qu'il avait commencé à penser à son avenir. Il lui faudrait cacher ce qu'il était et cacher son amour pour Cooper, pas seulement aujourd'hui, mais toujours.

---

16 Un des deux grands partis politiques américains contemporains (avec les démocrates), plutôt à droite.

Cooper n'avait-il pas annoncé haut et clair qu'il refusait d'être l'amant de l'ombre d'un homme public ? Ou bien Kelly l'avait juste déduit de ses amères confidences ?

Kelly avait l'habitude de mentir, de cacher son orientation. C'était même devenu pour lui une seconde nature. Il se mentait aussi à lui-même. Après l'université, il s'était rarement autorisé à regarder un autre homme. Au fil des années, il n'avait eu que de rares aventures avant de cesser définitivement en réalisant qu'il n'en tirait aucune satisfaction. Il avait donc appris à compartimenter ses désirs, à mettre son attirance pour les hommes dans un carton fourré au fond de son armoire, ainsi que tous les souvenirs de l'unique fois où il avait été heureux, complètement et totalement heureux.

Cette année passée avec Cooper à l'école de droit.

Ses souvenirs n'avaient refait surface que le jour où Cooper était revenu dans sa vie.

De son poing, Kelly frappa le volant. Ensuite, il sortit et verrouilla les portières en appuyant sur la télécommande de sa clé. Au diable les conséquences ! Il voulait poser les mains sur le grand corps musculeux de Cooper. Et si Cooper le rejetait, eh bien… il rentrerait chez lui lécher ses plaies, mais au moins saurait-il avoir tenté sa chance. Après tout, son père lui avait enseigné qu'échouer n'avait rien de honteux à condition d'avoir essayé de gagner, au moins une fois. À cette réminiscence, Kelly sourit : son vieux père n'envisageait certainement pas que son conseil soit appliqué à ce cas particulier. Peu importait, Kelly allait essayer.

Il affronterait Cooper et lui exprimerait son désir. Clairement et simplement. Au diable la romance et les sensibilités délicates ! Cooper et lui étaient des hommes. Des mâles en rut.

Kelly avança à grands pas vers la maison et entra par la porte de derrière, comme Cooper l'avait fait lors de son dernier passage. Le couloir était sombre et désert. À distance, il entendit couler de l'eau, qui cessa brusquement.

Il continua à avancer, déterminé à trouver Cooper et lui exprimer la raison de sa présence. Il regarda autour de lui pour se repérer et s'arrêta net.

Cooper sortait des douches communes, ne portant qu'un jean bas sur les hanches et une serviette autour du cou.

— Il n'est pas un peu tard pour une visite de courtoisie ?

Comme d'habitude, Coop s'exprimait avec un accent traînant, sarcastique et assuré. Du coup, Kelly sentit sa détermination s'évaporer.

Cooper avait toujours été mince, mais le travail manuel lui avait modelé un corps magnifique. La toison, clairsemée sur la poitrine, s'épaississait en dessous du nombril pour disparaître sous la ceinture, juste au niveau du pubis. À cette vue, Kelly sentit son pantalon le serrer à l'entrejambe. Atteint de salivation excessive, il déglutit nerveusement.

Cooper pencha la tête.

— Es-tu là à titre officiel shérif Freed ?

Kelly se récusa d'un mouvement de tête.

— Non. Je suis… J'ai appris que tu étais passé à la maison. Je… Je suis là pour toi. Je voulais te voir.

Le regard bleu arrogant s'adoucit un peu.

— Dans ce cas, suis-moi. Trouvons-nous un endroit un peu moins public.

Sans attendre de réponse, Coop tourna les talons et suivit le couloir en direction de l'escalier. Il commença à monter sans vérifier que Kelly le suivait.

Malgré les doutes qui lui revenaient, Kelly ne put envisager de *ne pas* suivre Cooper. Après tout, il se trouvait sur place et Cooper ne l'avait pas rejeté. Sa seule échappatoire dorénavant était de retourner dans sa voiture pour s'en aller. Mais sa boussole interne lui désignait fermement le haut de l'escalier, aussi mit-il un pied devant l'autre et monta-t-il derrière Coop.

Une fois à l'étage, Kelly découvrit qu'une seule porte était encore ouverte. Il approcha et jeta un coup d'œil à l'intérieur : Cooper était en train d'enfiler un tee-shirt. Kelly en ressentit une pointe de déception.

— Ferme la porte, tu veux bien ? déclara Cooper. Je te sers un verre ?

Kelly obtempéra, puis resta planté et attendit, trop nerveux pour avancer dans la pièce. Cooper sortit deux verres et une bouteille de Jameson [17].

— Je ne bois pas, déclara Kelly.

Sa voix n'était plus qu'un croassement.

— Tu sembles pourtant avoir bien besoin d'un remontant. Ça te rendrait peut-être ta voix habituelle.

Cooper s'approcha de lui, si près que Kelly perçût son odeur de savon et de musc.

— Je ne bois pas d'alcool fort, expliqua Kelly, d'un ton plus clair. Seulement de la bière ou du vin, à l'occasion.

---

17 Whisky irlandais.

— Je vois, dit Cooper.

Il arborait ce sourire taquin qui depuis toujours faisait trembler les genoux de Kelly. Ce soir, sa réaction ne fut pas différente. Il tenta de le cacher en s'étirant le dos. Ce lui fut d'une aide dérisoire, sauf qu'il se sentit un peu plus droit.

Il était plus grand que Cooper, plus large d'épaules, plus lourd et plus musclé. Pourtant, Cooper avait toujours le plus solide d'eux deux, celui qui dirigeait leur relation, depuis ce premier baiser torride dans les toilettes près de la bibliothèque universitaire jusqu'à leur dernier round, juste avant la séparation.

Même quand Cooper mordait l'oreiller, labouré par Kelly, il restait aux commandes – et Kelly le savait.

Et quinze ans plus tard, il attendait toujours que Cooper fasse le premier pas. Sauf que ce soir, Coop plaisantait sans rien entreprendre. Il envahissait l'espace personnel de Kelly, mais sans le conquérir, il l'invitait à boire du whisky, puis s'écartait pour remplir le verre à l'eau du lavabo de sa chambre avant de revenir le lui donner.

Kelly mourait d'envie de lui demander de cesser son manège – ou de l'attirer dans ses bras –, mais ses membres refusaient de coopérer. Il aurait voulu écraser ses lèvres sur la bouche moqueuse, comme Cooper l'avait fait à l'hôpital, mais il n'osait pas.

Pourquoi ? Que craignait-il ? D'après lui, Cooper ne refuserait pas ses avances. Après tout, c'était le moment où jamais d'agir, surtout s'il tenait à démontrer qu'il avait changé et que travailler dans les forces de l'ordre lui avait fait perdre son attitude de chiot fidèle, enthousiaste et timide. Désormais adulte, il avait sa vie bien en main.

Et il était capable de prendre la direction des opérations dans une chambre à coucher.

Vraiment ? Dans ce cas, pourquoi n'agissait-il pas ?

Il accepta l'eau et regarda Cooper s'asseoir sur son lit et porter un toast en levant son verre, dans lequel il avait versé une dose de Jameson. Coop le vida ensuite d'un trait avant de le déposer sur la table de chevet.

Puis il tapota le lit.

— Viens t'asseoir. Cela me rend nerveux de te voir ainsi debout.

Kelly hésita, trouvant assez intime de s'installer sur le lit de Cooper. Ça ne lui rappelait que trop, leur première fois ensemble.

— Je ne vais pas te mordre, insista Cooper. Sauf si tu le réclames.

Kelly eut un sourire jaune. La plaisanterie n'était pas si drôle. Pire encore cette phrase, Kelly s'en souvenait, était une des façons préférées de Cooper pour briser la glace. Autrefois, il la lançait à venant, même en cours, pendant une session fictive de tribunal. Et Kelly était certain de pouvoir la retrouver dans les transcriptions judiciaires des affaires dont Cooper s'était occupé, en tant qu'avocat.

Il chercha à alléger l'atmosphère :

— Je parie que tu dis la même chose tous ceux que tu attires dans ta chambre.

Cooper exhiba ses dents parfaites et détourna les yeux.

— Non, pas depuis bien longtemps.

Dans son attitude, Kelly détecta ce qu'il aurait cru ne plus jamais retrouver : Cooper baissait sa garde et le laissait dépasser la façade arrogante qu'il présentait en public. Quinze ans plus tôt, Kelly avait mis très longtemps à avoir un aperçu du vrai Cooper. Aujourd'hui, il y parvenait presque sans effort.

Le jour de ses retrouvailles avec Cooper, il avait failli ne pas le reconnaître. Parce que Cooper cherchait, délibérément se fondre dans la foule, ce que jamais il n'aurait tenté autrefois. Quels autres changements avait-il subis en quinze ans ?

Avec un peu d'appréhension, Kelly s'installa sur le lit, en veillant à ne pas toucher son voisin.

Cooper lui donna un petit coup de coude avant de se redresser.

— Et si tu te détendais, Kells ?

— C'est dur, répondit Kelly à mi-voix.

— Je l'avais déjà remarqué en te voyant planté devant la porte, plaisanta Cooper. Maintenant que tu es assis, ça devrait être plus facile.

— Pas vraiment.

Il commençait à se rassurer en constatant que Cooper ne comptait pas lui sauter dessus. Une réaction très étrange, vu qu'il avait souhaité que Cooper se montre entreprenant.

— Alors, *pourquoi* es-tu passé ce soir ?

Kelly haussa les épaules. Aurait-il le courage de dire la vérité ?

— Je... J'avais réussi à ne plus penser à toi ces dernières années. Mais maintenant, je n'y parviens plus... Et j'ignore pourquoi.

À sa grande surprise, Cooper ne répondit pas du tac au tac. En fait, tous deux restèrent assis et silencieux pendant de longues minutes, à fixer le sol devant leurs pieds. Kelly s'était attendu à une réplique sarcastique :

110

Cooper déclarant que c'était normal de penser à lui, un homme aussi irrésistible, etc. Mais non, rien.

Au bout d'un moment, Cooper se racla la gorge.

— Devant cet hôpital, j'ai failli faire bien pire que t'embrasser Kelly. J'ai dû m'en aller pour éviter un comportement inapproprié.

— Pourquoi as-tu changé d'avis ?

— Parce que nous étions pratiquement en public. Imagine qu'une voiture soit entrée dans ce parking : le conducteur aurait aperçu le futur shérif en train d'embrasser un homme.

Cooper s'esclaffa avant d'ajouter :

— Je sais bien qu'un peu d'exhibitionnisme ne nous a jamais fait peur, mais…

— Parle pour toi ! Moi, j'étais terrorisé à l'idée que nous nous fassions prendre.

— Et pourtant, tu étais toujours d'accord.

Une fois de plus, il ricana. Kelly se demanda si ce n'était pas dû à la nervosité. Cooper, nerveux ? Ce serait bien la première fois !

— À l'hôpital, je voulais que tu reviennes. Je voulais aussi te courir derrière. Et la nuit suivante, j'ai rêvé que nous baisions contre la voiture.

— En plein air ? Ben, dis donc, mon cochon !

Kelly surprit le regard furtif de Cooper et son sourire béat, aussi s'approcha-t-il dans l'espoir que Cooper l'embrasserait. Ce ne fut pas le cas. Kelly en soupira de déception.

— C'est toi qui me donnes ce genre d'idées, Coop. Toi et tes incessantes insinuations. Je n'ai pas oublié comment tu m'avais sauté dessus, dans la bibliothèque de l'école de droit, à peine les autres avaient-ils quitté les lieux. Pendant l'année que nous avons passée ensemble, tu semblais déterminé à me démontrer combien le sexe était divin, quelle que soit la position choisie.

— Tu étais un très bon élève. J'ai adoré t'enseigner mon savoir.

— Alors, embrasse-moi.

Cooper ne le fit pas, se contentant de frotter son nez contre celui de Kelly.

— Tu te souviens de ces lits superposés que nous occupions chez tes parents ?

— Merde, Cooper, bien sûr ! Comment pourrais-je les oublier ?

Sous l'afflux des images torrides qui lui revenaient, Kelly sentit son sexe pousser contre la fermeture éclair de son jean.

— Tu étais tellement réceptif, Kells, tellement excité. Tu as joui au moins… cinq fois ?

— Quatre ou cinq. Je n'ai pas vraiment pensé à compter.

— En moins d'une heure, insista Cooper. Chaque fois que je t'ai touché. Chaque fois que je te caressais les mamelons, tu gémissais. Je n'avais qu'à me pencher sur toi pour te faire jouir. Cinq fois, putain, cinq fois de suite !

— J'étais jeune. Et je t'aimais.

Cooper eut un reniflement sarcastique.

— Peuh ! Tu bandais tellement que tu aurais joui avec n'importe qui !

Kelly secoua la tête.

— Non, Cooper. Ce n'est pas vrai. C'était pour toi. Il n'y a jamais eu que toi qui comptais pour moi.

Cooper eut un sourire sceptique – manifestement, il ne le croyait pas. Kelly le fixa sans mot dire, attendant que la lumière se fasse.

Peu à peu, Cooper sembla réaliser qu'il était sérieux. Son sourire se fana.

— Non, Kells, ça ne marche pas comme ça. Tu aimes les hommes en général, pas un en particulier. Quand on est gay, ce n'est pas pour un seul individu.

Kelly se mordit l'intérieur de la joue, cherchant comment s'expliquer.

— Avant toi, j'avais un peu tâté le terrain. Des caresses, une pipe… une seule, et je l'avais reçue, pas donnée. J'avais aussi connu une fille, qui ne m'avait fait aucun effet. Je savais déjà que ce n'était pas mon truc. Mais c'était celle que mes parents me destinaient.

— Tes parents…

Kelly l'interrompit en levant la main.

— C'était aussi ce que la société attendait de moi. D'accord, je préférais les garçons, mais j'avais été élevé autrement. J'ai donc tenté de me corriger. De m'adapter à leurs vœux.

— En épousant Nina.

— Bon sang, vas-tu me laisser parler !

L'exaspération qui s'entendait dans sa voix s'affichait aussi sur son visage. Cooper acquiesça et pinça les lèvres.

— Désolé, si je n'étais pas aussi gay que toi, Coop ! grinça Kelly.

Cooper ouvrit la bouche pour rétorquer, avant de se raviser. Il garda le silence, ce dont Kelly lui fut reconnaissant.

— D'accord, corrigea-t-il, j'étais aussi gay que toi, mais je ne me sentais pas libre de l'afficher. À l'époque, je croyais qu'il s'agissait d'une phase et que ça me passerait un jour ou l'autre. Ensuite, je t'ai rencontré et j'ai oublié mes bonnes résolutions. Avec toi, j'ai commencé à croire au futur. J'ai cru pouvoir vivre heureux… avec un homme.

— Et c'est là que je suis parti.

Cette fois, ce fut Cooper qui leva la main pour empêcher Kelly de lui répondre.

— Tu m'as demandé de te laisser parler, ajouta-t-il, excuse-moi. Vas-y.

D'un geste, il rendit la parole à Kelly.

— Oui, tu es parti. Sans une explication.

À présent, Kelly se sentait un peu plus calme. Il s'interrompit pour laisser à Cooper le temps de s'expliquer. Le silence s'éternisa. Voilà qui ne ressemblait pas à Cooper. À moins qu'il n'ait *vraiment* beaucoup changé ?

— J'étais tellement naïf, reprit Kelly à mi-voix. Je pensais que nous deux, c'était pour toujours.

Cooper se retourna et recula un peu, pour finir par s'asseoir sur son oreiller, le dos appuyé au mur, face à Kelly. Il leva ses genoux et posa ses pieds nus à plat sur les couvertures, assez loin de Kelly pour ne pas toucher sa cuisse.

Sans même avoir à vérifier, Kelly prit conscience de la distance que Cooper venait de créer entre eux, mais aussi du regard perçant qui pesait sur lui. La tension sexuelle qui existait plus tôt entre eux avait disparu, remplacée par une sorte de… d'hostilité. Kelly le regrettait, mais il avait à parler, car il retenait ce petit discours depuis bien trop longtemps – quinze ans.

Il espérait que parler lui offrirait au moins un soulagement émotionnel, la fermeture d'une parenthèse qui restait en suspens depuis l'école de droit.

Après un long silence, Cooper déclara :

— J'avais reçu une offre exceptionnelle, Kelly.

Il parlait sans amertume, bien plus calmement que Kelly s'y attendait.

— Toi, enchaîna-t-il, il te restait deux ans d'école. Tes résultats devenaient de pire en pire et je savais que c'était à cause de moi : je te distrayais.

— Ce n'est pas vrai, Coop !

— Si. En plus, les résultats, c'était important pour toi, pour ton estime de toi. Tu ne voulais pas seulement réussir, tu tenais à être en tête de classe.

Alors même que tu envisageais déjà une carrière dans les forces de l'ordre, Kells.

— En clair, tu m'as quitté pour me rendre service ?

Cooper détourna les yeux. Le regard perdu droit devant lui, il se mordit le pouce.

— Non, répondit-il, songeur. C'est ce que je me suis dit à l'époque, mais à la réflexion, ce n'est pas vrai. Je suis parti parce que j'ai pensé que c'était la meilleure solution. Cette proposition me tentait… cette boîte ne me connaissait pas, elle m'engageait pour mon dossier, pour mes résultats. J'ai cru que ce serait plus facile. Je voulais d'abord me faire un nom. Une fois ma réputation établie, je croyais que plus personne ne se soucierait du fait que j'étais gay. Je me disais aussi que nous resterions en contact et que nous nous retrouverions une fois que tu aurais quitté l'école. Si notre relation était vraiment sérieuse…

— Je serais volontiers resté en contact si j'avais su où tu étais.

Kelly bouillonnait d'amertume et de colère, mais ça ne s'entendit pas dans sa voix. Au contraire, il avait parlé d'un ton geignard, comme un enfant perdu, abandonné et triste.

Après sa déclaration, le silence retomba. Kelly tremblait, craignant de perdre Cooper une fois de plus. En même temps, il ignorait si ce nouveau Cooper était toujours celui dont il était si désespérément amoureux autrefois. De temps à autre, il retrouvait l'homme assuré, au verbe flamboyant, capable de se sortir de n'importe quelle situation, le brillant avocat qui l'avait quitté. Mais la plupart du temps, c'était un homme éteint et silencieux qui n'avait plus réponse à tout.

Au bout d'un moment, Kelly osa lever les yeux. Dans le regard de Cooper, il ne lut ni défi ni excuse. Par contre, il y brûlait un amour inconditionnel, ce à quoi Kelly ne s'attendait pas.

Peut-être aussi du regret.

Cooper allongea les jambes et agita ses orteils sous la cuisse de Kelly. Ce dernier ne put retenir son sourire. Depuis qu'il était assis à côté de Cooper, il mourait d'envie de caresser ses pieds, longs et minces – sans oser le faire. Et voilà qu'à présent ces pieds qui le chatouillaient devenaient la seule connexion existant entre eux.

Kelly posa la main sur la jambe de Cooper, sans trop savoir quoi faire de plus.

Sans perdre son sourire sensuel, Cooper déclara :

— J'ai discuté avec Nina.

— Oh ?

Kelly se crispa. Il baissa les yeux sur sa main, qui touchait la jambe de Cooper.

— Tu sais, reprit Cooper, je suis certain que si elle avait pu, elle t'aurait enveloppé d'un joli ruban rouge.

— Qu'est-ce que tu veux dire ?

En fait, Kelly s'en doutait : il n'avait pas oublié sa conversation avec sa femme, quelques semaines plus tôt.

— Elle t'a offert à moi sur un plateau, Kells.

Kelly releva les yeux, Cooper ne souriait plus. Il fixait ses mains posées sur ses genoux, attendant une réponse, un geste peut-être ? Mais Kelly n'avait-il pas déjà fait le premier pas en venant ici ce soir, sans y avoir été invité ?

— Oui, elle m'en a parlé.

— C'est pourquoi tu es venu ?

Kelly secoua la tête.

— Non, cette conversation avec Nina ne date pas d'aujourd'hui, mais de plusieurs semaines déjà. Je… je ne sais pas trop pourquoi je ne suis pas venu plus tôt. J'ai au moins une centaine de raisons pour expliquer que c'était impossible.

— Pourquoi avoir changé d'avis ce soir, alors ?

— Je n'arrive plus à me concentrer sur mon travail.

— Donc, tu es venu par conscience professionnelle ?

— Bon sang, Cooper, arrête ! cria Kelly.

— Que j'arrête quoi ?

— De te foutre de moi. Je ne suis plus un gamin idiot !

— Sans blague ?

Kelly céda à la frustration qui montait en lui. Cooper jouait au con ! Il se montrait odieux, comme il le faisait si souvent, autrefois, à l'école de droit. À l'époque, Kelly, que l'amour aveuglait, ne remarquait jamais que Cooper se foutait de lui et l'exaspérait à dessein, par plaisir. Ce soir, il en était conscient.

Depuis son entrée dans sa chambre, Cooper se comportait en salopard arrogant. Et Kelly en avait assez.

Il déposa son verre sur le sol, se releva posément, puis se tourna pour affronter Cooper. De la main gauche, il attrapa la jambe la plus proche de lui et tira. Cooper glissa sur son lit et se retrouva sur le dos. Kelly posa un genou sur le matelas, entre les jambes ouvertes de Cooper, les mains de chaque côté du corps étendu. Il se pencha. Un bref moment, il savoura la stupeur qui s'affichait sur le visage levé vers lui, puis, se penchant davantage, il embrassa férocement les lèvres à sa portée.

À son grand soulagement, Cooper lui rendit son baiser presque instantanément. Plus encore, il lui empoigna la tête pour le maintenir en place. Non que Kelly ait eu l'intention de s'écarter.

La bouche de Cooper avait un goût de Jameson, sa peau sentait le savon – rien d'étonnant puisqu'il venait de prendre une douche – et l'homme.

Rasséréné, Kelly laissa son corps peser sur celui de Cooper. Il fit alors une autre découverte : sous le tissu de son jean, Cooper bandait.

XIX

CE QUE Cooper avait craint, concernant ses retrouvailles avec Kelly, arrivait finalement plus tôt qu'il ne l'avait prévu. Une demi-heure plus tôt, Kelly était entré dans la maison du personnel, déterminé et nerveux. À présent, il semblait très énervé.

Pour Cooper, ça avait été une agréable surprise de constater qu'il réussissait encore à exaspérer Kelly au point de le rendre agressif, de le pousser à l'embrasser de sa propre initiative.

Mais dès que Kelly s'était frotté à lui, la situation avait déraillé. Brièvement, Cooper s'était même demandé s'ils allaient continuer comme ça jusqu'à la conclusion inévitable, comme deux ados en rut. Ensuite, Kelly réaliserait ce qui s'était passé et s'enfuirait, affreusement gêné, comme après leur première fois ensemble. Le problème, c'était que Cooper n'avait plus l'âge de pareilles inepties. Il avait suffisamment d'expérience pour savoir qu'un rapide frotti-frotta ne valait pas le coup.

Il avait tendance à réfléchir, à rationaliser. Une habitude innée qui lui avait permis de réussir brillamment sa carrière d'avocat et de rester indemne – en général – aux écueils de la vie.

Ses alarmes avaient sonné, aussi Cooper avait-il repoussé Kelly. Depuis lors, ce dernier restait étendu sur le lit, les yeux au plafond.

Cooper se savait fini, il n'était plus que le fantôme de celui que Kelly admirait autrefois avec un enthousiasme juvénile. Et si Kelly venait de passer quinze ans à se languir d'un amant, normal qu'il soit déçu en réalisant que celui-ci n'existait plus. Cooper le comprenait très bien.

Voilà pourquoi il n'avait pas cédé, même alors que Kelly s'offrait à lui. Même, alors que Nina s'acharnait les réunir.

Oh, ce n'était pas l'envie qui lui manquait ! Au cours des dernières semaines, il avait été obsédé par Kelly – à son corps défendant. Et que Kelly passe constamment le voir, lui demande son aide ou trouve des excuses bidon pour s'arrêter au ranch et le remercier n'arrangeait pas la situation.

Au cours des huit dernières années, Cooper avait refusé toute avance d'ordre sexuel, mais il n'était pas pour autant devenu aveugle : il avait remarqué les regards brûlants que le shérif lui jetait furtivement.

Pourtant, Kelly avait changé lui aussi, il n'était plus un gosse. Il portait bien l'uniforme, avec de la prestance et une autorité incontestable. Sa haute et solide stature et son visage bien rasé inspiraient confiance tout en indiquant l'ouverture, la chaleur, le désir sincère d'aider son prochain. Professionnellement, Kelly connaissait sa valeur. En privé, il était moins sûr de lui, peu enclin à faire le premier pas, presque soumis.

Autrefois, Cooper avait tout naturellement pris la direction de leur relation : après tout, il était plus âgé, plus expérimenté, plus « out ». Il avait même plus d'arrogance et de confiance en lui que Kelly n'en aurait jamais, se disait-il.

Mais avec le temps, la situation avait évolué. Cooper n'était qu'un employé de ranch, discret et invisible, tandis que Kelly serait le prochain shérif de ce trou perdu, un homme doté d'un certain pouvoir. Alors pourquoi attendait-il toujours que Cooper prenne l'initiative ?

Ou Cooper se faisait-il des illusions ?

À ses côtés, la respiration de Kelly était devenue presque imperceptible.

— Pourquoi es-tu venu, Kelly ? demanda Cooper à mi-voix.

Kelly déplaça légèrement son bras, sa manche frôla l'avant-bras de Cooper. À partir de ce contact pourtant imperceptible, la chaleur corporelle de Kelly se répandit partout en lui.

Cooper s'était excité en évoquant les lits superposés et ce séjour torride dans le chalet familial des Freed. S'il s'était vite écarté de Kelly, c'était pour s'empêcher de lui sauter dessus et de le plier à ses désirs. L'ancien Cooper n'aurait pas hésité : il aurait assouvi ses instincts. Mais il n'était plus le même.

Kelly avait dû noter son excitation en se couchant sur lui…

— Je te l'ai déjà dit.

— Parce que tu ne cesses de penser à moi, répéta Cooper.

Sa voix avait la même intonation d'autrefois : sarcastique.

À contrecœur, Kelly acquiesça.

— Oui.

— Qu'est-ce que tu veux ? Baiser ?

— Non !

Il avait répondu bien trop vite. Sceptique, Cooper lui jeta un regard de côté. Il attendit.

— Enfin, si, reprit Kelly d'un ton plus calme. Mais pas *seulement*. Je n'ai pas attendu quinze ans pour me contenter de forniquer dans la proverbiale botte de foin.

Cooper roula sur le côté, le sourcil haut levé, ce qui quelque part télégraphiait son incrédulité.

Kelly insista :

— Si je voulais baiser, j'irais dans un bar gay.

— Tu n'es plus à Boston, Kells. Connais-tu le seul bar gay que nous avons par ici ?

Kelly gonfla sa poitrine solide.

— Eh bien, oui, répondit-il avec assurance, mais je ne veux pas d'un coup rapide, anonyme. J'ai déjà essayé après ton départ, je n'ai pas trouvé ça très… satisfaisant.

Le visage de Kelly avait retrouvé son équilibre. Cooper en fut heureux. Du coup, il eut envie de voir jusqu'où il pouvait aller.

Il s'accouda dans le lit, la tête appuyée dans sa main.

— En clair, tu es ici ce soir pour baiser ? Parce que tu n'as pas oublié ce que je valais au pieu ?

Il s'approcha de Kelly, envahissant son espace personnel, et lui murmura à l'oreille :

— Parce que tu sais que si j'accepte, tu prendras ton pied…

Kelly tressaillit et tourna la tête pour le regarder dans les yeux. Il respirait fort, tout en cherchant à se contrôler. Brièvement, Cooper laissa ses yeux errer le long du corps étendu à ses côtés, jusqu'au bas-ventre. Il sourit en voyant le renflement qu'il avait tout à l'heure senti peser contre lui. Kelly bandait toujours, plus encore qu'en se présentant ce soir à sa porte.

Cooper approcha sa mâchoire mal rasée de la joue fraîche et lisse de Kelly.

— Qu'est-ce que tu veux, Kells ?

— Je… je ne sais pas.

Cooper fit la moue.

— C'est toi l'invité, c'est toi qui choisis. Je n'ai qu'une exigence : ne fais pas trop de bruit. Je ne veux pas que tes gémissements alertent toute la maison.

Kelly déglutit. Cooper en fut ravi. Il aimait bien voir ce grand gaillard aussi incertain, même s'il avait également apprécié la nouvelle confiance qu'affichait son ex-amant.

Pendant un moment, le silence ne fut troublé que par leurs respirations.

— Kelly, si tu me dis ce que tu veux, je m'efforcerai de satisfaire tes désirs. Si tu ne dis rien, tu n'auras rien.

— Embrasse-moi, croassa Kelly.

Cooper pressa son visage contre le sien et dévora sa bouche. Kelly lui passa une main sur la nuque pour lui maintenir la tête en place. Leurs langues entamèrent un duel à la fois féroce et érotique. Puis Cooper insinua une jambe entre celles de Kelly, frottant son aine contre le sexe érigé, sous le tissu du jean, avec les mêmes mouvements que Kelly contre lui, tout à l'heure. Très vite, tous deux devinrent frénétiques, comme si tout devait être conclu à la minute.

Kelly arracha le tee-shirt de Cooper et caressa fiévreusement sa peau nue. Pendant ce temps, Cooper tirait la chemise de Kelly hors de son jean. Ils cessèrent de s'embrasser le temps que Kelly détache sa ceinture et se débarrasse de sa chemise. Ensuite, Cooper prit un moment pour admirer les abdominaux recouverts d'une légère toison frisée. Pourtant, il ne protesta pas quand Kelly le reprit dans ses bras.

Le baiser qu'ils échangèrent fut tellement exigeant qu'il en sentit ses orteils se recroqueviller.

Une fois la ceinture détachée, il eut accès au bouton du jean de Kelly. Il le fit sauter et glissa sa main gauche à l'intérieur, bénissant le ciel d'être ambidextre. Il allait profiter de Kelly, décida-t-il, mais aller doucement, comme il l'avait d'abord envisagé, ne semblait pas possible.

— Tu flottes dans ton pantalon.

— J'ai perdu du poids, grommela Kelly. Et puis, ce jean, je ne le porte pas très souvent. Je suis la plupart du temps en uniforme.

Cooper cherchait à contourner le coton gris du boxer de Kelly – mais le sexe érigé faisait obstacle.

— Tu portes très bien l'uniforme. Ça met ton cul en valeur.

Avec un grognement, Kelly l'empoigna aux reins et le plaqua contre lui. Déséquilibré, Cooper fut obligé de lâcher le sexe qu'il convoitait. Il ne s'en plaignit pas : Kelly était partiellement dénudé, aussi avait-il d'autres options de découvertes. De plus, la sensation était divine.

Quand Kelly s'accrocha à son cou, Cooper rejeta la tête en arrière. Il sourit, heureux de retrouver la sensation familière de ce corps sous ses mains. On aurait cru que les quinze dernières années venaient de disparaître et que, comme par miracle, Kelly et lui étaient à nouveau dans le minuscule appartement que Cooper avait autrefois, sur son vieux lit branlant.

Et, comme quinze ans plus tôt, ils étaient trop excités et impatients pour faire durer les choses.

Cooper fit une dernière tentative pour calmer Kelly :

— Doucement, Kells, prenons notre temps.

Kelly n'en tint pas compte. Il continua à sucer la gorge de Cooper, à l'endroit où le pouls battait. Et Cooper devina qu'il en garderait une marque. Ce qui l'excita d'autant plus. Il poussa un gémissement.

— Silence, Coop, murmura Kelly contre sa peau.

Cooper avait fermé les yeux.

— Quoi ? marmonna-t-il.

— Chut, tu fais trop de bruit. Et si les autres t'entendent ?

— Et si...

Ce fut comme un seau d'eau glacé en pleine figure. D'un bond, Cooper s'écarta et repoussa Kelly. Les mots prenaient enfin toute leur signification. Il comprit ce qui allait se passer : Kelly voulait baiser, d'accord, mais jamais il n'afficherait leur liaison au grand jour. Une fois de plus, comme avec Martin, Cooper resterait dans l'ombre, un honteux petit secret.

Il tenta de se dégager et comprit vite que c'était impossible : Kelly était plus fort que lui, plus lourd aussi.

Mais alors, Kelly se redressa sur ses bras tendus pour mieux le regarder. Cooper en profita pour rouler sur le côté s'échapper. Kelly n'eut pas d'autre option que de le laisser faire.

Il retomba sur le dos en grognant :

— Qu'est-ce qui ne va pas ?

— Qu'est-ce qui ne va pas ? répéta Cooper, un sourcil levé. À ton avis ?

Quittant le lit à toute vitesse, il remonta son pantalon, le boutonna et remit son tee-shirt.

— Mais... mais... commença Kelly. Qu'est-ce qui te prend ? Je te voulais autrefois. Je te veux aujourd'hui. J'ai mis du temps à le réaliser, même si ça fait des semaines que j'y pense. Ce soir, je me suis décidé.

Avec une grimace, Cooper secoua résolument la tête.

— Pas question que ça recommence. Je refuse d'être celui qu'on cache. Marty en est mort, ce qui a causé des dommages irréparables à bien trop de gens.

— Je ne vois pas le rapport ! En quoi notre situation est-elle comparable ? Je n'ai pas l'intention de me suicider, Coop. Même si tu ne veux plus jamais me revoir, je ne me collerai pas une balle dans la tête.

— Il ne s'agit pas de ça. Imagine un peu de ce que diraient les bons citoyens de St Anthony en apprenant que leur futur shérif est gay ? Crois-tu vraiment qu'ils voteraient pour toi ? Tu ne pourrais même pas être vu avec moi, sinon il y aurait des questions, des rumeurs : « croyez-vous que le shérif se fait mettre par cette pédale qui vit au Blue River ? » Et que se passerait-il, alors, Kelly ? Tu envisages vraiment de renoncer à ton rêve pour une partie de jambes en l'air ?

Cooper secoua la tête avant d'enchaîner :

— En tout cas, moi, je refuse de courir le risque de gâcher ta vie. Entre nous, rien n'est possible. Tout doit s'arrêter. Ici. Maintenant.

Sans vergogne, Kelly se mit à le supplier.

— Cooper, par pitié ! Dis-moi ce que tu veux. Je ferai n'importe quoi pour toi. Tu le sais.

Cooper s'adoucit, sa colère devenant douleur. Il se pencha et posa les mains sur les genoux de Kelly.

— Non, Kells, c'est impossible. Personne n'y croira. Tu es jeune, tu t'occupes d'une femme malade. Si tu joues bien tes cartes, tu auras la sympathie des électeurs, à condition de bien leur faire entrer dans le crâne que l'état de Nina ne t'empêchera pas d'être à ton poste vingt-quatre heures sur vingt-quatre, sept jours sur sept, s'il le faut. Mais si on apprend que tu trompes ta femme, ta réputation ne s'en remettra pas. Tu auras beau expliquer que Nina et toi n'aviez plus qu'un mariage de raison et que tu es resté avec elle par devoir, personne ne te pardonnera de faire ça à une mourante. Et je ne parle même pas du fait que tu es gay !

Pour se redresser, Cooper s'appuya sur les genoux de Kelly. Intérieurement, il gémissait. Il s'était emballé, ce qui ne lui plaisait pas du tout. Il n'était plus avocat. Il n'avait pas à « plaider » l'affaire Kelly.

D'ailleurs, la cause était perdue d'avance.

Et Kelly, d'après son expression douloureuse, le comprenait : les arguments avaient fait mouche. Cooper le regrettait, mais serait-il capable de surmonter une deuxième rupture avec Kelly, surtout après des retrouvailles physiques ? Il l'ignorait. Mieux valait en finir avant même de commencer.

Kelly se releva et se rajusta.

— Je ferais mieux de m'en aller.

— Oui.

XX

KELLY SORTIT de la maison et remonta dans sa voiture. Il resta assis un moment sans bouger, repassant ce qui venait de se passer. Cooper l'avait rejeté. Déjà, c'était dur, mais le pire était qu'il avait eu raison. Pour eux, il n'y avait aucun avenir, même si Kelly en rêvait. St Anthony ne lui pardonnerait jamais une défaillance de ce genre. Actuellement, il avait une chance de réaliser son rêve. À condition d'en oublier un autre : renouer avec l'homme qu'il aimait.

Kelly avait l'habitude de la souffrance diffuse qu'il endurait, il la vivait depuis quinze ans.

Il démarra et s'éloigna. Le lendemain, il lui faudrait revenir et convaincre Cooper de l'aider avec le dossier de Calley, mais auparavant, il avait besoin d'une bonne nuit de sommeil. Et avant, d'une douche. Peut-être en profiterait-il pour se libérer d'une partie de sa tension avec la veuve Poignet.

Quand il tourna dans son allée, il essaya d'oublier qu'il avait peut-être irrémédiablement gâché son amitié avec Cooper. De toute façon, à l'heure actuelle, il ne pouvait plus rien y faire. Cooper n'avait pas de portable. À presque minuit, impossible d'appeler Tim pour demander de faire passer un message. De plus, comment s'excuser via un tiers sans divulguer ce qui venait de se passer ? Non, c'était un sujet dont Kelly devait discuter avec Cooper face à face. Demain. Pour ce soir, le mal était fait. Si Cooper lui en voulait, Kelly ne ferait qu'aggraver la situation en insistant.

Cooper avait bien agi en refusant de renouer leur liaison. Plus tard, Kelly finirait sans doute par lui en être reconnaissant.

Pour le moment, il était trop triste. Il ne devait pas laisser sa douleur s'installer. Avec le temps viendraient probablement l'apaisement, la résignation. Au moins, il avait essayé. Son père l'aurait approuvé.

Avec cette idée en tête, il se gara, sortit de la voiture et se faufila chez lui sans faire de bruit. Il traversa le couloir sur la pointe des pieds en évitant les lattes qui craquaient. Par habitude, il jeta un coup d'œil dans la chambre de Nina. Elle était couchée et le seul bruit était celui de l'appareil respiratoire qu'elle portait durant la nuit. La pièce était calme, comme tout le reste de la maison.

Kelly passa dans sa chambre. Il s'apprêtait à se déshabiller quand il reçut un « *bip* ».

Nina... il retourna la voir, sans s'affoler. Ce n'était certainement pas grave. Sans doute l'avait-elle entendu durant son bref passage à son chevet. Il craignait simplement que le bruit n'ait aussi réveillé Theo. Inutile de mettre toute la maison en branle !

Il se pencha sur Nina et écarta les cheveux de son visage, avant de lui retirer son appareil.

— Ça va, Nine ? demanda-t-il doucement.

— Oui, très bien, répondit-elle. Je voulais juste te parler.

La porte, restée entrebâillée, s'ouvrit en grand, Theo entra.

— Besoin d'aide, Kelly ?

En jetant un coup d'œil derrière lui, Kelly se souvint que Cooper avait pris l'aide-soignant pour son amant. Cette idée le fit sourire.

— Non, ça va aller. Vous pouvez retourner vous coucher. Désolé de vous avoir réveillé.

Theo haussa les épaules.

— Pas de souci. Je lisais. Bonne nuit.

Kelly attendit son départ pour revenir à Nina.

— Que voulais-tu me dire de si urgent ?

— Étends-toi à côté de moi, s'il te plaît.

— Nina… commença Kelly.

— Kells, ne me force pas à te supplier. De temps à autre, j'ai besoin de contact humain, être lavée ou habillée ne suffit pas toujours. D'après ta tête, tu as également besoin de compagnie. Alors, je me suis dit…

Elle ne termina pas sa phrase, mais Kelly avait compris l'idée générale. Comme d'habitude, Nina avait raison.

— D'accord, céda-t-il.

— Je sais bien que tu préférerais avoir un autre que moi dans ton lit, souffla-t-elle. Mais je n'ai jamais pu le remplacer.

Kelly referma la porte, ce qui indiquait à Theo de ne pas les déranger. Il fit le tour du lit et récupéra l'oreiller qui bloquait une partie de la nuit Nina sur le côté. Il se glissa dans le lit et se blottit contre elle, veillant à ne pas brusquer ses mouvements pour ne pas risquer de lui faire mal. Elle était si fragile !

Elle avait raison. Il avait besoin d'elle, son amie, en ce moment.

— Tu étais avec Cooper, déclara-t-elle.

Ce n'était pas une question. Kelly se demanda comment elle était au courant, car il s'était contenté, comme d'habitude, de téléphoner plus tôt dans la soirée pour demander qu'on ne l'attende pas – prétextant avoir du travail. Ce n'était pas un vrai mensonge : il avait effectivement travaillé jusqu'à 20 heures. Ensuite, il avait décidé de rejoindre Cooper.

— Oui, j'avais à lui parler.

— Et comment ça s'est passé ?

Kelly soupira.

— Je n'ai fait qu'empirer les choses.

— Bravo !

Perplexe, Kelly ne sut comment interpréter cette réponse.

— Que veux-tu dire ?

— Je savais que vous finiriez par vous retrouver, ce n'était qu'une question de temps. C'est juste arrivé plus tôt que je l'avais prédit.

Inutile qu'il cherche à mentir : Nina le devinerait – comme toujours. Kelly s'était souvent demandé ce qu'il faudrait pour l'aveugler. Il n'avait jamais voulu essayer.

— Je me suis sacrément planté, avoua-t-il.

— Comment ça ?

— J'ai... j'ai dit un truc que je n'aurais pas dû. Et il....

Elle ne chercha pas à l'aider, ni en l'interrogeant ni en complétant ses phrases.

Le silence s'étira longuement.

Nina finit par dire :

— Je doute que Cooper se détourne de toi pour des paroles maladroites, Kells. Alors, vous avez baisé ? C'était bien ?

— Nine !

Il grogna. Il détestait aborder ce sujet avec Nina. C'était déjà le cas à l'école de droit. D'un autre côté, elle avait le don de mettre les choses en perspective. Si Kelly devait se confier, elle était sa meilleure option.

— D'accord, tu as gagné. C'était juste un baiser. Et quelques caresses. Rien d'inoubliable, pourtant... j'ai compris ce qui me manquait.

Il appuya sa tête contre celle de Nina, anxieux d'être réconforté. Il aurait voulu qu'elle se retourne pour le prendre dans ses bras et le câliner comme elle l'avait fait quinze ans plus tôt, après qu'il a finalement reconnu devant elle vouloir Cooper dans son lit, dans sa vie.

Nina se contenta de soupirer.

— La vie est parfois vraiment injuste, tu ne crois pas ?

Kelly en oublia son autoapitoiement. Nina avait raison. La vie était injuste et elle en était l'exemple frappant. D'un coup, ses petits problèmes lui parurent triviaux, sans importance. Il n'avait qu'à trouver le moyen de vivre avec ses sentiments – et ceux de Cooper, si ce dernier acceptait encore de lui parler.

Qui sait peut-être se rencontreraient-ils à mi-chemin… Sinon, Kelly veillerait à être un bon shérif, le meilleur possible. Sa passion pour son travail et son dévouement à ses concitoyens devaient compter, non ? Peu à peu, il se convaincrait d'avoir fait le bon choix, même si ledit choix l'obligeait à renoncer à l'homme qu'il aimait. Il ne pouvait s'accorder un coming-out public. À cause de Nina, essentiellement. Les gens lui pardonneraient peut-être d'être gay, mais pas de prendre un amant alors que sa femme était grabataire. Qui pourrait croire qu'elle en avait donné la permission à son mari, dans le cadre d'une union où l'affection et la compréhension comptaient davantage que le sexe ?

Fatigué, Kelly se détendit peu à peu dans la chaleur de la proximité de Nina. Il commença à s'endormir

— Kelly ?

Il tressaillit et rouvrit les yeux.

— Quoi ?

— Il est temps que je dorme, souffla-t-elle. Remets-moi mon masque et va prendre une douche.

— Pourquoi ? Je pue ?

Il avait encore le cerveau embrumé.

— Non, mais je sens sur toi l'odeur de Cooper, répondit-elle. Ça me rappelle des temps meilleurs, mais quand même…

— D'accord.

Il quitta le lit, remit l'oreiller en place et s'éloigna vers la porte.

— Kelly ! Mon masque !

Contrarié par sa stupidité, Kelly revint vers elle. Sans un mot, il replaça le masque et vérifia l'appareil respiratoire. Après un « bonne nuit » marmonné, il passa dans le couloir et se rendit dans la salle de bain.

XXI

COOPER ÉTAIT seul dans la cuisine de la maison du personnel, penché sur ses vieux livres de droit, quand des pas attirèrent son attention. En général, il ne levait pas la tête en soirée, car les autres ne cessaient d'aller et venir, mais là, les pas s'arrêtèrent juste devant la table.

Aussi referma-t-il son livre avant de lever les yeux.

— Shérif Freed. Qu'est-ce qui t'amène ?

Encore en uniforme, Kelly tournait nerveusement son chapeau dans ses mains.

— Je suis venu te... euh, il n'y a pas d'endroit un peu plus tranquille où nous pourrions discuter en privé ?

Cooper jeta un coup d'œil autour de lui. La porte de la salle de télé était entrouverte. De là émanaient les voix assourdies d'un film, mais les spectateurs ne semblaient guère nombreux.

— Personne ne nous prêtera attention, sauf si tu me baises sur la table.

La provocation était évidente. Kelly n'esquissa pas un sourire.

— Du calme, shérif, reprit Cooper. Je ne t'en veux pas.

— Arrête de m'appeler « shérif » ! J'ai toujours été Kelly pour toi.

Cooper afficha un grand sourire.

— Tu es en uniforme !

Il avait un peu menti : il en voulait à Kelly. Il s'était senti sali, dénié, rejeté en comprenant que Kelly comptait n'avoir avec lui qu'une liaison secrète. Il ne voyait pas pourquoi il pardonnerait si facilement.

Alors, il nota le comportement de Kelly, ses épaules voûtées, son air repentant et soumis – une attitude bizarre chez un homme aussi grand et solide ! Cooper s'adoucit.

— J'aime bien ton uniforme, reprit-il, comme je te l'ai déjà dit, mais il me donne envie de t'appeler shérif.

D'un geste, il désigna la place en face de lui, de l'autre côté de la table usée.

— Assois-toi, Kells. Tu es trop grand pour que je puisse te regarder sans me coller un torticolis.

127

Kelly obtempéra. Il posa son chapeau à côté de lui et ses coudes sur la table. Il resta voûté, ce qui le rapetissait. D'instinct, Cooper se redressa.

Il empila ses livres, veillant à ne pas tressaillir quand ses doigts effleurèrent, comme par accident, les mains crispées de Kelly. Pourtant, son geste était délibéré. Leur discussion, vingt-quatre heures plus tôt, avait allumé en lui un incendie difficile à réprimer. Cooper avait agi de façon rationnelle, en mettant fin à cette situation tendue, pourtant, tout son corps protestait de cette chasteté forcée.

— Je vois que tu as ouvert tes livres de droit, déclara Kelly. Que cherches-tu ?

— Des renseignements sur le droit des familles. En particulier, ce qui concerne la garde des enfants.

— Pour Gabe ?

— En partie. Je me renseigne sur la garde temporaire et/ou permanente. Il faudrait vraiment que Calley mette ses affaires en ordre ! Idéalement, elle devrait obtenir de Bill qu'il se désiste de ses droits parentaux afin que Gabe devienne légalement le tuteur des jumeaux avec Flynn comme subrogé tuteur, peut-être.

— Tu ne pousses pas le bouchon un peu loin ?

Cooper le regarda bien en face.

— Je ne compte pas proclamer la relation entre Gabe et Flynn. Si nous laissons les tribunaux trancher, ça ne marchera jamais, mais si Bill n'a plus la tutelle des jumeaux, Calley peut choisir seule ceux qui s'occuperont de ses enfants en cas de problèmes majeurs, hospitalisation… ou pire.

— Et Noah et Ryan, que deviendront-ils ?

Cooper soupira.

— Leur situation est différente. Ce sont des pupilles de l'État. S'il arrive quelque chose à Calley, ils retomberaient sous la coupe des services sociaux, qui leur trouveraient une autre famille d'accueil. En fait, si une assistante trop zélée se penche sur leur dossier à l'heure actuelle, elle risque de trouver que deux enfants de plus sont un fardeau excessif pour une femme malade.

— Espérons alors que Calley ait encore la force de s'occuper d'eux. Je ne tiens pas de tout à voir ces enfants arrachés à la vie dont ils bénéficient actuellement. Ils semblent parfaitement heureux avec Calley et les jumeaux.

Cooper était d'accord, mais la bataille juridique serait difficile, il le savait. De plus, Kelly n'était certainement pas passé pour discuter de la façon dont il occupait ses heures de loisir.

Il ne put s'empêcher de répéter :

— Kells, qu'est-ce qui t'amène ici ?

Il essayait de paraître nonchalant, mais sans conviction. En fait, il redoutait la réponse de Kelly – tout en détestant ce sentiment d'insécurité.

— Je voulais m'excuser, pour hier soir, répondit Kelly à mi-voix.

— Pardon ?

Cooper avait parfaitement entendu, mais il préférait vérifier.

— Je voulais m'excuser... pour la nuit dernière, répéta Kelly, d'une voix presque normale. Ce que j'ai dit... Ce n'était pas... je voulais rester, mais...

Il regarda autour de lui, comme s'il craignait que ses paroles soient surprises.

— Ça vaut mieux comme ça, interrompit Cooper.

La réponse de Kelly n'était pas celle à laquelle il s'attendait. Il avait cru que Kelly aurait des prétextes – de bonnes raisons, bien entendu –, pour expliquer qu'il n'aurait pas dû venir.

Au contraire, Kelly avait reconnu son désir.

— Depuis hier soir, je ne vois plus le monde comme avant, Coop.

Cooper le dévisagea : Kelly avait le front plissé, les sourcils froncés. On aurait cru un enfant sur le point de pleurer. Cooper aurait voulu l'attraper par les revers de sa veste et le secouer d'importance. Ou peut-être, l'embrasser.

Il se contenta de se lever pour passer au comptoir et se verser un café.

Dans son dos, il entendit Kelly quitter la table. Il crut que Kelly allait s'en aller.

— Je suis sérieux, Cooper.

Holà, pas Coop, mais Cooper ?

— Hier soir, j'ai compris que je te désirais toujours, insista Kelly. Que je t'aimais toujours.

Cooper résista à son désir de se retourner. Il continua à fixer le mur en face de lui. En silence.

Kelly continua :

— Je suis dans le placard. Et je sais bien que je ne peux pas te demander de t'y enfermer avec moi.

— Peuh ! Aucun placard ne serait plus assez grand pour moi dans cette foutue ville, Kelly. Personne n'oubliera jamais que je suis pédé.

— Eh bien, peu importe, je ne veux pas de ça pour toi. Mais j'ai peur de te perdre. Pour toi, je suis prêt à renoncer à tout.

— C'est-à-dire ?

— Je renonce à devenir shérif.

Sous le choc, Cooper pivota.

— Ne sois pas idiot !

— Je ne suis pas… idiot.

— Ce poste, c'est celui dont tu as toujours rêvé. Tu ne voulais pas devenir un policier célèbre qui combat le crime des grandes cités ni un shérif qui paraît régulièrement à la une des journaux locaux, parce qu'il arrête des serials killers. Tu voulais juste t'occuper d'une petite ville à l'ancienne, bien calme, bien pépère, être adoré de tous, t'occuper des petits problèmes quotidiens des gens – ta priorité c'était leur bien à eux, pas la gloire. Tu voulais être celui vers qui tout le monde peut se tourner. Une idée romantique qui correspond peu à la réalité du terrain, mais ça te va très bien.

— Cooper ! se lamenta Kelly.

— De nos jours, un shérif doit être strict, Kells. Les gens respectent plus une arme à feu que… Andy Griffith [18].

Kelly s'affala sur le banc, les coudes sur la table, la tête dans les mains, les doigts enfouis dans ses cheveux blonds. Cooper s'installa à côté pour lui, ses genoux craquèrent.

— Nous serons amis, Kells, reprit-il. Rien de plus. Il faudra t'en contenter. Je refuse que tu abandonnes tes rêves à cause de moi.

— L'un d'eux était de vivre avec l'homme que j'aime, Coop.

Kelly ne pleurait pas, mais ses yeux étaient injectés de sang. Cooper sut qu'un seul mot de travers risquait de le faire craquer. Il se mordit donc la lèvre et réfléchit avant de répondre.

— Nous avons notre rôle à tenir à St Anthony. Et nous devons accomplir notre travail au mieux de nos capacités. C'est mieux que rien, non ? Tu seras Andy Griffith et tu sauveras les gens en péril. Pendant ce temps, penché sur mes grimoires, je ferai semblant d'être encore avocat. Je travaillerai pour toi dans l'ombre et tu recevras seul la reconnaissance des gens.

---

18 Acteur, scénariste et producteur américain (1926/2012), qui a tout particulièrement marqué le petit écran en interprétant Andy Taylor, gentil et philosophe shérif d'une petite ville des États-Unis.

Kelly ne réagit pas.

— Ça peut marcher, Kells, insista Cooper.

Kelly laissa retomber sa main, en effleurant, comme par hasard, la cuisse de son voisin. Cooper savait bien que le geste avait été délibéré. Il saisit les doigts fureteurs pour les empêcher d'aller plus loin. Quand il nota la douleur qui crispait le visage de Kelly, Cooper se pencha et posa un baiser sur les cheveux blonds coupés courts, juste derrière l'oreille.

— Je ne cesserai jamais de t'aimer, murmura-t-il. Mais j'ai déjà gâché trop de vies. Je ne veux pas détruire la tienne et celle de Nina.

Utiliser Nina était un peu mesquin, mais vis-à-vis de Kelly, l'argument comptait plus que la préservation de sa carrière.

— Nous ne pouvons pas lui faire un coup pareil, Kells, répéta Cooper.

— Nina est d'accord. Tu le sais très bien.

On aurait cru entendre un gamin de dix ans, geignard, pas un shérif qui avait dépassé la trentaine, bâti comme une baraque. Cooper comprit le sens de ces paroles, mais refusa de changer d'avis. Il posa la main sur la nuque de Kelly et se releva.

— Elle s'imagine toujours capable de tenir tête au monde entier, mais si la ville vous crucifie tous les deux, Nina ne pourra rien pour te soutenir – et ça la rendra enragée. Je ne veux pas la mettre dans une situation pareille.

Et toi non plus aurait voulu ajouter Cooper. D'accord, Kelly avait déjà annoncé être prêt à tout abandonner pour lui, mais Cooper ne supporterait pas les regrets qui un jour ou l'autre, viendraient à son amant s'il cédait.

Kelly semblait comprendre que sa décision était prise. À son tour, il se redressa pendant que Cooper faisait le tour de la table.

— Et si nous parlions des enfants de Gabe et Calley ? proposa Cooper. À mon avis, nous devrions lancer le test de paternité et ensuite, trouver le moyen de convaincre Bill de renoncer à ses droits parentaux.

Kelly fut soulagé de ce changement de sujet.

— Je vais parler à l'aide sociale qui a placé Noah et Ryan chez Calley, décida-t-il. Je veux connaître les recours que nous avons pour confier à Gabe la garde temporaire des enfants en attendant que Calley aille mieux.

Cooper fut heureux de l'éclat combatif qui brillait dans les yeux de Kelly.

— Bonne idée ! répondit-il. Quant à moi, j'irai discuter avec Gabe. Il a intérêt à mettre son fusil sous clé.

Kelly esquissa un sourire.

— Si je me souviens bien, Rory a su exactement où le trouver [19], il n'y a pas bien longtemps.

19 Voir *Entre déluge et sécheresse*.

XXII

GABE ÉTAIT assis sur les marches gelées du porche, à côté de Ryan, tentant de retenir ses grognements tandis que ses muscles protestaient de cette position inhabituelle. Au cours de l'après-midi, Ryan l'avait aidé sur le ranch. À présent, il attendait Flynn, qui devait le ramener en ville pour travailler au magasin de Calley.

Gabe avait bien remarqué l'œil poché de Ryan, mais jusque-là, il n'avait rien dit. Pourtant, d'après lui, le moment était venu d'aborder le sujet. D'un coup d'œil latéral assorti d'un mouvement du menton, il désigna la marque du coup, bien visible malgré les cheveux tombant sur le visage du garçon.

— Je présume que tu n'as pas envie d'en parler ?

Ryan ne bougea pas. Gabe lui tendit la tasse de café fumant qu'il avait emportée avec lui en sortant. Ryan ne la prit pas. Au contraire, il l'examina avec une suspicion que Gabe commençait à reconnaître. Pourtant, il tenait à ce que Ryan se réchauffe : le garçon frissonnait dans son manteau trop mince.

— La tasse est propre, annonça-t-il. Je n'y ai pas touché. J'ai l'impression que tu en as plus besoin que moi.

Ryan finit par se décider : il prit le café et baissa la tête pour le regarder.

— J'ai mis du sucre, annonça Gabe. Rien d'autre.

Il eut un petit sourire quand Ryan goûta son café, serrant la tasse à deux mains.

— Alors… reprit le rancher. Tu as eu des problèmes à l'école ?

Ryan vida sa tasse avant de hocher la tête. En silence.

— C'est toi qui as commencé ? insista Gabe.

Ryan haussa les épaules.

— N'en parle pas à ton assistante sociale, enchaîna Gabe, mais je n'ai pas l'intention de t'asséner un sermon. Tu avais peut-être une raison de te battre.

— Il a traité Calley de…

Ryan s'interrompit. Gabe se tourna vers lui, un sourcil levé.

— De quoi ?

— … de pute, souffla le garçon.

— Pourquoi ? Parce qu'elle est enceinte ?

— Il m'a demandé si c'était moi qui l'avais engrossée.

Gabe pencha la tête.

— En clair, il l'a bien cherché ?

Une fois de plus, Ryan haussa les épaules en guise de réponse.

— Ry, je comprends que tu lui aies collé un gnon, mais tu dois aussi apprendre à esquiver les coups. Et je préférerais que cette conversation reste entre nous.

À la grande surprise de Gabe, Ryan fit de gros efforts pour réprimer un sourire.

— J'ai esquivé le premier, répondit-il, mais alors, il a dit que ce n'était certainement pas moi qui avais mis Calley en cloque, parce que jamais un pédé ne ferait un truc pareil. Là, je présume que j'ai attendu un peu trop longtemps.

— Tu veux mettre de la glace sur ton œil ?

Ryan secoua la tête et repoussa une mèche derrière son oreille.

— Trop tard. C'était ce matin.

— C'est quand même pourquoi tu restes assis ici à te geler les miches, hein ?

— Vous trouvez que c'est idiot.

Ce n'était pas vraiment une question. Malgré tout, Gabe choisit d'y répondre :

— Pas du tout, je le fais aussi très souvent. C'est un bon endroit pour réfléchir. J'avoue qu'en principe, j'attends plutôt le printemps. Je ne suis pas un grand fan d'avoir le cul congelé.

— Il ne fait pas si froid !

Cette fois, Ryan souriait de toutes ses dents. Gabe détourna la tête vers l'écurie pour cacher sa satisfaction.

— Dites, ça vous est déjà arrivé de vous battre parce qu'on vous traitait de pédé ?

Un peu démonté par cette question directe, Gabe tenta de ne pas le montrer.

— Quand j'étais à l'école, personne n'était au courant.

Ryan acquiesça, l'air compréhensif. Gabe inspira profondément et se lança :

— Un jour, j'ai eu un problème... C'était dans la rue, à Boise [20]. J'ai dragué un gars qui l'a plutôt mal pris. Il a rameuté ses copains pour me donner une leçon. J'ai reçu une sacrée volée.

Gabe ne cherchait pas de compassion, aussi ne fut-il pas déçu de ne pas en recevoir. Il se satisfaisait d'avoir obtenu quelques mots du garçon – un véritable exploit.

Il changea de sujet :

— Dis-moi, Ryan, ça ne te gêne pas de vivre chez nous un moment ?

Le garçon secoua la tête. Sans répondre.

— Bien sûr, reprit Gabe, un canapé n'est pas un vrai lit et tu as besoin de plus d'intimité, mais justement, nous prévoyons d'agrandir la maison.

Ryan n'eut aucune réaction.

Gabe continua :

— Les prochains mois vont être un peu difficiles pour Calley, avec son traitement, sa grossesse. Je lui ai proposé de vivre avec nous, avec les enfants, et toi, bien entendu. En semaine, nous te conduirons le matin au magasin, où tu aideras Sadie. Tu pourras aller ensuite à pied à l'école. D'accord ?

— Et Noah, comment ira-t-il à l'école ?

Gabe comprit avoir reçu une acceptation tacite.

— Il partira avec la nichée Krause et son chauffeur du jour. Dis-moi, tu es toujours d'accord pour aider Calley à l'épicerie ? Tu t'entends bien avec Sadie, au moins ?

— Bien sûr. Sadie est...

Il ne termina pas sa phrase, aussi Gabe se tourna-t-il pour le regarder. Le garçon frottait sa botte avant en arrière sur les marches du porche pour déblayer la neige.

— Elle est quoi ?

— Ma sœur.

— Oh ? J'ignorais que tu avais une sœur. Calley ne m'en a jamais parlé.

— Elle est au courant. Elle a engagé Sadie pour nous réunir.

— Je crois qu'elle l'a surtout engagée pour lui confier le magasin pendant son absence. Peut-être a-t-elle pensé que Sadie serait d'autant plus consciencieuse, dans ce contexte.

Ryan haussa les épaules : soit il ignorait la réponse, soit il s'en fichait.

20 Capitale de l'Idaho, à 740 km à l'est de Portland

— En tout cas, enchaîna Gabe, tant que vous vous entendez, Sadie et toi, tout ira bien. Avec vous deux et Cooper qui s'occupe des livraisons, Calley peut se reposer.

— Je préférerais un autre livreur. Je l'ai dit à Calley, mais elle m'a répondu que c'était trop tard, Cooper s'était déjà proposé. Elle ne veut pas le virer.

— Cooper est un mec bien, Ryan.

Ryan ne répondit pas. Gabe n'insista pas. Il resta à côté du garçon jusqu'à ce que Flynn sorte les rejoindre.

— On y va, Ryan ?

Ryan se leva et suivit Flynn jusqu'au pickup sans un regard en arrière.

QUAND FLYNN revint au ranch, Gabe était toujours assis sur les marches.

— Tu as besoin de mon aide pour te relever, vieillard ? demanda Flynn, sans cacher son plaisir.

Gabe ne répondit pas. Flynn s'assit à côté de lui, posa gentiment la main sur le genou de Gabe et frotta.

— Savais-tu que Sadie était la sœur de Ryan ?

Flynn acquiesça.

— Oui, Calley me l'a dit.

— Et tu n'as pas pensé à m'en faire part ? C'est une info intéressante !

— Comme Calley et toi êtes copains comme cochons, je pensais qu'elle te l'avait déjà dit.

Gabe se tourna pour foudroyer son partenaire du regard.

— D'accord, reprit Flynn, je me suis trompé. Excuse-moi.

Gabe inspira profondément. Il pouvait faire semblant d'en vouloir à Flynn, mais il savait bien qu'il ne tiendrait pas longtemps.

— Je ne savais même pas qu'il avait une sœur ! S'emporta-t-il. Je croyais qu'il n'y avait que Noah et lui. À quoi ressemble-t-elle ?

— Jeune, plutôt originale. Elle ressemble à Maxie tu sais, la vendeuse du magasin de vêtements.

— Gothique ?

— Je crois que de nos jours, on dit « emo » [21]. Quoi qu'il en soit, elle n'a rien de sinistre, elle est plutôt animée, dynamique avec des cheveux

---

21 *Emocore*, style né durant les années 1980, à Washington, du mouvement punk hardcore

très noirs, des tonnes d'eye-liner et des tatouages assez visibles. En y réfléchissant, ça ferait un super couple.

— Max et Sadie ?

Flynn sourit.

— Max s'intéresse aux filles, tu le sais bien. Pour Sadie, je n'en sais rien.

Gabe se radoucit, sa mauvaise humeur se dissipait déjà.

— Ne t'en mêle pas, Flynn. Elles finiront bien par se croiser, un jour ou l'autre. Si ça doit se faire, ça se fera sans toi.

— Ben voyons ! Si elles te ressemblent, un petit coup d'aiguillon dans la bonne direction ne leur ferait pas de mal.

Gabe mêla ses doigts à ceux de son partenaire. Flynn s'appuya contre lui, partageant sa chaleur corporelle.

— Je ne regrette pas que tu aies été aussi entêté, souffla Gabe. Alors, comment ça se passe pour l'agrandissement ? Ça avance ?

Flynn hocha la tête.

— Oui. Le bois a déjà été commandé. J'ai demandé à Grant et à Hunter de passer nous voir pour vérifier nos plans. Je veux que chacun sache quoi faire le weekend prochain.

Gabe examina l'allée d'accès et au-delà. Le givre étincelait devant l'écurie.

— J'espère que nous n'aurons pas de nouvelles chutes de neige avant d'avoir posé les fondations.

— Ne t'inquiète pas, répondit Flynn. Tout ira bien.

— Ça va nous faire un grand changement d'avoir Calley avec nous, poursuivit Gabe.

Une certaine appréhension s'entendait dans sa voix. Flynn lui serra gentiment le bras.

— Je sais. Ce sera super !

Gabe n'en était pas aussi certain. Au moins, il n'était pas seul : il avait Flynn à ses côtés.

XXIII

COOPER TERMINA ses livraisons d'épicerie et prit la route des montagnes. La nuit était froide, mais claire, et il voulait s'éclaircir les idées avant de rentrer au ranch et se coucher. Le point de vue était désert, ce qui n'avait rien d'étonnant puisque les jeunes avaient école le lendemain ; durant le weekend, ils considéraient cet endroit idéal pour y peloter discrètement leurs conquêtes. De toute façon, en plein hiver, s'arrêter trop longtemps devenait vite une pénitence, même dans la voiture, avec le chauffage en marche.

Cooper sortit de son pickup en resserrant contre lui son chaud manteau. Il avait envie d'une cigarette, alors que ça faisait des années qu'il avait cessé de fumer – à cause de Martin, qui n'en supportait pas l'odeur. Son addiction lui revenait le plus souvent quand il se trouvait seul, comme ce soir, et qu'il aurait aimé pouvoir s'occuper les mains. Avec un petit rire, il se rendit compte qu'une addiction bien pire le tourmentait, la nuit, dans son lit : celle d'un homme très spécifique « pour s'occuper les mains ».

Il entendit des pneus crisser sur le gravier, mais ne se retourna pas, restant appuyé contre sa carrosserie, à regarder droit devant lui, perdu dans ses pensées. Des pas qui approchaient finirent par attirer enfin son attention, et sa méfiance. Dans un coin aussi désert…

C'était Kelly, toujours en uniforme. Cooper sourit et leva les mains – tout en arborant son masque sarcastique.

— Tu viens me faire respecter le panneau « interdit de stationner », shérif ?

— Je pensais bien avoir reconnu ton véhicule, Coop.

— Qu'est-ce qui t'amène par ici à cette heure ?

— J'ai été appelé un peu plus loin pour une querelle domestique. Par chance, le couple s'était déjà réconcilié à mon arrivée.

— Tant mieux pour toi. Et pour eux

Cooper se tourna vers les champs que l'obscurité envahissait. Il préférait ne pas regarder Kelly, craignant de céder à son désir d'y toucher, une vraie obsession

Kelly le rejoignit et s'appuya au capot, à ses côtés. Cooper lui lança un regard furtif.

— Et maintenant, reprit-il, tu vas rentrer chez toi ?

— Oui, il se fait tard.

— Tu as peut-être fini ton boulot de shérif, peut-être, mais d'autres tâches t'attendent à la maison.

— Je peux rentrer quand je veux, Theo est de garde ce soir.

Cooper consulte sa montre

— Il est quand même... 22 heures !

Kelly rit.

— Oui, je sais, mais ça arrive. Et puis, Nina se couche tôt, 21 h 30 au plus tard, elle a besoin de repos. Theo peut lire ou regarder la télé.

Le silence retomba. Cooper se surprit à penser que si Kelly travaillait tard, c'était pour un job dont il rêvait depuis toujours. Il pouvait le comprendre, il l'accepterait chez un partenaire si... Il secoua la tête, dissipant cette idée aberrante. Kelly et lui n'étaient pas ensemble. Ils ne le seraient jamais.

Kelly paraissait anxieux : il surveillait les alentours. Il faillit même se cacher quand une voiture passa rapidement.

Le silence devenait pesant. Cooper tenta de ranimer la conversation.

— Pourquoi t'es-tu arrêté, Kells ? Juste pour parler ?

— Ben, oui. J'ai reconnu ton pickup, alors...

Il s'interrompit, l'air un peu coupable.

— Tu sais, tu ne devrais sans doute pas rester, si près de moi et aussi en vue alors que tu es en uniforme.

Kelly se figea.

— Monte, ajouta Cooper doucement.

Passant devant Kelly, il ouvrit la portière, côté conducteur, et s'installa derrière d le volant. Après une brève hésitation, Kelly contourna le pickup pour s'asseoir côté passager. Une fois sa portière claquée, il se tourna et regarda Cooper.

— Les gens reconnaîtront quand même ma voiture, souffla-t-il.

Cooper ouvrit la boîte à gants et en sortit un petit paquet qu'il tendit à Kelly. Ce dernier lui lança un regard interrogateur.

— C'est quoi ?

— Mon permis de conduire et les papiers d'immatriculation du véhicule. N'as-tu pas dit que tu voulais me contrôler, shérif ?

— Un adjoint n'est pas censé s'asseoir dans la voiture d'un suspect.

— Il fait très froid et tu me connais depuis longtemps, rétorqua Cooper. Tu me fais confiance.

— Je ne devrais pas, répondit Kelly

D'après sa voix, il souriait, mais dans le noir, Cooper n'en était pas certain. Il récupéra ses papiers et se pencha, pensant à les remettre en place. Il sentit alors une main hésitante se poser sur son épaule. Il leva les yeux, mais il distinguait à peine le visage de Kelly. Il ne s'agissait pas de timidité, décida Cooper, Kelly paraissait plutôt rempli d'expectatives, ou d'espoir.

Cooper fixa la bouche tentante – il devait y goûter.

— Ne me flingue pas, d'accord, shérif ?

Sans donner à Kelly le temps de répondre, il l'embrassa. Au début, le baiser fut chaste, lèvres closes, sans langue, cependant tout changea dès que la main de Kelly glissa de l'épaule de Cooper à sa nuque.

Et Kelly lui rendit son baiser.

Les papiers, que Cooper n'avait pas encore rangés, tombèrent lourdement sur le tapis de sol, mais aucun des deux hommes ne s'en soucia. Cooper avait bien l'intention de profiter de ce moment de faiblesse mutuelle aussi longtemps qu'il durerait.

Il finit par s'écarter quand il sentit Kelly desserrer son emprise sur sa nuque.

— Je croyais que tu ne buvais plus de café, Kells ?

Un petit rire gêné lui répondit.

— C'est vrai, mais le couple dont je t'ai parlé, celui qui se disputait, eh bien, la dame s'en voulait de m'avoir dérangé pour rien. Elle a tenu à me servir une tasse de café sans tenir compte de mes refus réitérés. Je l'ai bu, je vais y gagner des brûlures d'estomac.

Avec un sourire, Cooper se renfonça dans son siège, à regret. La distance entre eux lui pesait presque autant que le silence retombé dedans.

Kelly inspira profondément, comme s'il s'apprêtait à parler. Il n'y parvint qu'à sa deuxième tentative.

— Je ne veux pas qu'on me surprenne ici, Coop. Et je sais que ça correspond exactement à ton accusation de l'autre soir, mais c'est comme ça. Je n'y peux rien.

— Dans ce cas, viens au ranch avec moi, répondit Cooper.

Il avait parlé très vite, pour ne pas se donner le temps de changer d'avis.

Au regard éperdu que Kelly lui jeta, Cooper sentit son estomac sombrer. Il allait le regretter, il le savait déjà, mais il regrettait déjà d'avoir provoqué leur rupture. Alors, un peu plus, un peu moins… Pourquoi ne pas oublier la prudence ? Il aurait bien le temps plus tard, de panser ses blessures.

Il jeta brièvement quelques consignes à Kelly :

— Retourne au poste du shérif, laisses-y ta voiture. Je passerai te prendre là-bas. Ensuite, je te reconduirai chez toi. Ce sera plus discret, personne ne te remarquera.

Kelly lui prit la main, les yeux obstinément baissés.

— Ma décision… ne changera pas. Je ne peux pas sortir du placard, Coop.

Cooper tenta de contrôler sa voix :

— Je sais. Je sais. Ne t'inquiète pas, tout finira par s'arranger.

Il parlait davantage pour lui que pour Kelly.

Kelly hocha la tête en silence. Il sortit de la voiture et retourna vers la sienne à grands pas. Cooper démarra et le suivit pour retourner en ville. Il attendit derrière le bureau du shérif que Kelly en ressorte.

En se rendant au Blue River, ils n'échangèrent pas un mot. À chaque kilomètre parcouru, Cooper sentait la tension monter. Il ne savait trop à quoi s'attendre, il espérait juste qu'entre eux, ça se terminerait mieux que la dernière fois.

Au moins, il n'espérait plus rien – en tout cas, pas que Kelly s'affiche avec lui. En fait, il commençait même à se faire à l'idée d'être l'amant secret de Kelly. Pourquoi pas ? Si son sacrifice permettait au futur shérif de réaliser son rêve.

Devant la maison du personnel, plusieurs pickups étaient garés dans la cour. L'un d'eux bougeait de droite à gauche sur ses essieux, manifestement occupé par un couple très actif. Cooper éclata d'un rire sonore. Il préféra cependant contourner la maison et aller se garer derrière.

— La vue est plus belle, annonça-t-il.

En pleine nuit, c'était un argument idiot. Bien entendu, Cooper pensait surtout qu'ils avaient de meilleures chances de sortir sans se faire repérer.

— Attends ! dit Kelly.

Il retint Cooper qui s'apprêtait à descendre. L'attirant contre lui, il l'embrassa avec ferveur. Étonné de cette assurance nouvelle, Cooper s'y soumit sans protester. Quinze ans plus tôt, leur dynamique était différente, mais le changement avait des avantages.

Pour échapper au volant, Cooper glissa sur la banquette et attira Kelly sur lui, bouleversé de retrouver ce poids familier. Il passa les mains sous l'épais manteau d'hiver et tâta les muscles solides à travers l'uniforme.

Le baiser s'intensifia. Kelly commença à onduler contre Cooper, sans dissimuler son excitation. Pour accentuer la friction, Cooper referma les mains sur les reins de son amant. Son sexe devenait douloureux. Il fut très tenté de continuer, mais changea rapidement d'avis : Kelly et lui n'étaient plus des ados. Ils seraient bien plus à l'aise dans la chambre de Cooper, à l'étage.

— Kells, gémit-il. Arrête !

Kelly releva la tête, le visage empourpré, ses lèvres gonflées.

— Je n'ai pas envie d'arrêter.

— Viens dans ma chambre. Le couloir sera désert. Nous serons au chaud... J'ai un grand lit.

Kelly eut un sourire.

— Je sais. Je suis déjà venu. As-tu oublié ? Au fait...

— Quoi ?

— Je ne pourrais pas passer toute la nuit.

— Je sais. Je te l'ai déjà dit, je te reconduirai... disons... dans une heure. Ça te va ?

— Une heure, c'est tout !

Kelly plaisantait. Il lui fallut un moment pour le comprendre. Cooper se sentait presque intimidé – ce dont il n'avait pas l'habitude.

— Tu resteras le temps qu'il nous faille pour être rassasiés. Ensuite, nous nous habillerons et je te reconduirai en ville pour récupérer ta voiture.

— Bien sûr, la pauvre ! Elle risque de se sentir abandonnée.

La vanne était minable ! Cooper grogna. Pourtant, ça lui plaisait que Kelly retrouve un peu le sens de l'humour. *Ils allaient le faire.*

En toute franchise, l'idée d'être le « sale petit secret » de Kelly lui importait de moins en moins. Après tout, Nina était au courant, non ? Et elle leur avait donné sa bénédiction. La situation n'avait rien à voir avec ce qu'il avait connu avec Martin. S'ils faisaient bien attention, Kelly ne serait pas démasqué.

Quant à Cooper, sa situation ne changerait pas : il continuerait à peu s'afficher en public, à faire profil bas, à se cacher.

En montant l'escalier, Cooper surveilla les alentours. Deux fois, il s'arrêta, pour écouter. Kelly en profita pour se coller à lui par-derrière, comme pour renouer leur ancienne connexion.

À peine la porte de la chambre refermée, Kelly se jeta sur lui. Un moment, Cooper craignit une répétition de sa visite précédente, puis il oublia son appréhension, pris par les baisers torrides qu'ils échangèrent. Un flot constant d'images et de souvenirs l'assaillait. Ça lui avait tellement manqué ! Le goût de Kelly, ses mains sur lui, passant sous les vêtements à la recherche de son corps... Et le poids de Kelly sur lui.

Cooper essayait de débarrasser son amant de cet uniforme – il le portait bien, d'accord, mais il préférait la souplesse chaude de la peau nue au rugueux du tissu. Déjà, leurs manteaux gisaient sur le sol, avec l'holster de Kelly.

Cooper s'attaqua à la chemise kaki, sortant les pans du pantalon serré. Il se figea quand Kelly posa sa grosse main chaude entre ses jambes, sur le renflement qui cherchait à échapper du jean.

— Merde ! marmonna Cooper.

Il voulait continuer à embrasser Kelly, mais il manquait d'oxygène. Et Kelly se frottait frénétiquement à lui, de tout son corps enfiévré, ce que Cooper trouvait follement excitant.

Kelly s'écarta et le fixa droit dans les yeux. Il secoua la tête.

— Qu'est-ce qui ne va pas ? s'inquiéta Cooper.

Kelly appuya son front contre le sien.

— Tu m'avais proposé ton lit... Tu peux m'expliquer ce que nous foutons contre la porte ?

— J'aime l'homme que tu es devenu, Kell. En plus, je suis sur le point d'exploser dans mon pantalon. Fais ce que tu veux.

Kelly pencha sa haute taille pour l'embrasser. Cette fois, le baiser fut long, profond et langoureux, au point que Cooper sentit ses orteils se recroqueviller. Pourquoi diable avait-il refusé Kelly sous le prétexte futile que leur amour ne pourrait jamais s'exprimer au grand jour ? Avait-il donc perdu la tête ?

Quand ils finirent par arriver au lit, la chemise écossaise de Cooper, déboutonnée, glissait déjà de ses épaules. Kelly était encore vêtu, mais les pans de sa chemise d'uniforme n'étaient plus dans son pantalon. Kelly s'assit sur le lit, dénuda Cooper et, le maintenant par les hanches, il déposa une pluie de baisers sur la toison de son torse.

Cooper tenta de s'écarter pour déshabiller son amant, mais Kelly resserra les bras autour de sa taille pour l'en empêcher.

— C'est à mon tour ! protesta Cooper.

143

— Laisse-moi en profiter, grogna Kelly. Ça fait si longtemps ! Tu n'imagines pas à quel point ça a été long !

— Si, bien sûr, répondit Cooper. Je peux te donner le décompte en années, en mois, sinon en jours.

— Si on ne tient pas compte de l'autre soir…

— Ça, c'est sûr, mieux vaut ne plus en parler, déclara Cooper.

Sa patience s'effritait. Il poussa Kelly à s'allonger avant de lui grimper dessus.

— Pourquoi n'es-tu pas encore nu ?

Avec un grondement, Kelly fit le rouler sur le dos. Cooper se laissa faire et resta immobile, laissant à Kelly la direction des opérations. Il voulait juste sentir contre lui le corps nu de son amant.

Roulant sur le côté, Kelly ouvrit le pantalon de Cooper. Il devenait de plus en plus excité et maladroit. En voulant aller trop vite, ça lui prit deux fois plus de temps que d'ordinaire. Cooper ne chercha pas à l'aider, même s'il en crevait d'envie. Il préférait graver dans sa mémoire la vision qu'il avait sous les yeux et la sensation des mains de Kelly sur lui.

Déjà, Kelly s'attaquait à son boxer. Il empoigna le sexe de Cooper avant de lever les yeux. Son expression se fit inquiète. Ce que Cooper remarqua.

— Hé ! Je n'ai plus vingt-cinq ans. À mon âge, j'ai besoin de stimulation.

— Mais tu bandais tout à l'heure ! Je l'ai senti. Aurais-tu des prob…

Cooper faillit lever les yeux au ciel. Il se retint et préféra attirer le visage de Kelly contre le sien. Nez à nez, il lui susurra avec assurance :

— Je n'ai aucun problème pour bander, andouille ! Ça fait un bail, je te l'accorde, mais crois-moi, on n'oublie jamais. C'est comme le vélo : ça revient vite.

Kelly appuya son front contre celui de Cooper.

— J'espère que c'est vrai.

— Bien sûr.

— J'espère que ça marchera aussi pour moi. Si tu veux mon avis, ma chasteté a duré plus que la tienne.

Cooper s'écarta un peu pour lui sourire.

— Je sais. Alors, comment fait-on ?

Si Kelly paraissait intimidé, ses gestes ne l'étaient pas. Il glissa le long de Cooper et, sans lui laisser le temps de souffler, engloutit le sexe à moitié érigé dans sa bouche. Merveilleuse sensation de chaleur humide ! De

144

toute évidence, Kelly n'avait rien perdu de sa technique durant ses années d'abstinence.

En quelques secondes à peine, Cooper retrouva une érection complète. Une chance qu'il soit couché, sinon il aurait sans doute eu le vertige. Il tenta de regarder ce que Kelly lui faisait – succions frénétiques et avides assorties de coups de langue sur toute la longueur de son sexe, les doigts resserrés à la base –, mais garder les yeux ouverts lui devint vite trop difficile. Déjà, son orgasme approchait avec la force irrépressible d'un tsunami.

Cooper laissa donc sa tête retomber sur l'oreiller pour mieux s'abandonner aux sensations, les savourant pleinement. Après tout, il était dans le même cas que Kelly : il n'avait pas baisé depuis de longues années.

Quand il retrouva ses esprits, il ouvrit les yeux et tendit la main, mais Kelly était trop loin.

— Viens ici, demanda Cooper

Sa voix était faible et tremblante. Kelly remonta vers lui, sans oser le regarder, traçant de sa langue un chemin humide sur la poitrine de Cooper. En même temps, Kelly baissait son pantalon. Cooper aurait pensé à proposer de changer de position pour rendre ses caresses reçues, mais Kelly avait interprété ses mots différemment.

Et puis, Cooper n'allait pas se plaindre de goûter à nouveau à ces lèvres délectables, surtout quand un sexe érigé se frottait au sien.

Kelly, les yeux fermés, les traits crispés, dégusta sa bouche des lèvres, des dents et de la langue et ondula contre lui en gémissant son plaisir. Il finit par se relever sur ses coudes pour respirer, sans cesser ses mouvements spasmodiques. Cooper, éperdu, ne fut pas surpris de sentir peu après sa jouissance : du sperme chaud se répandait sur son ventre et entre ses jambes.

Puis Kelly s'effondra lourdement. Cooper le serra dans ses bras et, une fois de plus, prit le temps de savourer le moment.

Il ne savait pas trop comment la situation allait évoluer. Y aurait-il un bis repetita de leurs ébats ? Si ce n'était pas le cas, autant profiter de la présence de Kelly tant que ça lui était possible.

Lorsque Kelly s'écarta, Cooper fit un effort pour ne pas paniquer : allait-il s'en aller ? Au contraire, Kelly se mit à déboutonner sa chemise. Il baissa les yeux sur son pantalon maculé et grommela :

— Je vais devoir laver discrètement mes vêtements sans me faire repérer par Theo.

— Il y a une machine au sous-sol, si tu veux.

— Pas le temps. Je ne peux pas rester longtemps.

Il jeta sur une chaise sa chemise uniforme et ôta son pantalon. Cooper se débarrassa également de ce qu'il lui restait de vêtements avant que Kelly le rejoigne au lit. L'enivrant contact du corps nu ranima son excitation.

Cette seconde fois, ils allèrent lentement, Kelly laissant à Cooper le temps de le redécouvrir. En quinze ans, son corps avait changé, bien entendu, mais déjà, il redevenait familier à son amant.

UNE HEURE plus tard, Cooper murmura :

— Tu devrais peut-être rentrer, Kells.

Blotti contre le dos de Kelly, il savourait sa chaleur corporelle et l'odeur de sel et de musc de sa peau moite.

— Si ça te dit, reprit-il, tu peux descendre prendre une douche rapide. Ensuite, je te ramènerai en ville.

Avec un grognement, Kelly passa la main derrière lui et étreignit Cooper. Il restait immobile un moment, serrant le bras de son amant.

Cooper se souleva un peu et posa la joue contre l'épaule solide.

Kelly finit par s'asseoir dans le lit.

— Tu aurais une serviette à me prêter, Coop ?

— Bien sûr.

Ils se douchèrent ensemble. Il était plus de minuit et la maison était silencieuse quand ils sortirent en silence, sans un baiser ou une caresse.

Un peu plus tard, Cooper déposait Kelly devant sa voiture, derrière le bureau du shérif, comme un vagabond ramassé à faire de l'auto-stop sur la voie rapide.

Il rebroussa chemin et retourna au ranch. Il avait besoin de dormir pour pouvoir se lever le lendemain et accomplir son travail quotidien.

Au cours de la matinée, chaque fois qu'il bougeait, que ce soit pour soulever un objet lourd ou une simple selle, des crampes lui rappelaient l'usage récent de muscles qui n'avaient plus servi depuis des années.

Vers midi, Cooper commença à bâiller régulièrement, un signe manifeste qu'il manquait de sommeil. La cause de sa nuit blanche le fit sourire.

Puis Hunter passa le chercher avec un message : on le demandait au téléphone, c'était urgent.

XXIV

EN ARRIVANT dans le service, Cooper parcourut au pas de course le couloir qu'on lui avait indiqué. Au bout, dans la salle d'attente, il trouva Kelly la tête dans ses mains.

— Kells ?

Kelly leva sur lui des yeux injectés de sang. À son visage crispé, Cooper comprit que son amant n'était pas ravi de le voir.

— C'est Jennifer qui m'a prévenu, dit-il en guise d'explication.

— Elle n'aurait pas dû.

Kelly laissa retomber son visage dans ses paumes.

— C'est Nina ? demanda Cooper.

Kelly ne répondit même pas. Cooper s'accroupit devant lui.

— Il lui est arrivé quelque chose hier soir ? insista-t-il.

Kelly acquiesça sans relever la tête. Bon sang ! Pour Kelly, c'était le pire des cauchemars, Cooper le savait : sa femme avait eu un problème de santé pendant son absence. Et le pire de tout, c'était la raison qui, la veille au soir, avait retenu Kelly loin de chez lui.

— Qu'est-ce qui s'est passé, Kells ? demanda Cooper à mi-voix.

Kelly se contenta de secouer la tête. Au même moment, une infirmière entra dans la salle d'attente.

— M. Freed ? Vous pouvez aller la voir, à présent.

Kelly sursauta et se releva d'un bond comme s'il avait le cul dans une fourmilière. Il renifla, s'essuyant le visage d'une main qui tremblait.

— Viens avec moi, Coop. Tu pourras peut-être la convaincre de renoncer à cette idée grotesque.

— Pardon ? De quoi s'agit-il ?

Sans paraître l'entendre, Kelly continua :

— Dieu sait que moi, je n'y parviens pas. Toi, elle t'écoutera peut-être.

Cooper retint par le bras Kelly qui cherchait à s'en aller.

— Je veux bien t'accompagner, mais d'abord, dis-moi ce qui se passe.

— Elle a établi un RAT. Elle est avocat, pas vrai ? Je me demande pourquoi je suis tellement étonné !

— Kells, je n'y comprends rien.

147

— Un RAT, tu sais ce que c'est ?

— Non.

— Un Refus d'Acharnement Thérapeutique, contresigné devant son avocat et tamponné par Dieu sait qui. En fait, elle refuse purement et simplement qu'on la soigne. Elle a une pneumonie. Dans son état, c'est mortel parce qu'elle n'a aucune réserve d'énergie. Il lui faut une assistance respiratoire, mais elle ne veut pas en entendre parler. Ces derniers mois, elle m'a indiqué à plusieurs reprises qu'elle n'avait plus envie de vivre, parce que rester, c'est juste souffrir plus, et plus longtemps. Elle aurait voulu un coup de pouce, mais elle ne peut plus bouger. Pour avaler un médicament dangereux, il lui fallait l'aide… Et une euthanasie est passible de poursuites. Alors, elle attendait juste de mourir naturellement.

Cooper soupira. Il avait compris.

— Ce n'était qu'une question de temps, elle le savait.

Kelly acquiesça, l'air misérable. Ému, Cooper aurait voulu l'étreindre, comme la nuit dernière, mais en public, c'était impossible. Bien sûr, le personnel médical ne parlerait jamais à la presse de l'état de santé de Nina, mais qui sait ce qu'une infirmière pourrait colporter en surprenant le futur shérif dans les bras d'un homosexuel notoire.

Aussi Cooper se contenta-t-il d'effleurer le bras de Kelly.

— Allons la voir, d'accord ? À nous deux, peut-être réussirons-nous à la convaincre de rester un peu plus longtemps.

Quand ils entrèrent dans la chambre, Nina ne leva même pas les yeux. Elle était couchée sur le côté, la respiration laborieuse. La femme vive et animée, soigneusement maquillée, avait disparu. Il ne restait plus qu'un spectre au visage blême et aux cheveux ébouriffés. Même son vernis à ongles rouge lui avait été ôté.

— Elle n'arrive pas à expectorer, murmura Kelly. C'est pourquoi une pneumonie est aussi dangereuse pour elle.

— Ce n'est pas la première fois ?

Kelly secoua la tête.

— Non, elle en a déjà souffert, il y a un peu plus d'un an, juste avant notre installation ici. Pour respirer, elle a gardé un tube dans la gorge pendant près de deux mois, le temps qu'il a fallu aux médecins pour lui vider les poumons. Par la suite, elle m'a dit qu'elle refusait de subir à nouveau ce calvaire.

D'un geste machinal, Cooper posa le doigt sur sa gorge. Il comprenait à présent l'origine de la cicatrice de Nina à ce même endroit.

— Déjà, reprit Kelly, elle supporte mal d'être confinée dans un lit d'hôpital. Mais le pire pour elle a été de ne pas pouvoir parler.

Cooper eut un petit rire nerveux. Pourtant, la situation n'avait rien de drôle ! Il se sentait perdu, hors de son élément.

— Ça ne m'étonne pas qu'elle ait trouvé ça épouvantable.

— Elle savait bien qu'elle ne pourrait y échapper. Elle m'a extorqué la promesse de ne jamais recommencer.

Cooper posa la main sur le bras de Kelly, sa seule option pour lui démontrer son soutien. Si Kelly ne s'écarta pas, Cooper n'était pas certain qu'il ait remarqué son geste.

— Elle m'a demandé de la laisser mourir, Coop, souffla Kelly.

Depuis leur entrée dans la chambre, ils conversaient à voix basse. Cooper se tourna vers Nina, pour vérifier si elle les écoutait ou pas. Le visage inerte restait impassible, mais il n'avait pas oublié qu'autrefois, à l'école, Nina avait une ouïe particulièrement fine – une vraie chauve-souris. La connaissant, elle n'hésiterait pas, même dans son état précaire, à épier leur conversation sans se trahir pour autant.

— Nous devrions nous asseoir à côté d'elle et lui tenir la main, proposa-t-il.

Kelly le regarda d'un air si horrifié qu'on aurait cru que Cooper venait de lui demander de trahir son pays, ou de commettre une abomination quelconque.

— Elle a besoin de ton soutien, Kells, insista Cooper. Même si tu n'approuves pas sa décision.

— Je suis archi-contre. Elle le sait très bien.

— Kelly !

Cooper soupira. Il craignait de rendre la situation encore plus difficile pour Kelly, mais il lui fallait cependant énoncer clairement la situation – et toutes les options.

— Tu sais très bien que ce document qu'elle a signé n'a pas force de loi. Elle a indiqué sa volonté, d'accord, mais tu es son conjoint et ce sera à toi de prendre la décision définitive. Si tu leur demandes de l'intuber, ils le feront.

À cette perspective, Kelly parut rasséréné.

— Par contre, enchaîna Cooper, tu devras ensuite affronter la colère de Nina. Crois-tu qu'elle te pardonnera ?

Kelly secoua la tête et se renfrogna. Il ne répondit pas.

Cooper insista :

— Que veut-elle au juste ? Une certaine qualité de vie. Essentiellement, pouvoir parler, s'exprimer. Elle est consciente de s'affaiblir de plus en plus. Elle m'a dit récemment qu'elle avait du mal à déglutir. Peut-être est-ce la raison pour laquelle la pneumonie s'est déclarée si vite. Tu ne crois pas que tu devrais la laisser libre de choisir sa vie… ou sa mort, si elle préfère s'en aller dans la dignité ?

Sans avertissement, Kelly se tourna vers Cooper et se jeta sur lui de tout son poids. Cooper fut heureux d'avoir un mur dans son dos pour atténuer l'impact. Sans hésiter, il referma les bras autour de Kelly et le serra contre lui. Leur étreinte le rassurait, même quand Kelly se mit à trembler sous la force de ses sanglots.

Pour l'apaiser, Cooper lui caressa le dos, les yeux posés sur Nina. Il tenta d'imaginer sa disparition. Il l'aimait infiniment, mais elle souffrait. D'après lui, ce serait plus charitable de la laisser libre de choisir, de mourir tranquillement. Plus le temps passait, plus diminuaient les chances qu'avait Nina de contrôler son destin. Et puis, même si elle n'y tenait pas, elle restait un obstacle majeur à sa relation avec Kelly.

Choqué de son égoïsme, il secoua la tête pour effacer de son cerveau cette horrible idée. La nuit dernière avait prouvé qu'il leur était possible de profiter l'un de l'autre. En se cachant…

Toujours serré contre lui, Kelly reprenait peu à peu le contrôle de sa respiration. Il finit par s'écarter, le visage empourpré, les yeux rouges et humides. Cooper n'en fut pas surpris. Kelly s'essuya les joues et carra les épaules en cherchant à retrouver son sang-froid.

— Ça va mieux ? demanda Cooper.

Kelly acquiesça sans conviction.

— Dans ce cas, reprit Cooper, allons nous asseoir auprès d'elle.

Il n'y avait qu'un seul siège dans la chambre, contre le mur. Cooper le rapprocha du lit.

— Assois-toi, ordonna-t-il.

Kelly obtempéra et prit la main de Nina. Elle ouvrit les yeux.

— Salut, ma belle, souffla-t-il.

Elle lui sourit derrière son masque à oxygène.

— Tes cheveux sont tout emmêlés, reprit Kelly. Tu veux que je te les brosse ?

Elle acquiesça imperceptiblement. Kelly quitta son siège, récupéra une brosse à cheveux posée sur la table de chevet et passa derrière le lit.

Pour donner à Nina un visage familier dans sa ligne de vision, Cooper prit la chaise que Kelly venait de libérer.

— Salut, championne.

— Cooper, articula-t-elle.

— Ne gaspille pas ton énergie à tenter de parler. Nous allons nous contenter de nous regarder avec un sourire niais, comme des amants qui se retrouvent.

Du pouce, il frottait la main décharnée, tentant de transmettre à Nina toute l'affection qu'il éprouvait pour elle. Elle ferma les yeux dès que Kelly se mit à brosser ses courts cheveux foncés.

— Parfait, chuchota Cooper. Repose-toi. Laisse Kelly s'occuper de toi.

Elle voulut lui répondre, sans ouvrir les yeux. Cooper entendit quelques sons marmonnés. D'après lui, elle avait cherché à lui dire : « aide Kelly. »

— Aider Kelly ? répéta-t-il. Comment ça ?

Malgré le masque qu'elle portait, elle réussit à hausser le ton :

— À me laisser partir.

Nina ne le regardait toujours pas. Cooper osa donc jeter un coup d'œil de côté : Kelly avait recommencé à pleurer sans cesser de brosser avec douceur les cheveux de sa femme.

Cooper aurait aimé pouvoir se taire – pour rien au monde, il ne voulait rendre les choses plus difficiles encore pour Kelly ! –, mais il avait conscience que le temps de Nina lui était compté. Il devait donc se montrer direct.

— Kelly t'aime, Nine. Il veut juste te garder le plus longtemps possible.

— Il t'aime aussi, dit-elle d'une voix atone, et je suis prête à m'en aller.

Cette fois, ce fut Cooper qui lutta contre ses larmes, contre ses émotions. Il n'osait même plus regarder Kelly. Pourtant, se demandant sans doute ce que Nina venait de dire pour provoquer une telle réaction, Kelly cessa son brossage et se rapprocha du lit.

Cooper parla, les yeux fixés sur Nina :

— Nous allons te laisser te reposer, Nine. Nous serons dans le couloir, devant la porte. Nous reviendrons d'ici peu, d'accord ?

Elle ne réagit pas, ni à ses paroles ni quand il lui lâcha la main. Cooper se leva et quitta la chambre en silence. Il entendit Kelly le suivre.

Dans le couloir, il s'assit sur un banc placé contre le mur, juste devant la chambre de Nina. Kelly prit place à côté de lui. Cooper se sentait toujours incapable d'affronter son regard. Par contre, il lui fallait aborder une fois de plus le sujet difficile qui restait en suspens.

— Elle a dit qu'elle était prête à s'en aller.

— Peut-être, mais moi… je ne suis pas prêt… à la laisser partir.

Kelly parlait doucement, d'une voix hachée par les sanglots qu'il cherchait à réprimer.

— Moi non plus, Kells. Je viens juste de la retrouver. Pendant des années, elle a été mon ancre, ma complice. L'abandonner a été aussi difficile pour moi que de te quitter

— C'est uniquement grâce à elle que j'ai pu continuer après ton départ. Sans elle, je n'aurais jamais eu mon diplôme. Ou mon permis de pilote d'hélicoptère. Ou la possibilité d'être un jour shérif du comté.

Kelly resta un moment silencieux, les bras sur les cuisses, les mains entre les genoux. Puis il enchaîna :

— Avec qui vais-je pouvoir discuter de mes idées, de mes projets ? Qui va me dire de garder la tête froide et de ne pas me prendre pour Andy Griffith ?

Cooper aurait voulu signaler que lui était là, prêt à l'écouter, à lui parler, mais il préféra se taire. Il comprenait ce que voulait dire son compagnon.

— Tu pourras toujours lui parler, dans ton cœur. Après quinze ans de vie commune, je suis certain que tu n'auras aucun mal à imaginer ses réponses.

Kelly laissa sa tête retomber.

— Je ne serai jamais prêt à laisser partir, Coop.

Cooper lui tapota l'épaule, espérant que son geste, s'il était surpris, serait pris pour un soutien amical. Il aurait aimé pouvoir attirer Kelly dans ses bras, mais, exposés comme ils l'étaient dans le couloir du service des soins intensifs, ce serait une très mauvaise idée.

— Tu n'auras sans doute pas à le faire.

Peu après, ils retournèrent dans la chambre, au chevet de Nina. De temps à autre, elle ouvrait les yeux, ayant à peine l'énergie de sourire à celui des deux qui occupait le siège près de son lit. Au fur et à mesure que les heures s'écoulaient, elle avait de plus en plus de mal à respirer.

Ce que remarqua le personnel médical, bien entendu.

Enfin d'après-midi, le médecin responsable du service demanda à parler à Kelly. Il l'entraîna dans le couloir. Cooper les suivit, parce que Kelly insista. Le médecin paraissait très inquiet. Il les conduisit dans son bureau, s'installa et posa les coudes sur la table.

— Je vais être direct, M. Freed. Elle est en train de perdre la bataille : elle n'a plus la force de respirer. Malgré les antibiotiques que nous lui administrons, ses poumons se remplissent de mucus. Si nous n'intervenons pas très rapidement, ce sera bientôt ingérable.

— Que vous interveniez, c'est-à-dire ?

Kelly posait la question pour gagner du temps. Il avait déjà compris.

— Nous devons l'intuber pour oxygéner les poumons, expliqua le médecin.

— Elle ne veut pas, répondit Kelly d'une voix qui n'était plus la sienne.

— Je sais. C'est bien pourquoi nous avons besoin de votre signature attestant que vous tenez à appliquer les instructions qu'elle nous a fournies.

Cooper se redressa dans son siège.

— Si elle a exprimé sa volonté, c'était *justement* pour éviter à Kelly une situation de ce genre.

Le docteur lui jeta un coup d'œil perplexe, se demandant sans doute la raison de sa présence – et de son intervention.

Il répondit en s'adressant à Kelly :

— Je ne vous apprends rien en vous signalant que ce RAT a un pouvoir juridique limité. Nous avons parfois été attaqués en justice par la famille d'un patient décédé qui nous reprochait d'avoir respecté ses volontés. Il arrive que le tribunal leur donne raison. À présent, nous ne prenons plus de risque : il nous faut votre accord par écrit.

— Et si je refuse de signer ?

— Dans ce cas, nous l'intuberons. Je vais être franc : tant qu'à risquer un procès, nous préférons qu'il vienne d'elle que de vous. Notre position est ainsi mieux garantie.

Un document était posé sur la table. Le médecin le poussa en avant. Kelly le fixa sans y toucher. Cooper était certain qu'il allait refuser de signer.

— Vous me demandez de la tuer ? souffla Kelly.

— Non, M. Freed, nous ne comptons pas la tuer, simplement, pour répondre à sa volonté, nous éviterons de lui fournir l'intubation qui lui est nécessaire pour rester en vie. J'ai téléphoné au neurologue qui suit votre épouse depuis son arrivée à St Anthony, ainsi qu'à son ancien médecin traitant, à Boston. Tous deux m'ont confirmé qu'elle savait ce qu'elle faisait en établissant ce document, qu'elle en connaissait les conséquences. Je sais aussi qu'elle a fait son choix librement. Tant qu'elle a accès à la parole, elle peut plus ou moins contrôler son traitement, même si elle dépend physiquement de ceux qui s'occupent d'elle. Une fois intubée il est probable qu'elle ne pourra plus jamais se passer d'aide respiratoire, aussi deviendra-t-elle entièrement dépendante.

Discrètement, Cooper effleura le genou de Kelly, espérant lui transmettre son soutien sans attirer l'attention du médecin. Malheureusement, Kelly, assommé, ne parut pas remarquer son geste. Il fixait toujours le document posé devant lui. Au même moment, le pager du médecin se déclencha.

Il baissa les yeux pour vérifier.

— C'est elle, déclara-t-il. Je dois l'intuber sans plus attendre.

Il se leva, son empressement indiquant l'urgence de la situation. Cooper hésita, écartelé entre son désir de rester auprès de Kelly et celui de suivre le médecin pour retrouver Nina. Kelly dut ressentir le même dilemme, car il quitta son siège et retourna dans le couloir. Il paraissait étonnamment calme.

La porte de la chambre de Nina était ouverte : à l'intérieur, il y avait un tourbillon d'activité.

— Mettez-la sur le dos à trois. Un, deux, trois.

Un claquement élastique de gants en latex et un tintement métallique.

— Aspiration, déclara médecin.

Un gargouillis écœurant suivit son ordre. Cooper détourna les yeux. Kelly était devenue blême, plus blanc encore que les murs qui l'entouraient.

— Taille sept ou huit ? demanda une voix de femme.

— Sept, répondit le médecin.

— Arrêtez ! s'écria Kelly d'une voix brisée. Je vais signer. Ne la touchez pas !

Cooper se tourna pour le regarder.

— Elle ne voulait pas de ça, Coop.

— Je sais, mais tu as entendu le médecin. Il y a des formalités.

Tournant les talons, Kelly se précipita dans le bureau qu'il venait de quitter, il récupéra le document, sortit un stylo de sa poche et le signa. Il retourna ensuite dans la chambre de Nina, la main crispée sur le papier qu'il tenait.

Plus personne ne bougeait.

— Laissez-la tranquille, répéta Kelly. Voici, j'ai signé.

Cooper aperçut alors Nina, étendue sur le dos, la poitrine nue, un tube émergeant de sa gorge.

— Docteur ! s'exclama une infirmière. Elle ne respire plus.

Ils tentèrent une série de compressions thoraciques. En vain. Le médecin finit par se redresser.

— Ça suffit.

Il fixait un écran à côté du lit, avec plusieurs lignes ondulées. Cooper les regardait aussi, mais sans pouvoir les décrypter. Dès que l'infirmière s'écarta de Nina, il n'y eut plus qu'une ligne droite.

Du regard, le docteur consulta Kelly, qui hocha la tête. Il ôta le tube de la gorge de Nina et essuya doucement le liquide qui dégouttait de sa bouche.

Il se tourna vers son infirmière :

— Veuillez noter l'heure du décès, 17 h 32. Occupez-vous d'elle, Stacey,

Il avança jusqu'à Kelly, récupéra le document et ajouta :

— Merci de votre compréhension, M. Freed. Je vous présente toutes mes condoléances. Donnez-nous quelques minutes pour la préparer, ensuite, vous pourrez revenir auprès d'elle. Laissez-moi vous dire que j'admire beaucoup le courage dont votre épouse a fait preuve jusqu'au bout. C'est assez rare, vous savez, qu'un de nos patients prépare ce genre de document.

Kelly est un petit rire triste.

— Elle est avocate. C'est… c'était dans sa nature.

Cooper savait bien que Kelly faisait semblant de se montrer fort, sans trop y réussir. Il espérait que son ami survivrait aux prochains jours. Et lui aussi.

XXV

KELLY OUVRIT la porte de sa maison.

— Theo ?

Pas de réponse. Il se tourna vers Cooper.

— Merci de m'avoir raccompagné. Je vais me débrouiller, à présent.

Il se pencha pour ramasser une serviette tombée au moment où les urgentistes avaient transporté Nina dans l'ambulance.

— Je peux rester un moment, proposa Cooper. Si Theo n'est pas là, tu auras sans doute besoin d'un coup de main.

Il referma la porte derrière lui et suivit Kelly au salon.

Kelly secoua la tête, sans le regarder. Il aurait voulu rester tranquille. D'ailleurs, Cooper était le dernier homme au monde qu'il voulait voir en ce moment. Il allait devoir apprendre à survivre sans Nina. Il avait une maison à ranger et son élection à gagner.

— Merci, mais je vais m'en sortir. Ne t'inquiète pas. Ce matin, Theo était assez secoué. Si tu veux me rendre service, regarde si tu ne le croises pas en ville en retournant au ranch. Si c'est le cas, dis-lui que j'aimerais le voir.

Cooper ne bougea pas. Énervé, Kelly retourna à la porte d'entrée et posa la main sur la poignée.

— S'il te plaît, Cooper. J'ai besoin de rester seul.

— Promets-moi que tu ne feras pas de bêtises.

Kelly eut un rire sans humour.

— J'ai perdu Nina, mais je ne peux pas dire que c'était inattendu. Je ne compte pas me suicider, Cooper.

Il ouvrit la porte. Instantanément, un flash lui explosa au visage.

— Adjoint Freed, toutes nos condoléances ! s'écria un journaliste. Pourriez-vous nous expliquer ce qui s'est passé ?

À moitié aveuglé, Kelly cligna des yeux. Il ne pensait qu'à la main de Cooper sur son épaule. D'instinct, il se dégagea et avança de quelques pas sur le porche. Le journaliste était un blond d'âge moyen que Kelly reconnut : il travaillait sur la chaîne des nouvelles locales, *Channel Ten*. À ses côtés se trouvaient une femme qui brandissait une caméra et un technicien du son. Quant aux autres paparazzis, Kelly avait également eu affaire à eux au cours de la dernière année. Il comprit qu'il devait leur donner une réponse, puis leur demander poliment de lui accorder le temps de mettre ses affaires en ordre. Se mettre la presse à dos risquait de lui coûter son élection. En ce moment, il ne lui restait plus que son métier.

Il haussa donc la voix pour faire sa déclaration :

— Cet après-midi, ma femme, Nina Alexander, est morte d'une maladie dont elle souffrait depuis longtemps. Pendant nos quinze ans de mariage, elle a été ma compagne, mon roc. C'est elle qui m'a convaincu de venir m'installer en Idaho. C'est elle aussi qui m'a encouragé à me présenter au poste de shérif.

— Vous restez donc candidat aux prochaines élections ? demanda un journaliste.

Kelly inspira profondément

— Bien sûr, affirma-t-il. Je ne compte pas me désister. C'était notre rêve à tous les deux. À présent, je vous demanderais de bien vouloir respecter mon deuil, il me faut préparer des funérailles de mon épouse et j'aimerais le faire en toute intimité sans caméra ou appareil braqués sur moi. Si vous voulez, je vous donnerai les détails de la cérémonie dès que j'en saurai davantage.

Les journalistes comprirent qu'ils n'obtiendraient pas davantage. Après de brefs adieux, ils s'éparpillèrent sans attendre. Kelly se sentit enfin capable de respirer plus facilement. Il attendit que tous aient quitté sa propriété pour se retourner, comme ça le démangeait depuis un bon moment, afin de s'assurer que Cooper avait eu le bon sens de ne pas rester dans le champ de la caméra. Apparaître au journal télévisé avec Cooper à ses côtés ne serait guère judicieux. Son adversaire ne mettrait pas longtemps à apprendre qui était Cooper et à l'utiliser contre lui. Kelly se sentait lâche, il n'était pas fier de lui, mais il avait déjà suffisamment à gérer sans se rajouter de nouvelles complications.

À son grand soulagement, Cooper avait disparu, la porte d'entrée était fermée. Plutôt que l'ouvrir pour revenir dans la maison, Kelly décida de faire le tour par le porche et d'entrer par la porte de la cuisine.

Derrière la maison, près de l'écran moustiquaire, une silhouette était recroquevillée dans une épaisse couverture. Kelly reconnut les cheveux noirs ébouriffés qui en émergeaient.

— Theo ?

Il secoua le jeune homme l'épaule. Theo ouvrit péniblement les yeux, clignant les paupières sous la vive lumière du jour. Il sortit une main de la couverture pour protéger le visage.

— Est-elle… ?

Kelly commença par acquiescer, puis il réalisa que Theo avait refermé les yeux, il lui fallait donc parler à haute voix.

— Oui. Elle est morte tout à l'heure. À l'hôpital. Elle m'avait demandé de ne pas l'intuber, j'ai respecté son vœu, mais ses poumons étaient trop encombrés. Elle n'avait plus la force… de respirer. Elle n'a pas souffert.

Il revoyait les dernières images de Nina exposée, vulnérable, tandis que médecins et infirmières tentaient de la réanimer. Il préféra ne pas les divulguer. Sans doute Theo souffrirait-il de la disparition de Nina, autant lui adoucir le choc.

Bouleversé, Theo secouait la tête, les yeux gonflés de larmes.

— Elle mangeait sa soupe, souffla-t-il. Elle s'est étouffée. Elle a voulu tousser, elle n'a pas pu. Et puis, c'est passé, elle allait mieux. En tout cas, c'est ce qu'elle m'a affirmé. Quand je l'ai aidée à se coucher, j'ai pensé qu'elle couvait peut-être un rhume. Je l'ai interrogée, mais elle a continué à prétendre que tout allait très bien. Je n'aurais pas dû la croire. Je voulais vous prévenir, Kelly, mais elle a refusé.

Kelly tenta de le calmer.

— Je sais. Je sais combien vous vous êtes bien occupé d'elle ces dernières années, et aussi de moi. Vous avez bien agi. Mais voyons, Theo, que faites-vous ici, sous le porche ? Il fait un froid de canard, vous auriez pu attraper la mort !

— Quand je les ai vus emmener Nina, je crois que j'ai… craqué.

— Et vous vous êtes enivré ?

— Oui, mais je ne suis pas sorti. Personne ne m'a vu.

— Eh bien, vous devez être déshydraté. Je vais aller vous chercher de l'eau.

Theo s'accrocha à sa main.

— Non ! Ne vous inquiétez pas pour moi, ça va aller. J'ai juste un peu la gueule de bois, mais ce n'est pas grave… J'aimerais plutôt vous parler de ce qui s'est passé.

Kelly soupira. Theo avait la pénible habitude de disséquer ad nauseam le moindre sujet. Parler lui était difficile à l'heure actuelle, mais autant y passer et en finir une bonne fois pour toutes.

Il se laissa tomber sur le porche à côté de l'aide-soignant.

— Elle était prête à partir, T. Quand elle a compris ce qui se passait, elle est restée très calme. Elle était prête.

Theo éclata en sanglots et se jeta dans ses bras. Ému, Kelly l'étreignit avec une affection presque paternelle. Si son fils avait vécu, c'est lui qu'il aurait à consoler.

COOPER N'ÉTAIT pas parti. De la cuisine, il regardait Kelly et Theo à travers l'écran moustiquaire. Au départ, Kelly s'était accroupi en face de Theo, penché en avant pour lui parler. Puis il avait glissé à ses côtés et posé le bras autour des épaules du garçon. Cooper était secoué d'une vague jalousie. Kelly avait toujours nié une liaison avec Theo. D'accord, Cooper le croyait, mais il se sentait exclu en les voyant ainsi, tous les deux. Pourquoi Kelly ne l'avait-il pas consolé ? Ne comprenait-il pas que lui aussi venait de perdre une amie très chère ?

Il secoua la tête et se détourna. Il avait besoin d'air – et de quitter cette maison. Kelly lui avait clairement fait comprendre que sa présence était inutile, sinon inopportune. Puisque les journalistes avaient disparu, Cooper pouvait retourner jusqu'à son pickup sans se faire remarquer.

Une fois dans son véhicule, il se demanda où aller. Il se sentait incroyablement seul. Ce que Kelly et lui avaient partagé la veille paraissait désormais très loin : au départ, le bonheur total, à présent, une déception. Kelly l'avait purement et simplement utilisé. Dire que Cooper s'était inquiété d'être un amant secret ! Eh bien, même pas, car Kelly ne pensait pas du tout à lui.

En traversant la ville, il passa devant l'épicerie de Calley et se souvint d'avoir oublié de la prévenir qu'il ne pourrait assurer les livraisons du jour. D'ailleurs, comme il n'avait rien d'urgent à faire, pourquoi ne pas s'en charger ?

Quand il pénétra dans le magasin, il trouva Calley à la caisse.

— Sadie n'est pas là ?

Calley le salua d'un sourire.

— Bonjour, Cooper. Elle est dans l'arrière-boutique, elle s'occupe de préparer vos livraisons.

— Et Ryan ?

— Il aide Grant et Gabe à préparer le bois nécessaire pour l'extension de la maison.

— C'est un sacré chantier. Alors, vous allez vraiment habiter avec eux ?

— Sans doute. Les enfants me manquent beaucoup, mais actuellement, je n'ai pas la force de m'en occuper à plein temps.

— Je suis certain que Flynn vous remplace avec enthousiasme.

Elle acquiesça.

— Je suis heureuse que les enfants aient deux papas sur qui compter.

— Et vous, comment tenez-vous le coup ?

— Pas très bien, avoua-t-elle.

Son petit rire attestait sa franchise. Puis elle examina Cooper et ajouta :

— Mais on dirait que vous n'avez pas dormi non plus, Cooper.

— Ne vous inquiétez pas pour moi. Je vais très bien.

Il tenta de rester impassible, mais elle restait sceptique. Il finit par céder.

— C'est Nina… elle est morte cet après-midi.

— Oh, Coop !

Elle exprimait une telle compassion qu'il sentit ses yeux se remplir de larmes. Elle contourna le comptoir et l'attira dans ses bras.

— Vous veniez juste de la retrouver, ajouta-t-elle. Que s'est-il passé ?

Il le lui expliqua.

— Elle ne voulait pas vivre comme ça, conclut-il. Et Kelly a tenu sa promesse.

— Oh, mon Dieu, c'est vrai ! Kelly aussi. Et si peu de temps avant les élections.

— La presse était déjà à sa porte. Il leur a répondu de façon posée, puis a demandé qu'on le laisse tranquille.

Elle sourit gentiment.

— Il n'est plus celui que vous aviez connu autrefois, si je comprends bien ?

— C'est exact, il a beaucoup changé.

Il inspira brusquement et changea de sujet :

— Je ferais mieux d'y aller si je veux livrer vos clients avant la nuit.

Elle lui passa une main affectueuse dans les cheveux, ce qui ne fut pas facile, car il était bien plus grand qu'elle.

— Ne gardez pas vos émotions trop confinées, d'accord, Cooper ? Parlez-en avec Kelly. Qui sait ? Tout ça pourrait vous rapprocher.

Cooper la serra brièvement contre lui, puis s'écarta.

— Il a déjà Theo pour le réconforter.

— Ce jeune homme qui s'occupait de Nina ? Serait-il… Je vois.

160

Cooper préféra ne pas expliquer que ses soupçons n'étaient pas étayés.

— N'en dites rien à personne, d'accord ? Ça risquerait de gâcher les chances de Kelly d'être élu. Je suis certain qu'il fera un très bon shérif. Meilleur que son adversaire, en tout cas.

— Oh, je suis d'accord ! Je ne dirai rien.

Elle fit le geste de suturer ses lèvres.

— Je vais aller…

Il désigna vaguement l'arrière-boutique. Dès que Calley le libéra, Cooper tourna les talons sans plus attendre.

Derrière l'épicerie, les marchandises étaient stockées dans un entrepôt. Cooper salua brièvement la nouvelle vendeuse :

— Sadie.

La jeune fille sursauta et s'écarta du garçon qui la serrait contre lui. C'était Ryan. Et tous deux affichaient le même air coupable. Cooper cacha sa surprise et décida de ne pas faire de réflexion sur la scène qu'il venait de surprendre – même s'il se posait pas mal de questions.

— Ryan, Calley croyait que tu travaillais avec Gabe.

Maussade, le garçon le regarda à travers la frange de ses cheveux.

— On a fini. Alors, Gabe m'a raccompagné.

— Et les livraisons, sont-elles prêtes ? Si tu veux, tu peux venir avec moi, je te déposerai chez Gabe avant de rentrer au ranch.

Ryan échangea un regard avec Sadie, avant de répondre.

— Non, merci. J'ai encore du travail ici.

Cooper se tourna vers Sadie.

— Y a-t-il une livraison pour le ranch Blackwater ?

— Oui.

— Dans ce cas, je reviendrai la chercher plus tard et je récupérerai Ryan à ce moment-là. Ryan, préviens le ranch, dis-leur qu'ils n'auront pas à se déranger pour te ramener, d'accord ?

Sans un regard aux deux jeunes gens, Cooper vérifia ses bordereaux de livraison et organisa sa tournée. Il chargea ensuite, en plusieurs voyages, caisses et cartons dans son pickup.

En remettant le moteur en route, Cooper pensait encore à Sadie et Ryan dans les bras l'un de l'autre, à leur brusque écart pour se séparer à son arrivée, à leur embarras manifeste d'avoir été surpris en « flagrant délit ». Apparemment, leur relation était censée rester secrète. Du coup, ça soulevait pas mal d'interrogations, surtout après cette histoire bizarre entre

Ryan et Kay Simmons. Peut-être Cooper s'était-il trompé du tout au tout. Si Ryan était hétéro, il avait pu mal réagir à une incitation de Simmons. En général, Cooper évitait de sauter aux conclusions avant d'avoir tous les faits en main, mais si ses nouvelles hypothèses étaient vraies, l'enseignant devenait un prédateur sexuel. Et donc un danger potentiel, car il se trouvait en permanence au milieu d'enfants.

Merde !

Cooper aurait bien voulu retourner chez Kelly et en discuter avec lui.

XXVI

GRANT ET Hunter, attablés dans la cuisine de Gabe, discutaient avec lui et Flynn des plans d'extension de la maison.

Puis Grant s'adossa dans son siège.

— C'est un gros travail ! Et tu es hyper pressé, j'imagine ?

Gabe afficha un grand sourire.

— Oui, Calley va devoir se reposer tout en restant près de ses enfants. Et Ryan a désespérément besoin d'intimité. Les petits sont très bien ensemble, à l'étage, à partager les lits superposés, mais si les services sociaux se pointent, ils ne vont pas apprécier que nous mettions trois enfants dans deux lits – ou une fille entre deux garçons. Nous aurons beau leur expliquer que les jumeaux refusent de dormir séparés, ça ne changera rien.

— Je vois le problème, reconnut Grant.

— Donc, trois chambres pour commencer ? intervint Hunter.

Flynn et Gabe acquiescèrent à l'unisson.

— Bon, je vais demander à Cooper de vous livrer demain tout ce qui nous reste de bois de charpente pour l'ajouter à celui que vous avez déjà commandé. Quand pensez-vous convoquer tout le monde pour une bonne levée de grange à l'ancienne [22] ?

— Pourquoi pas ce weekend ? proposa Flynn. Je viens de passer une grosse commande chez Calley, nous aurons donc de quoi nourrir les estomacs affamés. Et je peux toujours en acheter davantage.

Grant serra la main de Gabe pour sceller leur accord.

— Alors, c'est décidé. Je reviendrai dans la semaine avec Rory pour préparer les cadres et les fondations. Ça ne devrait pas prendre plus d'une journée, deux au grand maximum. Après, il nous faudra des hommes forts pour les lever et les mettre en place. Pour finir, Flynn et nous terminerons les cloisons.

---

22 Coutume conviviale où tous les voisins se réunissaient pour aider une construction, le châssis était monté au sol, puis hissé grâce à un système de corde (voir le film *Witness* avec Harrison Ford). Les Américains organisent encore des compétitions sur ce thème.

Hunter leva la main.

— Désolé de jouer les trouble-fête, mais samedi, après le scrutin, la plupart de nos gars seront encore bourrés, dont un homme solide sur lequel nous comptions.

— Que tu es pénible ! marmonna Grant. Tu parles de notre prochain shérif ?

— Je vois mal Kelly passer sa journée ici le lendemain de sa nomination, confirma Hunter.

— Mmm, grommela Grant. Et si nous nous promettions aux gars de les conduire en ville jeudi à condition qu'ils viennent nous donner un coup de main le samedi ? Je suis sûr que Kelly appréciera quelques votes supplémentaires.

— Il ne faut pas trop lui en demander, déclara Gabe, le visage grave. Il enterre sa femme la semaine prochaine.

— C'est exact, dit Hunter. Cooper m'en a parlé. Je n'ai jamais vu Mme Freed.

Toujours aussi sombre, Gabe se tourna vers lui.

— Elle était malade, elle ne sortait pas de chez elle. Sa mort était plus ou moins prévisible, mais quand même, ça reste un choc. Cooper la connaissait bien, ils étaient ensemble tous les trois à l'université.

Sous la table, Flynn prit la main de son partenaire.

— Et si nous demandions à Cooper d'inviter Kelly ? suggéra-t-il. Une maison vide, ça doit être sinistre. Ça lui fera sûrement du bien de s'aérer.

Gabe lui jeta un coup d'œil, sachant que tous deux pensaient la même chose : grâce à Flynn, le ranch de Gabe n'était plus « vide » du tout !

Conscient de devoir son bonheur à Flynn, Gabe lui serra brièvement les doigts avant de les lâcher.

— Nous pourrions reporter la construction, mais je ne préfère pas. Nous avons déjà de la neige. Si nous attendons davantage, nous risquons que tout soit gelé jusqu'au printemps. En outre, je crains que tout ne soit pas terminé ce weekend et Calley commence à s'impatienter sans ses enfants. Je ne vais pas pouvoir la retenir beaucoup plus longtemps.

— Et si nous la laissons en ville, ajouta Flynn, elle va s'exténuer au travail, tout en prétendant le contraire.

Hunter posa les mains à plat sur la table.

— D'accord, vous pouvez compter sur Grant et moi, sur Rory et Tim. Je demanderais aussi à Christy et Izzie de venir et de gérer les repas – ce qui vous libèrera.

Il désigna Flynn d'un doigt pointé.

— Toi, tu seras plus utile sur une échelle qu'aux fourneaux.

Flynn eut un petit rire.

— Bien volontiers.

Une fois Hunter et Grant rentrés chez eux, Gabe se rassit à côté de Flynn.

— Bon, annonça-t-il, nous avons pas mal de préparatifs à faire cette semaine : aplanir le terrain à côté de la maison, débroussailler et…

— … déplacer la douche extérieure, coupa Flynn avec un sourire entendu.

Gabe ne cacha pas son amusement.

— Bien entendu ! Mais Dieu sait quand nous pourrons à nouveau l'utiliser.

Flynn ricana.

— Nous pourrons certainement nous doucher à l'extérieur en plein été. Ce qui nous sera interdit, par contre, c'est de… tu sais…

Gabe paraissait partagé entre regret et amusement.

— Je sais. Mais ils ne resteront pas éternellement.

Flynn lui saisit la main

— Je sais. Allons voir les enfants ! Ensuite, nous irons nous coucher. Demain, la journée sera bien occupée. Gabe, même si les galipettes extérieures ne sont plus possibles, il nous reste l'intimité de notre chambre.

— À condition de ne pas faire de bruit.

Flynn se pencha au-dessus de la table et embrassa son amant, s'attardant à goûter ses lèvres. Gabe l'empoigna par le cou pour le maintenir en place.

Un grommellement venant du salon finit par les séparer.

— Désolé, Ryan, déclara Gabe. Nous pensions que tu dormais.

— Je n'ai pas cinq ans, protesta une voix dédaigneuse.

— Je sais, répondit Flynn. Avec un peu de chance, tu auras ta chambre dès la semaine prochaine.

Ryan ne répondit pas. Il pénétra dans la cuisine d'un pas prudent sans un regard aux deux hommes attablés. Il prit un verre, le remplit d'eau au robinet et retourna d'où il était venu.

Flynn soupira.

— Tu crois que nous arriverons un jour à le faire parler ? Sourire ?

Gabe haussa les épaules.

— Pas avant ses dix-huit ans, je le crains.

Flynn jeta un coup d'œil inquiet en direction du salon.

— Il est tellement en colère – contre le monde entier.

Il parlait à voix très basse afin que Ryan ne puisse l'étendre. Gabe répondit sur le même ton :

— Il a beaucoup souffert. Toi et moi avons perdu notre mère très jeune, mais au moins avions-nous un père pour prendre soin de nous. Ryan n'a eu personne.

— En plus, il a dû veiller sur Noah, ajouta Flynn.

XXVII

Kelly fut très soulagé d'avoir à s'occuper. Ses concitoyens semblaient comprendre qu'il tenait à mener une vie « normale », même s'il n'échangeait plus de poignées de main et sourires avec tous les passants. En fait, nombreux furent ceux qui l'approchèrent dans la rue pour lui tapoter l'épaule et lui offrir leurs condoléances. Il aurait peut-être préféré qu'on le laisse tranquille, mais son travail le distrayait parfois de son chagrin.

Le plus dur était de rentrer chez lui, le soir. Theo l'attendait bien sûr, toujours prêt à s'occuper de lui. Il lui préparait même ses plats préférés, quitte à faire réchauffer son assiette si Kelly arrivait en retard.

Du coup, Kelly n'avait pas le courage d'avouer son manque d'appétit. Il se forçait à avaler. Theo semblait tellement perdu ! Comme Kelly, il s'absorbait dans son travail pour oublier la perte de Nina, pour rester sain d'esprit. En plus, Theo était confiné dans cette maison où tout leur rappelait la disparue – même si, au fond, elle n'y avait résidé ici qu'une petite année.

Kelly évitait la chambre de Nina, même si la porte était ouverte et qu'il devait passer devant en allant se coucher. La seule fois où il avait jeté un coup d'œil dans la pièce, il avait constaté que tout était parfaitement rangé – sans doute grâce à Theo. Le matériel médical avait disparu et le lit était fait, ce dont Kelly fut reconnaissant. Il n'aurait pu supporter de voir des draps froissés.

Il cherchait à s'accrocher à l'illusion que Nina reviendrait à un jour, même s'il savait que c'était irréalisable.

La veille de l'élection, en arrivant chez lui, Kelly trouva la maison impeccable. Après sa cuite du premier jour, Theo s'était bien repris. Kelly l'avait prévenu au moment où il quittait son bureau, aussi fut-il accueilli par une bonne odeur de soupe et de sauce tomate.

Il trouva Theo dans la cuisine, à ses fourneaux.

— Ça sent très bon, jeta Kelly.

Theo se retourna brièvement, un léger sourire aux lèvres.

— Je vous ai fait des spaghettis à la sauce *arrabiata* [23], comme vous les aimez.

— Bien épicés ?

Theo acquiesça, l'air attristé. Kelly devina sans peine ce qui lui donnait cet air coupable. Cette dernière année, Theo avait reçu la consigne de ne jamais poivrer ou pimenter les plats qu'il préparait, parce que Nina ne digérait plus les épices – qu'elle avait tant aimés !

À présent, tous deux pouvaient reprendre leurs anciennes habitudes.

Kelly s'approcha de Theo et posa une main apaisante sur son épaule. À sa grande surprise, le jeune homme se retourna et se jeta contre lui. Sans trop savoir quoi faire, Kelly le prit dans ses bras.

— Ça va aller, dit-il maladroitement. Un homme aussi a le droit de pleurer.

Pressant davantage son corps svelte contre le sien, Theo noua les bras autour de sa taille.

— Tout est de ma faute ! geignit-il.

— Mais non. Nous savions qu'elle était en sursis. L'an dernier, les médecins nous avaient prévenus qu'une pneumonie pouvait se reproduire.

— Je lui avais fait de la soupe de cerfeuil ! Les feuilles ont dû lui chatouiller la gorge.

Kelly eut un petit rire, espérant ainsi détendre la tension qui lui raidissait les épaules.

— Moi aussi, ça me fait tousser. Et pourtant, j'adore votre soupe de cerfeuil. Nina aussi. Je parie qu'elle vous l'avait réclamée, hein ?

Theo hocha la tête, le visage enfoui dans le cou de Kelly.

— Oui.

— Ne vous inquiétez pas, vous n'êtes pour rien dans ce qui s'est passé, Theo. Elle était prête à s'en aller. Elle nous l'a dit à l'hôpital.

Il caressa tendrement les boucles noires. Theo releva les yeux vers lui. Son regard noyé de larmes exprimait une dévotion totale.

Mal à l'aise, Kelly fut tenté de repousser le jeune homme. Il opta pour une échappatoire :

— Mangeons. Je meurs de faim.

Il y avait de la tension entre eux. Peu à peu, Kelly se rendit compte que Theo le touchait à la moindre occasion, de petits gestes, presque furtifs : une main sur son épaule en passant derrière lui, un effleurement de son avant-

---

23 Sauce italienne avec des tomates, poivrons, ail et huile d'olive.

bras pendant le service – que Theo s'obstinait à faire, empêchant Kelly de s'en charger.

Kelly pesa un moment la nature de son désarroi. Ces attentions avaient commencé à la maladie de Nina, à ce qu'il lui semblait. Une telle familiarité le gênait, le contrariait même. Il hésita, puis décida de ne rien dire.

Peut-être Theo avait-il simplement besoin de réconfort...

AU MILIEU de la nuit, Kelly se réveilla en sursaut en sentant quelque chose derrière lui. Correction : *quelqu'un*.

— Theo ?

Il alluma sa lampe de chevet et trouva le jeune homme dans son lit, la couette tirée sous le menton, ses yeux noirs plissés contre la lumière. Il n'osait pas regarder Kelly.

— Retournez dans votre lit.

Theo se redressa seulement.

— Theo, allez-vous-en, insista Kelly.

— Nina m'a tout expliqué, dit Theo, un peu hésitant. Je sais que vous ne pouvez pas faire votre coming-out, à cause de l'élection, mais je ne dirai rien. Comme nous habitons ensemble, personne ne sera au courant... pour nous deux.

— Il n'y a pas de « nous deux ». Je ne comprends pas que vous vous soyez fait des idées pareilles !

Theo s'assit au bord du lit, tournant le dos à Kelly.

— Quand Nina m'a engagé, il y a quatre ans, elle savait que j'étais gay – elle m'a même dit que ça lui plaisait ! Quand elle m'a demandé de vous suivre en Idaho, elle m'a expliqué que vous aussi étiez gay, et que votre mariage n'était qu'un... un arrangement. Alors, la semaine dernière, quand elle m'a demandé de continuer à m'occuper de vous après sa disparition, j'ai cru... J'ai cru... Elle savait que j'étais dingue de vous !

Kelly poussa un profond soupir. Il aurait voulu repousser Theo gentiment, peut-être même le consoler, mais tout geste de sa part risquait d'être mal interprété.

Il préféra donc ne pas bouger.

— Theo, si je suis venu en Idaho, c'est pour retrouver l'homme que j'aime.

Cette fois-ci, Theo se retourna vivement pour lui faire face.

— Hein ? Qui est-ce ?

— Un homme que j'ai connu autrefois, il y a bien longtemps. Nina a découvert qu'il s'était installé ici, à St Anthony aussi avons-nous vite profité de l'occasion quand nous avons appris que le shérif cherchait un nouvel adjoint.

Il ne précisa pas que Theo connaissait déjà cet homme, qu'il avait même servi une bière sur la terrasse, récemment. Il ne précisa pas non plus qu'à son avis, ses retrouvailles avec Cooper étaient sans avenir.

— Il est votre amant ?

Choqué par cette question trop directe, Kelly ne sut comment y répondre. Cooper et lui avaient passé une nuit ensemble, mais étaient-ils « amants » pour autant ?

— Ah, vous étiez avec lui quand Nina est tombée malade ? insista Theo.

Un ton qui n'était même pas accusateur.

D'instinct, Kelly faillit mentir. Comme d'habitude. Il s'étonnait que Theo soit tombé pile-poil sur la source de son sentiment de culpabilité. Il préféra cependant ignorer la question. Après tout, il n'avait pas de comptes à rendre à son employé.

— Ça ne vous regarde pas, Theo. D'ailleurs, il refuse de rester dans le placard. Je ne peux le lui reprocher.

C'était plus ou moins la vérité. Kelly détourna la tête pour échapper au regard perçant de Theo. Il fut surpris d'entendre le jeune homme insister :

— Moi, ça ne me dérangerait pas, je vous l'ai déjà dit. Vous n'auriez pas besoin de vous afficher avec moi. Nous avons déjà le parfait alibi : je travaille chez vous

— Non. Retournez dans votre chambre !

Kelly le regarda quitter le lit. Par chance, Theo avait gardé son bas de pyjama. Jamais Kelly n'avait été attiré par l'aide-soignant. Il ne l'était toujours pas, malgré cette offre généreuse. S'il ne pouvait avoir Cooper, il préférait la chasteté. Il avait déjà vécu comme ça pendant près de dix ans. Il ne comptait pas prendre le premier amant venu.

Il chercha à adoucir son refus :

— Vous êtes très gentil, Theo. Mais je ne peux pas.

Theo se mordit la lèvre, mais son air boudeur ne dura pas. Il acquiesça et, sans un mot de plus, quitta la chambre et referma soigneusement la porte derrière lui.

Très soulagé d'être enfin seul, Kelly constata vite qu'il lui était impossible de se rendormir. Il s'inquiétait trop ! Theo l'avait si facilement décrypté – cette idée le terrifiait.

Du coup, le remords qu'il avait tenté de repousser lui revint : le soir où Nina avait eu besoin de lui, il était avec Cooper. Elle s'était étouffée en mangeant, c'était Theo qui avait dû s'occuper d'elle pendant que Kelly... s'envoyait en l'air.

Mais c'était Cooper qui le tourmentait le plus. Que faire à présent ? Même si Coop n'était plus l'homme dont il était tombé amoureux autrefois, l'attirance existait toujours. Et des deux côtés. Cooper avait beau répéter – jusqu'à en devenir redondant – qu'il refusait d'être « le sale petit secret de Kelly », chacun se jetait sur l'autre à la moindre occasion, incapable de résister à leur désir de s'embrasser, de s'étreindre, de se caresser.

Rien qu'en évoquant cette nuit qui avait débuté sur une route isolée de montagne, Kelly se mit à durcir.

Il roula sur le côté, espérant échapper aux images torrides qui lui revenaient, mais le creux de son matelas ne fit que les exacerber.

L'élection avait lieu le lendemain.

S'il était élu shérif, il réaliserait un des rêves qu'il avait partagés avec Nina. Et qu'en était-il de son autre rêve, celui qu'il gardait au plus profond de son cœur ? Réussirait-il un jour à faire son coming-out public ? Ne devait-il pas plutôt fréquenter Cooper en cachette et laisser peu à peu ses électeurs réaliser que leur nouveau shérif était gay ?

Kelly aurait aimé entendre la voix rauque de Cooper lui susurrer à l'oreille que tout finirait par s'arranger, comme autrefois à l'école – ou récemment, sur cette route isolée de montagne.

Quel dommage que Cooper n'ait pas de téléphone portable ! Bon sang, il allait lui en offrir un le plus tôt possible.

KELLY SE réveilla à l'aube, après n'avoir dormi que quelques heures. Il se leva et passa se soulager dans la salle de bain. Ensuite, il se regarda dans le miroir au-dessus du lavabo : il avait une mine épouvantable.

Il se sentit un peu plus présentable après s'être douché et rasé de près. Peut-être même obtiendrait-il quelques voix supplémentaires si les électeurs plaignaient un veuf éploré. Dans tous les cas, il devait se rendre en ville et vérifier que les trois bureaux de vote fonctionnaient sans anicroche.

En attendant, les résultats du scrutin, il avait de quoi s'occuper : depuis une semaine, la paperasserie s'entassait sur son bureau. Aujourd'hui, Kelly comptait se mettre à jour.

Une fois descendu, il constata que la cuisine était vide. La cafetière n'était pas branchée, aucune casserole n'était gardée au chaud sur le fourneau. Kelly réfléchit, se demandant si la porte de Theo, devant laquelle il était passé en descendant, avait été ouverte ou fermée... *sans doute fermée*, conclut-il. Theo s'accordait sans doute une grasse matinée, pour une fois. Il le méritait bien !

Kelly se prépara un sandwich qu'il mangea en voiture en se rendant en ville.

XXVIII

PAR CHANCE, la journée passa très vite. De bonne heure, Kelly dut sortir éjecter un ivrogne du seul bar de St Anthony qui restait ouvert jusqu'à l'aube. Plus tard, il fut appelé pour un accident de la circulation, simple accrochage avec pour résultats deux pare-chocs emboutis et deux égos meurtris. Il examina d'un œil sévère la jeune fille installée sur le siège du passager – mineure, d'après lui –, mais elle lui affirma qu'elle venait de voter pour lui tôt. Il lui accorda un sourire. Elle se mit à papoter avec enthousiasme avant que son compagnon, le chauffeur du véhicule, un homme bedonnant et grisonnant, intervienne sèchement en rappelant que « M. Freed » venait de perdre sa femme. Kelly se demanda si ce barbon était le père de la jeune fille ou son amant.

Au cours de la journée, nombreux furent ceux qui lui assurèrent avoir voté pour lui. Pourtant, Bareillas n'avait pas hésité à placarder ses affiches dans toute la ville, sur tous les emplacements disponibles, quitte à les coller sur celles de son adversaire.

Au fur et à mesure que le temps passait, Kelly comprit qu'il survivrait même s'il perdait les élections. Certes, son travail lui manquerait, mais il trouverait autre chose à faire. Et un échec lui ouvrirait peut-être un avenir avec Cooper. Pourquoi ne pas devenir pilote d'hélicoptère privé et emmener les touristes survoler les Tetons [24] ? Voilà de quoi gagner sa vie. Il mènerait une existence tranquille dans sa maison au milieu des bois. Avec Cooper.

Mais là, il faisait des projets sur la comète.

À LA fin du scrutin, Kelly s'apprêtait à faire une dernière patrouille en ville quand Jennifer entra avec un sac rempli de nourriture. Elle l'intercepta au passage.

---

24 Chaîne de montagnes qui fait partie des Rocheuses, à l'ouest des États-Unis, avec comme principaux sommets le Grand Teton (4 198 m) et le mont Owen (3 940 m), dans le parc national de Grand Teton.

— Non, non, non. Vous êtes attendu dans le bureau de Hanson. Tout de suite. Nous avons organisé une petite fête.

— Les résultats ne sont pas encore parus, protesta Kelly, sans conviction. N'est-ce pas un peu prématuré ?

— Je vous parle du pot de départ pour Hanson, andouille ! répondit-elle sans mâcher ses mots. Vous ne pensez quand même pas que tout tourne autour de votre petite personne ?

Avec un sourire, Kelly secoua la tête.

— Bien sûr que non. Le shérif mérite bien d'arroser son départ à la retraite.

— C'est aussi mon avis.

Elle lui tendit un des sacs qu'elle portait. Il l'accepta en disant :

— Qui s'occupe du téléphone ?

— Une femme, bien entendu, répondit-elle. Moi, en l'occurrence. Regardez…

Elle posa sur un bureau son autre sac pour sortir un combiné sans fil de sa poche.

— Parfait, répondit Kelly. Je préfère que nous ne laissions pas un délinquant filer impunément sous prétexte que nous buvons au départ du shérif.

— Ne vous inquiétez pas, cher ami. Ne vous ai-je jamais laissé tomber ?

Elle changea d'expression, son arrogance habituelle devenant une douce compassion. Mécontent et inquiet, Kelly s'empressa de changer de sujet :

— Où dois-je vous déposer ces deux sacs ?

— Où vous voulez. Et j'en ai d'autres dans ma voiture.

Toujours heureux de se rendre utile, Kelly s'empressa de débarrasser les provisions du coffre de Jennifer tandis qu'elle organisait le buffet.

Peu après, les gens commencèrent à affluer, certains apportant des cadeaux pour le shérif, d'autres, des plats ou des bouteilles, Kelly tenta de se fondre dans le décor et y réussit à peu près. Rares furent ceux qui s'approchèrent pour lui offrir leurs condoléances et lui souhaiter « bonne chance » pour les élections. En général, les gens semblaient plutôt ne pas trop savoir comment se comporter envers lui. Il ne pouvait les en blâmer. Il ressentait la même incertitude.

Vers 20 heures, il vit Jennifer répondre au téléphone, le front plissé d'attention. Le pouls de Kelly accéléra brutalement quand, après avoir raccroché, elle monta sur une table – elle mesurait à peine un mètre cinquante-cinq – et tapa du pied pour réclamer le silence.

— Les résultats viennent d'être affichés, annonça-t-elle. Il est temps de retourner au bureau des élections

Ledit bureau n'était pas bien loin : les invités n'avaient qu'à traverser la rue.

Tout sourire, Jennifer intercepta Kelly en lui prenant le bras.

— Ça va beaucoup me plaire de travailler pour vous. Hanson était un patron génial, mais j'ai l'impression que vous serez encore mieux.

Kelly se demanda si elle avait reçu d'autres informations par téléphone que la parution des résultats. Il préféra ne pas poser la question, pour ne pas attirer le mauvais œil, même si tout était déjà joué. Il se contenta de poser sa main libre sur celle de Jennifer. Ensemble, ils traversèrent la rue comme un couple de l'ancien temps.

En son for intérieur, Kelly était déchiré : jamais il ne pourrait déambuler ainsi dans la rue avec Cooper. D'un autre côté, s'il n'était pas élu, au moins aurait-il l'opportunité de s'afficher avec celui qu'il aimait. Mais, une fois shérif, c'était un risque qu'il ne pourrait prendre s'il visait une réélection tous les quatre ans.

Dans le bureau électoral, Kelly reconnut des gens de sa connaissance, dont Grant et Hunter. Il tenta de repérer Cooper, mais fut rapidement distrait par des électeurs qui tenaient à lui réitérer leur soutien. Pour les remercier, il distribua donc sourires et poignées de mains. Quand il arriva devant Hunter et Grant, il voulut leur demander si Cooper se trouvait avec eux.

Au même moment, le microphone crépita et un homme corpulent, le président du comité électoral, monta sur le podium.

— Mesdames et Messieurs, citoyens du comté de Fremont, je vous prie de bien vouloir nous excuser d'avoir mis tant de temps après la clôture des urnes pour vous donner les résultats, mais le scrutin était si serré que nous avons préféré recompter les bulletins.

Il commença par énoncer les noms des représentants élus de l'État et des nouveaux districts attorneys. Pendant ce temps, Kelly inspira plusieurs fois pour tenter de se calmer. Comme prévu, le taux de participation n'était guère brillant, aussi s'attendait-il à quelques voix d'écart. Les nouveaux élus, d'un bord et de l'autre, furent félicités tandis que les perdants quittèrent rageusement la salle, entourés de leurs amis et supporters.

À l'autre bout de la pièce, Kelly repéra Bareillas et son entourage sous leurs bannières si ostentatoires – d'après lui, le rouge et le bleu étaient des couleurs mieux adaptées à une élection présidentielle qu'à celle d'un simple shérif de campagne. Secrètement, Kelly était assez fier d'être resté discret et d'avoir davantage compté sur ses actes que sur ses paroles. Quitte à en perdre l'élection !

Surgie de nulle part, Jennifer se jeta sur lui de tout son poids.

— Oh, mon Dieu ! Vous avez gagné !

Elle l'embrassa sur la joue. Sans doute avait-il l'air éberlué, car elle lui adressa un regard attendri, presque maternel.

— Bareillas 1106, Freed 1111, hurla-t-elle. Vous avez gagné de cinq voix, Kelly, mais vous avez gagné ! Hum, je ne dois plus vous appeler Kelly, mais, shérif Freed, bien entendu.

Elle avait dix ans de moins que lui, elle se permit néanmoins de lui pincer la joue.

— Je savais que vous gagneriez ! enchaîna-t-elle. Les gens sensés ne pouvaient manquer de voter pour vous.

Elle l'attira dans ses bras et le serra éperdument. Autour d'eux, les gens s'agglutinaient pour tapoter leur nouveau shérif sur l'épaule ou dans le dos. Peu à peu, Kelly comprit que c'était vrai : il avait gagné.

Il venait de réaliser son rêve, de concrétiser vingt ans de travail.

— Félicitations, shérif Freed annonça une sensuelle voix de femme, un peu éraillée.

Avec un sursaut, Kelly se retourna. Mais ce n'était pas Nina.

— Calley ! Que faites-vous ici à une heure pareille ?

Elle sourit, ce qui atténua les cernes noirs qui lui marquaient les yeux.

— Cooper m'a expliqué combien cette élection comptait pour vous.

Kelly déglutit en entendant ce nom.

— Je pensais le voir ce soir.

— Il m'a déposée, mais il n'a pas voulu vous déranger, répondit-elle gentiment. Comment va Theo ?

— Theo ?

Au début, Kelly s'étonna de cette question inattendue. Avant de comprendre que Cooper devait s'être confié à Calley.

— Eh bien, il est un peu perdu de ne plus avoir de patiente à soigner. À mon avis, il ne va pas tarder à se chercher un autre emploi.

Elle se rapprocha de lui.

— Pourquoi, puisque vous êtes là ? Je doute que vous ayez le temps de tenir une maison, surtout en étant shérif.

D'après son regard attentif, elle cherchait à lui soutirer des aveux.

— Theo est avant tout un aide-soignant, répondit fermement Kelly. Il s'occupait exclusivement de Nina. Je ne suis pas malade.

— Je comprends.

Elle surveilla que personne ne les écoutait, puis baissa la voix pour demander :

— Auriez-vous un message que vous aimeriez me voir transmettre à Cooper ?

Kelly se mordit les lèvres, soulagé d'avoir l'excuse de devoir répondre aux félicitations de ses concitoyens pour retarder sa réponse. Mais il ne pouvait trop faire attendre Calley. Elle paraissait si fatiguée. La prenant par le bras, il l'écarta de la foule et la conduisit un peu plus au calme.

— J'aimerais parler à Cooper, reconnut-il, j'aimerais surtout qu'il ait un téléphone portable.

— Eh bien, vous n'êtes pas le seul. J'en ai vraiment assez de téléphoner sans cesse à la maison principale pour pouvoir le joindre. D'ailleurs, je suis surprise que personne ne se plaigne d'avoir à lui transmettre ses messages. J'imagine qu'ils en ont tous pris l'habitude. Mais ce soir, c'est différent…

Elle sortit de son sac son téléphone et le lui tendit. Machinalement, Kelly le récupéra, sans trop comprendre la raison de ce geste.

Calley répondit à sa question informulée :

— Je lui ai laissé mon second téléphone pour lui demander de venir me chercher. C'est le dernier numéro que j'ai composé…

Sur ce, elle lui tourna le dos et s'éloigna de quelques mètres.

Le cœur serré d'appréhension et de terreur, Kelly fit défiler l'écran et appuya sur le dernier numéro qui s'affichait. Bien avant qu'il fût prêt à l'entendre, la voix de Cooper retentit :

— *Déjà fini, Cal ? Où voulez-vous m'attendre ?*

— Cooper ? croassa Kelly.

Pendant un moment, ce fut le silence, puis Cooper demanda :

— *Alors, Kells, tu as été élu ?*

— Oui, de justesse. De cinq voix seulement.

Cooper gloussa.

— *C'est sans doute grâce à Hunter : ce matin, il a conduit en ville tous les employés du ranch en leur demandant de voter pour toi. Félicitations.*

— Merci. Je remercierai aussi Hunter de son idée.

Le silence retomba. Non pas que les sujets de conversation leur manquent – en tout cas, pour Kelly –, mais au contraire, parce qu'il y avait trop à dire. Kelly ne savait par où commencer.

Ce fut Cooper qui finit par reprendre la parole :

— *Pourrais-tu ramener Calley ce soir ? Ou préfère-t-elle que je passe ?*

— Je m'occupe d'elle. Ça me donnera une excuse pour filer.

Cooper gloussa une fois de plus.

— *C'est ce que je me disais. Dites-lui de ne pas se fatiguer, d'accord ?*

— Bien entendu.

Après avoir raccroché, Kelly rejoignit Calley, qui fixait la foule exubérante.

— J'ai dit à Cooper que je me chargeais de vous raccompagner chez vous.

Elle passa le bras sous le sien.

— C'est très aimable à vous, shérif. Avez-vous pu lui parler ?

— Oui.

Il ne précisa pas qu'ils n'avaient échangé que des banalités.

— Vous a-t-il demandé votre aide ce weekend chez Gabe pour l'extension de leur maison ? insista Calley.

— Non.

— Non, il ne vous l'a pas demandé, ou non, vous ne pourrez pas venir ?

— Il ne m'a rien demandé, précisa Kelly.

Elle se tourna vers lui.

— Dans ce cas, c'est moi qui vais vous supplier de nous aider. C'est bien normal, d'ailleurs, car je suis la cause de tous ces tracas. Nous avons besoin d'hommes solides pour dresser la charpente. Gabe et Flynn ont décidé d'agrandir leur maison pour nous permettre d'y résider, les enfants et moi. Tous les hommes du Blue River y seront, ça nous dépannerait bien que vous veniez aussi. Si vous avez mieux à faire – ou une urgence professionnelle –, nous le comprendrons parfaitement.

Kelly aurait préféré rester tranquille, mais il ne put résister à Calley. Sans doute Cooper avait-il délibérément omis de lui parler pour laisser la fragile jeune femme s'en charger : connaissant bien Kelly, il savait que jamais ce dernier ne refuserait son aide à une dame, surtout malade.

— Quand voulez-vous que je vienne ?

— Quand vous voulez. Les travaux dureront tout le weekend, en fonction des bénévoles qui se présenteront. Toutes les bonnes volontés sont les bienvenues.

— D'accord, j'y serai.

178

XXIX

SAMEDI MATIN, Cooper se leva tôt pour accomplir son travail au ranch avant de se rendre chez Gabe et Flynn. À son arrivée, il fut surpris de constater que les fondations étaient déjà en place : Hunter et Grant déplaçaient de longs madriers à l'aide d'un chariot élévateur. Au Blue River, les hommes l'utilisaient fréquemment pour déplacer le bois des arbres qu'ils abattaient. Rory, muni d'un niveau, vérifiait l'horizontalité du sol afin que la structure soit d'aplomb. Cooper savait que la tâche serait lourde : sans doute le dimanche y passerait-il aussi. En fonction du nombre d'hommes qui se présenteraient, peut-être les deux premières pièces seraient-elles prêtes à la fin du weekend.

Il gara son pickup à côté de celui de Gabe, près d'un pommier, puis descendit et alla rejoindre les autres.

— Alors, Cooper, on s'est offert une grasse matinée ? railla Grant.

Cooper grogna, puis il sourit quand Grant éclata de rire. Ça ne le gênait pas qu'on se moque de lui, quand c'était fait en bonne camaraderie.

— Il fallait bien que quelqu'un s'occupe du ranch ce matin, rétorqua-t-il pendant que vous autres vous tourniez les pouces au soleil.

Sans attendre, il enchaîna :

— Comment puis-je me rendre utile ?

TRÈS VITE, ils retrouvèrent un rythme de travail efficace et coordonné, comme quelques mois plus tôt, quand ils avaient ensemble réhabilité le chalet de Tim et de Rory.

Tout naturellement, Grant était l'architecte et le coordonnateur de leur petit groupe. Rory, très polyvalent, s'occupait de plusieurs aspects de la construction. Hugh, Hunter et Tim géraient tout ce qui demandait de bons muscles. Et Flynn et Cooper étaient les seuls capables de travailler en altitude, et Gabe s'activait au niveau du sol.

En moins d'une heure, ils fonctionnaient comme une équipe aux rouages bien huilés.

Cooper se trouvait sur le toit existant de la maison de Gabe quand il aperçut la voiture de Kelly remonter l'allée.

Il prévint les autres :

— Voilà du renfort.

Tim leva la tête et se protégea les yeux du soleil levant.

— Qui est-ce ?

— Notre nouveau shérif.

Tim poussa un long sifflement lubrique. Rory éclata de rire et agita son annulaire.

— Du calme, mon garçon. C'est le shérif. Pas touche !

L'empoignant par-derrière, Tim fit semblant de le mordre au cou.

— Je suis très triste qu'il ait perdu sa femme, mais je ne vais pas cesser de m'amuser pour autant. S'il vient nous aider aujourd'hui, c'est parce qu'il désire penser à autre chose, tu ne crois pas ? C'est notre rôle de le distraire.

Cooper surprit ces paroles, même si Tim s'adressait à son partenaire.

Se libérant des bras de Tim, Rory rejoignit Kelly qui descendait de sa voiture. Cooper constata l'accueil chaleureux que l'ancien délinquant réservait au shérif, mais sans entendre ce que les deux hommes se disaient. Il constata que Kelly ne portait pas son uniforme et eut un sourire satisfait : il n'était pas de service.

Kelly se débarrassa de son manteau en peau de mouton. Cooper prit un moment pour admirer le jean déchiré et la chemise déjà tachée de peinture que son ami portait en dessous.

Rory accompagna le nouvel arrivant jusqu'à Tim, chargé de gérer l'équipe « muscles ».

— Tout va bien, Coop ?

La question venait de Flynn. Cooper réussit enfin à quitter Kelly des yeux pour se tourner vers son voisin.

— Oui, très bien. Je n'aurais pas cru qu'il viendrait.

— Vous devriez descendre lui dire bonjour, je m'occupe de continuer le toit.

Cooper pinça les lèvres.

— Non, mieux vaut en finir le plus vite possible. À deux, nous irons plus vite.

Flynn leva les sourcils.

— Nous avons toute la journée !

Cooper haussa les épaules en espérant que Flynn croirait à son indifférence affichée. Ce ne fut pas le cas, à en juger le léger sourire de du jeune homme, mais Flynn n'insista pas.

Une fois le côté du toit terminé, les deux hommes redescendirent. Malgré une température plutôt fraîche, tous les travailleurs étaient en nage. Izzie leur distribuait de l'eau et du café.

Impatient de se désaltérer Cooper s'approcha d'elle.

— Vous êtes un ange envoyé du ciel, Izz.

— Tenez, prenez ce verre, vous devriez apporter à boire à Kelly.

Cooper la fixa d'un œil sévère.

— N'essayez pas de me caser, Izzie. Il organise les funérailles de sa femme.

Elle haussa les épaules, l'air innocent.

— Je vous ai demandé de lui apporter de l'eau, Cooper, pas de le séduire. Si c'était la même chose, jamais Hugh ne m'aurait permis de rester ici ce matin.

Cooper eut un sourire sarcastique. D'abord, Flynn, maintenant, Izzie ? Il commençait à se sentir mal à l'idée que tous, ici, avaient le même objectif. En son for intérieur, il en voulait à Kelly de refuser de sortir placard. Il s'était peut-être montré un peu sec la dernière fois… mais ce n'était ni le moment ni l'endroit de s'excuser. Tout le monde était tombé d'accord : il fallait inviter Kelly et le faire sortir de sa maison vide. Rien d'autre n'avait été abordé. Alors, Cooper se demandait comment les autres avaient fait le lien entre Kelly et lui. À l'heure actuelle, il était quasiment certain que tous ses compagnons connaissaient leur amitié ancienne. À moins que ce soit précisément la raison de leur comportement : les autres pensaient que consoler Kelly était le rôle d'un ami de longue date.

Pourquoi pas ? À condition que Kelly le laisse approcher.

Après un dernier coup d'œil nonchalant à Izzie, Cooper avança vers Kelly, qui aidait Hunter à aligner les poutres prévues pour le cadre de la nouvelle façade. Cooper attendit que Kelly ait les mains vides. Izzie l'avait suivi pour proposer de l'eau à Hunter, ce qui rendait son geste d'autant plus naturel.

Kelly accepta le gobelet avec un « merci » marmonné, il le vida et le lui rendit, sans un regard. Cooper se risqua à se tourner vers Izzie. En voyant la compassion de son expression, il décida aussitôt de l'éviter tout le reste de la journée.

Il n'avait pas compté que Calley, elle aussi, fasse partie du complot fomenté contre lui. il n'y avait pas assez de place pour permettre à tout le monde de manger en même temps, aussi Calley avait elle organisé différents groupes. Et, comme par hasard, Cooper et Kelly se retrouvèrent dans le même, avec Tim et Rory. Les deux tourtereaux pourtant ensemble depuis plus de trois ans, ne se quittaient pas des yeux.

Très vite, le silence entre Cooper et Kelly devint assourdissant.

— Merci d'être venu nous aider aujourd'hui, déclara Cooper entre deux bouchées d'un délicieux sandwich à la dinde.

— Eh bien, tu me connais : aider mon prochain, c'est dans ma nature.

Cooper trouva Kelly bien trop concentré sur ce qu'il mangeait, mais il n'en fit pas la remarque.

— D'accord, mais je t'assure que tout le monde apprécie ta présence. Et Calley trouvera certainement le moyen de te renvoyer l'ascenseur.

— Inutile.

Cooper ne put s'empêcher de le dévorer des yeux, même si Kelly ne le regardait pas, ou alors, *justement* parce que Kelly ne fixait que sa dinde, ce qui lui laissait l'occasion de se repaître de cette vision.

À peine la dernière bouchée avalée, Kelly se redressa.

— Nous devrions retourner au travail.

Sans attendre de réponse, il s'éloigna en emportant sa tasse de café et son assiette vide. À l'unisson, Tim et Rory se retournèrent pour regarder Cooper, démontrant ainsi avoir discrètement suivi leur interaction. Mais Cooper était bien trop effondré pour s'en préoccuper.

ILS CONTINUÈRENT à travailler tout l'après-midi. Quand le cadre fut enfin posé et consolidé, tous eurent une idée de ce que donnerait l'extension, avec ses quatre pièces complémentaires. Les chambres ne seraient pas grandes, comme c'était le cas dans le reste de la maison, mais chacune aurait la place de mettre un lit, une armoire et une commode pour y ranger des affaires. Le salon donnait au sud-ouest, Calley profiterait donc de son canapé du soleil couchant.

Ils commençaient à monter une des cloisons quand le téléphone de Kelly sonna. Il s'écarta du chantier bruyant pour répondre à l'appel. Il resta absent si longtemps que Cooper voulut vérifier s'il n'était pas parti.

Il trouva Kelly au milieu du champ, les yeux sur l'horizon, son téléphone à la main.

Cooper s'approcha pour demander :

— Rien de grave ?

— Non, répondit Kelly d'un ton sec. C'était Jennifer qui me demandait conseil.

— Donc, tu n'as pas à t'en aller ?

— Non.

— Tant mieux ! s'exclama Cooper avec trop d'enthousiasme.

— Laisse-moi tranquille, Cooper.

Sur ce, Kelly tourna les talons et s'éloigna. Cooper resta planté, les mains sur les hanches à le regarder, espérant désespérément que Kelly change d'avis et revienne vers lui. Quand il comprit que ça n'arriverait pas, il décida de donner un coup de pouce au destin.

— Ça ne te ressemble pas de tourner le dos à une confrontation, Kells ! s'écria-t-il. Le lâche, c'est moi, celui qui préfère fuir plutôt qu'affronter les difficultés.

Kelly s'arrêta net. Il pencha la tête et respira plusieurs fois, profondément. Quand il se retourna, il avait les épaules rigides et les yeux flamboyants.

— Tu ne comprends rien, Cooper !

— Dans ce cas, explique-moi.

Kelly revint vers lui et le poussa violemment, en pleine poitrine.

— Chaque fois…

Il s'interrompit, la tête basse. Cooper attendit un moment, mais rien ne vint. Alors, il intervint timidement :

— Qu'est-ce qu'il y a ?

Kelly releva la tête, le regard adouci, mais hanté, douloureux.

— Chaque fois que je pense à toi… Chaque fois que je me masturbe en évoquant notre nuit ensemble… Chaque fois que je réalise que la réalité avec toi est encore meilleure que les souvenirs que j'ai gardés de notre année à l'école… Et la mémoire, tu sais comment ça fonctionne, Coop : on ne garde que les bons souvenirs, pas les mauvais…

Kelly imita la position de Cooper, les mains sur les hanches, et se mit à donner des coups de botte dans les mottes de terre. Cooper le trouvait absolument superbe dans cette position, bien mieux que lui certainement.

Il aurait cependant souhaité comprendre ce que Kelly cherchait à lui dire.

— Elle s'est étouffée pendant que nous baisions, Coop.

Les yeux de Kelly se noyèrent de larmes. Sans plus hésiter, Cooper l'attira dans ses bras. Il tournait le dos à la maison, très conscient cependant que les autres restaient à portée de voix – et surveillaient discrètement ce qui se passait entre eux. Pour préserver la dignité de Kelly, Coop pivota sur lui-même. Il nota alors que Rory les dévisageait, l'air inquiet, tandis que Tim tentait de l'en empêcher.

À grands cris, Grant réunit l'équipe et l'entraîna sur une autre partie du chantier, ce dont Cooper lui fut reconnaissant. Maintenant, Kelly sanglotait contre son épaule.

Très vite, Kelly s'écarta de lui et s'essuya les joues d'une main qui tremblait. Devant ce visage tout gonflé, Cooper se demandait combien de fois le veuf avait pleuré quand personne ne le regardait.

— Retournons au travail, marmonna le shérif.

Cooper haussa les sourcils.

— À mon avis, ce serait mieux si d'abord, tu te calmais un peu.

Cette fois, Kelly le regarda bien en face. Ses lèvres pleines étaient très tentantes – mais Cooper s'efforça de ne pas y penser. Il agita la main pour désigner le porche de la maison de Gabe.

— Viens t'asseoir un moment. Je vais aller nous chercher de l'eau.

En revenant, il s'arrêta à quelques mètres pour regarder Kelly : il avait fermé les yeux, offrant son visage au soleil couchant. Ses traits paraissaient déjà un peu plus détendus.

— Tiens, déclara Cooper. Bois.

Il crut voir une esquisse de sourire sur la belle bouche triste quand Kelly récupéra le gobelet d'eau, mais il n'en aurait pas mis sa tête à couper.

— Tu n'as rien de plus fort ?

Cooper fit mine de s'offusquer.

— De l'alcool ? N'es-tu pas censé être d'astreinte ? Imagine un peu que tu sois appelé ! Ça la foutrait mal que le nouveau shérif arrive ivre mort sur une scène de crime.

— C'est sûr, reconnut Kelly. Mais à l'heure actuelle, je donnerais volontiers mon bras droit pour avoir le droit de me coller une bonne cuite et d'oublier ma misère.

— Tu ne bois pas même plus de café, Kells. Je doute que ton estomac supporte mieux l'alcool qu'autrefois.

— Au moins, quand nous sortions prendre un verre, je ne me ruinais pas.

Cooper lui jeta un coup d'œil.

— Je suis sobre, moi aussi, tu sais. Après la mort de Marty, j'ai sombré dans la dépression et l'alcool. Sans Hunter, j'aurais sans doute bu jusqu'à y laisser ma peau.

— Parce que tu te sentais coupable ?

Cooper acquiesça.

— En partie, mais c'était surtout l'injustice de cette histoire qui me tuait. Si Martin avait eu une liaison « normale », il aurait tout simplement présenté des excuses publiques et sa femme lui aurait pardonné, point final. Mais un homosexuel ? Non, il devenait un pervers, un monstre aux yeux de tous. Alors, il n'a pas trouvé d'autre échappatoire que le suicide. Si sa femme avait été plus forte, peut-être aurait-elle mieux compris, mais ce n'était pas le cas... elle a craqué. J'ai gâché bien des vies, Kells.

— Que sont devenus leurs enfants ?

Cooper haussa les épaules.

— Aucune idée. Sans doute ont-ils été recueillis par la famille de leur mère. En tout cas, après le scandale, elle a très vite quitté la ville. Je ne les ai jamais revus, ni les deux gamins, ni elle et le bébé qu'elle attendait.

Kelly était assis sous le porche, les coudes sur les genoux, occupé à boire lentement son eau. Il s'était calmé, après son éclat, ce dont Cooper était soulagé. Ne pas avoir le droit de toucher Kelly lui était pénible, mais cette sanction lui paraissait méritée.

— Dis-moi, demanda Kelly, les autres sont-ils au courant... pour nous deux ?

Surpris par ce brusque changement de sujet, Cooper tressaillit. Il eut un petit rire.

— Je n'en sais rien. Et même s'ils ne savaient rien avant, tu as beuglé suffisamment fort pour que tout le monde t'entende. Personne n'a été surpris d'apprendre que j'étais gay, ça, c'est sûr, mais dans ton cas, eh bien, c'était peut-être un scoop.

— Non, Gabe l'avait déjà compris.

— Sans doute. Il est du genre silencieux, presque ténébreux, mais il voit tout, il devine tout. Sauf avec Flynn ! Nous avons dû lui mettre les points sur les i, il y a quelques années, en lui démontrant que le pauvre garçon était amoureux fou. Sinon, il a certainement su avant tout le monde que tu étais plus à voile qu'à vapeur. En fait, il aurait même pu t'annoncer ton orientation sexuelle à l'école, s'il t'avait connu à ce moment-là. Écoute, Kells, c'est sans importance. Que ce soit au Blue River ou au Blackwater, les gars la bouclent, même les hétéros. Ils savent bien que dans ce trou perdu, il n'est pas si facile d'être gay et fier de l'être. Ils ont même intérêt à ce que la vérité n'éclate pas au grand jour, parce que beaucoup d'entre eux seraient reniés par leur famille pour avoir accepté de travailler pour des homosexuels. Ils ne diront rien. Ce qui n'empêchera pas le bruit de circuler, un jour ou l'autre.

Cooper dévisagea Kelly pour évaluer sa réaction, mais sans rien découvrir. Kelly restait impassible.

— J'ai besoin de temps, Coop.

— Je sais.

— Non, ce n'est pas ce que je voulais dire.

En voyant que Kelly n'ajoutait rien, Cooper finit par se pencher en avant.

— Qu'est-ce qu'il y a ?

— Je viens d'être élu. J'aime mon travail. Et j'envisage un second mandat dans quatre ans. Je ne peux pas sortir d'un seul coup du placard. Tu as été le premier à dire que St Anthony le prendrait très mal.

— Je sais, je comprends.

Kelly soupira.

— Arrête… Laisse-moi parler, s'il te plaît

— D'accord.

— J'ai besoin de temps pour m'habituer à tous ces changements. Et pour commencer, il y a les funérailles de Nina. Ça va être dur…

Cooper se contenta d'un hochement de tête, puisqu'il avait virtuellement promis de ne plus interrompre Kelly.

— J'aimerais renouer avec toi, reprit Kelly. Recommencer comme avant. Mais, pour le moment, pas de coming-out, je ne veux pas, je ne peux pas… pas avant de le ressentir. Là…

Il se frappa la poitrine de son poing. Cooper frémit, des papillons dans l'estomac. Ainsi, Kelly ne le repoussait pas ? Il voulait avancer pas à pas. Mais il envisageait quand même un avenir ensemble.

Très heureux Cooper s'efforça de cacher son sourire irrépressible. Il gratta la barbe de son menton.

— En clair, tu veux vivre au jour le jour et ignorer les éventuelles questions de tes électeurs ?

— Plus ou moins.

— Tu accepterais d'être vu avec moi en public, si tu n'as pas à donner d'explications ?

— Eh bien…

— Voyons, Kelly, j'éviterai de te tenir la main !

Kelly eut un rire nerveux.

— Je sais, ce n'est pas ton genre.

— Et pas question, non plus de te bécoter en public.

Cooper jeta à Kelly un coup d'œil à la fois lascif et sarcastique.

— Je présume que dans un pickup, arrêté sur une route de montagne déserte, ça ne compte pas ? souffla Kelly.

Cooper fit la moue.

— Exactement.

— Tu pourrais aussi t'installer chez moi. J'ai une grande maison. Et je vis seul…

Cooper l'interrompit :

— Waouh ! Doucement, shérif. Je croyais que tu voulais avancer pas à pas ?

— D'accord. À condition que tu me rendes régulièrement visite.

— Très bien, nous garderons notre relation secrète. Et si les gens commencent à se demander si tu ne vois pas un peu trop souvent le pédé le plus notoire de St Anthony, tu les accuseras d'une imagination débridée.

Kelly tourna la tête, examinant le chantier, où pas mal de gars s'attardaient encore, puis il reporta son attention sur Cooper.

— Désolé d'avoir à te le dire, Coop, mais tu n'es plus le seul pédé de St Anthony. Juste derrière toi, il y a trois couples, six autres gays qui vivent ouvertement.

— Et tu peux t'ajouter dans le lot.

Kelly eut un sourire. Il paraissait bien plus guilleret qu'il ne l'avait été de toute la journée.

— C'est exact, n'oublions pas que le nouveau shérif est aussi un pédé.

— Mais notre but est que personne ne le sache, pas vrai ?

— Tu crois ? Tu as raison, je suppose. Pas tout de suite, en tout cas. Mais si l'on me pose la question, je n'ai pas l'intention de le nier.

— Comme si quelqu'un allait oser !

Kelly haussa les épaules.

— Je suis d'accord, ils ne s'y risqueront pas. Oh, il y aura peut-être des cancans derrière mon dos, mais jamais en face.

Cooper posa la main sur la cuisse de Kelly et serra doucement. Kelly baissa les yeux. Ensuite, il se pencha et embrassa tendrement Cooper, qui lui rendit son baiser.

Derrière lui, il y eut des sifflements d'approbation enthousiaste. Il se redressa avec un gloussement amusé. Kelly, hilare, regarda par-dessus l'épaule de Cooper.

— Ils sont jaloux, déclara-t-il.

— Qui a sifflé ? demanda Cooper sans se retourner.

— Ah, ah, moi je sais, à toi de le découvrir.

— Enfoiré ! souffla Cooper.

— Tu n'as qu'à regarder. Il est encore là.

— Je préfère ne pas savoir.

Cooper empoigna Kelly et l'embrassa encore, avec force, désir et frénésie. Quand il s'écarta enfin et se retourna, il n'y avait plus personne. Les autres leur avaient enfin accordé un peu d'intimité.

En retournant au chantier, Cooper prit Kelly par la main et ne le lâcha qu'au tout dernier moment.

XXX

K<small>ELLY</small> R<small>ANGEAIT</small> sa cuisine quand il entendit un bruit de moteur : un pickup arrivait chez lui. Après s'être séché les mains, il sortit sous son porche. Il s'arrêta brièvement devant la rampe d'accès handicapés, le cœur douloureusement étreint – comme chaque fois qu'il se souvenait de la raison de cette installation et du fait qu'elle était devenue inutile.

Il retrouva cependant le sourire en voyant Cooper descendre du véhicule et avancer à sa rencontre.

— Il est tard. Je croyais que tu travaillais très tôt le matin ?

Cooper avait la mine grave.

— Tu as une minute à accorder ?

— Oui, bien sûr, entre.

Cooper le suivit à l'intérieur.

— Theo est déjà allé se coucher ? demanda-t-il.

Kelly ne savait pas trop ce qu'il devait révéler à Cooper, mais il n'était pas du genre à garder un secret. Surtout vis-à-vis de ceux qui comptaient pour lui.

— Theo est parti. Il… euh… après que Nina…

Merde, c'était difficile ! Il inspira profondément et reprit :

— Il m'a dragué, alors, je lui ai clairement fait comprendre que sa proposition ne m'intéressait pas. Je lui ai même donné la principale raison de notre installation ici : me rapprocher de l'homme que j'aimais. À mon avis, il ne l'a pas supporté. Le lendemain matin, il avait disparu.

— Je suis désolé, déclara Cooper. Je sais que tu comptais sur lui.

— Je survivrai.

— Je sais. Si tu as faim, tu es toujours le bienvenu au Blue River. Je te ferai la cuisine.

— Tu peux aussi venir ici de temps en temps et me préparer à dîner.

C'était plus ou moins plaisanterie, surtout après leur explication du samedi précédent, mais Kelly y tenait à garder toutes ses options ouvertes, même s'il désirait toujours ne pas précipiter les choses le temps de me retomber sur ses pieds.

Il jugea préférable de changer de sujet.

— Alors, Coop, qu'est-ce qui t'amène ?

— Je n'arrive pas à y croire ! J'ai été aveugle ! Pourtant, c'était sous mon nez depuis le début. Je n'ai rien vu. Je me demande même si je n'ai pas inconsciemment refusé la vérité.

Perplexe, Kelly ne comprenait rien à ces divagations, ce qui dut se voir sur son visage.

Cooper enchaîna :

— As-tu noté le nom de famille de Ryan et Noah ?

— Une minute.

Kelly traversa le couloir jusqu'à l'endroit où son manteau était accroché. Il récupéra dans la poche son carnet et se mit à le feuilleter en revenant vers Cooper qui attendait dans la cuisine.

— Voilà ! dit-il. Ebersole.

Cooper eut un sourire victorieux.

— Je le savais !

Les mains sur les hanches, il hochait la tête. Kelly fut tenté de le prendre par les épaules pour le secouer un grand coup et le faire parler.

— Tu savais quoi ?

— Hier, quand nous avons décidé d'arrêter le chantier, à la nuit tombée, j'ai raccompagné Calley chez elle. Elle m'a demandé mon avis concernant le contrat d'engagement participatif qu'elle compte proposer à Sadie pour tenir l'épicerie à sa place. C'est là que j'ai vu son nom : Sadie Ebersole.

— Oh, elle serait donc liée à Ryan et Noah ?

— Mmm.

— Cooper Nelson, pourrais-tu t'expliquer un peu plus clairement ?

— L'autre jour, j'ai surpris Sadie et Ryan dans l'arrière-boutique de chez Calley, dans les bras l'un de l'autre. Bien entendu, j'ai d'abord cru qu'ils étaient… eh bien, tu sais amoureux. Mais pas du tout : Sadie est la sœur de Ryan.

— Ainsi, les deux garçons ont une sœur déjà adulte ? C'est un atout pour leur dossier d'adoption, je présume.

Son cerveau bourdonnait de diverses possibilités. Il faudrait que Kelly ait un entretien avec Sadie, il lui demanderait son avis sur l'endroit où les deux frères résideraient. En général, les services sociaux préféraient garder les enfants dans ce qu'il leur restait de famille au lieu de les envoyer chez des étrangers. Et si Sadie ne pouvait recueillir ses deux cadets, Noah pourrait alors demander à rester avec les jumeaux de Calley…

Il émergea de ses réflexions en remarquant l'expression sinistre de Cooper.

— Qu'est-ce qui ne va pas ?

— Ebersole. C'était le nom de jeune fille d'Emilia.

Kelly n'était pas mieux renseigné pour autant.

— Qui est Emilia ?

— La femme d'un district attorney que le scandale a poussé au suicide. Sadie, Ryan, et Noah sont les enfants de Martin.

XXXI

— Et tu ne le savais pas ? Comment est-ce possible ? demanda Kelly, stupéfait.

Cooper secoua la tête.

— Martin m'a toujours tenu à l'écart de sa famille. Et il parlait de son fils en l'appelant « Ry », pas Ryan. Quant à sa fille aînée, je croyais qu'elle s'appelait Sandy ou Sandra. Et bien sûr, je n'ai jamais connu Noah puisqu'Emilia était encore enceinte quand Marty… est mort.

— À ton avis, les enfants sont-ils au courant ?

— J'aimerais te dire que non, mais quand Sadie m'a vu, à l'épicerie, elle s'est tétanisée. Et tu sais bien que Ryan ne peut pas m'encadrer.

Kelly sortit deux bières du frigo, les décapsula et en tendit une à Cooper. Il s'appuya ensuite au comptoir pour siroter la sienne.

— Je ne sais pas si je t'en ai déjà parlé, mais Ryan m'a dit quelque chose d'étrange la nuit où nous avons été chercher les enfants après la chute de Calley dans l'escalier.

Cooper le fixait avec attention.

— Que t'a-t-il dit ?

— Il t'a traité de pervers. Il m'a dit qu'il ne fallait pas te laisser les enfants, parce qu'on ne pouvait pas te faire confiance.

— Waouh !

Cooper réfléchit pendant qu'il se désaltérait.

— Eh bien, reprit-il ensuite, je pourrais m'enterrer la tête dans le sable et prétendre que sa réaction vient simplement du fait que je suis gay, mais je crains qu'il sache la vérité. Et il a dû l'apprendre de première main.

Kelly pensait la même chose.

— Sa mère, bien sûr.

— Oui, Ryan avait huit ans quand son père s'est suicidé. Il a dû en garder des souvenirs relativement précis.

— J'aurais dû lui demander la raison de son animosité envers toi, mais j'avais d'autres priorités ce soir-là : mettre les enfants à l'abri. Et ces petits te connaissaient mieux que moi.

— Tu ne te méfiais pas de moi ?

— Bien sûr que non ! J'ai une totale confiance en toi.

Cooper s'approcha de Kelly, mais sans le regarder directement. Il s'appuya lui aussi au comptoir, épaule contre épaule. D'accord, Kelly avait clairement exprimé son souhait de renouer leur ancienne relation, mais Cooper ne pensait pas que c'était à lui de faire le premier pas.

Au moins, Kelly ne le rejetait pas, se consola-t-il.

Après un long silence, Kelly finit par reprendre la parole :

— Voilà qui nous donne une nouvelle perspective. Je parle de cette histoire avec Kay Simmons.

— D'après toi, ça explique la réaction excessive de Ryan si le mec a tenté de le draguer ?

Kelly haussa les épaules.

— Eh bien, nous avons deux possibilités : soit le gosse est gay, mais il a vu ce que ça a donné avec son père, alors, il a la trouille ; soit il est hétéro et un geste malencontreux de Simmons l'a fait flipper, d'où sa réaction. En fait, nous avons de la chance que ça n'ait pas dégénéré.

— Tu sais, il faut vraiment que tu restes dans le placard, déclara Cooper, mi-figue mi-raisin. Tu es l'une des rares personnes que Ryan respecte et à qui il accepte de parler de temps en temps.

— Il vit chez Gabe et Flynn. Tu crois qu'il y resterait si leur homosexualité lui posait un problème ? demanda Kelly, exprimant à haute voix la question qui venait de lui traverser la tête.

— Je vois. Il aurait donc concentré sa hargne sur moi, c'est ça ? Je suis le seul pervers ?

Kelly tourna la tête vers lui, une ride profonde lui marquant le front. Il prit Cooper par la nuque et pressa ses lèvres contre les siennes. Quand il s'écarta pour respirer, il ne recula pas, mais posa son front contre celui de Cooper. Un geste qui lui était familier…

— Nous devrions peut-être le persuader que nous ne sommes pas des pervers ?

Cooper aurait voulu relever le « nous », mais il ne le fit pas. Il s'était promis de donner du temps à Kelly. *Avance à petits pas…* se répéta-t-il.

— Comment comptes-tu t'y prendre ?

Cette fois-ci, Kelly se détacha de lui. Il prit une grande gorgée de sa bière et poussa un soupir de défaite.

— En fait, tu as probablement raison. Il me sera plus facile de lui parler s'il me croire hétéro.

Cooper acquiesça à contrecœur. Kelly avait raison. Ce n'était pas pour autant que ça lui plaisait.

— Tu devrais passer au chantier dans la semaine en quittant ton bureau. Ce weekend, Ryan était occupé à l'épicerie, mais il nous donnera un coup de main en sortant de l'école dans les jours qui viennent.

— Je verrai ce que je peux faire.

L'élan de passion qui venait de flamber entre eux s'était calmé.

Résigné, Cooper passa à un autre sujet.

— J'ai discuté avec Sean et Norm Goddard, nous avons convenu ensemble du meilleur moyen de convaincre Bill Haines de renoncer à ses droits parentaux et établi le document officiel qu'il aura à signer. Calley et Gabe se sont déjà chargés des tests sanguins pour le certificat de paternité. Il n'y a plus qu'à retrouver Bill, à lui présenter les résultats et à le faire signer sa renonciation.

— À ton avis, il va accepter ?

— Tu le ferais, à sa place ?

Kelly fit la grimace.

— Je ne sais pas. Pour commencer, je n'aurais jamais abandonné ma femme et ses petits. J'ai toujours rêvé d'avoir des enfants. Pour moi, qu'ils ne soient pas biologiquement les miens n'aurait aucune importance. Après ce que Bill a fait, je ne crois pas qu'il s'intéresse à eux. Pourquoi refuserait-il de signer ?

— Pour prendre sa revanche sur Calley ?

— Dans ce cas, nous lui expliquerons clairement la situation. D'après ce que j'ai appris, il a à peine approché les jumeaux depuis leur naissance. Malgré tout, c'est à lui que les services sociaux s'adresseront en priorité si Calley ne peut plus s'occuper d'eux. Il faut absolument lui faire signer ce document.

— Comme il ne tient certainement pas à les avoir à charge, j'espère qu'il acceptera.

Mais Cooper n'avait aucune certitude.

— Tu connais Bill, reprit Kelly. Moi, je ne l'ai jamais rencontré. Je sais juste qu'il a bonne réputation en tant que vétérinaire.

— Il est plutôt caractériel. Je n'ai jamais compris comment Calley avait si longtemps supporté la façon dont il la traitait.

— Il était violent ?

— Physiquement, non. En tout cas, je ne crois pas. Juste brutal, autoritaire ; il lui parlait sans le moindre respect.

— L'amour est aveugle.

— Oui, je sais.

Cooper baissa la tête, fixant ses pieds. D'un petit coup de coude dans les côtes, Kelly réclama son attention.

— J'ai très envie de te demander de rester avec moi cette nuit, souffla-t-il.

— Mais ?

— Pourquoi y aurait-il un « mais » ?

— Parce que je l'ai entendu dans ta voix.

Kelly s'approcha. D'instinct, Cooper ouvrit les jambes pour lui faire de la place.

— Oh, c'est ça que tu veux, hein ? susurra Kelly.

— Toujours.

Quand Kelly fit un pas de plus, Cooper lui empoigna les fesses pour le plaquer contre lui. En réponse, Kelly prit sa tête à deux mains et l'embrassa tendrement. Un baiser presque chaste, qu'aucun des deux hommes ne tenta d'approfondir.

Cooper aurait voulu rester ainsi éternellement, avec ce poids solide pesant contre lui, ce contact, cette chaleur partagée. Il caressa Kelly au creux des reins en espérant que son geste n'allait pas l'effaroucher. Il voulait continuer à déguster le goût délicieux de sa bouche, à savourer la barbe qui éraflait sa peau.

Il inspira profondément, pour tenter de graver l'odeur de Kelly dans sa mémoire : la douche matinale datait de plusieurs heures et le shérif avait travaillé dur toute la journée. Malgré les aveux de Kelly, la veille, Cooper craignait toujours de le voir changer d'avis. D'après lui, c'était inévitable. Même si c'était temporaire.

Kelly finit par s'écarter.

— En fait, tu as raison. Il y a un « mais ».

— Je le savais, répondit Cooper.

Il fut surpris d'avoir réussi à cacher sa douleur : elle ne s'entendait pas dans sa voix. Kelly passa les doigts dans les cheveux de Cooper, faisant retomber une boucle sur son front.

— Je me sens tellement coupable de ne pas avoir été là quand…

Kelly s'étrangla, secoua la tête et enchaîna :

— Il faut que je me remette les idées en place avant de précipiter notre relation. Je ne veux pas seulement du sexe.

— Oh, je croyais que nous avons dépassé ce stade depuis des années !

195

— C'est peut-être ton cas, mais... bon sang, Cooper, je n'arrive même pas à fermer les yeux la nuit sans rêver de toi !

Cooper en fut flatté et ne put s'en cacher. Bien sûr, il comprenait que, pour Kelly, c'était une position difficile. Après un dernier baiser rapide, il repoussa à contrecœur son amant indécis et se redressa.

— Bien, dans ce cas, je te laisse. J'ai du travail qui m'attend au ranch, comme toujours.

Kelly acquiesça.

— Je passerai chez Gabe un soir après le travail. Je verrai si je peux parler à Ryan.

— Oui, ensuite, nous discuterons pour savoir quoi faire au sujet de Bill.

Après un dernier regard, Cooper tourna les talons, il sortit par la porte de derrière et retourna à son pickup.

En reculant dans l'allée, il aperçut Kelly sous le porche, qui le regardait partir. Cooper fit comme s'il n'avait rien remarqué. Il avait déjà du mal à s'en aller et à gérer ses sentiments.

XXXII

Kelly avait toujours rêvé de devenir shérif. Pourtant, au début, la réalité de son poste lui fit un drôle d'effet. Au cours des six derniers mois, il avait pris l'essentiel des décisions tandis que Hanson préparait sa retraite. Donc, en pratique, Kelly tenait déjà le rôle du shérif bien avant d'en avoir le titre officiel.

À présent, il s'était installé dans le chouette bureau à l'angle du bâtiment, avec son nom sur la porte. Il tentait de rester naturel, « comme avant », mais il n'était plus un simple adjoint. C'était manifeste. Sans qu'il ait rien demandé, les autres l'appelaient « shérif » et plus personne ne lui racontait de potins croustillants.

Par chance, Jennifer restait Jennifer.

— Les dames – et le monsieur – du club de lecture ont choisi un polar comme prochain roman collectif, annonça-t-elle. À cette occasion, ils vous invitent à prendre le thé avec eux.

Elle leva les yeux de son bloc-notes pour ajouter :

— Je sais que vous aimez bien ces trucs-là, mais ça tombait mercredi, alors, je leur ai dit que ce serait pour une prochaine fois.

Kevin n'avait pas envie de penser à mercredi, le jour de l'enterrement de Nina. Malgré tout, il ne put s'empêcher de sourire à son assistante. Il s'entendait bien avec elle, depuis le premier jour. Depuis l'élection, elle était la seule à ne pas avoir changé d'un iota son comportement envers lui, exprimant un curieux mélange d'irrévérence et de compassion protectrice, presque maternelle. Kelly était certain qu'elle le soutiendrait toujours, quoi qu'il arrive.

— Bien entendu, reprit-elle, j'ai dû leur donner la raison de votre absence. Il est donc probable qu'ils annuleront leur réunion pour assister aux funérailles. D'un autre côté, comme ils ont vos intérêts à cœur, ce n'est pas trop grave.

— Avez-vous veillé à ce que les chaînes d'information locale n'aient pas accès aux funérailles ?

Elle s'installa sur le bord de son bureau.

197

— Ne vous inquiétez pas, Kelly, ça ne deviendra pas un cirque médiatique.

— Le jour de la mort de Nina, j'ai demandé aux journalistes de respecter mon intimité tout en leur promettant des informations concernant la cérémonie.

Elle soupira.

— Ça n'est pas pour autant qu'ils auront tous les droits ! Mike et Len seront là pour garder les curieux à distance.

— Transmettre les infos, c'est leur boulot. Et gérer ce bureau et les personnes qui y travaillent, c'est le mien, pas le vôtre, ajouta Kelly un peu sèchement.

— Mon rôle est de vous faciliter la tâche, rétorqua-t-elle, même si ça implique de convaincre deux de vos plus fidèles adjoints de faire du bénévolat le jour des funérailles de votre épouse.

Elle serrait la bouche, ses yeux brûlaient de détermination.

— Ne vous inquiétez pas, reprit-elle avec autorité, tous les autres seront à leur poste, comme d'habitude. Donc, vous n'aurez pas besoin de penser à ce qui se passe au bureau, ou même dans tout le comté.

Elle s'était occupée de tout sans lui demander son avis, et alors ? Kelly sentit son bref élan de colère se dissiper. Il savait bien qu'elle n'avait cherché qu'à l'aider.

— Et vous, demanda-t-il, viendrez-vous à l'enterrement ?

— Oui, si vous n'y voyez pas d'inconvénient, répondit-elle, calmée.

— Au contraire, Jennifer. Je serais heureux de vous avoir à mes côtés.

Elle eut un sourire presque victorieux. Il fit semblant de ne pas l'avoir remarqué.

Mercredi arriva bien trop vite.

Kelly fit ses derniers adieux à Nina juste avant l'incinération. Ensuite, l'enterrement ne fut qu'une formalité. Nina avait peu de famille et aucun rapport avec ces gens-là. Aucun membre de sa parentèle n'avait envisagé de faire le déplacement. Malgré tout, Kelly avait repoussé les funérailles de quelques jours pour leur donner le temps de changer d'avis. Côté Freed, ses parents et ses sœurs avaient trouvé diverses excuses pour ne pas être libres. Kelly ne leur en voulait même pas. Un vieux professeur, qui vivait sur la côte ouest depuis sa retraite, avait annoncé sa venue ; d'anciens employeurs de Nina avaient envoyé des messages de condoléances gentils, polis, mais impersonnels – aucun d'eux ne viendrait. En fait, il n'y aurait que les rares personnes dont Kelly s'était rapproché au cours des derniers mois.

Un seul être aurait été en mesure de le consoler, mais en public ? Certainement pas.

Aux pompes funèbres, Kelly accueillit ceux qui se présentèrent, leur serra la main et accepta leurs condoléances. Pour la plupart, c'était des habitants de St Anthony, rencontrés à un moment ou à un autre, pendant son mandat d'adjoint. Il fut surpris de constater qu'il se souvenait de leurs noms. Le Blue River arriva en masse : Hugh, avec Izzie et leurs filles ; Grant et Hunter, avec leur fils, Matthew ; Christie était venue sans ses enfants, qui se trouvaient à l'école. Pour le Blackwater, Gabe et Flynn vinrent accompagnés de Calley et des jumeaux.

Kelly espérait aussi Cooper. Il cacha sa déception en ne le voyant pas.

Il y avait également quelques journalistes. Mike et Len les gardaient à l'extérieur, loin de Kelly et des autres participants. Jennifer se chargea d'aller leur parler. Le remarquant, il espéra que son assistante avait le sens des relations publiques. Avant la cérémonie, il avait discuté avec elle de ce qu'il fallait transmettre à la presse. À présent, il devait lui faire confiance, car il n'avait aucune envie de se charger lui-même de cette déclaration.

Le service fut bref. Kelly écoutait à peine le révérend. L'eulogie, prononcée d'une voix douce et calme, correspondait aux informations qu'il avait transmises. D'ailleurs, c'était Nina qui avait tenu à cette célébration funèbre, pas lui. Il tenta de cacher les émotions qui bouillonnaient en lui, ce qui lui devenait de plus en plus difficile.

Il était assis seul au premier rang quand un mouvement furtif attira son attention. C'était Cooper qui se glissait près de lui sur le banc. Il portait le costume gris foncé qu'il avait inauguré au mariage de Jack Conroy et, comme ce jour-là, il s'était rasé de près, ce qui le transformait.

Les deux hommes échangèrent un regard entendu. Ému et reconnaissant, Kelly n'osa cependant pas saisir la main de Cooper, malgré l'envie qu'il en avait. Il se contenta de savourer la présence chaleureuse de celui qui se trouvait à ses côtés.

À la fin du service, deux médecins de Nina s'approchèrent pour saluer Kelly. Ensuite, la salle se vida très vite. Cooper restait discrètement à l'écart.

Cette fois-ci, Kelly ne résista pas à son désir de lui parler. Pour plus d'intimité, il l'entraîna dans une petite pièce adjacente, dont il ferma soigneusement la porte

— J'ai cru que tu ne viendrais pas, déclara-t-il.

— Je n'ai pas voulu t'ennuyer avant le service.

— Ce n'est pas pour moi que je l'ai fait, Coop. C'est en partie pour toi, parce que Nina tenait à ce que nous puissions lui dire au revoir ensemble. D'après elle, nous étions les seuls à l'aimer. C'était aussi pour Theo, mais il a filé plus tôt que prévu.

— J'ai déjà fait mes adieux à Nina à l'hôpital, Kells.

Calme et recueilli, Cooper réussissait mieux que lui à cacher ses émotions. Mais Kelly avait toujours été trop sentimental. Quand il fit un pas en avant, Cooper le prit dans ses bras et le serra très fort. Son geste suffit à briser les digues, Kelly sentit les larmes lui monter aux yeux.

— Elle me manque aussi, tu sais, chuchota Cooper. J'aurais aimé passer plus de temps avec elle, mais elle a préféré s'en aller. Je préfère me souvenir d'elle autrefois.

— Je sais, croassa Kelly. C'est pourquoi j'avais tant besoin de toi. De tous ceux qui se trouvent ici aujourd'hui, nous sommes les seuls à l'avoir vraiment connue.

Quand Cooper lui caressa les cheveux, Kelly s'écarta légèrement pour pouvoir le regarder. Il ressentit une incontrôlable impulsion de l'embrasser. Cette fois, il n'hésita pas à céder.

Le baiser fut désespéré. Kelly espéra transmettre ainsi son besoin effréné d'être avec Cooper, contre lui, dans le cocon de ses bras resserrés contre lui.

Il trouva très réconfortant que Cooper lui rende son baiser. Cooper était prêt à l'aider…

La porte s'ouvrit.

— Kelly, accepteriez-vous de…

D'un bond, avant même de reconnaître la voix de Jennifer, Kelly s'était écarté de Cooper. Il se tourna vers elle, elle s'était figée, le visage empourpré, concerné. Kelly devina qu'elle les avait surpris s'embrassant. Manifestement, elle était très choquée.

D'un regard latéral, il constata que Cooper avait reculé de quelques mètres, les yeux baissés. Jennifer restait accrochée à la porte.

— Ce n'est pas ce que vous croyez, Jen, commença Kelly

Bon sang, n'avait-il rien trouvé de mieux ?

— Cooper a connu Nina à l'université, reprit-il. Il est aussi bouleversé que moi.

Du coin de l'œil, il vit Cooper se crisper. Kelly s'en voulait profondément : son déni était une insulte à Cooper. En plus, Jennifer n'y croyait pas. Mais elle restait sa fidèle alliée, pas vrai ? Le mal était fait : elle les avait vus enlacés. À présent, il devait se montrer franc envers elle.

— Jenni, je suis gay.

Elle déglutit, les yeux écarquillés, tétanisée d'horreur.

— Pourriez-vous fermer cette porte, je vous prie, avant qu'un des journalistes ne surprenne ce que j'ai à vous dire ? demanda Kelly.

Elle obtempéra d'un geste mécanique.

— Jen, dites quelque chose, insista Kelly. Je suis toujours le même, vous savez. Je n'ai pas changé.

— Ce n'est pas vrai ! cria-t-elle. Vous m'avez menti. Ce sont les funérailles de votre femme, pour l'amour du ciel ! Et j'ai voté pour vous !

— Nina était au courant, Jen. Depuis toujours. Cooper et moi étions ensemble à l'école de droit. Nina était toujours avec nous. On nous appelait « les trois mousquetaires ». Nous sommes restés ensemble quand Cooper m'a quitté. J'aimais beaucoup ma femme, Jenni. Je n'ai jamais cessé de l'aimer, mais elle connaissait ma vraie nature.

Pendant sa diatribe, Jennifer n'avait pas cessé de secouer la tête comme si elle refusait de croire au témoignage de ses sens.

— Je suis toujours le même, Jenni, répéta Kelly.

— Non !

Elle tourna les talons. Abattu, Kelly la regarda s'enfuir. Il ne bougea pas avant que Cooper se charge de refermer la porte. À ce moment-là, Kelly se rendit compte qu'une fois de plus, il pleurait à chaudes larmes.

— Hé ?

Kelly releva la tête pour regarder Cooper. Les yeux bleus étaient pleins de compassion.

— Si Jennifer refuse de l'accepter, se plaignit Kelly, comment puis-je espérer que des étrangers me comprennent, Coop ?

Cooper se mordit la lèvre.

— Écoute, ce n'est peut-être pas le bon moment, mais merci de lui avoir dit la vérité

— Et si elle va tout révéler à la presse ?

Cooper lui frotta le bras.

— Pour être franc, j'y pensais aussi. J'aimerais pouvoir t'affirmer qu'elle n'en fera rien, mais je ne la connais pas suffisamment pour en être certain. En tout cas, même si elle le fait, nous survivrons. Tu surmonteras cette épreuve. Et je serai toujours là pour toi.

— Même s'ils me chassent de la ville ?

— Ils ne le feront pas.

Sceptique, Kelly leva un sourcil.

— Comment peux-tu en être certain ?

— Parce que *moi*, ils ne m'ont pas chassé, alors que j'ai provoqué la mort d'un homme.

— Ils ne me voudront plus comme shérif.

— Bien sûr que si ! Même s'il y a scandale, tout finira par se calmer et la prochaine élection n'aura pas lieu avant quatre ans. Quatre ans pendant lesquels tu sauveras les chatons et sermonneras les ados qui se pelotent dans une voiture arrêtée à un endroit interdit. Avec un peu de chance, tu auras même une nouvelle occasion d'empêcher deux excités de se tirer dessus.

Kelly sourit.

— Rory ne recommencera pas. De ça au moins, je suis certain.

Cooper gloussa.

— Beaucoup d'hommes comme lui se trouvent actuellement en prison. Et tous n'ont pas un Tim pour leur tendre la main le jour où ils sortiront.

— C'est vrai.

— Alors, prêt à rentrer chez toi ?

— Pourquoi, tu dois aller travailler ?

— J'en ai bien peur. Au fait, je suis venu avec Hugh et Izzie. Ils ont déjà dû rentrer. Je vais avoir besoin de toi pour me ramener au Blue River. D'accord ?

— Oui, à condition que tu passes chez moi ce soir, quand tu auras terminé ton travail.

— Je dois passer faire les livraisons de Calley, à l'épicerie.

— Je peux attendre.

Cooper serra l'épaule de Kelly.

— Dans ce cas, je viendrai.

XXXIII

LE SOLEIL se couchait quand Cooper arriva chez Kelly. En se garant, il s'attendit une fois de plus à être accueilli par Theo et conduit sur la terrasse arrière où se trouvait Nina.

Mais elle n'était plus là, son aide-soignant non plus. À présent, Kelly vivait seul dans la maison, ce qui était à la fois triste et très libérateur. Cooper aurait Kelly pour lui tout seul – même s'il n'était pas certain de ce que ça voulait dire. Il avait apporté du lubrifiant et des préservatifs. Au cas où...

Il quittait son pickup quand Kelly sortit l'accueillir. Il ne portait que sa chemise et serrait les deux bras autour de son torse.

— Retourne à l'intérieur, protesta Cooper. Il fait froid.

— J'avais remarqué. Dépêche-toi.

Cooper crut entendre un bruit, aussi regarda-t-il autour de lui, sans rien repérer de particulier. Il rejoignit Kelly et le suivit dans la maison.

— As-tu mangé ? demanda Kelly, une fois la porte refermée.

— Oui, j'ai avalé un sandwich entre deux livraisons. Et toi ?

— Je viens juste de rentrer, reconnut Kelly.

— D'accord, je vais te préparer à dîner.

Kelly parut hésiter. Il avait les yeux gonflés et le nez rouge, comme pendant un rhume. Il avait sans doute pleuré. Kelly s'approcha de lui et esquissa, de loin, le geste de le toucher. Sans plus tergiverser, Cooper le prit dans ses bras et le serra très fort. Ça le surprenait toujours qu'un homme aussi grand et solide que le shérif puisse s'effondrer aussi complètement.

Ils restèrent accolés un long moment dans la cuisine. Enfin, Kelly se détendit un peu.

— Ça va mieux, Kells ? demanda Cooper.

— Viens t'étendre avec moi.

Sans un mot, Cooper accepta et suivit Kelly jusque dans sa chambre, située à l'arrière de la maison. Toujours en silence, ils se déshabillèrent ne gardant que caleçon et tee-shirt, puis ils plongèrent sous la couette. Les draps étaient glacés.

À peine couché, Kelly se blottit contre Cooper. Ce dernier eut l'impression de retourner quinze ans en arrière, à l'école. C'était alors leur position préférée pour s'endormir. Mais à l'époque, c'était après avoir baisé et tous deux étaient nus comme au jour de leur naissance.

Ce soir, Cooper savait déjà qu'il n'aurait pas à déballer le petit paquet enfoui dans la poche de son jean. Pour être franc, il ne le regrettait pas trop, trouvant très agréable cette intimité sans équivoque. Elle s'avérait même plus réconfortante que baiser. De plus, ça lui évitait de se sentir coupable. Kelly également, ce qui était très important pour lui en ce moment.

Il sourit quand Kelly se pelotonna davantage. Quel gros nounours il était resté ! Ce contact familier lui avait manqué – même s'il ne faisait que le réaliser. À de nombreux points de vue, Kelly n'avait pas changé. Certes, il avait pris du poids, ou plutôt du muscle, mais sa peau était toujours aussi douce et glabre. Et son odeur était la même qu'autrefois.

— Tu vas pouvoir dormir ? demanda Cooper dans le noir.

Kelly acquiesça, sans changer de position.

Le lendemain matin, quand Cooper se réveilla, Kelly était assis au bord du lit, le dos tourné. Il le prit par la taille.

Surpris, Kelly tressaillit et se retourna.

— Bien dormi ? demanda Cooper.

Kelly força un sourire

— Oui, répondit-il d'une voix enrouée. Mais maintenant, c'est le matin et pour la première fois, je n'ai pas envie d'aller travailler. Je n'aurais jamais cru que ça puisse m'arriver.

— Fais-toi porter pâle. Jennifer se débrouillera.

Cooper roula sur le ventre pour mieux se plaquer contre Kelly.

— Et si ce n'est pas le cas ?

— Eh bien, tu la vires.

— Je ne peux pas la renvoyer sous prétexte qu'elle est bigote et homophobe !

— Bien sûr que si ! Tu y seras bien obligé si tu ne peux plus travailler avec elle. D'ailleurs, si elle révèle ta vie privée à la presse, c'est une faute grave – et un motif de renvoi.

Kelly eut un long frisson. Il se leva brusquement et quitta la chambre. Sans trop comprendre sa réaction, Cooper le suivit. Il le trouva dans le salon, devant sa télé, la télécommande à la main, occupé à zapper d'une chaîne d'information à l'autre. Il finit par s'arrêter sur celle des nouvelles locales.

— *Hier après-midi,* annonçait la présentatrice, *Kelly Freed, le nouveau shérif du comté de Fremont, a enterré son épouse, Nina Alexander, ex-assistante du district attorney de Boston, Massachusetts. Mme Freed avait trente-huit ans, elle a succombé à une longue maladie. Je vais à présent passer la parole à Jennifer McCarthy, l'assistante du shérif Freed, qui nous a reçus hier en son nom.*

La présentatrice disparut et Jennifer apparut à l'écran.

— *Même simple adjoint, Kelly Freed a toujours accompli son devoir alors que Nina était gravement malade. Devenu shérif, il continuera à le faire, j'en suis certaine. Il n'a pris qu'une journée de congé pour s'occuper des funérailles de son épouse, mais dès demain, il sera de retour au bureau. Il m'a chargée de tous vous remercier de lui avoir laissé faire son deuil en toute intimité.*

La caméra revint au studio.

— Te voilà rassuré, déclara Cooper. Tu peux aller travailler.

— Chut ! coupa Kelly.

La présentatrice parlait toujours :

— *… le shérif était entouré par ses amis et plusieurs personnes du comté, la maison funéraire était comble. Si le scrutin n'a dépendu que de quelques voix, il est manifeste que toute la ville soutient son nouveau shérif. À présent, je passe le micro à Stacey, pour la météo.*

Kelly laissa échapper un soupir.

— Jennifer ne dira rien à la presse, Kells, insista Cooper.

— Je sais.

Cooper lui posa la main entre les omoplates et constata la tension de ses muscles. Il n'eut pas le temps de tenter de le détendre, car Kelly s'écarta, le contourna et retourna dans sa chambre.

Il en revint quelques minutes plus tard, en uniforme. Il semblait rasséréné. En tout cas, son visage n'avait plus cette expression défaite et affolée

— Je pars le premier, déclara Kelly. J'ai déjà fermé la porte de derrière. Tu n'auras qu'à claquer la porte principale en partant, le verrouillage est automatique.

Cooper acquiesça, un peu triste de constater que Kelly avait repris ses distances.

D'un côté, c'était sans doute normal : il était en uniforme, donc, en service.

Au Blue River, Cooper se débarrassa d'abord de ses tâches matinales, puis il rejoignit le reste de l'équipe qui travaillait au Blackwater sur le chantier. L'extension de la maison de Gabe et Flynn était suffisamment avancée pour s'attaquer au toit. Flynn et lui seraient donc bien occupés pour une partie de la journée. Le soleil tapait fort.

Malgré le froid de l'air ambiant, les deux hommes travaillaient en tee-shirts et transpiraient abondamment.

Ils clouaient une traverse quand Flynn demanda :

— Et Kelly, comment va-t-il ?

— Pas trop mal. Ça n'est pas facile pour lui de vivre dans une maison vide, mais c'était à prévoir.

Flynn hocha la tête, avec un sourire entendu.

— Je suis certain que grâce à toi, la maison est moins vide. Ça doit lui faire plaisir.

— Qu'est-ce que tu racontes ?

Cooper avait répondu machinalement puis il comprit que mentir à Flynn était inutile. En temps normal, c'était plutôt Gabe qui énonçait des vérités incontournables. Sans doute cette manie était-elle contagieuse !

Cooper jeta à Flynn un regard noir. Le jeune homme ne fit qu'en rire.

— Allez, Coop, tu n'as que des amis ici. Je sais bien que Kelly ne peut pas sortir du placard, mais ni lui ni toi n'avez à vous cacher de nous.

— As-tu déjà entendu parler de la notion de « vie privée ».

— Vaguement, rétorqua Flynn. Je voulais simplement te dire que ça nous fait plaisir, à Gabe et moi, que vous vous soyez retrouvés. Si vous avez besoin d'un endroit pour être tranquille, n'hésitez pas à frapper chez nous.

Entre ses dents, Cooper grommela « compte là-dessus ! », avant de manier son marteau avec une force renouvelée.

Flynn posa la main sur son épaule.

— Je suis sérieux, Cooper.

Entre les chevrons, Cooper vérifia ce qui se passait en bas. Il n'y avait pas grand monde et personne ne pouvait surprendre leur conversation.

Il soupira.

— Ryan ne veut pas me voir. Il a une très bonne raison de m'en vouloir.

— Je ne vois pas…

— C'est le fils de Marty.

— Qui est Marty ?

Une fois de plus, Cooper soupira. Flynn ne vivait pas à St Anthony au moment du scandale, il ne connaissait pas toute l'histoire.

— Autrefois, j'étais avocat. Il y a huit ans, j'ai été radié à cause d'une liaison avec un adjoint du district attorney. C'était Marty. Quand nous avons été découverts et que les journaux se sont emparés de cette histoire, il s'est suicidé. Il laissait derrière lui deux enfants et une femme enceinte.

— Qui sont Ryan, Noah et Sadie.

— Tu connais Sadie ?

— Oui, Calley m'a parlé d'elle.

— Alors, tu comprends pourquoi je ne peux rencontrer Kelly ici. Pour le moment, il est l'une des rares personnes qui réussissent à approcher Ryan. Si ce gosse apprend qu'il est gay…

— Ryan n'est pas homophobe, Coop ! D'accord, il n'est pas très à l'aise quand Gabe et moi sommes trop près l'un de l'autre… L'autre soir, il nous a surpris à nous embrasser, j'ai cru qu'il allait s'arracher les yeux. Sinon, il est très naturel envers nous. En fait, il parle avec Gabe. Laisse-lui un peu de temps.

Cooper se redressa, à califourchon sur la poutre.

— C'est à cause de moi que son père s'est tué, Flynn. Que sa mère est devenue à moitié folle, que lui et son frère se sont retrouvés dans le système fédéral. Je comprends très bien qu'il me haïsse, il a largement de quoi.

— Eh bien, parles-en à sa sœur. Peut-être pourra-t-elle convaincre Ryan.

— J'ai vu le regard que m'a jeté Sadie quand je l'ai croisée à l'épicerie. Si ses yeux avaient été des armes, je serais mort.

Flynn éclata de rire.

— Elle est bien plus ouverte d'esprit que son frère ! Elle a de quoi, d'ailleurs.

— Pourquoi, tu la crois lesbienne ?

Flynn rit de plus belle.

— Tu me demandes de décrypter une femme ? Aucune chance. Non, c'est juste que je l'ai entendue discuter avec Maxie : elle trouvait « adorables » tous ces couples gays dans deux ranchs voisins. Évidemment, j'ai fait la grimace quand elle a parlé de nous comme ça, mais à la réflexion, c'est plutôt positif pour toi.

207

Cooper se tut, ne sachant trop que faire de cette information. Il décida finalement de parler à Sadie. De le tenter, en tout cas.

— Merci, Flynn. C'est bon à savoir.

— Hé, qu'est-ce que vous foutez là-haut ? Vous bronzez ou quoi ?

Cooper se pencha pour regarder : du porche en dessous d'eux, Gabe les interpellait, la main au-dessus des yeux pour se protéger du soleil.

— Nous travaillons, Gabe ! cria Flynn. Mais je te signale que nous sommes complètement déshydratés.

— Je vous envoie Ryan.

— Et merde ! marmonna Cooper.

XXXIV

JEUDI SOIR, Cooper n'avait pas de livraison à faire, pourtant, il passa quand même à l'épicerie. Comme il l'avait espéré, la boutique était vide à cette heure tardive.

— Je m'apprêtais à fermer, déclara Sadie.

Cooper alla jusqu'au comptoir.

— Je sais. Je suis venu te voir.

Au cours des dernières semaines, Sadie s'était peu à peu détendue en sa présence. À ses mots, elle se raidit.

Cooper leva les deux mains.

— Je veux juste te parler. Si tu préfères que je m'en aille, je n'insiste pas.

Elle secoua vigoureusement la tête, mais elle restait méfiante. Cooper préféra donc aller droit au but.

— Tu es la fille de Martin, pas vrai ?

Le regard de Sadie s'adoucit.

— Comment le savez-vous ?

— Tu as pris le nom de jeune fille de ta mère. Je l'ai reconnu, il n'est pas courant.

— C'est à cause de vous que mon père s'est suicidé.

Très gêné, Cooper se racla la gorge.

— C'est vrai, croassa-t-il.

— Je vous ai haï pendant très longtemps.

— Et plus maintenant ?

Sadie secoua la tête.

— Non. Maman vous en voulait beaucoup, elle vous blâmait de tout. Ses accusations étaient souvent ridicules, mais je n'avais que quatorze ans, alors, je la croyais. Elle nous a fait changer de nom et quitter la région. Je n'avais pas envie de perdre tous mes amis, mais je n'ai pas eu le choix. À la naissance de Noah, maman est devenue comme... folle furieuse, car comme c'était un garçon elle hurlait qu'il deviendrait « comme son père ». Elle a commencé à proférer des menaces contre lui, contre nous... les services sociaux ont fini par intervenir.

— Et vous avez été séparés ?

— Un couple a accepté les deux garçons. À l'époque, j'avais seize ans et je me suis retrouvée dans une bonne famille d'accueil. J'ai cru que je pourrais rester en contact avec mes frères.

Elle s'appuya au comptoir, sans cacher la tristesse que ses souvenirs évoquaient pour elle.

— Mais Noah était un bébé difficile, enchaîna-t-elle. Et Ryan était intenable, il me réclamait sans arrêt. Alors, le couple a déménagé en espérant que la séparation permettrait à Ryan de mieux s'adapter.

— Apparemment, ils le connaissaient bien mal, remarqua Cooper

Elle eut un petit rire.

— C'est vrai.

Après un temps de silence, elle ajouta :

— Je n'ai plus revu mes frères pendant des années. Je les ai retrouvés en revenant ici, il y a trois mois.

Elle s'approcha prudemment de Cooper. Il ne bougea pas, ne sachant trop ce qu'il devait faire ou dire.

Il finit par demander :

— Calley t'a-t-elle expliqué ce qui s'est passé pour tes frères durant tout ce temps ?

— Oui. En tout cas, ce qu'elle en savait. Ryan refuse d'en parler.

— Ça ne m'étonne pas ! Faire parler ton frère est aussi impossible que tirer du sang d'une pierre.

Elle lui accorda un sourire.

— Je crois qu'il m'en parlera quand il sera prêt.

Cooper pencha la tête vers elle.

— C'est bien que nous ayons pu communiquer, ça allège l'ambiance.

— Mon père vous aimait, jeta-t-elle.

Cooper déglutit la grosse boule qui l'étranglait.

— Je le crois.

— Maman a transformé votre liaison en quelque chose de sordide. Je ne peux lui en vouloir après tout, elle a été la victime de ce drame, mais moi, je ne peux oublier que vous êtes restés ensemble cinq ans. Cinq ans ! Un district attorney et un avocat ! Vous deviez avoir tellement peur d'être découverts, et pourtant, vous êtes restés ensemble… Il vous aimait.

— Ce n'était pas parfait, Sadie.

— L'amour n'est jamais parfait, mais quelle importance ? Papa n'a jamais envisagé de quitter maman pour vivre avec vous, mais je crois qu'il l'aurait fait s'il avait pensé que les gens puissent comprendre. Mais il savait la vérité : il risquait de tout perdre, son travail auquel il tenait tant, et nous, ses enfants. Il voulait nous garder, mais il ne pouvait pas se passer de vous.

Les mains sur ses hanches, Cooper secoua la tête. Non pas qu'il cherche à nier ce que disait Sadie, c'était plutôt pour tenter de contrôler son émotion.

La jeune fille s'approcha de lui, passa les bras sous les siens et l'étreignit par la taille. Pendant un long moment, Cooper resta immobile, sans trop savoir comment réagir. Puis il lui rendit son étreinte.

Elle lui arrivait à peine sous le menton. Il ressentit envers elle un élan d'affection paternelle, un peu comme s'il devait remplacer Martin et protéger sa fille du grand méchant monde.

— Tu t'en es très bien sortie, Sadie, murmura-t-il. Ton père aurait été très fier de toi.

Elle leva les yeux vers lui, sans s'écarter.

— Je ne peux pas encore demander aux garçons de s'installer chez moi, Cooper. Je commence à peine à sortir la tête de l'eau. Et puis, ils sont très bien avec Calley. Même Ryan l'aime beaucoup. Mais elle est malade et je ne sais plus quoi faire. Je ne veux pas que mes frères retournent dans le système fédéral.

— Ne t'inquiète pas, nous allons tenter de persuader l'assistante sociale que les garçons ont déjà tout ce qu'il leur faut. À mon avis, tu auras aussi ton rôle à jouer.

Sadie s'écarta de lui, un peu gênée, comme si elle venait juste de réaliser avoir envahi son espace personnel.

Comprenant sa réaction, Cooper la laissa faire, satisfait des progrès accomplis.

— Qu'est-ce que je dois faire ?

— Et si nous en discutions autour d'une tasse de café ? Ferme le magasin, je t'attends.

Cooper trouva étonnamment facile de discuter avec Sadie. D'ailleurs, il retrouvait en elle beaucoup de son père. À sa grande surprise, il n'en souffrit pas.

Elle avait des tonnes de questions à lui poser. Elle lui raconta également quelques épisodes sa vie : elle avait commencé (puis abandonné) ses études de droit suite à un divorce plutôt pénible. D'où sa réflexion : « je commence à peine à sortir la tête de l'eau ».

— Ce n'est pas que je refuse d'accueillir Ryan et Noah, mais je pense sincèrement qu'ils sont mieux avec Calley. De plus, nous renouons à peine. Ryan m'en veut toujours un peu de les avoir abandonnés, il a besoin de quelqu'un en qui il a confiance.

— Tu l'expliqueras à l'assistante sociale, Sadie. Montre-lui que tu penses avant tout au bien de tes frères, mais que tu es là pour eux, en cas de problème.

— Je ne veux pas qu'il arrive quelque chose à Calley, Cooper. Elle m'a dit que vous vous occupiez de mettre ses affaires en ordre ?

Cooper acquiesça.

— C'est exact. Connais-tu Gabe et Flynn ?

— Un peu, répondit-elle.

Cooper hésita. Que pouvait-il révéler ? Il ignorait ce que Calley avait déjà dit à Sadie.

— Dans ce cas, tu sais que si Calley doit être hospitalisée ou pire, si elle ne peut plus prendre soin des enfants, elle tient à transmettre leur garde à Gabe et Flynn. Et quand je dis « les enfants », ça inclut Ryan et Noah.

— Oui, je sais, Calley m'a confié que Gabe était le vrai père des jumeaux.

— Nous essayons d'obtenir la reconnaissance légale de ses droits parentaux – tout en régularisant la situation de tes frères auprès des services sociaux. Les deux affaires sont bien entendu différentes, mais j'aurais bien besoin de toi pour Ryan et Noah.

— Tout ce que vous voudrez, répondit-elle avec un sourire.

— Le problème…

Cooper s'interrompit. Diable, c'était difficile ! Mais maintenant qu'il avait commencé, autant aller jusqu'au bout. Il inspira et se lança :

— Je comprends très bien que Ryan m'en veuille. Je ne cherche pas à le faire changer d'avis à mon sujet, mais je ne veux que son bien, Sadie, je t'assure.

— Il le sait, mais il a pas mal de problèmes à gérer ces derniers temps.

— C'est un ado, tenta Cooper.

— En plus, il est amoureux. Je lui ai déjà dit que ce n'était pas possible.

— Amoureux ?

Cooper prit l'air innocent. Sadie n'y crut pas une minute.

212

— Votre ami a dû intervenir. Le shérif Freed.

Cooper acquiesça sans piper mot. Elle enchaîna :

— J'ai dit à Ryan qu'un garçon de seize ans ne pouvait aimer un homme de vingt-huit ans, surtout pas un enseignant ! Si ça se sait, le prof risque de perdre son travail.

— Kay Simmons.

— Oui. C'était consensuel, d'accord, mais j'ai dit à Ryan que ça n'aura aucune valeur aux yeux de la loi – et des gens. Il est mineur, point barre.

— Ils ont couché ensemble ? demanda Cooper, d'une voix à peine audible.

— Peuh ! Ne comptez pas sur moi pour trahir les confidences de Ryan. Je n'ai que sa version, d'ailleurs. Je n'en dirai pas plus.

Cooper leva les mains.

— J'ai compris. Je suis la dernière personne à avoir le droit de le juger, mais puisqu'il se confie à toi, veille bien sur lui, d'accord ? Ne le laisse pas faire une bêtise.

— Oui, papa, persifla-t-elle gentiment. Mais vous comprenez bien que ça le met dans une situation impossible, hein ? Il est gay, comme notre père, et il sait déjà que l'homosexualité n'apporte que des problèmes. Vous avez perdu le droit d'exercer et papa est mort. Chez Gabe et Flynn, Ryan voit le bon côté des choses, mais à l'école, il entend les autres enfants ricaner et se moquer des « homo-ranchers », alors, il ne sait plus comment s'en sortir.

— Crois-tu possible de le convaincre de me rencontrer ? Je pourrais lui parler de son père et lui démontrer que tout n'a pas été tragique.

— Vous n'en êtes pas exactement le plus brillant exemple, Cooper. Parfois, je me demande si Ryan n'est pas plus votre fils que celui de papa. Comme vous, il est toujours grognon.

— Il y a tant de colère en lui ! Il en veut au monde entier.

— Vous ne feriez pas pareil, à sa place ?

— Si, sans doute, concéda Cooper. Mais ton frère devra quand même attendre d'être majeur pour avoir un copain.

Elle jouait nerveusement avec une serviette en papier.

— Il le sait. Dites, est-ce que vous pourriez prendre Noah si Calley est trop malade pour le garder ?

— Je serais incapable d'être un bon père, Sadie.

— Vous vous sous-estimez.

213

— Je vis dans une maison commune, avec les autres employés célibataires, et je travaille dans un ranch qui élève des chevaux. Ce n'est pas l'environnement idéal pour un petit garçon. D'ailleurs, Noah adore les jumeaux. Gabe nous a déjà annoncé que Flynn était capable de le castrer s'il s'avisait de séparer Noah d'Andy et de Vicky.

— Alors, Gabe et Flynn s'occuperont de Noah… quoiqu'il arrive ?

— Oui, j'en suis certain.

— D'accord.

Ils se séparèrent peu après.

Cooper était impatient de retrouver Kelly.

XXXV

QUAND UN pickup se gara tard devant chez lui, Kelly espéra qu'il s'agissait de Cooper. Il avait promis de revenir, une fois son travail terminé. Délibérément, Kelly garda les yeux fixés sur son livre en entendant la porte de la cuisine s'ouvrir et se refermer. Tant pis si le nouvel arrivant s'avérait être un intrus, un journaliste ou un cambrioleur.

— Alors, shérif, comment ça s'est passé ce matin ?

Kelly sourit à Cooper qui le rejoignait dans le salon.

— Finalement, Jennifer n'est pas venue. Soi-disant, elle était malade.

— Ainsi, tu as un sursis avant la confrontation.

Kelly soupira et sentit une partie de sa tension le quitter.

— Oui. Du coup, la torture de ce matin recommencera demain. Et toi, tu as passé une bonne journée ?

— Oh, très banale, j'ai nettoyé les stalles du Blue River avant d'aller chez Gabe pour aider à poser le toit de l'extension. Ensuite, j'ai discuté avec Sadie de Ryan. Apparemment, il est amoureux d'un enseignant de notre connaissance.

— Tu as été voir Sadie ?

Avec un sourire, Cooper acquiesça.

— Kelly, au lieu de répéter ce que je viens de te dire, tu devrais t'auto-féliciter : tu avais raison, Ryan couche bel et bien avec Kay Simmons.

Sur ce, Cooper se laissa tomber sur le canapé à côté de lui.

— Je préfère ne pas être au courant, Coop. Je rappelle que j'ai prêté serment, je suis censé appliquer la loi. Légalement, si un presque trentenaire fricote avec un mineur, c'est du viol. Que ce soit ou non consensuel ne comptera pas. Personne ne s'intéressera non plus au fait que ces deux-là s'aiment.

— Ne t'inquiète pas, je ne sais rien de précis, sauf que Ryan est amoureux. Sadie n'a rien voulu me dire. D'après elle, ce serait trahir la confiance que son frère a mise en elle. D'ailleurs, je n'ai pas insisté. C'est peut-être un engouement unilatéral, ou alors, ils n'ont échangé que quelques baisers… ou davantage. Quand j'ai rencontré Simmons, peu après cette histoire de vol de moto, j'ai eu la nette impression que lui aussi tenait beaucoup à Ryan. Ça me suffit.

— Mais enfin, c'est quand même…

Cooper l'interrompit :

— … illégal, oui, je sais, je connais la loi. C'est bien pourquoi j'ai demandé à Sadie de veiller sur Ryan. Dans le contexte actuel, je ne peux pas parler moi-même à ce gosse. Je crains de le braquer.

Kelly glissa sur le canapé et se rapprocha de Cooper, désireux de retrouver à son contact le réconfort de la nuit précédente quand il avait dormi à ses côtés.

— Que t'a raconté Sadie ?

— Elle est de notre côté.

Kelly sentit sa gorge se contracter. Il tressaillit et s'écarta pour demander :

— Comment ça, de *notre* côté ? Qu'est-ce que ça veut dire ? Tu lui as parlé de moi ? Que lui as-tu dit ?

— Du calme. Je n'ai pas révélé ton honteux petit secret.

À son corps défendant, Kelly en fut très soulagé.

Cooper enchaîna :

— Chaque fois que je passais à l'épicerie pour récupérer mes livraisons, je sentais une tension entre elle et moi. Puisqu'elle avait reconnu mon nom, j'ai voulu lui dire que moi aussi, je savais qui elle était.

Kelly se sentit plus détendu.

— Si j'ai bien compris, l'entretien s'est bien passé ?

— Après la fermeture de l'épicerie, nous sommes allés prendre un café. C'est une fille brillante. Elle a tenu à évoquer son père, elle a affirmé qu'il m'aimait. Elle l'a toujours su, mais pendant très longtemps, elle n'a pas pu le reconnaître à cause de sa mère. Elle est prête à nous aider afin que Ryan et Noah ne risquent pas de retourner dans le système fédéral s'il arrive quelque chose à Calley.

— C'est un atout, tu ne crois pas ?

— C'est un bon début.

Kelly se blottit contre lui.

— Tu restes avec moi ce soir ?

— Si tu y tiens vraiment.

— Peuh !

En guise de représailles, Cooper le chatouilla. Kelly se tortilla en gloussant. Puis Cooper l'embrassa, redevenu très tendre.

Quand il se redressa, Kelly chuchota :

— J'ai adoré dormir dans tes bras la nuit dernière.

Étrangement, Cooper se sentit intimidé. Il le cacha sous un demi-sourire.

— Je recommencerai volontiers.

Kelly regretta que le salon ne soit pas mieux éclairé : il était presque certain que Cooper avait rougi.

— Bon, enchaîna Cooper, je vais devoir laisser chez toi une brosse à dents et des sous-vêtements propres.

— Sinon, je peux te prêter les miens.

Kelly déposa un baiser sur la commissure de sa bouche. Cooper se mit à rire.

— Tu ne crois pas que me balader dans un caleçon à toi risquerait de me faire bander toute la journée ?

Kelly s'écarta légèrement pour le regarder dans les yeux.

— Excuse-moi.

— De quoi, de me faire bander ?

— Non, de t'avoir demandé de dormir ici sans qu'il se soit rien passé.

Cooper caressa les cheveux blonds, coupés courts.

— Nous ne sommes plus des gosses, Kells. Je peux passer un moment avec toi sans réclamer en retour des faveurs sexuelles.

Une fois de plus, Kelly se blottit dans ses bras. Il s'y sentait à la fois en sécurité et inquiet.

— Tout me paraît encore irréel, avoua-t-il, comme si d'un moment à l'autre, je risquais de tout perdre.

— Ça n'arrivera pas, chuchota Cooper contre son front. Il est tard, allons nous coucher. Demain, nous avons à nous lever tôt.

QUAND KELLY se réveilla, l'aube n'était pas encore levée. L'hiver avait beau être doux cette année, les jours restaient courts dans cette partie de l'Idaho. Le corps de Cooper irradiait une chaleur réconfortante, aussi Kelly se tourna-t-il pour s'en rapprocher. Cooper était étendu sur le côté, le dos tourné à lui, la tête légèrement décalée, ce qui exposait son cou.

Kelly y frotta le nez pour respirer son odeur.

— C'est déjà l'heure de se lever ? grommela Cooper.

— Pas encore. Tu peux te rendormir.

— Comment veux-tu que je dorme avec tes mains baladeuses ?

Kelly ôta sa main, déjà glissée sous l'élastique du boxer de Cooper. Il ouvrit les yeux pour dire :

— Je devrais te laisser tranquille.

Il quitta le lit et remonta la couette afin que Cooper reste bien au chaud. Il passa dans la salle de bain. Il venait d'allumer l'eau dans la douche quand Cooper le rejoignit.

— Qu'est-ce que tu as, Kells ?

— Désolé, je ne voulais pas te réveiller. J'avais juste besoin de te toucher.

Cooper se débarrassa de son tee-shirt et de son caleçon, puis il pénétra à son tour dans la cabine de douche.

— Alors, vas-y, touche.

Kelly s'empressa de répondre à cette invitation. Il empoigna Cooper, l'attira sous le jet d'eau chaude et l'embrassa férocement. En même temps, ses mains redécouvraient le corps familier. Cooper le caressait également. Très vite, la peau de Kelly s'électrisa. Déjà, l'érection de Cooper poussait contre sa hanche. D'instinct, Kelly s'y frotta, avide de sensations.

— Arrête de m'allumer ! grogna Cooper.

Il adossa Kelly à la paroi et tomba à genoux devant lui. Sans hésitation, il engloutit le sexe érigé. Éperdu, Kelly chercha à s'agripper aux carreaux que l'eau rendait glissants. Puis il baissa les yeux : Cooper le suçait tout en se masturbant. C'était la vision la plus érotique que Kelly ait jamais vue. Il ne pouvait quitter des yeux ce poing qui allait et venait sur le sexe rigide et trempé.

Mais alors, Cooper le regarda. Kelly décida que cette nouvelle vue était encore meilleure. Mais tout allait trop vite, aussi demanda-t-il par signe à Cooper de se relever.

Cooper refusa. Pire encore, il accéléra son rythme. La vision de Kelly se brouilla, un picotement lui remonta le long de la colonne vertébrale ; ses hanches avaient des mouvements de plus en plus saccadés, sans qu'il puisse les contrôler.

Quand son orgasme explosa, Kelly ferma ses yeux, conscient que Cooper avalait tout ce qu'il avait à lui donner, jusqu'à la dernière goutte.

Ensuite, il n'eut pas le temps de reprendre son souffle. Déjà, Cooper pressait contre lui son long corps dégingandé et l'étouffait d'un baiser torride.

Ça faisait des lustres que Kelly n'avait pas retrouvé son goût dans la bouche d'un autre homme, ou plutôt dans celle de Cooper, le seul avec lequel il appréciait de partager ce genre d'intimité.

Cooper s'écarta pour dire :

— Maintenant, finis de prendre ta douche, sèche-toi, enfile ton uniforme et va montrer à toutes les Jennifer de ce monde qui est le patron.

Peu à peu, Kelly retrouva ses esprits. Avant de suivre les consignes de Cooper, il avait autre chose à faire. Il le saisit donc par la taille et le retourna, avant de resserrer les doigts sur son érection.

— Je tiens à te couper les jambes, comme tu viens de le faire avec moi.

Il commença par de lents va-et-vient. Cooper perdit son air satisfait et devint frénétique. Alors seulement, Kelly accéléra sa cadence, heureux de voir les yeux de Cooper devenir vitreux. En général, juste après avoir joui, Kelly était plutôt fatigué, mais pas aujourd'hui, pas en voyant Cooper réagir à ses caresses, c'était un tonique remarquable ! Il changea de mains pour pouvoir aller encore plus vite jusqu'à ce que Cooper explose à longs jets brûlants.

Ensuite, Kelly l'entraîna au centre de la cabine, laissant l'eau couler sur leurs deux corps accolés et les débarrasser des traces de leurs ébats.

— Tu n'as pas perdu tes talents, Kells, déclara Cooper d'une voix traînante. Maintenant, pars au travail, pour que je puisse également m'en aller. Nous n'avons pas toute la journée à batifoler.

— Aujourd'hui, peut-être, mais nous le ferons dimanche, offrit Kelly.

Il agita les sourcils d'un air aguicheur.

— Dimanche, nous devons terminer la maison de Gabe.

— Nom d'un chien ! s'écria Kelly.

Ce fut pourtant tout guilleret qu'il sortît de la douche.

KELLY MIT plus longtemps que Cooper pour se préparer, car il devait se raser. En fait, il envisagea de s'en passer aujourd'hui, vu que les joues râpeuses de son amant avaient laissé des marques sur sa peau. Mais ce petit sacrifice était minime par rapport au plaisir retiré.

Quand il arriva dans la cuisine, Cooper préparait du thé et des sandwiches.

— J'ai fait comme chez moi. J'espère que ça ne te dérange pas.

— Non, pas du tout.

Kelly lui tendit un téléphone portable.

— Qu'est-ce que c'est que ça ? demanda Cooper.

— À ton avis ? C'est un téléphone. Ça sert à appeler les gens et à recevoir des appels.

Kelly se mordit la lèvre avant d'ajouter :

— C'est celui que j'avais remis à Theo. Il l'a laissé en partant. Je t'ai mis une carte prépayée.

— D'accord, répondit Cooper d'un ton hésitant.

— Si tu veux mon avis, nous en sommes à un point où il me faudra transmettre à Tim ou Grant ce que j'ai à te dire. Avec ça, nous pourrons discuter en direct. Comment veux-tu que je donne à Hunter le message que tu passes la nuit avec moi ?

Cooper sourit.

— C'est un bon argument.

Après avoir vidé sa tasse de thé, Kelly s'empara d'un sandwich.

— Merci pour le petit déjeuner. À présent, je dois y aller.

— Sois fort, shérif.

LE SOLEIL se levait. L'intermède de la douche avait distrait Kelly un moment, mais son inquiétude concernant sa prochaine confrontation avec Jennifer lui revint pendant qu'il se rendait en ville. Il devait absolument discuter avec elle et éclaircir l'atmosphère entre eux, comme Cooper l'avait fait avec Sadie.

En entrant dans le bâtiment, Kelly s'arrêta devant le comptoir et vérifia le registre de nuit. *Rien d'important*, constata-t-il, aussi se rendit-il dans son bureau sans attendre. À une heure aussi matinale, il ne pensait pas que Jennifer soit déjà arrivée. Il se trompait.

— Je suis heureux de constater que vous allez mieux aujourd'hui, Jennifer.

Elle leva les yeux sur lui, la bouche pincée.

— Je suis venu plus tôt pour rattraper la journée d'hier, répondit-elle sèchement.

Kelly hésita, puis décida d'agir normalement en attendant de pouvoir discuter avec elle en tête-à-tête.

— Pourriez-vous m'appeler Bill Haines, s'il vous plaît ? Prenez rendez-vous, je dois lui parler.

— Que dois-je lui répondre s'il me demande à quel sujet ?

— Que vous n'en savez rien, mais que c'est assez urgent.

Alors que Kelly s'apprêtait à entrer dans son bureau, il s'arrêta pour ajouter :

— Précisez-lui qu'il n'a commis aucun délit, je veux simplement lui parler. Il n'a qu'à choisir l'endroit, dans un café peut-être ?

Elle acquiesça, sans un mot de plus.

Un peu après 10 heures, elle entra pour y déposer un message sur son bureau indiquant « chez Barnaby, 12 h 30 ». En voyant qu'elle s'apprêtait à sortir, toujours en silence, Kelly rassembla son courage.

— Jennifer, auriez-vous une minute ?

Craignant un refus, il n'attendit pas sa réponse pour ajouter :

— Fermez la porte, s'il vous plaît.

En voyant qu'elle tirait une tête d'enterrement, Kelly se leva et contourna son bureau pour lui avancer un siège. Elle s'assit à contrecœur. Il alla jusqu'au comptoir et remplit deux tasses de thé.

— Je sais que vous préférez le café, Jennifer, reprit-il, mais je n'en ai pas. Ce matin, j'ai d'ailleurs remarqué que vous n'en aviez pas encore préparé. Il y a une cafetière à la réception, voulez-vous que j'aille en chercher une tasse ?

Elle secoua la tête.

— Non, merci, je vais prendre du thé.

— Sans sucre, c'est ça ?

Elle se força à sourire et accepta la tasse qu'il lui tendait. Elle en sirota une gorgée.

— C'est chaud.

Kelly prit le siège à côté d'elle et goûta à son thé. Il n'avait pas l'intention de prolonger l'agonie de son assistante.

— Je tiens à vous parler de ce qui s'est passé mercredi.

— Je sais.

— Vous étiez très en colère contre moi.

— Je le suis toujours.

— Pourquoi ?

— Avez-vous besoin de poser cette question ? s'offusqua-t-elle en ouvrant de grands yeux.

— Je ne faisais rien de mal, Jen.

— Eh bien, cela dépend des points de vue.

— Voulez-vous me donner une chance de me justifier ?

Le visage tendu, elle acquiesça. Kelly se racla la gorge et baissa les yeux dans sa tasse de thé en commençant à parler :

— C'est Nina qui m'a trouvé ce poste, à St Anthony. C'est aussi elle qui a découvert que Cooper résidait dans la région. Et elle a appris que Hanson s'apprêtait à prendre sa retraite. Nina, Cooper et moi, nous nous sommes connus il y a quinze ans, à l'école de droit. Cooper et moi étions ensemble, Nina était notre meilleure amie. Puis Cooper a trouvé du travail sur la côte ouest, il est parti, elle est restée. Je l'aimais beaucoup, Jen. Quand elle est tombée malade, je n'ai pas hésité à m'occuper d'elle. J'aimais ma femme, je l'aimerais toujours. Elle m'a accepté pour ce que j'étais. Elle a toujours su que j'étais gay, tout comme elle savait que je ne serais pas accepté si j'affichais mon orientation. Hanson est un bon gars, mais on ne peut pas dire qu'il soit ouvert d'esprit.

— C'est pareil pour tous ceux qui ont voté pour vous.

— Vous y compris ?

Elle ne répondit pas tout de suite. Du coup, Kelly se sentit forcé de la regarder.

— Je ne vous reconnais plus, souffla Jennifer.

— Je suis toujours le même.

— Mais vous faites… des choses… avec lui.

— Si vous cherchez à dire que je l'aime, alors, oui, vous avez raison.

— Vous l'*aimez* ?

— Oui, Jen, je l'aime.

Kelly s'efforça de garder son sang-froid. S'il pouvait affronter calmement deux excités armés d'un fusil de chasse, sans doute pouvait-il également accepter la bigoterie de son assistante.

Comme elle se taisait, il insista :

— Vous avez aimé Billy à l'école secondaire, suffisamment pour l'épouser quelques années plus tard. Je ressens la même chose pour Cooper. J'aimerais me marier avec lui, j'aimerais lui tenir la main quand nous marchons ensemble dans la rue. J'aimerais proclamer au monde qu'il est à moi. Vous comptez avoir des enfants avec votre mari, non ?

Elle acquiesça.

— Eh bien, reprit Kelly, j'aimerais aussi élever des enfants avec Cooper. Mais aucun de mes vœux ne se réalisera. Même si je n'étais pas le shérif, jamais notre couple ne sera accepté. Et si nous envisagions l'adoption, imaginez un peu comment le monde traiterait notre enfant ! Pensez aux réactions que nous provoquerions en déambulant main dans la main dans la rue comme vous le faites tout naturellement avec Billy après une soirée en tête-à-tête.

— Les gens seraient mal à l'aise, je suppose.

— Et vous ?

Elle parut perplexe, comme si elle ne comprenait pas ce qu'il voulait dire.

Il précisa :

— Jen, seriez-vous mal à l'aise de me voir marcher dans la rue en tenant la main de Cooper ?

— Je l'ai vu qui vous embrassait !

— Et qui vous dit que je ne lui rendais pas son baiser ? N'est-ce pas ce que vous faites avec Billy ? Vous vous embrassez, sans trop savoir qui a commencé. Eh bien, Cooper et moi faisions la même chose.

Kelly inspira profondément, conscient qu'il s'emballait. Résigné, il s'apprêtait à renoncer, à conclure la cause comme étant d'ores et déjà perdue.

— Je n'avais jamais rencontré d'homme gay, souffla-t-elle.

Kelly la regarda, éberlué.

— Pardon ? Vous connaissez pourtant Hunter et Grant, Gabe et Flynn, Tim et Rory. Ces deux-là sont récemment passés au poste quand Rory a eu son problème de libération conditionnelle. Vous avez bien dû voir qu'ils étaient amoureux fous !

Jennifer se redressa d'un bond et s'écarta de quelques mètres.

— Non ! cria-t-elle. Je n'ai rien vu, je n'ai rien voulu voir ! J'ai été élevée de façon rigoureuse, c'est un péché. Le dimanche à l'église, le révérend en parle dans ses sermons. Il cite tout particulièrement « les ranchs des déviants ».

— Et vous, qu'en pensez-vous ?

— Je ne sais pas.

— Vous m'avez dit un jour que vous aimiez bien Rory. Que vous trouviez adorable que Tim s'occupe aussi bien de lui.

Elle acquiesça.

— C'est vrai, mais je n'aurais jamais cru que vous étiez comme eux.

— Eh bien, je suis gay, mais je n'ai pas changé pour autant.

Elle le regarda.

— Je sais.

— Jennifer, voulez-vous encore travailler pour moi ?

— Je ne peux me permettre de perdre mon emploi.

— Ce n'est pas la question que je vous posais. Si vous préférez ne plus travailler pour moi, je vous trouverai un autre poste. Je le regretterais beaucoup, car vous êtes la seule à me parler franchement.

Pour la première fois depuis le début de cette conversation délicate, elle eut un sourire authentique.

Puis elle reprit son siège.

— Et ma franchise vous plaît ? demanda-t-elle.

Avec un grand sourire, Kelly hocha vigoureusement la tête.

— Je tiens beaucoup à ce que vous continuiez – dans des limites raisonnables, bien entendu. Sinon, je tenais à vous préciser ce que je suis, même si je n'ai pas l'intention de le divulguer. Vous serez l'une des rares dans le secret. Pour le moment.

Elle se contenta d'un hochement de tête. Kelly se releva.

— Espérons que vous n'aurez pas à vous taire éternellement.

Alors qu'il contournait son bureau, elle chuchote :

— Kelly ?

Il se tourna vers elle.

— Oui ?

— J'ai juste besoin d'un peu de temps pour m'y faire.

— D'accord, je comprends.

— Puis-je retourner travailler ? Il me reste encore beaucoup à faire.

Il traversa la pièce pour lui ouvrir la porte. Quand elle passa devant lui, il lui fit un clin d'œil.

Une fois seul, il soupira, comprenant mieux le soulagement de Cooper après sa discussion avec Sadie.

Il sortit son téléphone et composa un numéro.

— Coop ? Je t'emmène déjeuner. Il s'agit de l'affaire Calley. Retrouvons-nous chez Barnaby, à midi. Bill Haines y sera également. Apporte le document dont tu m'as parlé pour le faire renoncer à ses droits parentaux.

XXXVI

CHEZ BARNABY, Cooper ne mit pas longtemps à repérer Kelly, assis dans une stalle, en uniforme, son chapeau kaki posé et sur la table à côté de lui. Il n'était pas le seul client attablé seul, par contre, il était le seul à taper sur le clavier de son smartphone.

Cooper le salua en disant :

— Salut, ô citadin.

— Pardon ? Pourquoi dis-tu ça ?

D'un geste, Cooper lui montra les clients qui lisaient le journal du jour, ou prenaient une bière au bar.

— Regarde ce que font les autres. Toi, avec ton téléphone high-tech, tu te démarques.

Kelly rangea son téléphone dans sa poche arrière avant de répondre :

— Je te signale que toi aussi, tu en as un. Tu devrais être content.

— Extatique !

Tout en parlant, Cooper s'installait sur la banquette, à côté de Kelly.

— Eh bien, reprit ce dernier d'un ton plus bas, moi, je suis heureux de pouvoir te contacter quand je veux.

Cooper passa la main sous la table pour serrer la cuisse de Kelly. Séparé de lui depuis quelques heures à peine, son contact lui manquait. Kelly tressaillit, mais ne recula pas.

— Alors, où est Haines ? demanda Cooper.

— Le rendez-vous est dans une demi-heure. J'ai pensé que nous pourrions d'abord déjeuner ensemble.

Cooper se pencha davantage vers lui.

— Un tête-à-tête romantique, shérif ?

D'un ricanement dédaigneux, Kelly repoussa cette idée, mais sous la table, sa jambe bougea, collant sa cuisse à celle de Cooper. Très vite cependant, Kelly prit un visage impassible en voyant la serveuse s'approcher de leur table.

— Bonjour, je m'appelle Linsey. Aujourd'hui, c'est moi qui m'occuperais de vous.

Elle remit à chacun un menu.

— Les plats du jour sont écrits derrière vous, sur le tableau. Que voulez-vous boire ?

— Je vais prendre une bière, répondit Cooper.

— Pour moi, de l'eau, merci, ajouta Kelly.

Ils attendirent qu'elle s'éloigne pour reprendre leur conversation.

Kelly se tourna vers Cooper :

— Bien, parlons stratégie. Quel va être notre angle d'attaque ?

— Bill sait très bien que les jumeaux ne sont pas de lui. C'est pour ça qu'il ne s'est jamais occupé d'eux ni financièrement ni affectivement. D'ailleurs, Calley ne lui a jamais demandé un sou, ajouta Cooper.

— Tu en es certain ?

— Oui, presque. C'est ce qu'elle nous a dit.

Cooper cessa de parler quand la serveuse revint avec leurs boissons.

— Je peux prendre votre commande ? demanda-t-elle.

Ni l'un ni l'autre n'avait jeté un coup d'œil au menu, mais Cooper repéra le tableau avec les plats du jour et décida d'opter pour une omelette de saison. Kelly suivit son exemple.

Cooper attendit que la jeune femme soit hors de portée d'oreilles pour reprendre la parole :

— D'après Calley, tous ses revenus viennent de l'épicerie et elle est la seule à pourvoir aux besoins des enfants. C'est bien pour ça que le magasin reste ouvert, contre vents et marées. Je pense que Gabe lui donnerait volontiers un coup de pouce en cas de besoin, mais le cas ne s'est jamais posé. Apparemment, elle s'en sort très bien, financièrement parlant.

— Mais ça pourrait changer, surtout si elle est hospitalisée et soignée pendant une longue période.

Cooper acquiesça.

— Elle a tout prévu, elle gère très bien ses affaires. Elle paye Sadie d'un fixe assez modeste, mais de grosses primes basées sur la rentabilité de l'épicerie. Et moi, je m'occupe des livraisons bénévolement. D'ailleurs, je ne suis pas le seul, beaucoup lui donnent également un coup de main. Tout le monde sait qu'elle élève toute seule quatre enfants, bientôt cinq.

— D'accord, mais nous devrons donner à Bill une image bien plus sombre de la situation, histoire qu'il comprenne bien que s'il refuse de signer ce document, la charge financière des enfants retombera sur lui – puisque Calley est malade.

— Ça devrait le convaincre, répondit Cooper. En tout cas, je l'espère.

La serveuse déposa devant eux des assiettes bien garnies. Ils avaient à peine eu le temps d'y goûter quand le téléphone de Kelly sonna.

— Kelly Freed, déclara-t-il, en prenant l'appel. Oui, nous y sommes déjà, nous déjeunons, je… Sans blague ?

Il soupira, puis ajouta :

— Très bien, Jennifer, envoyez-moi l'adresse par texto. Je vais y aller.

Il rangea son téléphone dans sa poche et expliqua à Cooper :

— Haines ne pourra pas venir, il a une urgence : un cheval avec la colique. Ce n'est pas la porte à côté, mais je compte quand même lui rendre visite.

— Eh bien, tu tiens vraiment à conclure cette affaire, on dirait !

Kelly eut un petit rire d'autodérision.

— Aurais-tu oublié que je suis Andy Griffith ?

UNE FOIS leur déjeuner avalé, ils se rendirent à l'adresse indiquée, un ranch de bétail, à une soixantaine de kilomètres de St Anthony. Une fois arrivés, on leur indiqua l'écurie. Ils y trouvèrent Bill Haines qui se lavait les mains.

Le vétérinaire se tourna vers eux, l'air sarcastique.

— Votre secrétaire m'avait annoncé votre passage. Franchement, je n'y croyais pas. Qu'est-ce que j'ai encore fait, shérif ?

Kelly afficha son sourire le plus aimable.

— Rien du tout M. Haines, je suis certain qu'elle vous l'a déjà dit. Nous sommes venus vous parler d'Andrew et de Victoria. Vous avez signé leur acte de naissance.

— Et alors ?

— Mme Haines a fait établir un test de paternité : les résultats attestent que vous n'êtes pas le père biologique de ses enfants.

Bill Haines carra les épaules et mit les mains sur les hanches.

— C'est de l'argent gâché ! Tout le monde sait très bien qu'ils sont de Gabe Sutton.

— Mme Haines aimerait que vous renonciez à vos droits parentaux.

— Ben voyons ! Et pourquoi ?

Jusqu'ici, Cooper était resté à l'écart, pour ne pas risquer de provoquer des interférences. Pourtant, il commençait à s'inquiéter. Bill ne cachait pas son indifférence vis-à-vis des enfants, d'accord, mais il ne paraissait pas envisager pour autant de changer le statu quo.

Kelly répondit d'un ton plus sec :

— Parce que vu la situation actuelle, vous pourriez avoir à leur verser une pension alimentaire.

Bill se détourna pour ramasser sa sacoche.

— Ça m'étonnerait ! Calley possède une épicerie. Elle ne veut pas de mon argent. Elle a été très claire, et à de nombreuses reprises.

— Elle est malade, M. Haines.

Bill laissa tomber son sac et releva les yeux. Pour la première fois depuis le début de cet entretien, il semblait troublé.

— Quoi ? C'est grave ?

— Oui, elle ne peut plus gérer seule sa boutique, elle a dû engager une remplaçante.

— Waouh, si elle a accepté de quitter ce fichu magasin, ça doit vraiment être sérieux. Elle n'a jamais voulu de moi pour déballer une caisse !

— Effectivement, c'est sérieux, confirma Kelly sans donner de détails.

Cooper apprécia cette discrétion, étant aussi d'avis que le cancer de Calley ne regardait en rien son ex-mari.

— Et Gabe ne veut pas l'aider ! jeta le vétérinaire.

Ce n'était pas une question.

— … ça ne m'étonne pas ! conclut-il

— Au contraire, rectifia Kelly, M. Sutton tient à recueillir les enfants, mais légalement parlant, il n'en a pas encore le droit.

— En clair, si je ne signe pas ce foutu document, je vais être obligé d'entretenir des gosses qui ne sont même pas de moi ?

— En résumé, c'est exact.

— Très bien, que dois-je faire ?

Cooper dut faire un gros effort pour lui-même pour ne pas intervenir. Kelly connaissait déjà toute la procédure. De plus, il s'en sortait très bien, mieux valait ne pas le couper dans son élan. Pourtant, il trouvait difficile de jouer les potiches.

— Prenez rendez-vous avec le juge de district, répondit Kelly. Il vous posera quelques questions et, si vos réponses sont conformes, vous n'aurez plus qu'à signer le formulaire légal.

— Pourquoi ne pas le faire ici, tout de suite ?

— Parce que ça doit se passer devant un juge.

— Et vous me confirmez qu'ensuite, je n'aurais plus jamais rien à débourser pour ces gamins ?

Kelly acquiesça.

— Absolument.

— Je vais consulter mon avocat, indiqua le vétérinaire.

— C'est bien normal, rétorqua Kelly. Nous vous avons préparé les questions que vous posera le juge, ainsi que le document qu'il vous demandera de signer. Je suis certain que votre avocat ne pourra qu'approuver.

D'un signe discret, Kelly réclama à Cooper le dossier qu'ils avaient préparé, il le remit ensuite à Bill.

— Je vous ai également indiqué le numéro où vous pouvez contacter le juge de district, ajouta-t-il.

Bill baissa les yeux.

— Je réfléchirai, grommela-t-il.

— Parfait, c'est tout ce que nous vous demandons.

Sur ce, il tendit la main. Bill la lui serra, l'air plutôt méfiant.

— Alors, enchaîna le shérif, vous êtes rassuré à présent ? Vous voyez bien que vous n'avez rien fait de mal, vous arrêter n'était pas le but de ma visite.

Bill eut un petit rire nerveux.

— Oui, d'accord.

— À moins que vous n'ayez quelque chose à avouer ?

Bill ouvrit de grands yeux et s'empressa de répondre :

— Non, non !

Dans une stalle voisine, un cheval hennit plaintivement.

— Dans ce cas, nous allons vous laisser à votre travail.

Kelly salua Bill d'un signe de tête et tourna les talons, indiquant d'un geste à Cooper de le suivre.

En sortant de l'écurie, Cooper dut accélérer le pas, presque courir, pour rester à côté de Kelly. Sans perdre de temps, ils remontèrent en voiture et Kelly démarra.

Pendant un long moment, il n'ouvrit pas la bouche. Il se gara sur le bas-côté d'une route de campagne déserte.

— Je n'arrive pas à y croire ! souffla-t-il. Ça ne peut pas être aussi facile. Qu'en penses-tu ?

Cooper haussa les épaules.

— Je ne sais pas, il peut y avoir des complications, c'est certain. Son avocat, par exemple, peut lui déconseiller de signer.

— Tu le ferais, toi, à sa place ?

Prévoyant l'argument habituel, il leva la main et ajouta précipitamment :

— Et ne me dis pas que tu n'es plus avocat !

— Eh bien, non, au contraire, je conseillerais à mon client d'accepter cet accord sans attendre. Mais il faudra encore que Bill prenne rendez-vous avec le juge.

Presque nonchalamment, Kelly posa la main sur la cuisse de Cooper.

— Si j'étais lui, je demanderais à mon avocat de s'en charger. Tous ces gens-là se connaissent tous les uns les autres.

— Tu as raison. Ensuite, il faut que l'entretien se passe sans anicroche. Si le juge lui pose d'autres questions que celles auxquelles nous avons pensé, Bill va peut-être paniquer et tout faire foirer.

Kelly sourit et sa main commença de lents va-et-vient.

— Si tu veux mon avis, Haines n'est pas du genre à paniquer.

Cooper posa la main sur celle de Kelly et lui bloqua les doigts

— Arrête ça tout de suite, Kells sinon, nous allons nous rouler une pelle en plein champ dans une voiture où « shérif » est écrit en grosses lettres sur les portières.

Kelly retira sa main et regarda la route, devant lui. Il souriait toujours.

— Très bien, ce n'est que partie remise. Nous reprendrons tout ça ce soir.

— Devons-nous prévenir Calley ? demanda Cooper.

Avec un juron, Kelly sortit son téléphone portable de sa poche.

— Merde, trois appels manqués !

Il déroula son menu en continuant à parler :

— … il nous faut d'abord passer voir Gabe.

Il brandit son téléphone devant Cooper.

— Je ne l'ai pas entendu sonner, remarqua ce dernier.

— Normal, je l'avais mis en vibreur pour ne pas être dérangé.

Perplexe, Cooper haussa les sourcils, sans même faire semblant de comprendre ce que signifiaient ces paroles.

Kelly redémarra et prit la direction du ranch de Gabe.

XXXVII

À PEINE la voiture arrêtée devant chez lui, Gabe se précipita, mais Flynn arriva le premier sous le porche. Il accueillit Cooper et Kelly et les escorta jusqu'à la maison, il paraissait surexcité.

— L'assistante sociale est passée, indiqua-t-il. Elle tenait à voir l'endroit où les garçons allaient s'installer.

Gabe pointa du doigt le chantier contre la maison.

— Elle est tombée au pire moment possible ! Nous vivons actuellement au milieu des décombres, on se croirait en zone sinistrée.

Il n'arrivait pas à comprendre que les autres restent aussi calmes.

— Ne vous inquiétez pas, les gars, intervint Cooper. Elle prendra en compte que les travaux ne sont pas encore terminés.

— Et elle vous donnera même des conseils sur les finitions, ajouta Kelly. Je crois donc qu'elle est venue au bon moment.

— Mais si elle refuse de laisser les garçons vivre chez nous ? s'inquiéta Flynn.

Gabe posa la main sur l'épaule de son partenaire.

— On n'a pas eu le temps de tout préparer, ajouta-t-il.

— Justement, rétorqua Kelly, c'est votre excuse. Et l'aide sociale ne refusera certainement pas aux garçons de s'installer ici. Comme je le disais, elle vous donnera simplement des conseils. Certains seront peut-être un peu ardus, mais c'est normal, et elle ne s'attend certainement pas à ce que tout soit parfait. Alors, lui avez-vous expliqué pourquoi vous bâtissiez une extension ? Lui avez-vous montré les plans que Grant a établis ?

Gabe acquiesça. Il paraissait un peu moins anxieux.

— Nous avons des nouvelles, annonça Cooper.

— Dans ce cas, entrez, allons prendre un café.

GABE S'ACTIVA pour servir trois cafés – et un thé pour Kelly –, laissant Flynn s'occuper de la conversation. C'était ce qu'il préférait, de toute façon. Il s'était rasséréné depuis l'arrivée de Cooper et de Kelly, en les entendant évoquer avec calme et expérience le fonctionnement des services sociaux, ou la gestion des pupilles de l'État. A posteriori, il réalisait s'être inquiété à tort : Flynn craignait tant que la garde des enfants leur soit refusée que ça avait dû déteindre sur lui.

— Elle a fouiné partout ! se plaignait Flynn. Elle voulait savoir ce que nous mangions et si nous comptions donner des sodas aux enfants… Elle a voulu voir l'endroit où ils dorment. Elle n'a pas trop apprécié que Ryan soit sur le canapé du salon ou que Noah n'ait qu'un matelas gonflable. Mais c'était préférable à la vérité, c'est-à-dire que les trois petits dorment dans deux lits, parce que Vicky refuse de quitter son frère !

Quand Flynn s'interrompit, la bouche encore ouverte, il avait le souffle court.

Gabe s'approcha et déposa les quatre tasses sur la table.

— Alors, et vos nouvelles, les gars, c'était quoi ? demanda-t-il.

Kelly se tourna vers Cooper et, d'un geste, lui donna la parole.

— Nous avons rencontré Bill Haines, annonça Cooper

— Pour sa renonciation ? demanda Gabe d'un ton hésitant.

Il ignora le regard affolé que Flynn lui lançait.

— Oui, répondit Cooper. À première vue, il ne semble pas opposé à la proposition. Il nous a simplement annoncé qu'il consulterait son avocat.

— Pourquoi ne pas porter directement l'affaire devant les tribunaux ? intervint Flynn. Après tout, les tests de paternité trouvent bel et bien que Gabe est le père des jumeaux.

— Oui, mais ce serait à Calley de monter le dossier. Et ça lui prendrait beaucoup de temps… Un temps qu'elle n'a peut-être pas.

Gabe sentit sa gorge se serrer. Il détestait qu'on lui rappelle la maladie de Calley – et le danger qu'elle courait. Pour se réconforter, il s'accrocha à la main de Flynn.

Cooper enchaîna :

— Si Bill renonce de son plein gré à ses droits parentaux, ça ira beaucoup plus vite. Et le transfert sera applicable dès la signature du document. À mon avis, c'est la meilleure solution.

— Quand saurons-nous ce qu'il a décidé ? demanda Gabe.

— Le juge préviendra Calley dès que Bill aura signé. Ça peut être très rapide, ou Bill va finalement refuser. Pour le moment, aucun moyen de savoir. La balle est dans son camp.

— Dieu, je déteste attendre ! geignit Flynn.

Discrètement, Gabe lui serra les doigts. Puis il s'adressa à Cooper et à Kelly :

— Merci pour tout ce que vous avez fait, les gars. Sans vous, nous n'aurions même pas su que nous avions cette option.

Kelly se releva.

— Nous célébrerons notre victoire quand tout sera terminé. Et pour l'assistante sociale, ne vous inquiétez pas. Je vous garantis qu'elle gère des cas bien plus difficiles que le vôtre.

Ils échangèrent une poignée de la main. Peu après, Cooper et Kelly s'en allaient. Gabe et Flynn restèrent un moment sous le porche à regarder la voiture s'éloigner.

Puis Gabe se tourna vers Flynn, qui souriait béatement.

— Tu parais de bien meilleure humeur, remarqua-t-il.

— Imagine un peu ! Si Bill renonce à ses droits parentaux, ça veut dire que Calley pourra mettre ton nom sur l'acte de naissance des jumeaux. Dans ce cas, tu deviendras leur père.

— Et alors, qu'est-ce que ça change ? Je le suis déjà, répondit Gabe avec calme.

— Oui, mais cette fois, ce sera *légal*. S'il arrive quelque chose à Calley, c'est chez nous qu'on viendra frapper. Pas chez Bill !

— Ne parle pas de malheur, d'accord ?

Gabe savait que pour Flynn, la sécurité comptait beaucoup. Son partenaire aurait voulu avoir les enfants à plein temps, Gabe le savait, mais pour que son vœu se réalise, il fallait que... non, il refusait d'évoquer la disparition Calley.

Surtout pendant qu'elle séjournait à l'hôpital.

— Les enfants doivent nous attendre, déclara-t-il. Allons les chercher chez Hunter.

QUAND ILS arrivèrent au Blue River, ils ne virent pas les jumeaux courir dans la cour. Dans la cuisine de la maison principale, Christy préparait le dîner des employés du ranch.

Elle les salua avec entrain :

— Salut, les gars, comment va ?

— Très bien, merci. Merci également de nous avoir gardé les jumeaux à l'improviste. Cette visite n'était pas prévue.

— Pas de problème, Gabe. Ce sont des enfants très faciles et Matty adore avoir de la compagnie.

La porte d'entrée claqua bruyamment et une cavalcade enthousiaste approcha dans le couloir. Peu après, Hunter fit irruption dans la cuisine accompagné des trois enfants.

— Je savais bien que j'avais entendu votre pickup, les gars. Voici vos marmots.

Déjà, Vicky et Andy couraient se jeter sur Flynn. Matty restait un peu à la traîne, car avec son déambulateur, il marchait moins vite. Il s'installa dans un coin de la pièce, avec son camion de pompiers et ses petites voitures. Les jumeaux le rejoignirent.

— Alors, demanda Hunter, comment s'est passée la visite ?

— Je viens de vivre les deux heures les plus éprouvantes de mon existence, répondit Gabe. Ces gens-là dissèquent vos vies à grands coups de fourche !

Hunter gloussa.

— Je sais, je suis déjà passé par là. Ils n'ont pas trop hésité à me laisser Matty, mais avant que j'en obtienne la garde définitive, nous avons eu également à subir ce genre de visites à domicile. J'en avais des cauchemars ! Je me voyais forcé de le ramener à l'hôpital parce que nous n'avions pas obtenu leur aval. Pour vous, ça devrait être plus facile puisque Calley sera là. Et puis, pour Ryan et Noah, il ne s'agit pas d'une adoption, juste d'une solution temporaire.

— Mais tu sais à quoi ressemble la maison en ce moment ! Et aucun des deux garçons n'a de vrai lit. Je la vois mal approuver un truc pareil.

— Oh, elle le fera, en vous collant une liste impressionnante de conditions à remplir. Certaines seront obligatoires, d'autres pas. À l'époque, notre maison n'était pas adaptée pour un enfant handicapé, donc, nous avons eu le même genre de problèmes. Ne vous inquiétez pas. L'assistante a certainement des affaires bien plus compliquées que la vôtre.

— C'est exactement ce que m'ont déjà dit Kelly et Cooper.

— Ah, ils vous ont aussi rendu visite ? Comment se porte le dernier couple en date de notre petite communauté gay ?

— Tu vois ! s'exclama Flynn. Je ne suis pas le seul à avoir des soupçons ! Hunter est d'accord avec moi ! Ils sont ensemble, Gabe. D'ailleurs, Cooper l'a presque reconnu, l'autre jour.

— Flynn, grommela sévèrement Gabe.

Son partenaire continuait à se frotter les mains, l'air hilare. Christy prit part à la conversation :

— Ces derniers temps, Cooper déserte la maison du personnel, vous savez. Il doit donc dormir ailleurs.

Gabe soupira.

— Pour l'amour du ciel ! Kelly vient juste d'enterrer sa femme !

Hunter se pencha à travers la table.

— Et alors ? Tu es bien placé pour savoir qu'on peut aimer un homme et une femme de façon complètement différente. Au fait, comment va Calley ?

Gabe reconnut que l'argument était des plus valables.

— Je comptais passer la voir cet après-midi, mais je n'ai pas pu, à cause de cette visite impromptue.

Hunter agita la main en direction de l'extérieur.

— Vas-y maintenant, si tu veux. Grant est parti récupérer les enfants à l'école ensuite, il devait passer chez toi et travailler sur ton chantier. Nous pourrons raccompagner Flynn et les jumeaux.

— Il a raison, vas-y, insiste Flynn. Va voir ta chérie.

Gabe secoua la tête, puis il pencha pour déposer sur les lèvres de Flynn un baiser furtif.

— Je serai rentré pour dîner.

XXXVIII

Lundi soir, Cooper éprouvait le besoin urgent de prendre du repos. Ils avaient travaillé avec acharnement tout le weekend afin de terminer le chantier de Gabe avant que Calley sorte de l'hôpital. Justement, ils venaient de finir son déménagement : lits et armoires avaient été récupérés dans la maison que Calley possédait, en ville, pour être installés dans ses nouveaux quartiers, au ranch. Ensuite, Cooper ne retourna pas au Blue River – il n'avait pas remis les pieds dans la maison du personnel depuis une semaine –, il se rendit chez Kelly. Épuisés tous les deux, ils espéraient se coucher de bonne heure. Ils devaient se relever à l'aube, tous deux avaient du sommeil à rattraper.

Kelly était sous la douche quand le téléphone portable de Cooper, qu'il utilisait très peu, sonna.

— Cooper Nelson.

— *Bonjour, Cooper, Jim Davies. Je cherchais à joindre Calley Haines, mais elle ne répond pas. Dites, puis-je compter sur vous et sur la confidentialité qui lie un avocat à son client ?*

Jim Davies était juge de district. Mal à l'aise, Cooper répondit machinalement :

— Bien sûr.

— *J'espère que Mme Haines va mieux ?*

— Oui, elle est surveillée de près. En fait, elle a pu quitter l'hôpital en fin d'après-midi.

— *Tant mieux, parce que j'ai vu aujourd'hui Bill Haines. Il a renoncé à ses droits parentaux. J'aimerais que Mme Haines puisse passer le plus tôt possible régulariser son dossier. Qu'elle m'apporte aussi les tests de paternité pour que je puisse modifier les actes de naissance de ses enfants.*

— Waouh ! Bill n'a vraiment pas perdu de temps !

— *C'est exact,* déclara Davis. *Apparemment, les arguments que vous lui avez fournis ont été plutôt convaincants. Il était accompagné de son avocat pour éventuellement accélérer les choses, mais c'était inutile, le dossier était complet, grâce à vous. Bill avait même mémorisé toutes les réponses à mes questions. Manifestement, il était impatient d'en avoir fini.*

236

— Merci, Jim. Je transmettrai la nouvelle à Calley dès demain matin.

Après avoir raccroché, Cooper se précipita dans la salle de bain : il y trouva Kelly déjà sorti de la douche, occupé à se sécher. Cooper commença à se déshabiller.

— C'est à mon tour, déclara-t-il, parce que nous avons ce soir une bonne nouvelle à célébrer.

— C'est-à-dire ?

— Tout est réglé. Bill a signé. Jim vient de me téléphoner.

— Déjà ?

Cooper eut à peine le temps d'acquiescer avant qu'un grand corps solide et encore humide se précipite dans ses bras. Il ne s'en plaignit pas.

— Un point pour nous ! Tu as raison, il faut célébrer ça. Peu importe la fatigue. Si nous sommes incapables de bouger demain matin, nous nous ferons porter pâle.

Sans plus attendre, sans même se soucier que Cooper porte encore son caleçon, Kelly le poussa sous la douche. Une fois dans la cabine, il se mit à l'embrasser follement, tout en essayant de lui ôter son sous-vêtement. Cooper devint de plus en plus excité. Kelly s'écarta et se mit à le savonner, en particulier au niveau du bas-ventre. Ses soins attentifs ne firent qu'accentuer l'érection de Cooper.

— Dis-moi, tu m'as l'air bien au courant de ce genre de choses, grogna-t-il, on dirait que tu l'as souvent fait.

Cooper se rinça rapidement, mais tenaillé par l'urgence, il ne prit pas la peine de se sécher, Kelly non plus. Tous deux se retrouvèrent au lit, encore trempés. Ni l'un ni l'autre ne parut le remarquer.

Kelly prit simplement le temps d'ouvrir le tiroir de sa table de chevet et de fouiller à l'intérieur, il en récupéra des préservatifs et du lubrifiant. Jusqu'à présent, même s'ils dormaient ensemble, les deux amants n'en avaient pas eu besoin.

Cooper avait le souffle court.

— On dirait que me faire baiser est tout ce qui m'intéresse, haleta-t-il.

— Rien à battre, répondit Kelly. Ça fait une semaine que nous dormons dans les bras l'un de l'autre. Il est temps.

Il déchira l'emballage d'un préservatif et déroula avec soin le latex sur son sexe rigide. Cooper roula sur le ventre et se mit à quatre pattes. Par-dessus son épaule, il jeta un coup d'œil derrière lui : Kelly paraissait nerveux.

— C'est comme le vélo, Kells, déclara Cooper, ça ne s'oublie pas. Va doucement, essaie de ne pas perdre la tête.

Le lubrifiant était froid, les doigts qui le préparaient hésitants et humides, mais dès que Kelly commença à le pénétrer, Cooper sut que tout irait bien. Il désirait éperdument être pris, possédé, baisé jusqu'à tout oublier.

Kelly gémit en donnant un coup de reins, puis un autre. Il eut un grognement de frustration.

— J'essaie d'aller lentement, souffla-t-il. Je n'y arrive pas.

— Je n'ai rien d'une petite fleur fragile, Kells. Tu ne risques pas de me casser.

Pour accentuer ses paroles, Cooper recula, s'empalant davantage. Très vite, il sentit la poitrine de Kelly collée à son dos, deux bras forts serrés autour de lui.

Alors seulement, Cooper se sentit comblé.

À L'AUBE, Cooper roula sur le côté pour pouvoir regarder Kelly dans un rayon de soleil levant. Il avait à peine dormi – un peu plus d'une heure –, mais il n'avait pas voulu céder au sommeil, aussi épuisé qu'il soit après ses longues heures de travail, suivies par d'autre à se faire prendre par l'homme magnifique qui dormait dans le lit à côté de lui, le visage partiellement enfoui dans son oreiller.

Kelly était sur le ventre, la bouche entrouverte, le souffle lent et régulier. Un peu de salive coulait de la commissure de ses lèvres et faisait une tache humide sur sa taie. Un de ses bras était levé au-dessus de sa tête, l'autre allongé le long du corps, paume ouverte. En cédant au sommeil, Cooper avait tenu cette main dans la sienne.

Cooper étudia ce qu'il ressentait : son corps vibrait encore de leurs ébats. Depuis toujours, Kelly avait été pour lui le seul, l'unique. Même lors de leur première fois ensemble, tout avait été parfait dans son imperfection. Au cours des années ayant suivi sa rupture avec Kelly, Cooper avait toujours comparé ses amants occasionnels avec le seul qu'il n'avait pu oublier. Et chaque fois, ses nouvelles expériences l'avaient déçu.

Même Marty n'avait pas été à la hauteur. Il avait aimé son district attorney, bien sûr, mais à l'époque, il avait renoncé à l'espoir de retrouver ce qu'il avait connu avec Kelly.

Il l'avait su dès le début, dès que Kelly était entré dans la bibliothèque de l'école de droit pour se renseigner sur le groupe d'étude. Au premier abord, Cooper avait apprécié l'attitude du nouveau venu, sa politesse envers autrui, le respect dont il faisait montre. Manifestement, ses bonnes manières lui avaient été inculquées dans une école privée ultra sophistiquée. Ensuite, il avait noté les vêtements, la démarche souple, une certaine « aura » de cowboy et deviné que Kelly avait grandi sur un cheval. Et Cooper l'avait fiévreusement désiré.

L'amour était venu plus tard.

Pour leurs épreuves pratiques devant un tribunal fictif, les deux étudiants travaillaient ensemble leur argumentation et discutaient des cas qui leur étaient soumis. Cooper avait vite compris que Kelly sous-estimait délibérément son niveau en droit criminel pour pouvoir lui demander des cours particuliers.

Il secoua la tête pour repousser ces évocations. Kelly méritait d'être aimé pour celui qu'il était devenu. Alors, pourquoi s'attarder sur des souvenirs que le temps avait colorés en rose, mettant en lumière les bons moments et oubliant pudiquement les ornières du chemin ? D'ailleurs, Cooper devait reconnaître qu'il appréciait ce Kelly plus adulte, plus mûr, plus lourd qu'autrefois, même s'il avait gardé les abdominaux d'acier que Cooper lui enviait autrefois. La seule chose que Cooper regrettait, c'étaient les longs cheveux blond pâle, toujours ébouriffés. Ils avaient foncé avec l'âge, et à présent, Kelly les coupait court, en brosse militaire.

D'un geste tendre, Cooper écarta du front lisse une mèche imaginaire. Il aurait bien aimé caresser ce crâne hérissé, comme il l'avait fait au cours de la nuit, quand Kelly était à genoux, occupé à lui faire une fellation. Il n'osa pas, de peur de réveiller le dormeur. Il s'écarta même quand Kelly s'agita en grognant. Cooper ne put résister aux délicieux bruits satisfaits qui émanaient de la gorge de Kelly, il s'approcha et inspira profondément cette odeur enivrante, mélange de musc, de sueur, et de sexe. Tous deux s'étaient endormis comme des masses, après avoir à peine pris le temps, après chaque round, d'essuyer le sperme qui les maculait, trop impatients de recommencer.

Leurs retrouvailles physiques avaient été vraiment intenses. Pour Cooper, c'était un retour aux sources.

Il n'avait pas envie de retrouver la réalité. Déjà, il redoutait le réveil de Kelly : l'heure tournait, il leur faudrait bientôt se lever et retourner au travail.

— Encore sommeil, marmonna Kelly.

Pourtant, il tendit le bras, prit Cooper par la taille et l'attira contre lui. Il l'embrassa goulûment. Cooper en fut heureux. Déjà excité, incroyablement avide. Comme si la nuit ne lui avait pas suffi. Et Kelly semblait dans le même état d'esprit.

Cooper aurait voulu se coller à son amant, se dissoudre en lui jusqu'à oublier qu'ils étaient deux personnes distinctes. Son corps conservait la sensation de la présence physique de Kelly en lui. Cooper aurait aimé répéter l'expérience, même s'il savait qu'envisager de faire du cheval lui serait impossible au cours des prochains jours. Par chance, il n'était pas cowboy, il travaillait aux écuries, aussi était-il relativement rare qu'il ait à monter en selle.

Le baiser de Kelly devint plus insistant, plus agressif. Sa langue pénétrait la bouche de Cooper, la possédait lascivement en de lents va-et-vient. Cooper y répondait volontiers, léchant, suçant, aspirant. Kelly était le seul homme auquel Cooper acceptait de se soumettre au pieu.

Puis Kelly s'écarta.

— Tu me rends dingue.

Cooper ricana.

— Tu me fais le même effet.

Kelly se frotta contre lui.

— Bon Dieu ! J'ai tellement envie de toi !

— Sans blague ?

Avec un petit sourire, Cooper secoua la tête.

— Alors, on y va ? insista Kelly.

— Tu crois ? Tu t'en sens capable ?

Kelly eut un petit rire.

— Avec toi, je retrouve mes vingt ans. Il nous reste des préservatifs ?

— Bien sûr.

Peu à peu, Cooper perdit son sentiment d'insécurité. Kelly le désirait vraiment. Au cours de la semaine précédente, il avait compris que Kelly attendait davantage de lui qu'une liaison secrète. Il se retourna pour récupérer la boîte de préservatifs sur la table de chevet. Il en sortit un et le tendit à Kelly. Ce dernier déchira l'emballage d'aluminium et glissa la main entre leurs corps.

À la grande surprise de Cooper, ce fut sur lui que Kelly déroula le préservatif.

— Kells, tu es sûr ?

De temps à autre, à l'école, il leur arrivait de changer de rôles, mais Cooper avait toujours eu l'impression que Kelly le faisait pour le satisfaire, pas pour son plaisir à lui. Kelly le dévisagea, sans honte ni timidité.

— Certain, mais va doucement. Ça fait un bail. Quinze ans, pour être précis.

Cooper l'embrassa tendrement.

— Si je me souviens bien, tu étais particulièrement détendu après un anulingus.

Cette fois Kelly rougit.

— Eh bien, ça aussi je ne l'ai pas refait depuis quinze ans.

— Tu veux dire que Nina n'a jamais...

Kelly l'interrompit d'un grognement frustré.

— Ne parle pas de Nina ! Elle était ma meilleure amie, ma femme, mais pas mon amante. Je l'aimais éperdument, mais notre vie sexuelle.... Bon sang, mais pourquoi je te raconte tout ça ?

Cooper lui caressa les cheveux.

— Tu as raison. Ça ne me regarde pas. Je ne veux rien savoir.

— Entre elle et moi, le sexe était... mécanique.

Sur ce Kelly s'écarta et roula sur le ventre, Cooper tenta de ne pas se sentir rejeté, exclu. Pour se réconforter, il caressa le dos magnifiquement sculpté, glissant des omoplates au creux des reins, évitant avec soin de dépasser la taille.

En voyant que Kelly ne bronchait pas, Cooper se coucha sur lui.

— C'est très agréable, chuchota Kelly. Tu fais une bonne couverture.

— Bref, je te tiens chaud ?

Kelly gloussa.

— Oui, ça aussi.

Cooper lui embrassa la nuque, humant une fois de plus ce parfum qui lui devenait une addiction.

Kelly gémit.

— Je suis sérieux, vas-y, haleta-t-il. Je veux ressentir ce que tu as ressenti la nuit dernière, quand je te baisais pendant que tu jouissais.

— Ce n'était pas la nuit dernière, rectifia Cooper, c'était ce matin.

— Et alors ? Je n'ai pas regardé l'heure, Coop. Mais j'ai bien vu que tu étais sur orbite. Je veux ça, moi aussi.

Kelly écarta les jambes, juste assez pour permettre au sexe de Cooper de s'insinuer entre ses fesses. Quelle sensation fantastique ! Et Kelly partageait son avis, à en croire ses gémissements de plus en plus frénétiques.

Mais Cooper craignit de déchirer le préservatif. Aussi récupéra-t-il le flacon de lubrifiant dont il oignit d'abord ses doigts, puis l'anus de Kelly. Il n'avait pas oublié que son amant lui avait demandé d'aller doucement. Il insinua un doigt, qui entra facilement, puis deux. Il sourit, satisfait, quand il estima Kelly suffisamment dilaté.

D'ailleurs, Kelly se cambra, réclamant davantage. Cooper était impatient de sentir cet étroit et brûlant fourreau se refermer sur lui, mais il resta fidèle à sa promesse et pénétra son amant centimètre par centimètre.

À peine le gland entré, Kelly inspira brusquement. Cooper se pencha pour déposer un baiser entre les omoplates, en partie pour calmer un peu l'incendie qui lui dévorait le bas-ventre, en partie pour distraire Kelly de la brûlure de sa pénétration. La peau était lisse, chaude et salée. Tenté, Cooper sortit la langue et lécha, pour mieux savourer ce goût. Se rassasierait-il un jour de cet homme ?

— Vas-y ! Je te veux en moi. Tout entier.

Sa voix était si rauque que les paroles étaient à peine compréhensibles. Cooper poussa davantage, basculant ses hanches pour s'aider, tout en se guidant sur les sons, cris et soupirs que Kelly laissait échapper. Même après avoir dépassé l'anneau musculaire, Kelly était aussi serré et Cooper avait de plus en plus de mal à brider sa passion.

Une fois enfoui jusqu'à la garde, le bassin collé au cul ferme et bombé, Cooper se figea, tétanisé d'émotion. Quelle que soit la position, Kelly et lui allaient bien ensemble – comme s'ils étaient faits l'un pour l'autre, ne put-il s'empêcher de penser.

Il saisit l'épaule de Kelly et commença à le baiser, s'enfonçant en lui plus profondément encore.

— Oh, Bon Dieu, oui ! souffla Kelly. Parfait. Comme ça.

Cooper aurait voulu accélérer son tempo, mais il résista. Sinon, tout serait fini en dix secondes. Et il préférait faire durer le plaisir. Ses deux orgasmes de la nuit passée l'aidèrent certainement à maintenir sa résolution et son endurance. Il ondula donc lentement, dans un mouvement de balancier, livré tout entier à ce rythme hypnotique scandé par les plaintes éperdues de Kelly sous lui.

Au bout d'un moment, Kelly retrouva sa voix :

— Non, pas comme ça. Je veux te voir.

Cooper obtempéra. Il serra le préservatif entre ses doigts, recula et laissa Kelly rouler sur lui-même. Une fois sur le dos, Kelly écarta les jambes. Cooper se pencha pour lécher le sexe dur, s'attardant sur le gland. Il envisageait de continuer et de passer aux bourses, quand Kelly lui demanda d'arrêter.

Cooper se releva pour poser un baiser sur ses lèvres.

— Ça va ?

Kelly acquiesça.

— Oui, mais je sentais que j'allais jouir. Et je ne veux pas que ça se passe de cette façon.

— D'accord. Alors, on continue ?

Sans un mot, les yeux écarquillés, Kelly hocha vigoureusement la tête.

— Très bien, reprit Cooper. Ouvre-toi bien. Détends-toi. Laisse-moi entrer.

Il découvrit vite que Kelly était tout aussi serré. Il apprécia cependant le changement de position : outre les gémissements de Kelly, il se guidait aux expressions de son visage. Leur connexion devenait encore plus intime. Ils ne baisaient pas, ils faisaient l'amour. Et Cooper n'en avait pas l'habitude, s'étant rarement autorisé à le faire jusque-là.

Mais ce matin, il ne pouvait pas résister, il n'y tenait même pas. Kelly était son homme, son amant. Ça faisait quinze ans que Cooper attendait ces retrouvailles, même s'il avait perdu tout espoir au fil des années…

Jusqu'au jour où il avait revu Kelly à St Anthony, dans ce magasin de vêtements.

Jamais plus il n'accepterait d'en être séparé.

Le sexe n'était qu'un bonus.

— C'est ce que tu voulais, Kells ?

En réponse, Kelly se cambra.

— Tu as franchement besoin de me poser une question pareille ? Merde ! Coop, baise-moi !

Mais Cooper continua à son rythme, lentement, paresseusement, parce qu'il aurait voulu que ça ne s'arrête jamais. Peu à peu, la transpiration perla sur la peau de Kelly. Et Cooper s'empressa d'y goûter. À peine avait-il posé sa langue que deux mains puissantes l'empoignèrent de chaque côté de la tête. Une seconde après, Kelly l'embrassait voracement. Leur position n'était pas des plus faciles : si Kelly était plutôt grand, il n'avait rien d'un contorsionniste. Par chance, Cooper était long et mince, il s'adaptait parfaitement entre les cuisses de Kelly. Par contre, impossible de s'embrasser et de baiser en même temps.

Kelly finit par le lâcher.

— Baise-moi, répéta-t-il, et ne t'arrête plus.

Cooper se redressa, supportant son corps sur ses deux bras, même s'il ne doutait pas que Kelly puisse porter son poids.

— C'est mieux comme ça ? croassa-t-il.

— Touche-moi, réclama Kelly.

Cooper releva les genoux, les glissant sous les cuisses de Kelly pour mieux les écarter. Même si ses va-et-vient en devenaient plus ardus, il avait un meilleur accès au sexe de Kelly.

Kelly était de plus en plus arc-bouté, sa tête creusant l'oreiller, un sourd gémissement émanant de sa gorge. Dès que Cooper commença à le caresser, son orgasme se déclencha, ses muscles se contractèrent au rythme de ses spasmes, son sperme jaillit en longues giclées brûlantes qui lui retombèrent sur le ventre.

Proche lui aussi de la jouissance, Cooper tenait à ne rien manquer du spectacle : le visage contracté de Kelly, sa respiration saccadée, ses mains aux jointures blanchies crispées sur les draps. Il continua ses coups de boutoir jusqu'au moment extatique où il se vida dans son préservatif.

Dès que Kelly retrouva son souffle, il serra Cooper contre lui et l'embrassa éperdument.

— Attention au préservatif, souffla Cooper.

Il s'écarta avec précaution et jeta le latex dans la corbeille, près du lit. Pour le nettoyage, on verrait plus tard.

Dans les bras l'un de l'autre, ils cherchèrent à rester éveillés, mais la bataille était perdue d'avance.

XXXIX

QUAND COOPER revint dans sa chambre, il trouva Kelly assis sur le rebord de la fenêtre, une jambe levée, l'autre encore à terre pour garder l'équilibre. Nu, inconscient du regard éhonté que Cooper posait sur lui, il regardait au-dehors, entre les arbres, vers les montagnes.

Une vue à laquelle Cooper était tellement habitué qu'il n'en remarquait même plus la splendeur. Même maintenant, il ne suivit pas le regard de Kelly.

Il s'approcha et tendit à Kelly l'une des deux tasses de thé qu'il était passé prendre dans la cuisine.

— Tiens, c'est pour toi, tu ne prends que du sucre, c'est ça ?

— Hmm, marmonna Kelly.

Il se retourna pour accepter le thé, puis ajouta avec un sourire :

— Tu n'as pas oublié.

— Ça n'était pas difficile, vu que tu avais la charmante habitude de boire mon thé au lieu d'aller t'en chercher un.

— J'aimais boire dans ta tasse, déclara Kelly, amusé. Je ne sais pas pourquoi, mais ton thé me semblait toujours meilleur que le mien.

Cooper s'approcha davantage, envahissant l'espace personnel de Kelly. Il voulait savourer sa chaleur, sa proximité. Il espérait aussi qu'il le serrerait dans ses bras. Ce qui n'arriva pas. Kelly se contenta de siroter une gorgée de sa tasse, il fit la grimace en se brûlant. Puis, d'un geste preste, il s'empara de la tasse de Cooper sans laisser à ce dernier le temps de réagir.

— Hé !

Kelly sourit victorieusement, puis son expression s'adoucit.

— Ça n'a pas changé, ton thé est toujours meilleur.

Cooper leva les mains, aidant Kelly à boire comme pour un enfant. Quand il s'écarta, Kelly se lécha les lèvres. Ils se fixèrent brièvement dans les yeux, puis Cooper détourna la tête. Il ne s'éloigna pas, cependant, trop soumis à l'attraction de Kelly : il avait besoin de rester proche de lui.

Il se pencha légèrement, ses lèvres effleurant l'épaule de Kelly.

— Alors, qu'allons-nous faire aujourd'hui ? demanda-t-il dans un murmure.

— J'avais pensé faire un tour.

Surpris, Cooper tressaillit et releva les yeux.

— Je ne sais pas pour toi, mais l'idée de monter en selle après, hum… tu sais… ne me tente pas vraiment.

Kelly éclata d'un rire moqueur.

— Tu as marché ! Je plaisantais, voyons.

— Tu n'as pas… mal ?

Kelly l'empoigna par la nuque et l'attira jusqu'à ce que leurs lèvres se touchent. Le baiser commença doux et chaste, mais dégénéra vite. Cooper ne s'écarta qu'en s'ébouillantant la main avec le thé qu'il tenait toujours. Il sourit et roula des yeux, puis tenta de boire, mais Kelly récupéra sa tasse et la posa de côté.

Ensuite, il attira Cooper entre ses jambes.

— D'accord, c'est un peu douloureux, reconnut-il. Mais comme je sais d'où ça me vient, c'est la douleur la plus exquise que je connaisse.

Cooper déglutit pour ravaler son émotion. Ses yeux commençaient à le piquer, il ne vit qu'une seule façon de le cacher à Kelly : se rapprocher et l'embrasser. Il pressa son bas-ventre contre les muscles raidis, sans se soucier de dissimuler son excitation. Mais il ignora son sexe érigé. Pour le moment, tout ce qui comptait, c'était de déguster le miel de la bouche de Kelly.

Il leva les mains et prit en coupe le visage qu'il aimait tant, continuant à partager avec son amant des baisers de plus en plus ardents.

Enfin, Kelly referma les bras sur lui. Cooper soupira dans sa bouche. Son corps mince contre la robustesse de Kelly, il se sentait bien, en sécurité, au chaud, même si aucun d'eux ne portait de vêtements et qu'il fasse frais dans la pièce.

Ils semblaient se contenter de partager des baisers, des caresses.

Durant un rare moment de lucidité, Cooper se demanda comment il était possible que la dynamique entre eux ait tellement changé. Autrefois, plus âgé de deux ans, il était le dominant. À présent, Kelly se comportait envers lui de façon très protectrice. Était-ce dû aux années écoulées ? Ou à la façon dont Kelly s'était développé physiquement avec l'âge, tout en acquérant maturité et autorité ? La seule chose dont Cooper était certain, c'était qu'il était prêt à laisser à Kelly plus de contrôle. Quinze ans plus tôt, il n'aurait pas pu, il se serait battu pour dominer et Kelly, instinctivement, se serait soumis, conscient que l'expérience de Cooper, en ce domaine, était bien supérieure à la sienne.

Pour le moment, Cooper n'arrivait pas à de s'attarder sur le sujet, mais quand même, il se posait des questions.

Quand son corps nu fut plaqué contre la vitre froide de la fenêtre, Cooper nota que l'extérieur était tout givré.

— Brrr. Dis, Kells, tu n'as pas froid ?

Kelly haussa les épaules.

— Il fait froid ? Je n'avais pas remarqué.

Cooper lui caressa les épaules et les bras.

— Tu as la peau glacée.

— Je n'ai pas envie de m'habiller.

Il empoigna Cooper par les fesses et le plaqua contre lui.

— Nous pourrions retourner sous les couvertures, proposa Cooper.

Peu convaincu, Kelly fit la moue.

— À moins, enchaîna Cooper, que tu n'aies une urgence ?

Kelly secoua la tête, un sourire illuminant son visage.

— Non, je me suis offert un jour de congé. S'ils ont vraiment besoin de moi, ils savent comment me joindre, j'ai mon portable sur moi.

Cooper hocha la tête. Il écarta légèrement, sans pour autant échapper à la main de Kelly, toujours posée sur lui. Il voulait juste s'éloigner de la fenêtre.

Il avança vers le lit, Kelly le suivit à contrecœur.

— Nous ne pouvons quand même pas passer toute la journée couchés, grommela-t-il.

Cooper haussa les épaules, l'air innocent.

— Je te signale qu'en ce moment, nous ne sommes pas couchés.

— Pas encore ! s'écria Kelly

Il fit basculer Cooper sur le lit et tira sur eux les couvertures.

Ils continuèrent à s'embrasser à se caresser, sans passer à la vitesse supérieure. Et Cooper constata vite que ça ne le dérangeait pas. C'était tellement merveilleux d'avoir son amant dans ses bras, de ressentir son désir et son besoin d'attention ! Il avait l'impression que beaucoup d'autres jours semblables les attendaient tous les deux.

Lentement mais sûrement, l'espoir naissait en lui : après tout, peut-être auraient-ils un avenir ensemble. Puisque Kelly ne pouvait sortir du placard, Cooper était prêt à se contenter de cette alternative : du sexe, mais aussi de la tendresse à partager, dans l'intimité que leur offrait la maison de Kelly.

VERS 10 heures, ils décidèrent d'un commun accord qu'il était temps pour eux de retrouver le monde réel. D'ailleurs, Cooper rappela à Kelly sa promesse de raconter à Calley que Bill avait enfin signé la renonciation de ses droits.

Ils prirent une douche – chacun de leur côté – et s'habillèrent.

— Je ne sais pas quand tu as trouvé le temps de laver mes affaires, mais merci beaucoup, déclara Cooper.

Il enfilait une chemise et un jean qu'il avait laissés chez Kelly, quatre jours plus tôt.

— Grâce à toi, ajouta-t-il, j'ai une tenue propre.

— Tu sembles ignorer qu'il existe des magasins appelés des « pressings », répondit Kelly. J'ai porté tes vêtements en même temps que les miens à la laverie automatique qui se trouve près de l'épicerie de Calley. Depuis le départ de Theo, je suis bien obligé de me débrouiller seul avec mon linge.

— Eh bien, tu les remercieras de ne pas utiliser une lessive trop parfumée. Je préfère ne pas sortir en embaumant le lilas, plaisanta Cooper. Tu es prêt ?

— Oui.

Dans l'entrée, Kelly tendit à Cooper son chapeau, avant d'enfiler son manteau d'hiver. Ensuite, il ouvrit la porte.

Cooper, qui le suivait, fut aveuglé par l'éclair d'un flash. D'instinct, il baissa la tête, le rebord de son chapeau dissimulant son visage et ses yeux.

Une journaliste demanda :

— Shérif Freed, que pensez-vous de la une du *Post* d'aujourd'hui ? Avez-vous quelque chose à déclarer ?

Cooper sentit un étau glacé lui comprimer la poitrine.

Kelly examina froidement la femme qui venait de parler. Puis il répondit, très calme :

— Pardon ? De quoi parlez-vous ? Je n'ai pas encore lu le journal.

Elle lui colla sous les yeux un exemplaire du journal en question – si ce torchon en méritait le nom. Cooper n'eut pas besoin de s'approcher pour reconnaître la photo qui trônait en première page : Kelly et lui enlacés, derrière le chantier, chez Gabe. La photo était prise au téléobjectif, mais il était manifeste qu'ils se tenaient par la main. D'autres photos, plus petites, encadraient la première : elles avaient été prises ici même, sur le porche de Kelly : Kelly souriant à Cooper qui sortait de sa voiture et se dirigeait vers lui ; une de la cuisine, à travers la vitre, tandis qu'ils échangeaient un baiser. En général, on distinguait mal Cooper, mais c'était sans importance. Kelly avait d'ores et déjà été reconnu.

Et il embrassait un homme. D'ailleurs, le titre du *Post* l'annonçait sans ambages : « Le nouveau shérif de St Anthony prend un amant, à peine sa femme enterrée. »

Cooper recula d'un pas, même s'il savait qu'il était déjà trop tard. Le mal était fait. Les journalistes les avaient surpris en flagrant délit ce matin, obtenant ainsi la confirmation qu'ils recherchaient. Cooper éprouvait une terrible sensation de *déjà-vu* [25], c'en était oppressant. Ainsi, il avait gâché une autre vie !

Il aurait voulu courir, se cacher, fuir l'avide curiosité de la presse, mais il n'avait aucune échappatoire. L'allée de chez Kelly était encombrée de camionnettes aux logos de la presse, son pickup et la voiture de patrouille de Kelly étaient bloqués par une foule qui cherchait à mieux les apercevoir.

Au milieu de ce capharnaüm, Kelly restait l'incarnation du calme.

— De toute évidence, annonça-t-il, certaines de ces photos ont été prises à mon insu, au détriment de ma vie privée. Je vais contacter mon avocat. Je ferai une déclaration plus tard dans la journée. C'est tout ce que j'ai à vous dire pour le moment. Je vous prie de bien vouloir quitter ma propriété et me permettre d'aller travailler.

— Shérif Freed, pourriez-vous nous donner le nom de votre amant ?

— Depuis combien de temps êtes-vous avec lui ?

— Le fréquentiez-vous déjà avant la mort de votre femme ?

— Mme Freed savait-elle que vous aviez un homme dans votre vie ?

Les multiples questions donnèrent à Cooper la nausée. Autrefois, il adorait attirer l'attention, il en jouait volontiers et les journalistes lui mangeaient dans la main, mais l'attention des tabloïds n'était alors pas dirigée contre lui, du moins pas à titre personnel. Bien avant sa sinistre histoire avec Martin, Cooper avait perdu son enthousiasme.

— Je n'ai pas d'autre commentaire. Veuillez nous laisser sortir, s'il vous plaît.

Puis Kelly se tourna vers Cooper.

---

25 En français dans le texte original.

— Tu viens avec moi, chuchota-t-il. Laisse ton pickup ici. Nous le récupérerons plus tard.

Cooper ne discuta pas. Ensemble, ils montèrent dans la voiture du shérif. La foule s'écarta pour les laisser partir.

Durant le trajet, Cooper resta muet, ne sachant quoi dire. Il ne pensait pas que « je suis désolé » suffirait. Pourtant, il était sincèrement désolé.

— Veux-tu venir avec moi au bureau, Coop ? proposa Kelly. Je dois rédiger ma déclaration, j'aurai sans doute besoin de l'avis d'un second avocat.

— Tu ne crois pas qu'il serait préférable qu'on ne te voie pas avec moi ?

Kelly s'arrêta sur le bord de la route.

— Je me fiche de ce qu'ils pensent tous, Cooper. À présent, la vérité est sortie du puits. Je ne compte pas nier ce qui existe entre nous. Si tu préfères éviter ce cirque médiatique, je le comprendrais très bien. Tu n'es pas obligé d'y être mêlé. Par contre, je ne compte pas les laisser gâcher ce que nous avons. Ça fait bien trop longtemps que je t'attends.

— Et ton travail ? Lui aussi, ça fait longtemps que tu l'attends.

Cooper n'osait pas lever les yeux, craignant de trahir son émotion.

— Cooper, regarde-moi.

Cooper obtempéra, il tourna la tête, mais quelques secondes à peine, car le contact visuel lui était trop douloureux.

— Si mes électeurs ne veulent plus de moi comme shérif sous prétexte que je suis gay, ils n'ont qu'à venir me le dire en face, ou m'éjecter de la ville, je m'en fiche complètement.

— Ne dis pas ça, Kelly.

— Je suis sérieux. Je vais leur faire une déclaration. Si ça ne leur plaît pas, ils peuvent me demander de partir, c'est leur droit. S'ils ne le font pas, je continuerai à faire mon boulot de mon mieux, comme durant l'année qui vient de s'écouler.

— Je ne peux pas te laisser abandonner un poste que tu attends depuis douze ans. Tu as travaillé bien trop dur pour ça !

— Et alors ? Moi je refuse de te quitter pour un simple travail.

Kelly prit sa main dans la sienne. Après quelques instants, Cooper finit par bouger pour enlacer leurs doigts. Il rendit la pression, mais sans regarder Kelly. Il était certain que s'il s'y risquait, il allait fondre en larmes.

— Allons dans mon bureau, nous pourrons y parler.

Cooper acquiesça et lâcha la main de Kelly – pour lui permettre de reprendre le volant.

XL

KELLY SE sentait étonnamment calme alors qu'il se préparait à sortir de son bureau pour sa conférence de presse. Il s'était préalablement entretenu avec Jennifer, lui expliquant la nécessité dans laquelle il se trouvait de sortir du placard plus vite qu'il l'avait prévu. À sa grande surprise, elle l'y avait encouragé, proposant même de se charger de l'introduction devant les journalistes.

Ensuite, Kelly avait convoqué dans son bureau tous ses adjoints, ceux qui étaient à leur poste ce matin, mais également ceux qui étaient en congé et les réservistes, pour leur expliquer à tous la situation. Il leur avait offert de démissionner s'ils considéraient comme impossible désormais de travailler pour lui. Malgré quelques grommellements et regards gênés, personne ne s'était avancé. Kelly considérait avoir gagné une première bataille.

Cooper l'avait aidé à formuler sa déclaration, à trouver les mots exacts. Les deux hommes avaient aussi décidé que mieux valait que Cooper n'apparaisse pas aux côtés du shérif devant la presse. Il resterait à l'abri, dans le bureau de Kelly, afin que le scandale d'autrefois ne projette pas son ombre néfaste sur la situation actuelle.

À 13 heures précises, Jennifer sortit du bâtiment. Aussitôt, les caméras se mirent à tourner. Pas longtemps, car les journalistes réalisèrent qu'il ne s'agissait pas de Kelly.

— Je m'appelle Jennifer McCarthy, déclara la jeune femme, je suis l'assistante du shérif Kelly Freed. Il sortira d'ici peu, il a une déclaration à vous faire. Ensuite, et il répondra à vos questions à condition que vous vous comportiez avec respect et souci de l'ordre public.

Dès que Jennifer fit un pas de côté, Kelly inspira profondément et s'apprêta à affronter la foule. Dès qu'il sortit, il fut aveuglé par les flashs. Il tenta de se montrer patient, mais au bout d'un moment – qui lui parut très long –, il leva les mains, pour que l'agitation se calme.

Baissant les yeux sur le discours qu'il venait d'imprimer, il se mit à lire d'une voix ferme et assurée :

— Il y a plus d'un an, je suis arrivé à St Anthony, où j'avais été engagé par le shérif Hanson au poste de premier adjoint. C'est ma défunte femme qui en avait eu l'idée, en apprenant que Hanson comptait prendre sa retraite à la fin de son mandat. Nous avions pensé qu'une année de battement me donnerait l'opportunité de mieux connaître mes concitoyens, mes futurs électeurs, puisque le shérif Hanson m'a très vite proposé de devenir son successeur.

» J'aurais pu trouver des postes mieux rémunérés, ou des comtés plus prestigieux, mais j'avais une raison particulière de tenir à St Anthony, une raison que ma femme connaissait avant notre mariage, puisqu'elle était présente le jour où j'ai rencontré notre ami commun.

» Nina et moi avons passé douze ans ensemble, notre union était basée sur l'affection, la sincérité et la communication. Elle a toujours été mon roc, ma plus fidèle alliée. Quand elle est tombée malade, je suis resté fidèlement à ses côtés, j'ai remué ciel et terre pour qu'elle reçoive les meilleurs traitements. Les médecins lui avaient donné trois ans d'espérance de vie, j'ai eu le bonheur de la garder bien plus longtemps.

» Je n'ai pas l'intention de laisser les paparazzis qui, à mes yeux, ne méritent pas le titre de journalistes, s'attaquer à mon épouse défunte, la femme la plus fidèle, la plus attentionnée et la plus forte que j'ai jamais connue. Je ne permettrais pas non plus qu'on traîne dans la boue mon nom ou celui de l'homme que j'aime depuis l'école de droit. Je suis votre nouveau shérif, j'ai été élu, donc, par certains côtés, mon personnage est public, je le comprends bien, mais j'ai également une vie privée, et lui aussi. Je vous demande une bonne fois pour toutes de ne pas vous immiscer dans une relation qui ne regarde que lui et moi.

Kelly sentit son anxiété monter d'un cran, il respira plusieurs fois pour se contrôler avant de poursuivre son discours :

» Je suis gay. Je l'ai toujours été, je le serai toujours. Je n'ai pas l'intention de m'en cacher, tout comme je ne voyais pas l'utilité de le proclamer à tout vent. Ça n'a rien à voir avec ma fonction, je reste celui que vous avez récemment élu. Ma priorité est d'aider la population, de garder tout le monde en sécurité, de faire de cette ville et de ce comté un endroit où il fait bon vivre. Si, pour une raison quelconque, vous ne voulez plus de moi comme shérif, je vous signale qu'à l'accueil du bâtiment se trouvant derrière moi, il se trouve un registre dans lequel vous pouvez déposer vos réclamations par écrit. Nous y donnerons suite dans la mesure de nos moyens. La population actuelle du comté est de onze mille votants. Si le registre recueille cinq mille cinq cents signatures à la fin de l'année, je démissionnerai de mon poste. Dans le cas contraire, je considérerai avoir reçu un vote de confiance tacite, aussi, continuerai-je à servir de mon mieux cette communauté.

» Ce sera tout, Mesdames et Messieurs. Je vous remercie.

La foule resta silencieuse un moment, même les flashs avaient cessé. Au-delà des journalistes, Kelly constata qu'il avait un groupe de soutien : Hunter et Grant étaient venus, avec Matty ; Gabe et Flynn, avec les jumeaux et Calley ; Tim leva la main, avec celle enlacée de Rory. Kelly en ressentit une forte émotion, mais il n'eut pas le temps de s'y attarder.

Les journalistes s'étaient repris et les questions fusaient de tous les côtés. Ils parlaient tous en même temps !

Une fois de plus, Kelly leva les mains.

— Si vous parlez tous en même temps, je ne peux vous entendre. Un peu de respect, je vous prie, adressez-vous à moi un par un. Qui sait, un de vos confrères posera peut-être une question dont la réponse vous intéressera.

Les gloussements amusés parcoururent la foule, puis une femme se lança :

— Katelyn Evers, de *Channel Ten News*. Pourquoi ne pas avoir fait plus tôt votre coming-out ?

Kelly sourit.

— Miss Evers. Si je me rappelle bien, quand j'ai annoncé ma candidature, votre chaîne a douté que je puisse m'investir dans mon travail à cause du temps que je consacrais à mon épouse malade. J'ai dû répondre devant les caméras que j'employais à demeure un aide-soignant, chargé de s'occuper de Nina et de tenir la maison. Les autres chaînes ont simplement retransmis votre question et ma réponse, ensuite, je n'en ai plus entendu parler. Actuellement, j'ai un partenaire financièrement indépendant, qui habite à St Anthony depuis plus de dix ans, aussi je vois mal en quoi sa présence risque d'influencer mon aptitude à tenir mon rôle, vous ne croyez pas ? Quant à mon orientation sexuelle, elle reste d'ordre privé. Autre question ?

— David Chalmers, de *Boise Examiner*. L'homme qui était avec vous sur les photos a été identifié, il s'agit de Cooper Nelson, un avocat qui a été radié pour conflit d'intérêts, il y a huit ans, après sa liaison avec un adjoint du district attorney, un homme marié. Au moment du scandale, Martin Connor s'est suicidé. Auriez-vous un commentaire ?

— À quel sujet ? Cooper, le scandale en question, ou le fait que M. Connors craignait tellement le jugement de ses concitoyens qu'il n'a vu que le suicide comme solution à son dilemme ?

Interloqué, le journaliste ne répondit pas du tac au tac. Kelly enchaîna :

— Eh bien, M. Chalmers, je vous confirme qu'il s'agit effectivement de Cooper et je vous demande une fois de plus de respecter sa vie privée. La nature même de votre question explique clairement pourquoi c'est impératif.

— Mais il travaille dans un ranch, pas vrai ? Un ranch des environs que tout le monde connaît, c'est un repaire de pédés, comme son voisin, insista le journaliste.

— Vous êtes de Boise, M. Chalmers ?

L'homme le confirma d'un hochement de tête.

— Oui. Et alors ?

— Et alors, laissez-moi vous expliquer que les deux ranchs dont vous venez de parler élèvent des chevaux, ils sont parmi les plus rentables du comté. Ils offrent des emplois aussi bien à la population locale qu'aux gens de passage. Leurs propriétaires sont nés ici, ils ont grandi sur les terres que leurs pères ont exploitées avant eux. Manifestement, le fait qu'ils soient bien établis dans une relation de couple n'est pas au détriment de leur gestion. Ils sont gays, d'accord, mais ils sont surtout fiables et respectés dans la communauté et par leurs clients. Leurs actes parlent d'eux-mêmes.

Au-delà de la foule, Kelly jeta un coup d'œil à Hunter, qui salua sa déclaration en effleurant son stetson. Quant à Gabe, un léger sourire flottait sur ses lèvres.

Kelly reporta son attention sur les premiers rangs des journalistes.

— Autre question ! cria-t-il.

— Lisa Ladure, de *WebLegalNews*. Que ferez-vous si vous devez démissionner ?

— Eh bien, je pensais me reconvertir dans le tourisme. Je possède un hélicoptère, j'ai souvent survolé les Tetons, que je trouve absolument magnifiques. Je pourrais organiser des visites, j'achèterais des chevaux, je ferais découvrir à mes clients les environs.

— Ainsi, vous resteriez dans la région ? insista Ms Ladure.

— Oui, bien sûr. Ma vie est ici à présent. J'aime ce comté et ses habitants.

— Même s'ils vous poussent à la démission ?

— La liberté d'expression et de pensée fait partie de nos droits civiques, Ms Ladure. Chacun est libre de choisir à qui accorder sa confiance pour un poste public. Chacun a droit à son opinion.

Rares étaient désormais les mains qui se levaient encore. Kelly le remarqua. Il se racla la gorge.

— Bien, je pense que vous avez tous de quoi rédiger un article. Quant à moi, j'ai du travail, aussi nous allons en rester là. Je vous remercie de votre attention.

Il retourna dans le bâtiment, salua d'un signe de tête les personnes de la salle d'attente, puis fonça tout droit jusqu'à son bureau. À peine avait-il refermé la porte que deux bras solides le serraient fortement.

— Ben, dis donc, tu en as rajouté ! souffla Cooper.

Kelly lui rendit son étreinte.

— Excuse-moi, mais ce type de Boise, sa question était plutôt vicieuse. J'ai pensé aux trois gosses qui allaient voir ça à la télé. Je me suis senti tenu de prendre la défense de Martin.

— Merci, merci beaucoup.

Au-delà de l'épaule de Cooper, Kelly voyait l'écran de la télévision, allumée sur la chaîne des infos, Katelyn Evers commentait en direct ce qui venait de se passer.

— Tu as vu ? reprit Kelly. Ils étaient là, Gabe et Hunter et tous les autres.

— Bien sûr ! Ils sont venus nous apporter leur soutien.

— C'est toi qui les as prévenus ?

— Non, je crois que c'est Jennifer, avoua Cooper.

— Une secrétaire vraiment très efficace. Un peu trop peut-être.

Cooper se mit à rire.

— Non, elle est parfaite.

XLI

— JOYEUX NOËL ! s'écria Kelly.

Il venait d'entrer dans la maison principale du Blue River, des bouteilles de champagne à la main. Cooper le suivait de près, les bras chargés de plusieurs pots de poinsettias. Ils furent accueillis par une tripotée d'enfants qui accouraient à leur rencontre.

Izzie survint peu après, les bras ouverts. Elle les étreignit avec affection.

— Venez, les gars, dit-elle ensuite. Ici, c'est le chaos, comme d'habitude. Vous êtes certains de pouvoir supporter une famille bruyante et désordonnée, et des gosses excités par la perspective de Noël ?

Du regard, Kelly consulta Cooper, qui sourit sans mot dire.

— Oui, apparemment, répondit Kelly. De toute façon, en cas d'overdose, nous pourrons toujours nous enfuir.

— Bien entendu, répondit-elle.

Elle se pencha pour récupérer Vicky qui, d'après elle, courait bien trop vite : les planchers bien cirés étaient plutôt glissants. Amusé, Kelly prit Cooper par la main. C'était un geste que les deux amants s'accordaient rarement en public, mais ici, ils se trouvaient entre amis. Le Blue River était un des rares endroits où ils pourraient s'afficher en tant que couple.

— L'apéritif est déjà servi, annonça Izzie, mais pensez à garder un peu d'appétit pour le dîner.

Avec un dernier clin d'œil, elle disparut en direction de la cuisine.

Cooper pointa du doigt.

— Calley est déjà là, remarqua-t-il.

Elle était assise dans le salon, toute seule, la main posée sur son ventre rebondi, comme pour protéger le bébé qu'elle attendait. Cooper la rejoignit et s'installa à côté d'elle sur le canapé. Kelly tira un fauteuil en face d'eux.

Elle examina les deux amants avec un sourire radieux.

— Vous êtes rayonnants. Manifestement, vivre ensemble vous fait du bien.

— Je n'habite pas chez lui, corrigea Cooper.

— Non, rétorqua-t-elle, mais vous vous y passez toutes vos nuits.

S'adressant au shérif, elle ajouta :

— Kelly, pourquoi ne pas lui avoir demandé de s'installer avec vous ?

Kelly posa la main sur le genou de Cooper. Il eut un clin d'œil suggestif.

— Il sait très bien qu'il est le bienvenu. Je n'ai plus besoin de l'inviter formellement. Il vient tous les soirs et, quand j'arrive, le dîner est prêt, le frigo est rempli, le linge a été récupéré au pressing. Franchement, je ne regrette plus du tout d'avoir perdu Theo.

Calley s'empressa de répondre :

— Je parie qu'avec votre aide-soignant, vous ne trouviez pas dans votre lit un corps bien chaud et des mains…

Cooper fronça les sourcils.

— Calley ! grogna-t-il.

— Voyons, voyons. Je suis malade, ne l'oubliez pas. L'un des grands avantages de mon état, c'est que je peux dire tout ce qui me passe par la tête. D'ailleurs, vous étiez faits pour l'autre. Ça se voit.

Kelly préféra changer de sujet :

— Puisqu'on parle de votre santé, Calley, comment vous sentez-vous ?

— Je ne saurais assez tous vous remercier pour les chambres que vous avez bâties pour nous : elles sont parfaites ! J'apprécie vraiment de pouvoir rester avec les enfants tout en sachant qu'en cas de fatigue soudaine, je peux faire une sieste sans remords, parce que Gabe et Flynn sont là pour les surveiller. Au fait, Cooper, Sadie aimerait vous parler.

— Elle est ici ?

Calley secoua la tête.

— Non, pas encore, l'épicerie ne ferme pas avant 18 heures. Sadie se chargera de ramener Ryan. Ils arriveront pour dîner.

— Vous ne m'avez pas répondu, insista Kelly. Comment allez-vous ?

— Ça va à peu près. Quant à celui-ci, ajouta-t-elle en se caressant le ventre, il grossit à vue d'œil. Les médecins le surveillent de près, mais pour le moment, le petit bonhomme ne semble pas souffrir de mon traitement. Évidemment, après la naissance, je devrais passer à la vitesse supérieure, mais je ne veux pas y penser avant d'y être obligée.

— Ainsi, c'est un garçon ? J'imagine que Flynn est ravi.

Calley roula des yeux.

— Ah, quelle mère poule celui-là ! Il me couve tellement que parfois il m'étouffe, je suis obligée de chasser de ma chambre !

Elle sourit, le visage adouci.

257

— C'est tellement rassurant, enchaîna-t-elle, de savoir que s'il m'arrivait quelque chose, ou si je devais rester hospitalisée quelque temps, les enfants seraient bien encadrés. Je lui confierai mon bébé sans hésitation.

Calley releva les yeux.

— Tiens, justement, le voilà ! s'exclama-t-elle. Il était parti me chercher un verre

UN PEU avant le dîner, Gabe sortit prendre l'air sur le porche devant la maison. Il faisait déjà sombre, mais le bruit était devenu assourdissant à l'intérieur. Il avait besoin d'une pause.

Une voiture remonta l'allée et se gara devant la maison, deux personnes en sortirent et avancèrent vers la porte d'entrée, vivement éclairée. Gabe reconnut Sadie et son frère. L'adolescent ne la suivit pas dans la maison, il longea le porche vers l'endroit où Gabe, dans l'ombre, s'appuyait à la rambarde.

— Tu sais, c'est à l'intérieur qu'il y a de bonnes choses, marmonna le rancher.

Surpris de découvrir qu'il n'était pas seul, Ryan tressaillit. Sans doute reconnut-il la voix de Gabe, car il continua à avancer.

— Je ne vous avais pas vu, annonça-t-il. Dites, si les bonnes choses sont à l'intérieur, pourquoi êtes-vous dehors, tout seul, dans le noir ?

— Pour échapper au bruit !

Ryan gloussa. Tout heureux, Gabe évoqua la longue route que lui et le garçon avaient parcourue, côte à côte. Oh, Ryan n'était toujours pas très communicatif, mais depuis qu'il vivait à Blackwater, il existait entre eux une entente tacite, silencieuse. Gabe avait même l'impression que Ryan s'habituait à lui. En tout cas, de temps en temps.

— Alors, je présume qu'il y a eu du monde aujourd'hui à l'épicerie ?

— Oui, par vagues. J'étais chargé de remplir les rayons et Sadie s'occupait de la caisse.

— Dis-moi, as-tu eu l'occasion de passer chez Kay ? Lui as-tu souhaité un joyeux Noël ?

Le visage assombri, Ryan acquiesça. Ce fut sa seule réponse.

Gabe tâtonnait, il le savait, mais depuis qu'il avait découvert l'attachement de Ryan pour Kay Simmons – et le fait que ces sentiments étaient mutuels – il revenait régulièrement sur le sujet. Ayant de l'expérience, il savait que conseiller au garçon de *ne pas* fréquenter, un enseignant

258

de douze ans son aîné ne ferait au contraire que les rapprocher. Et Ryan cesserait de lui parler, ce que Gabe ne voulait surtout pas.

— Il a démissionné, Gabe.

À sa voix tremblante, Gabe devina la douleur qui agitait le garçon.

— Ah bon ? Pour aller où ?

— À Seattle. Il a trouvé un job là-bas.

— Et alors ? Il y a les mails, il y a Skype. Tu pourras rester en contact avec lui.

Ryan se tourna vers lui. D'après sa mine, il avait bien envie de demander à Gabe s'il n'était pas complètement idiot, par hasard.

— Attends d'avoir dix-huit ans, Ry. Kay a choisi la meilleure solution. Dans l'état actuel des choses, votre relation risquait de l'envoyer en prison.

— Non ! Nous ne faisions rien de mal !

Il pleurait, sans même essayer de le cacher, les larmes coulaient sur ses joues. Gabe posa la main sur l'épaule de Ryan et, d'un signe, lui demanda de s'asseoir à ses côtés, sur les marches du porche. Il y prit place, lui aussi. Ryan paraissait triste et malheureux.

— T'ai-je déjà raconté ce qui m'est arrivé quand j'avais l'âge de Kay ?

Ryan renifla, puis secoua la tête. En silence.

— Eh bien, à l'époque, je vivais seul, commença Gabe. En fait, je n'avais pas connu de relation sérieuse. Je croyais même être le seul gay des environs. Évidemment, ce n'est pas le genre de sujet qui vient facilement… Du coup, je n'avais personne à qui en parler. La Poignée – tu sais, ce bar gay – n'existait pas encore, mais j'allais parfois à Idaho Falls ou même à Boise passer le weekend. Là-bas au moins, je connaissais des bars gays.

Il jeta un coup d'œil furtif à son voisin : Ryan avait cessé de pleurer, il regardait droit devant lui, dans l'obscurité.

Gabe reprit son monologue :

— Et puis j'ai rencontré un gamin qui travaillait dans un ranch des alentours. Il avait seize ans, comme toi. Il était solide, travailleur, comme toi. Physiquement, c'était presque un adulte.

— Comme moi, souffla Ryan.

— Oui, exactement. Mais lui, c'était un garçon du pays, un vrai cowboy, toujours en jean et en bottes texanes ; il portait des vêtements usés qui avaient appartenu à ses frères aînés. La plupart du temps, il était très joyeux, très animé, il parlait fort, mais de temps à autre, il sombrait dans un silence morose. Un jour, je l'ai surpris à ruminer, alors, je lui ai demandé ce qui n'allait pas. Il m'a parlé d'une fille de sa classe, qui n'arrêtait pas de lui courir après. Et là, d'un coup, il m'a dit que les filles ne l'intéressaient pas. Et que c'était moi qu'il voulait.

Ryan acquiesça, sans faire de commentaire.

— J'aimais beaucoup ce gosse, vraiment, mais j'avais la trouille. Je lui ai dit qu'il était bien trop jeune, mais il n'a pas voulu m'écouter. Il passait régulièrement au ranch me harceler. Alors, j'ai craqué.

— Vous l'avez… baisé ?

Gabe hocha la tête. Il espérait que ses confidences pousseraient Ryan à se montrer franc sur ce qui se passait entre lui et Kay, mais le garçon se tut. En tout cas, sur ce point précis.

— Et c'était… comment c'était ? bredouilla Ryan.

— C'est privé, Ryan. Ça ne regarde que lui et moi.

— D'accord, d'accord.

— À mes yeux, ce qui est arrivé entre toi et Kay n'est pas un péché, Ry, mais la loi est la loi. Tant que tu n'es pas majeur, Kay n'a pas le droit de te toucher. Dans ce cas, c'est normal qu'il ait préféré s'éloigner. C'est plus sage, plus prudent.

— Je vous l'ai déjà dit : il ne s'est rien passé.

Gabe ne répondit pas. Il était sûr que Ryan mentait, mais il comprenait ses raisons.

Après un long moment de silence pensif, Ryan finit par se confier :

— Kay ne voulait pas, souffla-t-il. Il disait comme vous. Qu'il m'aimait, mais qu'il ne voulait pas aller en prison. Il disait aussi que Cooper était au courant, alors, il le dirait à Kelly. En fait, je crois surtout qu'il ne m'aimait pas assez.

— Non, Ry. Au contraire, il t'aimait assez pour ne pas céder. Ce qui démontre son respect.

— Ah ! Ça me fait une belle jambe. Il ne m'attendra pas pendant deux ans, Gabe.

— Ça, tu n'en sais rien.

— Et si le *respect* est si important pour vous, pourquoi avez-vous cédé, vous, à ce… ce mystérieux garçon ? Vous ne le respectiez pas ? Vous l'avez revu ? Qui est-ce ?

— Encore une fois, c'est privé.

— Je parie que vous avez tout inventé !

Gabe se mordit la lèvre pour retenir son sourire.

— Non, mais si tu préfères ne pas me croire, c'est ton problème, pas le mien.

Après une tape sur l'épaule de Ryan, il se redressa.

— Je crois qu'il est l'heure de rentrer, le dîner ne va pas tarder. Souris, Ry, c'est Noël.

Sans mot dire, Ryan le suivit dans la maison, où presque tout le monde s'agglutinait déjà autour des tables réparties dans la salle à manger. En voyant Gabe, Flynn lui fit signe de le rejoindre.

Gabe fut heureux de constater que Tim était à sa table.

— Ça ne te gêne pas que je m'installe à côté de Tim ? demanda-t-il à Flynn. J'ai à lui parler.

Ils changèrent de place, puis Flynn s'occupa de faire passer les plats et de remplir les assiettes.

Profitant du brouhaha ambiant, Gabe se pencha vers Tim :

— Puis-je te demander un service ?

— Bien sûr, tout ce que tu veux.

— J'aimerais que tu parles à Ryan.

— Ah. De quoi ?

— De la façon dont tu t'es remis de ton premier béguin.

Tim eut un petit rire amusé.

— Qu'est-ce que tu lui as raconté, Gabe ?

— La vérité. Sans lui donner ton nom.

— Ce gamin n'est pas idiot. Si je lui parle, il va deviner.

— Et alors, ça te gêne ?

Avec un sourire, Tim secoua la tête.

— Non. D'accord, je lui parlerai.

À UNE autre table, Kelly et Cooper étaient assis en face de Hunter et Grant.

— Alors ? demanda Hunter. Où en est cette pétition contre toi, Kells ? Seras-tu encore notre shérif l'an prochain ?

Kelly avala la patate douce qu'il avait dans la bouche.

— On dirait. Sauf si le registre reçoit quatre mille cinq cents signatures d'ici la semaine prochaine.

— Toutes mes félicitations, shérif, déclara Grant. Je savais que tu t'en sortirais. Tu sais, tu as été remarquable le jour de ta conférence de presse. Je me demande comment tu as fait pour rester aussi calme !

Kelly échangea avec Cooper un regard assorti d'un sourire, puis il répondit à Grant :

— C'est un truc que Cooper m'a appris.

— Attends ! Quand tu parles en public, tu les imagines à poil, c'est ça ?

Kelly secoua la tête.

— Pas du tout. Autrefois, à l'école de droit, j'étais terriblement anxieux quand je devais présenter une plaidoirie – une épreuve pratique, dite « en situation », devant un faux tribunal. Je bégayais, je perdais le fil de mes arguments. Alors, Cooper m'a expliqué : je devais me dire que tout était foutu ; dans ce cas, rien de ce que je pouvais dire ou faire n'allait influencer le procès. Malgré tout, je devais affronter le tribunal pour soutenir mon client – il n'avait plus que moi. En cas d'échec, eh bien, rien d'inattendu. En cas de réussite, ça devenait un exploit.

— Un truc pareil n'aurait jamais marché pour moi, déclara Hunter. S'il n'y a plus d'espoir, j'abandonne.

Il s'adossa dans son siège et se tapota le ventre.

Cooper éclata de rire.

— Moi, pareil, mais Kelly a un syndrome Andy Griffith. Ce qui le motive avant tout, ce sont les causes perdues.

Sous la table, Kelly lui passa les fesses.

— Enfoiré !

— Bon, pour résumer, dix mille citoyens responsables et sensés – qui ont préféré garder l'anonymat – ont accordé à leur shérif gay un tacite vote de confiance. Qu'il soit ou pas Andy Griffith !

— Oui, et je resterai donc à mon poste pour les quatre prochaines années. Au service de mes concitoyens.

Cette fois-ci, ce fut au tour de Cooper de le pincer.

— Et tes adjoints ? demanda Hunter. Plus de problèmes au bureau ?

Kelly s'esclaffa.

— Non, certains ont un peu fait la gueule, mais ça n'a duré que deux jours. Évidemment, j'ai aussi reçu des lettres anonymes, plutôt haineuses, mais ça s'est vite tassé.

— Oups ! Quand même, ça doit faire un choc de recevoir ça.

Kelly haussa les épaules.

— C'est Jennifer qui se charge d'ouvrir le courrier. Et Len, mon premier adjoint, s'est chargé d'enquêter sur les rares qui contenaient une menace spécifique ou personnelle. Sinon, dans l'ensemble, c'est juste des conneries homophobes. Je travaille avec une équipe géniale, c'est tout ce qui compte à mes yeux.

— Et les journalistes ?

— Plus de nouvelles. Cooper a eu droit à un article en première page du *Post*, avec sa photo – prise au téléobjectif, sans qu'il en soit conscient – et le titre « l'amant du shérif », rien de plus.

Grant eut un ricanement lascif.

— Une photo, quel genre de photo ?

— Je n'étais pas à poil, Grant, répliqua Cooper. En fait, cette photo était plutôt chouette, nous étions ensemble, à cheval. Kelly a demandé un exemplaire pour l'encadrer. Ils te l'ont bien envoyée, Kells, pas vrai ?

Kelly acquiesça.

— Absolument.

APRÈS LE repas, Kelly sortit de la maison pour s'aérer.

— Ah, c'est là que tu te cachais, Coop ! Je croyais que tu avais filé sans moi.

Il s'approcha et serra Cooper dans ses bras.

— Où aurais-je pu aller ? Il y a un mois que je n'ai pas dormi dans ma chambre. Je crains que mes draps sentent le moisi.

— Peut-être devrais-tu libérer cette chambre ?

— Pardon ? Que veux-tu dire, Kells ?

— Tu sais très bien ce que je veux dire, ça fait plusieurs fois que je te le demande. Tu as déjà la clé de chez moi, tu y passes l'essentiel de ton temps. Ne serait-ce pas plus simple que tu t'y installes purement et simplement, avec toutes tes affaires ?

— Fais attention, Kells. Je te signale que des « affaires », j'en ai beaucoup. J'ai gardé tous mes livres de droit, ils sont dans une malle, au grenier.

— Tu devrais sans doute les rouvrir et envisager de redevenir avocat. Nous ferions une superbe équipe.

— Je sens déjà une nouvelle accusation de conflit d'intérêts. Imagine un peu : tu arrêtes un gars et je dois le défendre ? Ça ne marchera jamais, Kells.

— Nous verrons bien.

Kelly embrassa le cou de l'homme qu'il aimait et inhala son odeur, cette odeur qu'il était si heureux d'avoir enfin retrouvée. Puis il renversa la tête et regarda le ciel nocturne, parfaitement dégagé.

Il se souvint de l'accusation de son père, bien des années plus tôt : « *À t'entendre, Cooper est capable d'accrocher la lune et les étoiles.* »

— As-tu accroché la lune et les étoiles dans le ciel, Coop ? demanda-t-il. Juste pour moi ?

Cooper leva la main et, comme s'il tenait une baguette magique, l'agita de droite à gauche, en direction de l'astre pâle. Son souffle créait de petits nuages blancs dans l'air froid de la nuit.

— Bien entendu. Il ne me reste plus qu'à les faire briller davantage. Pour celui que j'aime, je me sens capable de tout.

ZAHRA OWENS est une globe-trotter, elle parle de multiples langues et aime les grandes villes, tout en ayant un faible pour les vastes espaces dégagés, si rares à l'endroit où elle vit.

Elle aime ses hommes tels qu'ils sont, sans jamais chercher à les changer. Ce qu'elle préfère, ce sont ceux dont l'extérieur abrupt cache un cœur énorme, mais aussi ceux qui gardent la tête haute et endurent sans se plaindre, en cachant leurs blessures… ou en croyant le faire. Elle s'est donnée pour objectif de trouver une fin heureuse à leur histoire, même si leur route doit passer par une civière d'hôpital, une demeure panoramique, ou un ranch d'élevage.

Zahra est fière d'être membre de *Rainbow Romance Writers* (les Écrivains de Romance LGBT), une branche de *Romance Writers of America* (les Écrivains de Romance américaine), et ne cessera pas de militer avant que les romans M/M soient considérés au même titre que les autres romans d'amour. Ses revenus lui permettent de figurer dans l'annuaire professionnel des auteurs, mais elle n'a pas quitté pour autant son autre emploi, qui lui permet d'entrer dans le monde d'un homme. Quelle femme pourrait résister à cette tentation ?

Zahra aimerait que ses journées aient trente-six heures. Peut-être pourrait-elle ainsi trouver le temps d'écrire tous les romans qu'elle a dans la tête…

Zahra vous attend sur son site : zahraowens.com.

ZAHRA OWENS

Sous les nuages du ranch

Nuages et Pluie, numéro hors série

Flynn Tomlinson s'est laissé pousser par le vent pendant des années, faisant des petits boulots quand il a besoin d'argent avant de reprendre la route. Son style de vie libre, sans attaches ni responsabilités envers quelqu'un d'autre lui convient parfaitement. Puis il tombe sur une affiche d'offre d'emploi dans un bureau de poste dans l'Idaho et rencontre Gabe Sutton. Gabe ne pourra payer Flynn qu'après avoir vendu ses chevaux, mais les séquelles d'un grave accident l'empêchent de faire tourner le ranch tout seul.

Travailler avec des chevaux l'intéresse plus que de remplir des rayons dans un supermarché, aussi Flynn accepte-t-il les termes de Gabe. Il ne s'attendait pas à être captivé par cet homme doux et solitaire qui capture son cœur et le pousse à s'atteler à une très lourde tâche : sauver le ranch de Gabe.

www.dreamspinner-fr.com

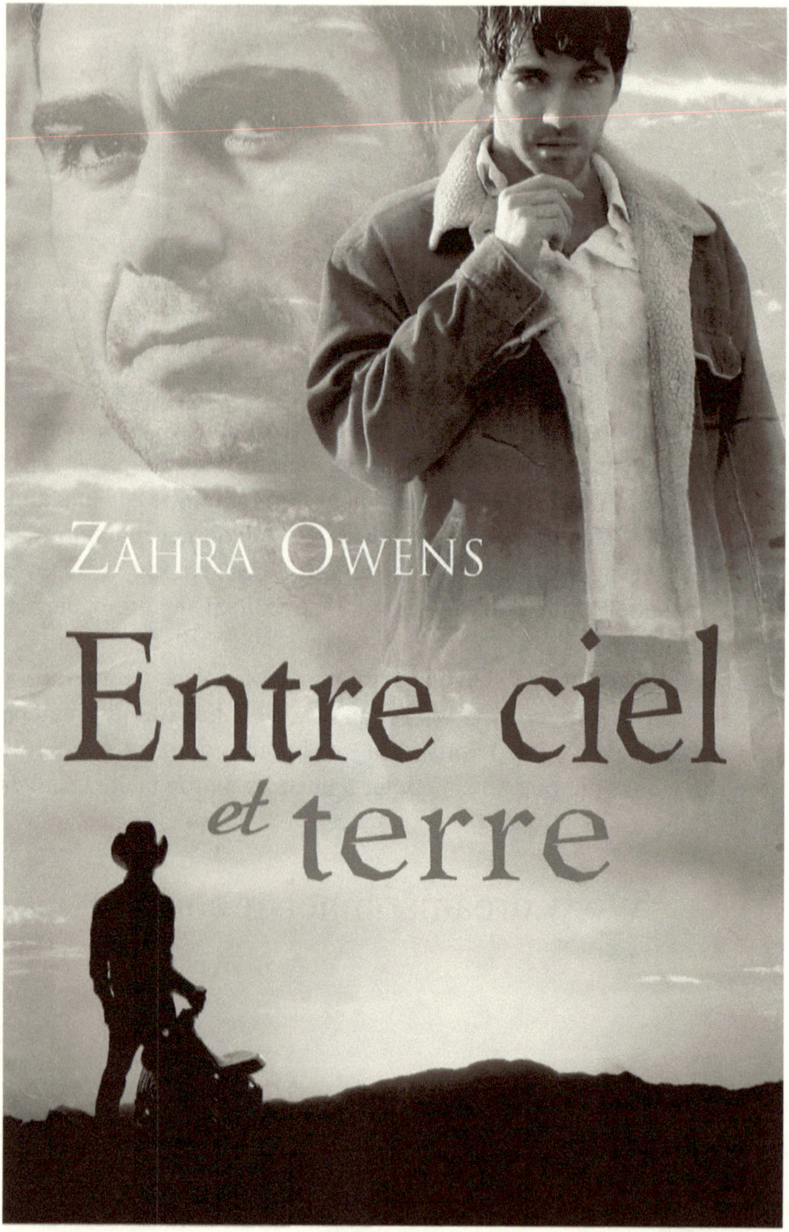
Zahra Owens
Entre ciel
et terre

Nuages et Pluie, numéro hors série

Hunter Krause sait mieux que personne que gérer un ranch demande beaucoup de travail. Les bons employés sont difficiles à trouver. Hunter a beau avoir un régisseur efficace et une grande famille prête à l'épauler, le ranch est constamment à court de main-d'œuvre. De plus, des poulains se mettent à disparaître mystérieusement et son beau-frère décide d'embaucher un homme que Hunter aurait préféré ne jamais revoir : Grant. Hunter ne peut pas lui pardonner d'avoir abandonné meilleur ami, Gabe, le propriétaire du ranch voisin, après un grave accident qui l'a laissé handicapé.

Grant Jarreau s'adapte rapidement à la vie du ranch, il se rend indispensable et s'entend bien avec Izzie, la sœur de Hunter. Quant à Hunter, malgré ses idées préconçues, il ne peut contrôler ses réactions physiques en présence du beau cowboy. Quand celui-ci sauve son jeune neveu de la noyade, les deux hommes échangent un baiser qui ouvre pour Hunter un monde nouveau et des perspectives dont il ignorait l'existence.

Pendant que Hunter et Grant entament une relation secrète, la famille se déchire et le ranch est en difficulté, parce que personne n'arrive à comprendre ce qui arrive aux chevaux. Pour couronner le tout, Grant cache un lourd secret.

Hunter apprendra-t-il à faire confiance à Grant ou bien l'orage familial fera-t-il une autre victime ?

www.dreamspinner-fr.com

ZAHRA OWENS

Entre déluge
et sécheresse

Nuages et Pluie, numéro hors série

Tim Conroy a de la patience. Depuis trois ans, il attend que son ami Rory McCown sorte de prison, après une condamnation pour un vol de chevaux commis au ranch Blue River. Rory serait susceptible de bénéficier d'une libération anticipée, mais à condition d'avoir un poste stable et un endroit où loger. Aussitôt, Tim se donne pour objectif de convaincre son ami et patron, le rancher Hunter Krause, d'offrir à Rory une deuxième chance.

Quand Hunter accepte, Tim le regrette presque : Rory a changé. À certains moments, il se montre morose et renfermé, à d'autres, arrogant et trop présomptueux. Pourtant, l'attraction est toujours aussi forte entre eux. Malheureusement, dès qu'ils commencent à se rapprocher, un ennemi acharné œuvre dans l'ombre, prêt aux plus sombres machinations pour les séparer…

Leur relation encore fragile sera-t-elle assez forte pour résister aux tempêtes à venir ?

www.dreamspinner-fr.com

CONFLIT
D'INTÉRÊTS

ZAHRA OWENS

Quand un témoin important change son histoire devant la Cour, permettant ainsi à l'homme qui a agressé un petit garçon d'être libéré, le self-contrôle légendaire de Finn DeHavilland, procureur principal de la Couronne, part en fumée. Suspendu de toute apparition en audience, Finn se retrouve avec bien trop de temps libre dans les mains. Mourant d'envie de continuer à travailler, et après ses rendez-vous obligatoires avec une psychiatre, il accepte une affaire délicate impliquant un inspecteur de police frauduleux de Scotland Yard.

Excité à l'idée d'être affecté à cette affaire avec sa partenaire Stevie Fielding, Tommy Drummond, sergent-détective qui a un faible pour Finn depuis que celui-ci l'a défendu lors d'une enquête interne, commence à mettre à jour des preuves. Une série d'événements apparemment sans lien entrave leur enquête. Pensant qu'ils sont sur la bonne voie, l'équipe va plus loin, jusqu'à ce que l'appartement de Tommy soit incendié. Finn décide alors de lui offrir sa chambre d'amis, et la tension entre les deux hommes monte peu à peu. Mais les bagages émotionnels de Finn sont peut-être trop durs à gérer, et la paranoïa menace de les séparer. Alors que le nœud qui entoure l'inspecteur corrompu se resserre, il devient clair qu'il doit avoir de l'aide haut placée. Et si Finn et Tommy n'étaient que des pions dans le jeu ?

www.dreamspinner-fr.com

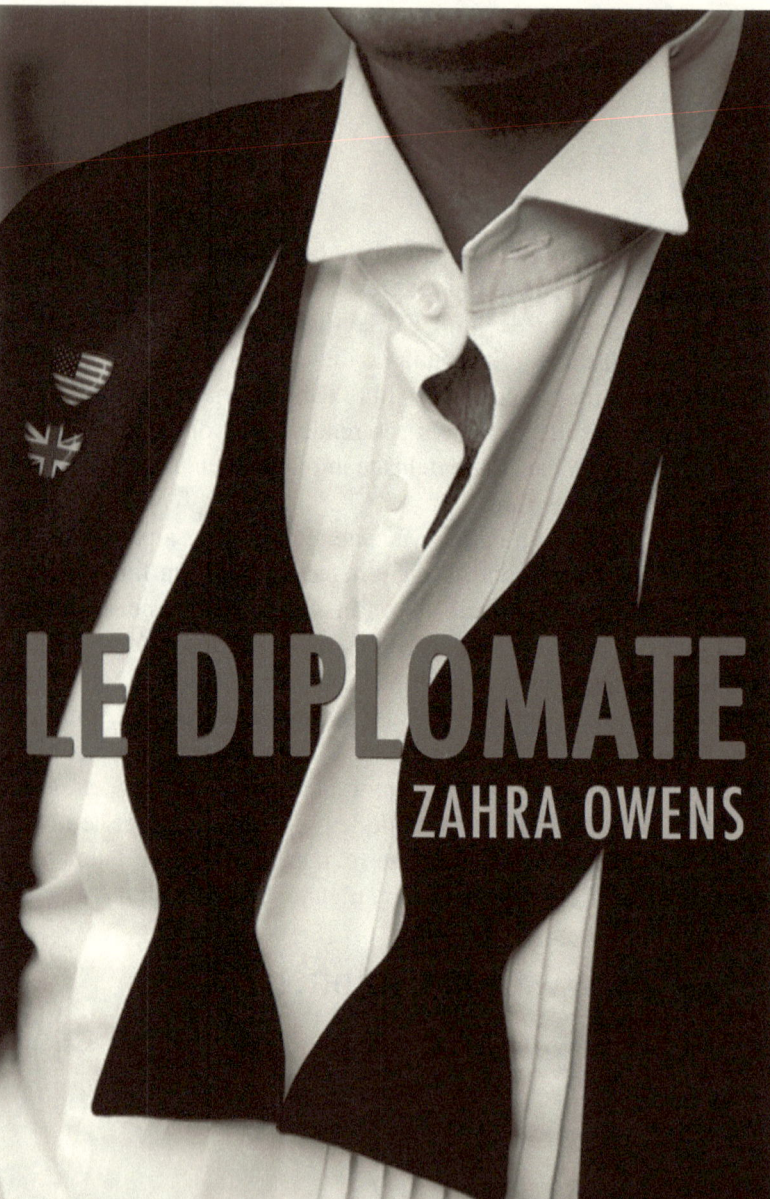

LE DIPLOMATE

ZAHRA OWENS

Jack Christensen possède tout ce dont il a toujours rêvé. Étoile montante de la diplomatie américaine, il est le plus jeune diplomate à avoir obtenu un poste d'Ambassadeur des États-Unis. En tant qu'homme d'État, il est affecté à l'une des Ambassades d'Europe les plus enrichissantes au niveau politique. Il est marié à une femme parfaite, parle cinq langues et ses qualifications ne montrent aucun défaut. Et pourtant, quelque chose lui manque dans la vie sans qu'il ne sache quoi.

Arrive alors Lucas Carlton lors d'une réception à l'Ambassade, accompagné de sa fiancée américaine. Dès leur première poignée de main, le jeune Britannique fait forte impression à Jack qui se retrouve alors confus et pour la première fois incertain. Lucas est l'agent de liaison entre l'Ambassade britannique et l'Ambassade américaine, ce qui veut dire qu'ils devront travailler en étroite collaboration. Nier leur attirance mutuelle est alors bien plus difficile, malgré le fait qu'ils soient déjà tous deux engagés dans une relation.

Quand leurs femmes décident d'aller en week-end ensemble, Jack et Lucas commencent une liaison passionnée, qui continue après le retour de celles-ci. Mais il est de notoriété publique que le cercle diplomatique est des plus conservateurs, et ils savent tous deux qu'avoir une femme à leur côté est essentiel à leur carrière. Seront-ils capables de faire les bons choix, pour leur vie professionnelle et leur vie privée ? Ou devront-ils sacrifier l'une des deux ?

www.dreamspinner-fr.com

Par ZAHRA OWENS

Conflit d'intérêts
Le diplomate

NUAGES ET PLUIE
Sous les nuages du ranch
Entre ciel et terre
Entre déluge et sécheresse
Avec la lune et les étoiles

Publié par DREAMSPINNER PRESS
www.dreamspinner-fr.com

www.ingramcontent.com/pod-product-compliance
Lightning Source LLC
Chambersburg PA
CBHW031317280626
47169CB00019B/1894